한강

趙廷來 大河小說 ④

제2부 유형시대

차례

한강

제2부 유형시대 ①

4권

제2부 유형시대

1
욕망의 열차

화순을 지나면서 비치기 시작한 눈발은 기차가 광주에 도착했을 때는 꽤나 탐스럽게 내리고 있었다. 바람을 타지 않고 내리는 눈송이들의 사운거림은 아늑한 느낌을 자아내고 있었다. 눈이 흔하지 않은 남도지방에서는 눈을 길조로 여겼다. 눈이 잦아야 풍년 든다는 말이 그것이었다.

기차에서 내린 김선오는 오버 깃을 올리며 나풀나풀 내리는 눈송이들을 올려다보았다. 기억 저편에서 아버지의 음성이 들려왔다.

「어허, 눈이 오시네 그랴. 하늘이 고마우시제. 보리 농사 풍년 들겄다.」

아버지나 어른들은 왜 꼭 눈도 비도 '오신다'고 하는지 어려서는 이해가 되지 않았다. 그 존대는 물을 소중하게 여기는 농부들의 겸허한 마음이었다. 그런데 아버지는 결국 물난리로 돌아가시고 말았다. 그것도 농부의 기구한 운명이었을까.

고등고시 합격을 확인하는 순간 제일 먼저 떠오른 것이 아버지였고, 고향에 내려갔을 때 어머니도 아버지를 부르며 흐느꼈다. 아버지는 출중한 농부였으면서도 자식들에게는 절대 농사를 물리려고 하지 않았다. 모든 농부들이 그렇듯이 아버지도 평생 당하고만 살아온 미천한 신분을 억울해 하고 한스러워했던 것이다.

김선오는 눈을 맞으며 한 곳을 하염없이 바라보고 서 있었다. 아득한 눈발 저쪽에 무등산이 그 우람한 자태를 드러내고 있었다. 광주에서는 어느 곳에서나 볼 수 있는 산, 광주에 오면 누구나 바라보는 산, 언제나 중후하고 의연하고 듬직하고 넉넉한 자태의 무등산이 겹겹의 눈발이 지어내는 환상적인 옷을 입으며 묘한 신비감을 자아내고 있었다. 광주를 내려다보듯 보듬듯 하고 있는 그 산을 무시로 바라보며 무등의 의미를 가슴에 새겼던 지난날을 김선오는 왠지 슬픈 감정으로 더듬고 있었다. 등수를 매길 필요가 없도록 으뜸이 되겠다는 꿈 속에는 고등고시 최연소 합격도 포함되어 있었다. 그러나 오늘의 자신의 모습은 무엇인가…….

"꿈은 클수록 좋고, 욕망은 치열할수록 좋다."

어디선가 읽은 이 말을 상기하며 김선오는 숨을 들이켰다. 사나이의 꿈을 맘껏 키웠던 고등학교 시절의 기억들이 빠르게 스치고 지나갔다.

그래, 내 인생은 끝이 아니고 시작이다. 내 욕망의 열차는 이제 출발을 시작했다구!

김선오는 어금니를 맞물며 걸음을 옮기기 시작했다. 안 원장이 왜 보자고 하는지 딱히 잡히는 것이 없었다. 이것저것 생각해 보았지만 마음에 짚이는 것은 없고, 그저 부담스럽거나 난처한 일은 아닐 거라는 느낌이 들 뿐이었다.

김선오는 병원까지 걸으며 눈 내리는 제2의 고향을 음미하고 있었다. 서울에 비해 초라할지 몰라도 길마다 정겨움이 서려 있었다. 광주에만 떨어졌더라도 이렇게 패배감이 크진 않을 텐데……, 또 그 생각이 마음을 괴롭혔다.

「어서 오게나 김 군. 기다리고 있던 참이네.」

안 원장이 흰 천을 씌운 회전의자에서 벌떡 일어나며 팔을 뻗쳤다.

「그간 무고하셨습니까, 원장님.」

김선오는 왼손을 받쳐 안 원장과 악수를 하며 허리를 굽혔다.

「응, 덕분에 별고 없네. 그런데 택시를 못 잡았던가?」

김선오는 병원에 들어서기 전에 눈을 털었지만 머리와 오버에는 표나게 물기가 젖어 있었다.

「아닙니다. 오랜만에 고향 눈을 맞고 싶어 걸어왔습니다.」

「하아, 그거 멋진데. 고향 눈을 맞고 걷는 청년 법관, 아주 근사해. 법관이 그런 낭만도 즐길 줄 알다니, 자넨 역시 매력적인 사나이구먼.」 키가 작은 편인 데 비해 머리가 커 보이는 안 원장은 이렇게 푸짐한 말 인심을 쓰고, 「앉을 것 없이 나가세」 하며 흰 가운을 벗었다.

「아직 환자 보실 시간 아니십니까?」

「오늘 토요일이고 자네도 오고 해서 내 일은 벌써 끝냈네. 다른 일은 아래 의사가 또 있으니까. 자아, 가세나.」

안 원장이 앞장서서 원장실을 나섰다.

택시가 멈춘 곳은 춘향각이라는 고급 요정 앞이었다.

「오늘은 점잖게 술을 마실 테니까 조용한 방을 대령해. 이따가 소리나 한 가락 듣게 해주고.」

안 원장이 반들거리는 마루로 올라서며 화들짝 반가워하는 여자에게 자기 말마따나 점잖게 일렀다.

「예에. 술상 바로 올릴게라?」

한복 맵시 고운 여자가 김선오를 빠르게 훑으며 물었다.

「음, 특상으로 차려.」

「못 보든 하이칼라신디요이.」

여자는 치마를 잘잘 끌고 앞서가며 김선오에 대한 궁금증을 드러냈다. 그러나 안 원장은 두어 번의 헛기침으로 여자의 말을 묵살해 버렸다.

「거기서 이런 데 출입 자주 하겠지?」

안 원장이 자리잡고 앉으며 물었다.

「예, 피하기 어려운 때가 많습니다.」

김선오는 안 원장이 어려운 사람이라 그 별뜻 없는 것 같은 말에도 신경을 써서 대답했다.

「그럴 테지. 술은 좋아하나?」

「그저 보통으로 마십니다.」

「음, 그런 술자리가 다 무슨 뜻이 있을 텐데……, 좀 난처한 얘기지만, 술 말고도 이런 것도 디밀고 그러겠지?」

안 원장은 말을 피해 손가락 두 개로 동그라미를 그려 보였다.

「예, 가끔……」

김선오는 가슴이 뜨끔한 것을 웃음으로 얼버무렸다.

「거기가 여수가 가까우니까 그런 유혹이 특히 많겠지. 여수야 부산, 마산 다음으로 밀수가 성행하는 곳이니까 말야.」

이 양반이 의사로만 유명한 줄 알았더니 모르는 게 없네. 하긴, 병원에서 온갖 사람들을 다 대하고, 산전수전 다 겪고 산 나이에 그 정도야……. 김선오는 안 원장이 왜 그런 말을 꺼내고 있는지 그 심중을 알아차리려고 신경이 기민하게 작동하고 있었다. 그건 어느덧 몸에 밴 직업의식이기도 했다.

「그런 것에 독가시가 들어 있다는 건 잘 알겠지?」

「예, 조심하고 있습니다.」

「술상 대령했사옵니다아.」

아까 그 여자가 앞서고 나비넥타이를 맨 두 남자가 술상을 받쳐들고 들어왔다.

「첫 잔이야 이 늙은 춘향이가 따라올려야 안 되겠는게라?」

화장 짙은 여자가 안 원장 옆에 나붓이 앉으며 눈웃음을 쳤다. 여자는 늙기는커녕 반반한 얼굴이 화사하기만 했다.

「그야 당연한 주도 아닌가.」

안 원장이 술잔을 들었다.

「처음 뵙겠습니다. 손 매담이라고 헙니다. 아주 멋지게 생기셨는데, 결혼하신 것 같지는 않고, 분명 실업자는 아니신데, 군인 냄새를 풍기는 것도 아니고, 그렇다고 월급쟁이 같지도 않고, 어째 땅짐을 못하겠는 게 제 눈이 젊은 양반한테 홀린 것 같네요.」

마담은 김선오의 잔에 일부러 술을 느리게 따르며 탐색의 눈길을 보내고 있었다.

「거 무서운 분이니까 더 알려고 하지 말어. 여기 자주 올 것도 아니고.」

안 원장이 퉁명스럽게 말했고,

「네, 소인 그만 물러가겠구만요.」

마담은 눈치 빠르게 자리를 비웠다.

「자네도 사나이로서 야망이 크겠지? 야망이 클수록 그런 돈에 눈 돌려서는 안 되네.」

술잔을 비운 안 원장의 말은 사뭇 훈계조였다. 김선오는 대답을 하면서도 안 원장의 내심을 짚어낼 수가 없었다.

「자네, 군대는 어찌 됐지?」

「예, 법무관으로 곧 입대해야 합니다.」

「음, 그야 당연히 그래야지.」 안 원장은 김선오의 잔에 술을 따르고는, 「군대에 갔다 오면 결혼이 너무 늦어지는 것 아닌가?」 하며 담배를 빼들었다.

그 순간 김선오의 뇌리에 안자경의 얼굴이 퍼뜩 떠올랐다. 그리고 그 얼굴에 박자영의 얼굴이 겹쳐졌다.

「아직 여러 모로 여건이…….」

마침내 안 원장의 속내를 알았으면서도 김선오는 이렇게 어물거렸다. 애인이 있다고 말을 해야 되는데도 어찌 된 일인지 그 말이 나오지 않았다.

「여건이란 경제 사정을 말하는 것이겠지?」

「예, 동생들이 많아서⋯⋯.」

「검사 월급으로 그 뒤치다꺼리 다 하고 장가가려면 마흔이 넘지 않겠나? 그건 별 문제가 아니고.」 안 원장은 담배연기를 길게 내뿜고는, 「내가 그간에 여러 번 말을 꺼내려다가 시기상조라 미뤄왔었는데, 자네, 우리 경자가 어떤가? 걔가 이번에 졸업 아닌가.」 그는 말이 빨라지며 김선오를 지그시 바라보았다.

「아, 예⋯⋯, 그런데 그게⋯⋯.」

김선오는 당황스럽게 말을 얼버무렸다.

「너무 갑작스러워 당황하는 건 당연한데, 당장 대답하라는 건 아닐세. 허나, 뭐 복잡하게 생각할 것도 없어. 자네 뒷바라지는 내가 다 알아서 해줄 테니까 말야. 그동안 자네는 내가 겪어봐서 잘 알고, 자네도 우리 경자가 어떤 앤지는 대충 알고 있잖나? 내가 보기로는 서로 손색없는 한 쌍인데, 자네만 좋다면 경자는 나한테 맡기게. 내 생각이 어떤가?」

「예, 황송합니다. 좀 생각할 여유를 주십시오.」

「그럼, 그럼, 인륜지대산데. 자아, 새 기분으로 술 드세.」

안 원장은 술잔을 높이 들었고, 김선오도 술잔을 마주 들었다. 그러나, 김선오의 눈에는 두 개의 술잔이 안자경과 박자영의 얼굴로 보이고 있었다.

김선오는 이튿날 아침 늦게 여관에서 눈을 떴다. 아직도 술기운은 늘적거리는데 전혀 잠을 잔 것 같지 않게 그 문제가 곧장 떠올랐다.

안자경, 박자영⋯⋯, 박자영, 안자경⋯⋯.

김선오는 꺾어 세운 무릎에 팔을 올려 두 손으로 머리카락을 움켜잡았다. 두 여자의 얼굴이 겹쳐지고 뒤엉키고 할 뿐 어찌해야 좋을지 알 수가 없었다. 어떤 여자가 더 나은지 차근차근 따지며 비교해 보려고 했지만 마음은 혼란스럽기만 했다. 어찌 된 일인지 엉뚱하게 이규백 선배까지 떠올라 정신을 어지럽히고 들었다. 그러나 그건 엉뚱한 것이 아니었다. 이규백 선배가 서울에 자리잡은데다, 장가도 부잣집으로 가게 되자 그전부터 품어왔던 경쟁의식이 더 강해지며 질시와 시샘의 감정까지 꿈틀거렸다. 그런 감정을 푸는 것은 이 선배보다 장가를 더 잘 가는 도리밖에 없었다.

김선오는 광주 걸음을 한 길에 고등법원에 근무하는 선배 두어 명을 찾아보려고 했던 생각을 접고 바로 순천행 기차를 탔다. 마음이 산란해서만이 아니었다. 선배들에게 인사해서 내일을 위한 길을 닦아두는 것보다 결혼 문제는 법관 인생에 더 결정적 영향을 미치는 중대사였다.

그 즈음 박영자는 자꾸만 궁지로 몰리고 있었다. 아버지가 혼처를 물색해 놓고 어서 마음을 정하라고 몰아대기 시작한 것이 한 달이 다 되어가고 있었다. 좋게 말해서 추진력이 강하고 나쁘게 말해서 우격다짐이 심한 아버지 앞에서 뚜렷한 이유 없이 더 이상 버틸 재간이 없는 형편이었다. 이제 김선오를 내세우지 않을 수 없는 막다른 골목이었다.

「그래서 그 남자를 만나보고 맘에 안 들어 바로 선오 씨한테 편지를 했지.」

박영자의 얼굴에 전에는 볼 수 없었던 그늘이 서려 있었다.

「뭐라고? 결혼하자고?」

강숙자는 상담역답게 침착하게 물었다.

「애는. 여자가 어떻게 그런 말 먼저 할 수 있니. 그래서 대학원 갈 마음이 없다고 돌려서 말했지.」

「그랬더니?」

「그게 무슨 말인지 못 알아들었는지 여태까지 아무 소식이 없어. 벌써 보름이 넘었는데.」

「아이구 이 답답아, 편지를 더 솔직하고 자세하게 쓰든지, 그렇잖으면 직접 찾아 내려갔어야지.」

「글쎄, 그 머리 좋은 사람이 편지 내용을 눈치 못 챘을 리가 없는데, 혹시 딴 여자가 생긴 건 아닐까?」

「글쎄 말야, 거기도 판검사라면 사족을 못쓰는 인간들이 수두룩할 테니까. 넌 참 생각보다 바보야. 그렇게 맘에 있었으면 진작에 도장을 팍 받을 것이지.」

「어머, 애 좀 봐. 그랬다가 변심하면 어쩌려고? 남자는 여자를 다 소유하고 나면 마음이 변한다는 말 듣지도 못했어? 그래서 신세 망친 여자들이 어디 한둘이라고.」

「요런, 하나만 알고 둘은 모르는 맹꽁이. 그거야 여자 쪽이 시원찮고 보잘것없을 때 당하는 일이고, 너야 남자들이면 다 군침 흘리는 부잣집 딸이잖아. 애, 이젠 솔직하게 대답해 봐. 그동안 김선오가 널 가만두데? 얌전하게 손 잡고 키스만 하더냐구.」

「애 좀 봐. 못하는 소리가 없어.」

박영자는 얼굴이 붉게 물들었다.

「뭘 그리 부끄러워하구 그래, 우리끼린데. 아마 가만있지 않았을걸. 그 사나이도 누구 못지않게 야망이 큰데.」

강숙자는 묘하게 웃으며 박영자를 실눈을 뜨고 바라보았다.

「못된 기집애, 그런 것은 모르는 게 없어.」

박영자가 붉어진 볼을 두 손으로 감싸며 눈을 흘겼다.

「아이구, 멍청한 기집애. 그런데 순결을 지키겠다구 철저한 방어를 했다 그거지? 맙소사, 그런 답답한 일이 어딨니? 그 사람이 수험생이었을 때는 부도수표가 될 위험성 때문에 그럴 수 있다고 쳐. 그치만 고시를 패스하는 순간 딱 달라졌어야지. 사랑하겠다, 일생을 함께 살고 싶겠다, 그런 남자가 세상이 다 인정하는 자격을 획득했겠다, 그 기회가 좀 좋으니? 고시 패스를 축하하는 기념 선물로 우아하고 고상하게 그의 뜻을 받아들여 하나가 된 다음에 네 아버지 앞에 당당하게 세워야 했어. 그럼 연애반대론자인 네 아버진들 어쩔 거야? 반대해? 천만에, 오히려 환영, 대환영이셨겠지. 판검사 될 사윗감이신데. 네 아버지도 사업 크게 하시고 재벌 될 꿈을 가지고 계시니까 그런 사위 은근히 바라시지 않겠어? 내 말이 어때?」

「몰라! 진작 좀 가르쳐주지.」

박영자는 안타까운 듯 제 허벅지를 쳤다.

「어머, 애 좀 봐. 크레물린처럼 철통같이 비밀을 지킨 게 누군데. 네가 오늘처럼 날 상담역으로 모시고 모든 고민을 솔직하게 털어놓았으면 얼마나 코치를 잘해 줬겠니. 넌 천상 새침데기 서울내기라서 망한 거야.」

「애, 지금이라도 무슨 방법이 없겠니? 너라면 이런 때 어떻게 하겠어?」

박영자는 무릎이 부딪치도록 탁자 앞으로 바짝 다가앉았다.

「글쎄에……, 근데 아버지가 소개하는 그 남자 집안은 어떤 집이냐? 같은 사업가야?」

「아니, 육군 중장 출신이래.」

「중장 출신? 그럼 예편했다는 뜻인데, 지금은 뭘 해?」

「몰라. 그건 아빠가 말씀 안 하셨고, 나도 관심 없었어.」

「오라, 느네 아버지께서 요새 유행인 실세 중의 실세를 사돈감으로 고르신 것 같다. 은행원일 뿐인 사윗감이 탐나신 것 같진 않고 말야. 넌 아무래도 아버지 앞에 백기를 들어야 될 것 같은데?」

「애, 그게 무슨 소리야?」

박영자는 그만 울상이 되었다. 그 동글한 눈에는 금세 물기까지 번졌다.

「넌 왜 그리 형광등이니? 척하면 3천 리는 못 돼도 30리는 돼야지. 느네 아버지가 대단하게 생각하는 중장 출신 실세와 햇병아리 검사, 그것도 한반도 끄트머리 지방도시에 박혀 있는 김선오하곤 께임이 안 된다 그거지. 넌 실기를 해도 돌이킬 수 없는 실기를 한 거야. 또 그것만이 아니야. 김선오한테도 괜히 대학원이네 뭐네 안개 피우다가 마음 멀어지게 만든 거구. 너 부부도 오래 멀리 떨어져 살면 남 같아진다는 말 못 들었니? 애인 사이야 더 말해 뭘 해. 김선오가 이상해지지 않고서야 너의 그런 편지 받고 아무 답장도 안 할 리 없지 않니?」

강숙자는 아주 진지한 얼굴로 말하고 있었지만 속으로는 묘한 감정이 발동하고 있었다.

「그럼 난 어쩌니? 지금이라도 무슨 방법이 없을까? 자숙아, 좀 생각해 봐. 아냐, 내가 당장 내려가서 일을 저질러버리면 어떨까? 그럼 되잖겠니?」

박영자는 두 손을 비벼대며 다리를 동동거렸다.

「어머, 쟤가 체면이고 자존심이고 다 내던지고 미치려고 하네. 너 이 대목에서 정신 똑바로 차려야 해. 괜히 마음 급하다고 정신없이 설치다간 망신당하고 자존심 상하고 죽도 밥도 안 되니까.」 강숙자는 보리차를 한 모금 마시고는, 「너, 남자들은 여자가 달겨들면 오히려 물러선다는 것 알지? 더구나 김선오는 답장도 안 하고 있고, 그 사람 턱없이 도도한 데도 있다는 걸 잊지 말어.」 그녀는 냉정하게 말했다.

「그럼 난 어떡하면 좋으니?」

「답장 올 때까지 기다려봐.」

「아빠 성화고……, 안 오면?」

「너 바보니? 안 오면 변심한 거니까 그쪽으로 시집가야지.」

「난 몰라!」

박영자는 두 손에 얼굴을 묻었다.

강숙자는 그런 박영자를 물끄러미 바라보며 묘한 웃음을 피우고 있었다. 그녀는 내심으로 김선오와 박영자가 결혼하는 것을 바라지 않았다.

자신을 무시하는 김선오가 마누라인 박영자에게 자신의 과거에 대해 한마디라도 하는 건 도저히 참을 수 없는 일이었다. 더구나 그 시건방진 김선오가 부자인 처가 덕으로 출세도 하고 호의호식하며 사는 꼴을 용납할 수가 없었다. 그리고 친구 하나를 잃지 않기 위해서도 그들의 결혼을 바라지 않았다.

한편, 김선오는 며칠을 두고 고심을 계속하고 있었다. 그러나 양쪽 손에 든 두 개의 사과 중에 어떤 것을 베어물 것인지 쉽사리 마음을 정할 수가 없었다. 왼쪽 것이 더 커 보이는가 하면 오른쪽 것이 더 커 보이고, 오른쪽 것이 더 잘 익었는가 싶으면 왼쪽 것이 더욱 잘 익어 보이고, 도무지 종잡을 수가 없었다.

이래 가지고 무슨 검사 노릇을 한다는 것인가…….

김선오는 스스로 힐책하며 재판을 하듯 냉정하게 판단하자고 작정했다.

첫 번째 마음에 걸리는 것이 박자영과 안자경을 똑같은 비중으로 비교해도 될 것인가 하는 문제였다. 박자영과는 몇 년에 걸쳐 연애를 한 사이였다. 그런데 정작 결혼을 해야 할 시기가 되자 박자영은 그런 낌새는 전혀 보이지 않고 대학원 진학이니 뭐니 하며 딴청을 부렸다. 연수기간에 자신에게도 예외 없이 중매쟁이가 붙었지만 애인이 있다고 한마디로 물리쳤던 것은 박자영 때문이었다.

그렇다고 자신이 먼저 결혼하자고 할 수가 없는 입장이었다. 집안이 형편없이 가난한 처지에서 꼭 여자네 덕이나 보려고 달려드는 것처럼 비칠 수 있었다. 지방으로 내려와 편지를 주고받으면서도 박자영은 끝내 결혼 이야기는 꺼내지 않았다. 막상 결혼을 하고 싶은 마음은 없는 것인지도 몰랐다. 그렇다면 손 잡고 키스 정도 했을 뿐 책임질 일 하지 않았으니까 이쪽에서도 마음을 거둘 수밖에 없었다. 그렇게 되면 두 여자는 비교하고 말고 할 것이 없었다.

두 번째는 두 여자의 차이점이었다. 박자영은 역사학도답게 정치나 사회 문제에 관심이 많았고, 나름대로의 정의감과 비판력도 가지고 있었다. 그러나 그런 점은 대학생다운 면모고, 학자로서 어울리는 기질일 수 있으나 아내로서는 거북하고 마땅찮을 수 있었다. 4·19 때 데모에 참가했다고 말을 꾸며대느라고 여간 곤혹스럽지 않았고, 평생 그런 식으로 산다는 것은 보통 괴로운 일이 아닐 거였다.

그에 비해 안자경은 자기 주장이 거의 없었고 그저 얌전하게 공부에 열중했다. 그리고, 생활이 풍족한데도 여대생들이 유행에 앞장서고 있는 뾰족구두를 신지 않고 검은 단화를 신고 다니는 모습은 잊혀지지 않는 깊은 인상으로 남아 있었다. 그뿐이 아니었다. 이제 안자경은 어엿한 의사가 될 판이었다. 판검사 남편과 의사 아내, 그건 어디 내놓아도 자랑거리가 아닐 수 없는 그럴듯한 조화였다. 세상이 의사를 대단하게 생각하는 것은 사람의 생명을 다루기 때문만은 아니었다. 그 특수기술이 부(富)까지 보장하는 것이었다. 돈과 명예를 한꺼번에 얻을 수 있는 의사 아내를 둔다는 것은 법관으로서 그야말로 금상첨화가 아닐 수 없었다.

세 번째는 장인 될 사람의 존재였다. 박자영의 아버지는 사업가였다. 좀더 구체적이고 솔직하게 말하자면 건축업자였다. 모든 사업가라는 것이 다 그렇듯이 그 직업은 오로지 돈 버는 데만 목적이 있었다. 그래서 사업가에게는 선생이나 예술가, 의사 같은 사람들에게 보내는 존경심은 없고 어딘가 천시하는 경향이 있었다. 그러나 무엇보다도 중요한 것은 박자영의 아버지는 한 번도 만나본 일이 없다는 점이었다. 안 원장이 '자네 뒷바라지는 내가 다 알아서 하겠다'고 한 것에 비해 박 사장은 어떤 태도를 취할지 알 수 없는 노릇이었다. 그리고 박 사장이 얼마나 부자인지는 모르지만 안 원장은 오래전부터 광주에서 다섯 손가락 안에 드는 부자로 소문나 있었다. 또한 사업가는 언제 어느 때 망할지 모르지만 의사는 전혀 망할 염려가 없었다. 그뿐만 아니라 박 사장은 타향사람이고, 안 원장은 고향사람이었다.

이렇게 따져가다 보니 박자영은 지워지고 없고 안자경이 뚜렷하게 다가들었다. 김선오는 당황스러워 자신이 잘못 생각하지 않았나 하고 다시 점검하기로 했다. 몇 번을 되풀이해 짚어보아도 결론은 마찬가지였다.

김선오는 또 2~3일을 고민했다. 안 원장에게 확답을 해야 할 날짜가 촉박하게 느껴질수록 박자영의 생각을 완전히 떼치기가 어려웠다. 지난 기억들이 불쑥불쑥 떠오르며 그녀가 그립기도 하고 미안하기도 했다. 그녀와 함께 보낸 세월의 매듭들이 결코 무심한 것은 아니었다. 만년필에서도 그녀의 모습이 보이고, 지갑에서도 그녀의 손길이 느껴지고, 손수건에서도 그녀의 체취가 묻어났다.

"이별은 또 하나의 죽음이다." 어디선가 읽은 이런 말도 불쑥 떠올랐다. 그녀가 자신과의 이별을 어떻게 받아들일지 예측하기는 어려웠다. 자신에게 그녀와의 이별은 또 하나의 죽음인가? 아쉽고, 서운하고, 몇몇 기억은 꽤 오래 잊혀질 것 같지 않지만 죽음이라는 느낌까지는 들지 않았다. 그녀도 그 정도가 아닐까 싶었다. 그녀를 범했다면 모르지만 그러지 않았으니 이쪽에서 죄 될 것은 없고, 그녀도 특별한 아픔이나 상처 없이 잊으리라는 생각도 들었다.

그러나 안 원장에게 확답을 보내기는 어려웠다. 동료 검사나 부장검사에게 의논을 해볼까 하는 마음이 들기도 했다. 그러나 자신에게 흠이 될지도 몰라 그 생각을 지웠다. 그는 생각다 못해 순천고등학교에 근무하는 고등학교 동창을 불러냈다.

「내 동료 중에 이런 일로 고민하는 사람이 있는데 너 좀 들어봐. 나한테 의논을 하는데 뭐라고 말해 주기가 곤란해서 그래.」

김선오는 술잔을 비우고 나서 이야기를 하기 시작했다.

국어선생인 동창은 아무런 표정 없이 혼자 술을 따라 마시며 이야기를 듣고 있었다.

「……그 친구는 이렇게 선택의 기로에 서 있는데, 너 같으면 어떻게 하겠어?」

이야기를 마친 김선오는 목이 마른 듯 술을 따라 마셨다.

「흥, 그거야말로 판검사님네들이나 누리는 즐거운 비명이고 행복한 고민이로군. 별수 있어? 대한민국 법을 일부이처제로 고치는 수밖에.」

「야, 이거 농담 아니야.」

「물론 심각한 현실이지. 그런데 말이다, 따지고 결정짓고 하는 데 이골난 사람들이 못하는 일을 나 같은 훈장이 어찌하겠냐. 특히 이성 문제는 본인이 알아서 할 수밖에 없어.」

김선오는 동창이 일부러 말을 피한다는 것을 알았다. 어쩌면 그 이야기가 자신의 일이라는 것을 눈치챘는지도 몰랐다.

술자리를 간단하게 끝낸 김선오는 집으로 돌아와 안 원장에게 편지를 썼다.

"따님과의 결혼을 허락하여 주신 은혜 받들어 평생토록 행복하게 살겠습니다."

편지 내용의 전부였다.

그리고 김선오는 얼마 전에 온 박자영의 편지를 짝짝 찢기 시작했다. 대학원 진학을 그만두기로 했다는 그 내용이 모호해 답장을 미루어오고 있었던 것이다.

2
또 하나의 장벽

「채옥아! 채옥이 이년 어딨어!」

임상천은 대문을 들어서면서 고함을 질러댔다. 전등 불빛에 비친 그의 각진 눈에는 살기가 서려 있었다.

「채옥이는 왜요? 뭘 잘못했어요?」

황 집사는 금방 겁 질려 목소리가 떨렸다. 화가 났다 하면 물불 가리지 않는 남편의 불 같은 성질을 잘 아는 까닭이었다.

「잔소리 말고 이년 당장 끌어내!」

임상천은 아내를 향해 버럭 소리쳤다. 황 집사는 뒤로 주춤 물러서며 더듬거렸다.

「아, 아직 안 들어……」

「뭐가 어쩌고 어째? 지금이 몇 시야, 몇 시!」

임상천은 더 무서운 기세로 소리지르며 주먹을 치켜들었다. 그 주먹은 곧 아내를 내려칠 것 같았다.

「아니 왜 그러세요, 왜…… 동네 부끄럽잖아요.」

황 집사는 움츠린 몸을 떨며 급한 대로 동네를 끌어다 댔다.

「빌어먹을 예편네. 새끼들을 도대체 어떻게 키우는 거야.」

임상천은 아내를 노려보며 이를 뿌드득 갈고는 마당을 질러갔다.

황 집사는 그만 가슴이 덜컥했다. 딸이 저지른 무슨 잘못이 자신과 연관된 모양이었다. 그러나 선뜻 떠오르는 것은 없었다. 딸은 대학에 잘 다닐 뿐 말썽 일으킬 만한 일을 한 적이 없었다. 황 집사는 평소에 해오던 대로 남편의 화가 좀 가라앉을 때까지 자리를 피하려고 아들 방으로 발길을 돌렸다.

「뭐 하는 거야, 안 들어오고. 빨리 들어와, 빨리!」

그때 안방에서 남편의 고함이 터져나오며 방문을 걷어차는 소리가 들렸다.

「예, 가요, 들어가요.」

황 집사는 황급히 대꾸하며 허둥지둥 걸음을 되돌렸다.

두 자식이 방문 사이로 불안한 얼굴을 겨우 내밀고 있었고, 식모가 부엌 앞에서 손을 맞비비고 있었다.

「당신, 채옥이년이 그놈하고 연애질하는 것 알아, 몰라?」

임상천은 방으로 들어서는 아내에게 삿대질하며 소리쳤다. 그의 눈에는 여전히 살기가 시퍼랬다.

「예? 그놈이라니요……?」

「그놈 말야, 그놈. 그, 그, 호태 가정교사 했던 놈 있잖아.」

임상천은 자기 성질을 못 이겨 혀끝이 헛돌아 말을 더듬거렸다.

「뭐, 뭐라구요? 채옥이가 그 유일민이하고요?」

황 집사가 소스라치게 놀라며 소리쳤다. 그 카랑한 외침은 임상천의 고함을 무색하게 했다.

「그래, 그놈의 새끼하고 못된 짓을 해.」

임상천이 담뱃갑을 꺼내 방바닥에 팽개치며 주저앉았다.

「아니 여보, 당신이 혹시 잘못 본 것 아니유?」

황 집사가 급히 남편 옆에 쪼그리고 앉으며 물었다.

「잔소리 말어. 이 두 눈으로 두 번, 세 번 똑똑히 봤으니까.」 임상천은 담배에 불을 붙이고는, 「당신은 도대체 애새끼들을 어떻게 키우는 거야!」 그는 느닷없이 아내에게 삿대질을 하며 소리질렀다.

그 바람에 황 집사는 엉덩방아를 찧으며 중얼거렸다.

「이런 넋나간 기집애가 있나, 이런 미친 기집애가 있나…….」

그제서야 황 집사의 뇌리에서는 불길한 생각들이 줄줄이 떠오르고 있었다. 방학 때만 되면 며칠씩 친구 집에 놀러간다며 집을 비웠던 것이다.

「10시 반이 넘었는데 아직도 안 들어와. 이년을 그냥!」

임상천은 벽시계를 올려다보며 이를 뿌드득 갈았다.

황 집사는 가슴이 벌떡거리며 전신이 오들오들 떨리고 있었다. 곧 딸이 들어온대도 큰 걱정이었다. 불붙은 남편 성질에 딸이 당할 것을 생각하면 아득하기만 했다.

「아줌마아, 문 열어요, 문.」

대문 흔들리는 소리와 함께 임채옥의 목소리가 울려왔다.

황 집사보다 임상천이 먼저 벌떡 일어섰다.

「채옥이 너 이리 들어와!」

마루에 버티고 선 임상천이 대문을 들어서는 딸을 손가락으로 겨누며 소리쳤다. 일직선으로 쭉 뻗은 팔을 타고 그가 내뿜는 살기가 딸을 향해 화살이 되어 날아가고 있었다.

「왜요, 아빠…….」

임채옥이 엉거주춤했고,

「잔말 말고 하라는 대로 해. 아이구, 이 멍청한 것아.」

허둥지둥 달려나온 황 집사가 딸을 끌어당겼다.

「너, 유일민이 그놈하고 왜 놀아나!」

딸이 방으로 들어서자마자 임상천은 눈을 부릅뜨며 소리쳤다.

그 순간 임채옥이 당황하며 얼굴이 딱 굳어졌다.

「앉으세요, 앉아서 말씀하세요.」

황 집사가 울상이 되어 남편에게 애원하듯 했다. 임상천이 숨을 몰아쉬며 털썩 주저앉았다. 그 앞에 임채옥이 무릎을 꿇고 앉았다.

「빨리 대답해. 왜 그따위 짓이야. 그놈이 어떤 놈인지 몰라?」

임상천의 좁장한 얼굴 전체에 분노가 이글거리고 있었다.

「아빠, 그 사람은 아무 죄가 없잖아요.」

아버지를 똑바로 바라보며 임채옥이 한 말이었다. 그런 임채옥의 얼굴은 무슨 각오라도 한 듯 냉정할 뿐 아까의 겁먹은 기색은 사라지고 없었다.

「뭐, 뭐야!」

임상천이 주먹을 부르쥐었고,

「너 미쳤니.」

황 집사가 딸의 어깨를 쳤다.

「그 사람은 너무 억울해요. 그 사람 아버지가 잘못했지 그 사람이 잘못한 게 뭐가 있어요. 그 사람 정직하고 성실해요.」

「뭐가 어쩌고 어째!」

임상천이 고함과 함께 딸의 얼굴을 후려쳤다. 긴 머리칼이 헝클어지며 임채옥의 고개가 획 돌아갔다.

「아이구 여보, 왜 이래요.」

황 집사가 뒤늦게 남편을 붙들었다.

「아빠, 이러지 마세요. 아빠가 공산당이 싫어서 월남하셨으면 됐지 그 사람을 왜 미워하세요. 그 사람은 공산당도 아니고, 자기 아버지하고도 아무 상관이 없어요. 그 사람은 군 복무까지 마친 당당한 대한민국 국민이라구요.」

임채옥은 아까보다 더 또렷하게 말했다.

「이년이 이게 환장을 했나!」

임상천이 벌떡 일어났다. 그리고, 손재봉틀 위에 놓인 가위를 집어들었다.

「왜 이래요, 당신. 어쩔려고 이래요. 정신차리세요.」

황 집사가 딸을 뒤로 잡아끌며 남편을 가로막았다. 가위를 들고 온몸에서 살기를 내뿜고 있는 임상천은 곧 딸을 찔러버릴 것 같은 기세였고, 황 집사는 그 앞에서 바들바들 떨고 있었다.

「비켜, 비키지 못해!」

「미쳤어요. 정신차려요, 글쎄.」

「비키라니까. 저년 머리를 다 잘라버려야 해. 다신 그놈 못 만나게.」

「아, 예에!」

황 집사는 그제서야 남편 뜻을 알고 금방 동조하는 반응을 나타냈다. 그때 임채옥이 후닥닥 방을 뛰쳐나갔다.

「저년이 저게!」

임상천이 재빨리 뒤쫓아 나갔다.

「엄마아……」

다급한 바람에 발을 헛디딘 임채옥은 마루에서 댓돌로, 다시 두 개의 돌계단을 굴러 마당으로 곤두박히고 있었다.

뒤쫓아온 임상천은 딸이 어디를 다쳤거나 말거나 아랑곳하지 않고 딸의 머리채를 움켜잡았다. 그리고 가위를 들이댔다.

「안 돼요, 아빠. 안 돼요.」

임채옥은 쓰러진 채 울부짖으며 아버지의 다리를 붙들었다.

「뭘 해? 이년 붙들어!」

임상천이 소리쳤고, 뒤따라 마당으로 쫓아 내려온 황 집사가 몸부림 치는 딸을 붙들었다.

「안 돼요, 안 돼요. 이러면 나 죽고 말 거예요.」

임채옥은 몸부림치며 울부짖었다. 그러나 임상천은 싹둑싹둑 가위질을 하기 시작했다.

긴 머리카락이 뭉텅이져 마당에 떨어져내렸다. 임채옥의 머리는 이내 보기 흉하게 변하고 말았다.

임채옥은 흐느껴 울며 어머니의 부축을 받아 방으로 들어갔다.

「끊어라, 당장 끊어. 세상에 많고 많은 남자들 중에 왜 하필 그런 남자냐. 그런 집안 자식 따라 살다간 평생 신세 망치고, 그 애비가 간첩으로 나타나 봐라. 그땐 우리 집안까지 다 거덜나고 망조 든다. 철딱서니 없이 어째 그 뻔한 걸 모르니 그래.」

어머니의 말을 듣는지 마는지 천장을 올려다보고 누워 있는 임채옥의 두 눈에서는 눈물이 줄줄이 흘러내리고 있었다.

「당신 그놈의 돈벌이 다 때려치고 낼부턴 한시도 놓치지 말고 저것 감시해. 알겠어!」

임상천이 아내를 노려보았다.

「알았어요. 나도 그럴 참이었어요.」

황 집사가 고개를 크게 끄덕였다.

새벽녘에 식모가 안방 문을 다급하게 흔들어댔다.

「사모님, 사모님, 큰일났어요. 빨리 일어나 보세요. 채옥이 학생이 하혈을 하고 야단났어요.」

황 집사는 잠옷바람으로 딸의 방으로 내달으며 임신이라는 충격에 휘말리고 있었다. 정신이 가물가물한 상태인 임채옥의 하체는 피범벅이 되어 있었다.

「아줌마, 지, 지금 몇 시요?」

「5시 넘었구먼요.」

「됐어요. 빨리 병원 가야 해요, 병원.」

식모가 딸을 업고, 아내가 뒤를 받치고 해서 대문을 나가는 걸 보며 임상천은 이를 뿌드득 갈아붙였다.

「그 망할 놈의 새끼를……」

의사가 손을 닦으며 진찰실에서 나왔다.

「낙탭니다. 수술을 해야 되겠어요. 찌꺼기를 그대로 됐다간 염증이 생겨 큰일납니다.」

「아이구, 이 일을 어쩌나.」

황 집사는 울음을 터뜨리며 의자에 털썩 주저앉았다.

따스하고 포근한 햇살이 가득한 3월의 교정에 파릇파릇 새싹들이 움트고 있었다. 유일민은 벤치에 앉아 해바라기를 하며 학생들의 웅성거림을 먼 눈길로 망연히 바라보고 있었다. 학생들은 새 학기가 시작되자마자 또 한일회담 반대 데모로 거의 날마다 집회를 열고 있었다. 작년 6월 3일에 4·19를 방불케 하는 대규모 학생 데모가 일어나 서울 일대에 비상계엄령이 선포되면서 '6·3사태'로 이름 붙여진 한일회담 반대 데모는 해를 넘기고도 그 기세가 꺾일 줄 몰랐다.

「어이 유 형, 여기 있었구만. 이거 제대파는 서러워서 어디 살겠어? 데모를 할래도 4·19 때 수고하셨으니 이제 그만 쉬라면서 끼워주지 않으니 말야. 하긴 그만큼 선배 알아주는 후배들이 고맙기도 하지만.」

배상집이 유일민 옆에 의자가 울리도록 가방을 쿵 놓으며 한바탕 너스레를 떨었다.

「데모하면서까지 선배 대접하기가 귀찮은 거겠지요. 앉으세요.」

유일민은 손차양을 하고 배상집을 올려다보며 흐리게 웃었다. 언제나 활달하고 사교적인 배상집이 부럽다는 생각을 하고 있었다.

「그게 그렇게 되나? 그거 고얀 놈들일세. 하긴 후배들이 노털이라고
부르는 것처럼 이젠 늙긴 늙었나 봐. 4·19 때처럼 데모하고 나설 정열
이 식었거든.」 배상집은 벤치에 주저앉으며, 「담배 있어? 아 참, 끊었다
고 했지」 하며 입맛을 다셨다.

「형도 끊어버려요, 사정이 안 되면.」

「아이고, 말 마. 유 형 같은 독종이나 끊지 아무나 끊어? 그리고 말야,
얻어 피우는 담배가 더욱 맛있다는 그 진리 알지? 그건 그렇고, 그 문제
결론 내렸어? 난 한독포켓사전을 헌책방에서 샀지. 이걸 싸그리 외워버
릴 참이야.」

배상집은 가방에서 얄팍한 사전을 꺼내 차르르 넘겨 보았다.

「글쎄요, 아직 결론이 안 났어요.」

「이런, 오래 생각한다고 별수 있나. 담배 끊듯이 딱 잘라 결정 내려.」

유일민은 '제대파'로 1년 선배인 배상집과 동급생이 되어 강의실 뒤쪽
에 자리잡으면서 뜻밖의 인생 문제를 만나게 되었다. 배상집은 활달하
고 사교적인 성격만큼 아는 사람들도 많고 이런저런 소식도 많이 가지
고 다녔는데, 서독 광부 지원도 그중의 하나였다.

배상집이 광부로 서독에 가려는 것은 아주 엉뚱한 데 목적이 있었다.
서독으로 광부들이 첫 출발을 한 것은 1년 전이었다. 그건 '라인강의 기
적'을 본따 '한강의 기적'을 내세우며 경제개발 5개년 계획을 추진하기
시작한 군사정권이 이 나라 최초로 시도하게 된 노동(인력)수출이었다.
그런데 배상집은 석·박사 학위를 따기 위해 광부에 지원하려는 것이었
다. 집이 가난해 유학 갈 형편은 못 되고, 대학 교수의 꿈은 이루어야 되
겠으니까 수입 좋은 광부 노릇으로 학비를 마련한다는 계획이었다.

광부 경력은 강원도 탄광에 가서 갱 속에는 들어갈 것도 없이 한 달
정도 기본적인 것을 익힌 다음 쓱싹 뒷손을 쓰면 서독행 비행기를 탈 수
있다는 거였다. 그리고, 서독 탄광은 거의 기계화되어 있기 때문에 한국

식으로 숙련된 광부들도 새 기술을 다시 배워야 하니까 모두 초보자이기는 마찬가지라고 했다.

배상집은 서로 말이 통하는 사람이 함께 가서 함께 고생하고 함께 공부해서 금의환향하면 교수 자리는 우리 것 아니냐고 했다. 유일민은 그런 말에 마음이 동하기도 했다. 한 달 수입 600마르크면 쌀 열 가마값이었고, 중·고등학교 교사 월급의 다섯 배나 되었다. 계약기간 3년 동안 그 돈을 모으면 석·박사 학위 따는 것은 결코 환상이 아니었다. 대학을 졸업하고도 취직 못한 실업자들이 해마다 늘어나 사회문제가 되고 있었고, 외국에서 학위를 받아오면 어느 대학에서나 환영하는 상황이 되면서 유학 붐이 일기 시작하고 있었다. 그러나 집안 형편 때문에 선뜻 결정을 못하고 있었다. 동생이 철학과를 나와 무슨 돈벌이를 할 수 있을지 불안했고, 어머니의 고생을 하루라도 빨리 끝나게 해야 하는데 10여 년 세월을 외국에서 보낸다는 것은 간단한 문제가 아니었다.

「빨리 결정해. 독일문화원에도 다녀야 하니까. 난 벌써 나가기 시작했어.」

「독일문화원?」

「이런, 유 형은 진지하고 신중한 건 좋은데 융통성이 없는 게 탈이야. 또 광부로 가려면 기술을 익혀야지 무슨 문화원이냐 하겠지? 이봐, 사람 사는 세상에서 세 끼 밥만큼 필요한 게 뭐지? 말이잖아, 말. 의사소통 말이야. 더구나 외국사람들끼리는 그게 절대적이잖아. 그런데 독일 가는 우리나라 광부들 중에서 독일말 통하는 사람이 몇이나 되겠어? 거의 전무상태일 건 뻔하잖아. 독일사람들이 독일말로 기술을 가르치고 작업 지시를 하고 하는데 우리나라 광부들이 귀머거리면 그때 필요한 게 뭐지?」

유일민은 그제서야 배상집의 말을 알아들었다.

「통역이군요.」

「그래, 통역. 정식으로 통역 일을 맡게 되면 갱 속에 안 들어갈 수도 있다 그런 말씀이야. 모든 대사관의 문화원에서는 자기네 나라 말을 배우겠다면 무료로 대환영이니까 얼마나 좋아?」

「예, 생각해 볼게요.」

「지나친 심사숙고가 기회 상실을 초래할 수도 있다는 걸 명심하라구. 난 문화원에 가니까 또 보자구.」

배상집의 기민함과 적응력에 유일민은 놀라고 있었다. 남보다 먼저 판단하고 빨리 행동하는 것, 그건 분명 능력인데, 그 능력은 타고나는 것일까 길러지는 것일까⋯⋯, 멀어져가는 배상집을 바라보며 유일민은 이 세상을 살아갈 두려움 같은 것을 느끼고 있었다. 욕망이라는 먹이를 쫓아 맹렬하게 치닫고 있는 야수로, 배상집은 멀어지는 것이 아니라 오히려 확대되어 오고 있었다.

유일민은 독일에 가고 싶었다. 대학 교수라는 2차적인 목표는 탐하지 않더라도 3년 동안의 벌이만으로도 100만 원이 훨씬 넘었다. 그 액수면 집안을 가난에서 일시에 벗어나게 할 수 있었다. 그건 인생을 바꿀 수 있는 기회였다.

가정교사 일을 마친 유일민은 밤 11시가 다 되어 버스에서 내렸다. 그는 지친 몸으로 터벅터벅 걸으며 임채옥과 독일 문제를 한꺼번에 생각하고 있었다. 며칠 전의 약속에 임채옥이 나오지 않은 게 자꾸 마음에 걸렸다. 그런 일이 한 번도 없었는데, 어디가 갑자기 아픈 것인지, 오늘까지도 아무 소식이 없었다. 임채옥이 친구네 집에 가정교사 자리를 구해주어 모든 연락은 그 집 전화로 하곤 했었다.

유일민이 가로등 없는 골목으로 접어들었을 때였다.

「야 임마, 나 좀 봐!」

뒤에서 들리는 거친 목소리에 유일민은 반사적으로 고개를 돌렸다. 몸집 큰 세 사내가 바로 다가들었다.

「왜들 이러…….」

한 사내의 주먹이 여지없이 유일민의 얼굴을 후려쳤다. 유일민이 가방을 떨어뜨리며 비틀거렸다. 또 한 사내가 유일민의 배를 걸어찼다. 유일민은 땅바닥에 사정없이 나둥그러졌다. 세 번째 사내가 유일민의 멱살을 잡아 반쯤 일으키더니 주먹으로 얼굴을 갈겼다. 유일민은 아까보다 더 심하게 땅바닥에 나가떨어졌다. 세 사내는 한꺼번에 달려들어 유일민의 배고 가슴이고 가릴 것 없이 마구 걸어차고 짓밟아대기 시작했다. 잔뜩 웅크렸던 유일민의 몸이 차츰 풀려가고 비명도 약해지다가 거의 들리지 않게 되었다.

「야 이새끼야, 너 또 한 번만 임 사장님 딸 만났다간 그땐 아주 숨통 끊기는 줄 알어. 좆같은 새끼!」

유일민의 가물거리는 의식 속에 임상천 사장의 얼굴이 떠오르고 있었다. 임 사장이 몽둥이를 들고 쫓아오는 착각에 휘말리며 유일민은 정신을 잃어버렸다.

유일표는 1시가 넘어 야경원을 따라 파출소에 가서 형을 업어 왔다. 해촌댁은 피투성이가 된 큰아들의 뒤를 받치고 오며 내내 울었다.

유일민은 밤새도록 헛소리를 하며 앓았다. 유일표는 형의 멍든 몸을 쉴새없이 주무르며 얼굴에서 분이 끓고 있었다.

「시상에, 시상에, 어떤 무지막지헌 놈덜이 사람을 요 꼴로 맹글어놓을 끄나.」

해촌댁은 이런 말을 수없이 되풀이하며 큰아들의 얼굴에 물수건을 연신 갈아 얹었다.

아침에 겨우 잠이 든 유일민은 점심 나절에야 눈을 떴다.

「형, 그놈들 얼굴 알지?」

유일표는 기다렸다는 듯 물었다.

「……몰라…….」

「말해, 형. 우리 애들 풀어서 그 새끼들 박살내고 말 테니까.」

유일표의 목소리가 격하게 터져나왔다.

「너, 너, 깡패냐? 말하는 게 어찌 그 모양이냐.」

유일민은 그 말 하기도 힘이 드는지 얼굴이 일그러지며 가슴과 배를 움켜잡았다.

「당하면 갚아야지, 난 당하고만 안 살아.」

유일표는 자리를 박차고 나갔다.

유일민은 천장을 올려다본 채 더없이 허망한 웃음을 짓고 있었다. 염려했던 것이 닥친 것이었고, 어차피 이루어질 수 없는 일이었다. 처음부터 단호하지 못했던 자신이 잘못한 것이었다. 그때 문득 떠오르는 말이 있었다.

「오빠하고 단둘이 이 강원도 산골 어딘가로 도망 와서……, 오빠가 마음만 딱 정하세요. 그럼…….」

유일민은 눈을 감으며 신음했다. 채옥이와 육체를 섞고 나자 갑자기 사랑이 절실해졌듯 채옥이와의 관계가 끝났다고 생각하자 불현듯 그리움이 사무쳐왔다. 그 감정대로라면 채옥의 말처럼 어디로든 도망가고 싶었다. 그러나……, 둘 사이를 가로막고 있는 장벽은 너무나 두껍고도 높았다.

유일민은 저녁 늦게 돌아온 동생이 자리잡고 앉기를 기다려 입을 열었다.

「일표야, 나 독일 가야겠다.」

「어디? 독일?」

「응, 너도 들어서 알지? 광부로.」

「허! 형이 광부야?」

「다 알아봤다. 가는 방법이 있어. 3년만 벌면 100만 원이 넘는다.」

그게 채옥이와의 관계를 끊는 가장 확실한 길이기도 했다.

3
경영 수업

「앉어라. 이 집 설렁탕이 진국이다.」

박부길 사장은 사람들 북적거리는 속에서 재빨리 밥상 하나를 차지하고 앉으며 아들 준서에게 손짓했다.

「손님이 아주 많군요.」

박준서는 아버지 맞은편에 자리잡고 앉으며 식당 안을 둘러보았다. 설렁탕을 전문으로 하는 대중식당답게 좀 구지레하고 오랜 세월에 걸쳐 고기를 고아온 냄새가 진하게 배어 있었다.

「맛이 좋고 양이 푸짐하니까. 2대째 내려오는 건데 예나 지금이나 맛이 변함이 없는 게 손님 끄는 비결이다.」

박부길은 밥상 한쪽에 놓인 작은 항아리에서 깍두기를 퍼내며 군침을 삼켰다.

「설렁탕집을 2대째나요?」

박준서의 입가에는 '이까짓'이라는 의미의 비웃음이 묻어났다.

「왜, 하찮다 그거냐? 너 그건 아주 잘못된 생각이다. 세상에는 수많은 직종이 있는데, 이런 직업도 꼭 필요한 게야. 많은 사람들한테 맛있는 음식을 푸짐하게 먹을 수 있게 해주는 것, 이게 얼마나 떳떳한 직업이냐. 내가 왜 널 데리고 이 집에 온 줄 아냐? 이 집 주방장이 어엿하게 대학 나온 이 집 큰아들이야. 이 집 설렁탕 맛이나 이 깍두기 맛이 한결같은 것은 주방장이 그렇게 대를 물리고 있기 때문이야. 아들에게 대학 공부를 시키고도 이 밥장사를 가업으로 물려주려고 한 아버지나, 대학을 나오고서도 이걸 천하게 생각하지 않고 가업으로 물려받아 앞치마 두르고 주방장 노릇 하는 아들이나, 그것 참 대단한 게야. 그게 바로 유식한 말로 하자면 사업가 정신이라는 것 아니겠냐?」

박부길은 큰 깍두기를 한입에 밀어넣고 으석으석 씹으며 아들을 빤히 쳐다보았다.

「예에, 그렇게 볼 수 있겠지요.」

박준서는 아버지의 소탈하면서도 좀 유별나다 싶게 맛에 신경을 쓰는 식도락 때문에 이 집에 온 것만이 아닌 것을 뒤늦게 깨닫고 있었다. 어쩌면 두 형도 이 집을 거쳐가지 않았을까 싶었다.

「자아, 이 깍두기 먹어봐라. 이 맛이 이게 하루이틀로 되는 게 아니다. 서울 장안에 설렁탕집이 셀 수 없이 많은데도 이런 맛은 흉내도 못 낸단 말야. 사업이란 크든 작든 바로 이런 독특한 점이 있어야 된단 말씀이야.」

알아듣겠냐는 듯 박부길은 다시 아들에게 눈길을 고정시켰다.

「예, 맛이 다르군요. 무가 약간 시든 것 같기도 하고 졸깃거리는 것 같기도 하고요.」

「흐음, 제법 맛을 볼 줄 아는구나. 무를 간할 때부터 남들하고 달리 하는 건데, 그게 바로 이 집만 지닌 비결이고, 아버지가 아들한테만 가르쳐주는 거니까 아무도 알 도리가 없는 거다.」 박부길은 또 깍두기를 입에 넣고는, 「이걸 봐라. 이 맛있는 깍두기를 그릇에 담아 내놓지 않고 손님들이 먹고 싶은 대로 먹게 그냥 항아리에다 담아놨다. 그릇에 따로따로 담아 내놓는 것하고 이것하고 어떤 게 더 이익이고, 손해겠냐?」 아들을 쳐다보는 그의 눈에 더 힘이 들어갔다.

「자아, 탕 나왔어요.」

종업원 여자가 바쁜 몸짓으로 그들 앞에 설렁탕을 놓았다.

어느덧 아버지의 경영 수업이 본격적으로 시작된 것을 느끼며 박준서는 긴장했다. 마침 설렁탕이 나와 조금이라도 더 생각할 여유가 생긴 것이 다행이다 싶었다. 그러나 그의 머리는 복잡해지고 있었다. 아버지가 내놓은 문제는 얼핏 들으면 국민학생들도 맞출 수 있을 만큼 간단한 것 같았다. 정답! 항아리에 담아놓는 것이 더 손해지요. 그러나, 언제나 그렇게 간단하고 어이없는 것 같은 질문에 함정이 있고 덫이 있고는 했다. 아버지가 묻고 있는 질문들은 단답형 같으면서도 경영을 종합적으로 파악해야만 답을 얻을 수 있는 아주 까다롭고 복잡한 문제들이었다. 아버지의 물음이 있을 때마다 긴장하는 것은 아버지가 만족할 만큼 대답을 찾기 위해서만이 아니었다. 그때마다 자신도 모르게 두 형을 의식하게 되고는 했다. 아버지는 아무 내색도 하지 않지만 그런 물음들을 통해서 세 아들을 비교 대조해 가며 채점표를 매기지 않을 리 없었다. 아버지의 사업은 날로 번창해 가고 있었고, 형들에게 뒤지고 싶지 않은 경쟁심이 자꾸 커지고 있었다.

「그게 말입니다……, 얼핏 보면 항아리에 담아놓는 것이 더 손해일 것 같은데, 전체적으로 따지고 보면 꼭 그럴 것 같지도 않습니다. 그러니까……, 왜냐하면 딴 그릇에 따로 내와도 깍두기가 모자라게 되면 사람들은 또 달라고 합니다. 그럼 다시 갖다 주느라고 일손만 많아지게 됩니다. 그런데 항아리에 담아두면 그 일손을 덜게 됩니다. 그리고 또……, 딴 그릇에 두 번 내온 것이 많아서 남기게 되면 그건 버려야 합니다. 그런데 항아리에서 각자가 먹을 만큼씩만 꺼내 먹으면 그런 낭비를 줄일 수 있습니다. 그리고 또 한 가지는……, 항아리에 이렇게 담아두면 인심을 후하게 쓰는 것 같아 손님들을 기분 좋게 하고, 그게 더 손님을 끄는 효과를 발휘할 수 있습니다.」

박준서는 생각이 헝클어지지 않게 간추리느라고 천천히 또박또박 말을 마쳤다.

「아하, 아주 제법이로구나. 회사밥 3년 헛먹은 게 아니야.」

박부길은 흡족하게 웃으며 허벅지를 쳤다. 그 목소리가 너무 커서 주위 사람들의 눈길이 한꺼번에 그에게로 쏠렸다.

「아, 이거 소주가 안 왔구나. 아주머니, 여기 소주 하나 줘요.」

박부길은 사람들의 눈길은 아랑곳하지 않고 주방 쪽을 향해 소리쳤다.

박준서는 좀 낯뜨거워 고개를 수그리고 설렁탕을 떠넣었다. 아버지의 그 거침없는 '노가다 기질'은 어쩌는 도리가 없었다. 좀 거칠고 투박하고 촌스러운 그 노가다 기질을 아버지는 고치려고 하는 게 아니라 오히려 당신의 매력이고 자랑거리라고 여기고 있는 형편이었다.

「자, 술 따라라.」

박부길은 아들을 대견한 듯 바라보며 술잔을 들었다.

박준서는 무릎을 꿇으며 두 손을 받쳐 공손하게 술을 따랐다.

「흐음, 술 따르는 솜씨도 이젠 아주 됐구나. 자아, 너도 한 잔 받아.」

「아니, 저는 낮술 안 합니다. 또 현장에 나가봐야 되거든요.」

「괜찮아. 딱 한 잔만 해. 반주는 보약이고, 탕 맛도 더 좋아지니까. 그리고, 나하고 좀 할 얘기가 있으니까 현장에 나갈 때는 술기 말끔히 가신다.」

박준서는 술을 따를 때처럼 예의 갖춰 술을 받았다.

「사업을 배우려면 주도부터 바르게 해야 한다. 지금부터 대학생 때 멋대로 마셨던 술버릇 싹 없애버리고 내가 가르치는 대로 주도를 배워라.

사업의 절반은 술접대로 판가름난다고 해도 과언이 아니니까 주도를 몰라서는 말이 안 돼.」

회사에 들어가자마자 아버지가 술집으로 데려가 한 말이었다. 술 따르기부터 배우기 시작한 그 주도라는 것은, 주전자 주둥이가 술잔에 닿아서는 안 된다, 술이 한 방울이라도 술잔을 넘치게 따라서는 안 된다, 상대방에게 술을 받아 입에 대지도 않고 바로 상에 놓아서는 안 된다, 상대방의 주량을 모르고 술을 마셔서는 안 된다, 상대방보다 먼저 취해서는 안 된다……, '안 된다'의 연속으로 나가다가, 여자는 예쁜 것과 덜 예쁜 것을 배치해 상대방이 예쁜 것을 차지하게 해야 한다, 상대방이 맘껏 여자와 즐길 수 있도록 먼저 분위기를 유도해야 한다, 상대방이 술을 깨 부끄러워할 정도로 야하게 놀게끔 미리 아가씨들에게 손을 써두어야 한다……, 이렇게 '해야 한다'로 바뀌면서는 상대방 공략법이 되고 있었다.

「네가 지적한 대로 깍두기를 이렇게 항아리에 담아두는 것은 인력 낭비를 막고, 인심 후하게 쓰는 것 같은 양수겸장을 치는 거야. 설령 깍두기가 좀 많이 없어진다고 하더라도 결국은 손님을 많이 끌어들이게 되니까 결과적으로는 훨씬 더 이익이다 그거지. 음식이 맛있는데다 이런 상술까지 발휘하고 있으니 이 집 주인은 최고의 사업가인 셈이야. 아주 보통 수완가가 아니야.」

박부길은 소주를 석 잔째 마시며 깍두기 항아리의 의미를 되짚어 정리하고 있었다.

「이 집 재산도 꽤나 많겠지요?」

박준서는 아버지의 구두시험을 무사히 통과한 것에 안도하며 관심을 딴 데로 돌렸다.

「암, 많지. 시내 여기저기에 비싼 땅을 많이 가지고 있다는 소문인데, 이 사람이 돼놈들을 닮아 어찌나 꿍꿍이속이 깊은지 그 재산이 얼만지 아는 사람이 아무도 없지. 사업하는 사람들이 아무리 이자를 많이 주겠다고 해도 돈을 빌려준 적이 한 번도 없어. 은행도 안 믿어 땅에다 돈을 묻어둔 건데, 그것 또한 얼마나 현명한 처사냐. 은행에 돈을 뒀더라면 6·25 거치면서 일어난 인프레로 다 종이쪽 되었을 건데 땅에 투자했으니 오히려 불어났잖냐. 그리고 근자에 날로 달로 치솟기는 게 서울 땅값이니 가만히 앉아서도 재산이 쑥쑥 불어나고 있는 것 아니냐. 이모저모로 비상한 사람이야.」

「그런 걸 부모한테 배운 걸까요?」

「그건 모르겠다. 하여튼 난 사람이야. 내가 전에 이 말 했던가? 땅은 거짓말하는 법 없다고.」

박부길은 또 빈 잔을 들며 아들을 쳐다보았다.

「예, 옛날에도 자식이 덜 똑똑할수록 땅을 사게 했다고요.」

박준서는 모범 아동처럼 냉큼 대답하고는 술병을 기울었다.

「그래, 잘 기억하고 있구나. 특히 건설업은 땅으로 쇼부가 난다. 땅덩어리는 커지는 법이 없고, 인종은 날마다 불어나고, 특히 서울로 사람들이 끝없이 몰려들고 있는 것을 똑똑히 봐라. 서울에 이렇게 사람이 불어나는 것은 나도 미처 생각지 못한 일이었다. 거 뭐냐, 황금알 낳는 오리 이야기, 그 오리가 어디 따로 있냐. 땅이 바로 그거다.」

「예, 아버지 말씀이 옳습니다. 그런데, 서울 인구는 언제까지 이렇게 불어나게 될까요? 어느 한계가 있는 것 아니겠어요?」

「글쎄다, 그걸 나도 곰곰이 생각해 보고 있는데, 답이 잘 안 나와. 이럴 것 같기도 하고, 저럴 것 같기도 하고, 하여튼 두고 보면서 사업을 해나가야지. 사람이 몰려들수록 우리한테는 좋은 일이니까. 다 먹었냐?」

「예, 아주 맛있게 먹었습니다.」

박준서는 검사라도 받듯 국물 한 방울 남기지 않은 설렁탕 그릇을 기울여 보였다.

「음, 복스럽게 먹었구나.」

박부길은 만족스러운 얼굴로 마지막 술잔을 비웠다. 그리고 설렁탕 그릇을 들어 남은 국물을 다 마셨다.

박준서는 그런 아버지를 바라보며 빙긋이 웃고 있었다. 아버지는 음식을 남겨 버리는 것을 돈을 헤프게 쓰는 것만큼 싫어했다. 돈은 쓸 때다가 꼭 맞춰 제대로 써야지 단 1원이라도 허튼 돈을 써서는 안 된다는 것이 아버지가 누누이 강조하는 지론이었다. 아버지의 혁대가 30년이 넘어 곧 끊어질 것처럼 닳아져 있는 것을 알게 된 것도, 와이셔츠가 10년이 넘어 소매 끝에 보푸라기가 일고 있는 것을 알게 된 것도 회사에 들어온 다음이었다.

「돈은 돈을 귀히 여기고 아낄 줄 모르는 인간들한테는 절대로 붙지 않는다. 사업은 무작정 돈을 벌어들이는 것이 아니다. 첫째로 돈을 귀하게 여기고 아낄 줄 아는 것이 완전히 몸에 배야만 실한 사업가가 될 수 있다.」

그러면서 아버지가 보여준 것이 혁대고 와이셔츠 소매 끝이었다. 그런데 그건 바로 보여주기 쉬웠던 것뿐이고 시계·라이터·만년필 같은 것들이 그냥 내버려도 누가 집어가지 않을 정도로 고물이라는 것을 뒤늦게 알았다. 회사에 몸담기 전까지는 자식들에게 그런 것을 전혀 모르게 했던 것이 이상했다.

「커나는 자식들 기죽여서는 안 되니까 그동안에는 네 어머니가 다 알아서 조종했고, 이젠 철들어서 사업 본격적으로 배우기 시작했으니까 정신무장을 단단히 해야지.」

아버지가 돋보기 너머로 지그시 쳐다보며 무뚝뚝하게 한 말이었다.

그러고 보면 어머니는 아버지를 대신해 그 임무를 충실히 수행해 온 셈이었다. 어머니는 늘 자식들의 불만과 원성의 대상이었다. 교복과 가방은 교체기간이 무조건 3년이었고, 참고서는 일절 사주지 않았고, 공책과 연필도 직접 사다놓고 배급을 했다. 용돈을 빼쓰려고 눈속임할 수 있는 길을 아예 차단해 버렸던 것이다. 대학생이 되어 좀 나아지긴 했지만, 용돈을 받을 때마다 꼭 용도를 밝혀야 했고, 그때마다 '돈은 적어도 세 번은 생각하고 써야 한다'는 말을 들어야 했다. 그런데 회사에 몸담고 보니 그건 어머니의 말이 아니라 아버지의 말이었다.

「현장들에 무슨 말썽은 없더냐?」

박부길은 이쑤시개로 이를 쑤시며 길을 건너다가 물었다.

「예, 별탈 없이 잘 돌아가고 있습니다.」

「너희들이 부지런히 도니까 정신들 차리는 모양이구나. 그렇지만 겉만 훑어서는 안 돼. 현장에 있는 것들은 무조건 한통속으로 짜고 돌며 속이려고 드니까. 잘못하다간 허수아비 되기 십상이야.」

「예, 명심하고 있습니다.」

「미쟁이들 쎄멘트벽돌 깨서 버리는 것, 목수들 못 함부로 취급해 바닥에 마구 떨어뜨리는 것, 그런 것까지 세세하게 살펴서 관리 잘못하고 있는 것들을 적발해 내야 돼. 그런 관리가 대목대목 잘못되면 건축비 1할이 날아가는 거야. 그럼 순이익 전부가 없어지는 거고, 그건 회사가 망하는 길이야. 잘못을 적발하면 지위고하를 막론하고 당장 목을 쳐! 시범쪼로 말야.」

「예, 알겠습니다.」

「우리 회사는 앞날을 위해 성실한 실력파들로 짱짱하게 짜야 하니까 더듬하고 데데한 놈들은 빨리빨리 추려 없애야 해.」

「예, 그리하겠습니다.」

「너, 쓸데없는 인정으로 사원들 대하는 건 아니겠지?」

「그런 센치멘탈 없습니다. 서로 경쟁하고 있는데 우리 회사가 무능한 자들 먹여살리는 자선사업하는 게 아니니까요.」

「됐어, 됐어. 승진할 만큼 정신무장이 됐어.」

박부길은 고개가 젖혀지도록 껄껄껄껄 웃어젖혔다. 그 바람에 옆을 지나던 행인들이 놀라 눈총을 쏘았다.

박준서는 현장에서 낭비되고 있는 자재들이 건축비의 10퍼센트와 맞먹는다는 아버지의 말을 언제나 잊지 않고 있었다. 아버지를 따라 현장을 확인한 그날부터 그 인상은 뇌리에 깊이 각인되었다.

회사에 출근하고 며칠이 안 되어 아버지를 따라나서야 했다. 아직 어렴풋하게 어둠살이 남아 있는 아침 6시였다. 아버지가 찾아간 곳은 신설동 쪽에 집들을 짓고 있는 현장이었다. 아침이 일러 현장에는 사람 하나 없이 조용했다. 집들은 지붕 공사까지 마친 상태였다.

아버지는 한 집으로 앞서 들어갔다.

「지금부터 나하고 함께 20분 동안만 이 집 바닥에 떨어져 있는 못들을 줍는 거다. 하나하나 줍지 말고 시간 없으니까 두 손으로 쓸어모아 여기 널린 판자 위에 올려라. 큰못, 작은 못 가릴 것 없이. 시작해라.」

아버지의 말을 듣고 보니 나무토막이며 판자쪽이며 대팻밥이며 벽돌쪽 같은 것들이 어지럽게 널려 있는 바닥에 크고 작은 못들이 수없이 떨어져 있었다. 못들을 두 손으로 쓸어모으면서, 왜 이 못들이 이렇게 많이 떨어져 있는지 알 수가 없었다. 이상해서 자꾸 살펴보아도 그 못들이 굽어지거나 휘어져 못쓰게 된 것이 아니고 멀쩡하게 곧았다. 못쓰게 된 것은 가끔 있을 뿐이었다. 이 방, 저 방으로 옮겨도 못들은 여전히 많이 떨어져 있었다. 꼭 누가 일부러 뿌리고 다닌 것 같아서 이해할 수가 없었다.

「시간 다 됐다. 어서 가져오너라.」

아버지가 거실이 될 공간 가운데 서서 손바닥을 털었다.

「아유, 이렇게 많이…….」

아버지와 자신이 긁어모은 못들을 합쳐놓고 자신도 모르게 흘러나온 말이었다. 못들은 대팻밥이나 나뭇조각 같은 것들과 섞여 있긴 했지만 잘 간추려도 바가지에 하나가 될 정도였다.

「그래, 놀랄 정도로 많지? 그렇지만 이 집에 떨어진 절반 정도밖에 안 모은 것이 이렇다. 이게 뭔지 아냐? 목수들이 지붕과 천장 공사를 하면서 한 짓들이다. 내 물건 아니라고 아무렇게나 취급해 이 꼴들을 한 거란 말이다. 앞으로도 마루를 놓고, 창틀을 짜고, 목수들이 해야 할 일이 많이 남았는데 생생한 못들은 계속 이렇게 버려질 게다. 목수만 이러는 게 아니라 미쟁이, 쎄멘트공, 전기공 할 것 없이 공정마다 이런 꼴로 물자를 낭비해 댄다. 이건 첫째로 그 돼먹지 못한 '노가다 곤조통' 때문이고, 둘째는 관리·감독이 틀려먹어서 이따위가 되는 거야. 이게 우리 회사가 아니라 다행이다만, 이런 꼴로 해가지고는 회사 다 망해. 25평짜리 집 한 채 짓는데 이 모양이면 50평짜리 열 채, 100채면 그 낭비가 얼마며, 세상이 달라져서 10층, 20층짜리 삘딩을 짓게 되면 어찌 되겠냐! 너 방금 놀랐지? 이걸 평생 똑똑히 기억해 둬라. 조그만 쥐구멍이 결국 저수지 둑 무너뜨리고, 단단하지 않은 땅에는 절대로 물이 고이지 않는다. 알겠지!」

박준서는 빠른 아버지의 걸음에 발을 맞추며 또 새로운 아버지를 발견하고 있었다. 아버지는 '새나라 자동차'로 자가용을 바꾸고서도 어지간한 거리는 걸어다녔다. 아버지보다 작은 회사 사장들도 새로 나온 그 차를 타고 다니며 으스대는데 아버지는 전혀 그런 허풍을 떨지 않았다.

「지금 굴리는 찜차도 앞으로 10년은 너끈하다만 별수 있냐, 바꿔야지. 모처에서 구매 요구가 온 거니까 사업 투자라고 생각하고 사줘야지. 사업하려면 이런 기회를 잘 이용해야 한다. 사업은 일종의 사교이기도 하니까.」

아버지는 거금을 아낌없이 내고 '새나라 자동차'를 사들였다.

회사에 도착한 박준서는 화장실로 가서 참고 있던 담배를 피워 물었다. 담배는 필터가 달리지 않은 보통 것이었다. 그는 담배연기를 내뿜으며 담배 끝을 물끄러미 바라보았다.

「이거 왜 이러시나, 준재벌 아드님께서. 그리 짜게 놀지 말고 필터 달린 담배 좀 피워. 그래야 우리 같은 놈들도 그 덕에 목구멍 호강도 좀 시켜볼 것 아냐.」

친구들의 비아냥거림이었다. 그러나 아버지가 필터 달린 담배를 안 피우니까 어쩔 도리가 없다고 할 수는 없었다. 그랬다가는 또 어떤 야유가 나올지 모를 일이었다. 은근히 필터담배가 피우고 싶긴 했지만 그렇다고 아버지보고 고급담배로 질을 높이라고 할 수는 없었다. 건강을 빙자한다 해도 들을 아버지가 아니었고, 괜히 속 비고 철딱서니 없는 놈으로 점수나 깎이기 십상이었다.

「앉거라. 할 얘기가 있다.」 박부길은 담배에 불을 붙이며 턱짓하고는, 「네가 보기로는 요새 세상 돌아가는 것 중에서 제일 중하게 보아야 할 게 어떤 것들이라고 생각하나?」 그는 소파에 상체를 부리며 담배연기를 내뿜었다.

박준서는 아까 식당에서보다 더 긴장했다. 세상 돌아가는 것 중에서……, 그 대상이 너무 넓고 막연했다. 그러나 아버지는 이미 나름대로 답을 가지고 묻고 있었다. 아버지의 이런 물음은 언제나 합격·불합격을 결정짓는 구두시험처럼 진땀났다. 그는 신문의 정치면과 경제면에서 눈여겨보아 왔던 것들을 회사 사업과 연결시켜 재빠르게 더듬기 시작했다.

「예, 저어……, 그게 그러니까……, 한일회담이 곧 타결되게 된 것이 제일 중요하지 않을까 합니다. 우리측에서 요구한 청구권 자금이 들어오면 경제개발 5개년 계획이 더 활기를 띨 테니까요.」

박준서는 굳이 이유 설명까지 덧붙이며 시간 벌기를 하고 있었다. 아버지가 말한 '것들'이란 복수의 나머지 것을 찾기 위해서였다.

「그래, 그것 제대로 짚었다. 또 하나는 뭐지……?」

박부길은 양쪽 입꼬리가 처지도록 만족을 표시하며 아들을 가늘게 뜬 눈으로 건너다보았다.

또 하나……, 또 하나……, 그게 뭐지? 5개년 계획의 확대? 아니면, 월남 파병 계획……? 5개년 계획의 확대는 내 예측일 뿐이고, 월남 파병은 실행될지 말지 설왕설래 시끄러울 뿐인데……. 그래도 다른 건 뭐 없잖아. 짧은 시간에 그의 뇌리에서 빠르게 교차하는 생각이었다.

「또 한 가지는 월남 파병이 아닐까 합니다. 야당의 반대로 아직 결정된 건 아니지만, 대통령이 언급한 거니까 결국 국회에서 통과될 거고, 그렇게 되면 군인들의 월급이 딸라로 들어오고, 군수물자들이 팔려나가고 해서 호경기를 일으킬 수 있을 겁니다.」

「으음……, 그것도 일리가 없는 건 아닌데, 그리 되자면 아직 너무 먼 얘기지. 정치가 현실이라고 하지만 사업은 그보다 더 현실이라고 하지 않았어? 그런 눈으로 보면 바로 보이는 게 있잖아? 서독에 간 광부들 말야.」

박준서는 아차 싶었다. 작년에 정치적 사회적으로 별 말썽이나 이상 없이 스치듯 지나간 일이라 미처 관심이 미치지 않았던 것이다.

「그 사람들 때문에 서독에서 차관이 들어와 경기에 기름기가 돌기 시작했고, 거기다가 광부들이 계속 가면서 송금하는 게 본격화되니까 판이 아주 달라지고 있다 그거지. 그 사람들은 매달 의무적으로 송금을 해야 하고, 그렇게 들어오는 돈은 전부가 다 귀한 딸라란 말야. 정부에선 딸라를 쌓으면서 국내돈을 찍어 가족들에게 전해주는 거니까 나라는 부자가 되고 국내 소비는 촉진되면서 경기가 좋아지고, 그 사람들 공이 이만저만이 아니야. 거기다가 간호원들까지 서독으로 가기 시작했어. 그럼 더 많은 딸라가 들어오게 될 텐데, 이건 우리한테 더없이 좋은 기회야. 정신 바짝 차리고 이 기회를 놓쳐서는 안 된다 그런 말이다. 현장을 빈틈없이 관리하는 것도 중요하지만 그것만 가지고는 안 돼. 한쪽에만 정신팔다가는 작은 고기 잡으려다가 큰 고기 놓치게 되니까. 그래 가지고서는 사업가가 될 수 없어. 사업가는 큰 것, 작은 것을 동시에 보고, 동시에 밀고 나갈 수 있어야 해. 거 뭐냐, 유식한 말 있지? 나무 어쩌고 숲 어쩌고 하는, 이런 데 딱 맞는 말 있잖냐.」

박부길은 소파에서 등을 떼며 답답하다는 듯 자기 머리를 툭툭 쥐어박았다.

「저어 혹시, 나무는 보고 숲을 보지 못한다 하는 말 아닌가요?」

「그래, 그래, 바로 그거야. 사람은 역시 배워야 하고, 너희들을 최고 학부까지 가르친 보람이 있다. 난 이거 무식해서 원.」 박부길은 자기 허벅지를 철퍽 치며 거침없이 말하고는, 「사업가란 말이다, 나무는 보고 숲을 보지 못해서도 안 되고, 숲은 보고 나무를 보지 못해서도 안 된다. 그 두 가지, 나무도 보고 숲도 보고, 숲도 보고 나무도 보는 눈을 가져야 한다. 왜 사람 눈이 둘이겠냐? 무슨 말인지 알지?」 그는 고개까지 늘여 아들을 빤히 쳐다보았다.

「예, 명심하겠습니다.」

박준서는 앉음새를 고치며 고개까지 숙였다. 그의 그런 마음에는 아버지에 대한 연민과 존경이 교차하고 있었다. 일제시대에 소학교밖에 나오지 못했다는 아버지— 그러면서도 건설업계에서 손꼽히는 오늘날과 같은 기업을 이룩해 낸 존재. 아버지는 흔히 말하는 자수성가의 표본이었다. 경영을 배우며 회사를 깊게 알아갈수록 아버지에 대한 존경심은 커지고 있었다. 아버지는 학벌이 없다 뿐이지 결코 무식하지 않았다. 일본말은 일본사람과 대화가 자유롭게 유창했고, 한자는 자신이 가끔 물어야 할 정도로 많이 알고 있었고, 돈 계산을 하는 암산 능력은 은행원들 수준에 가까웠다. 그리고 지금도 영어사전을 사장실에 놓고 새로 익혀야 될 단어들을 찾고 있었다. 그러나 무엇보다도 놀라운 것은 그 누구도 따라가기 어려울 정도로 예민하고 빠른 사업 감각과 정확한 상황 판단력을 갖춘 거였다. 아버지야말로 아무 메모도 없이 여러 현장의 작업 진행상태는 말할 것도 없고 자재 소모현황까지 꿰뚫고 있으면서, 정치 사회적 변동까지 환히 파악하고 있는, 나무와 숲을 동시에 볼 수 있는 탁월한 두 눈을 가지고 있었다.

「자아, 너한테 한 가지 맡길 일이 있다.」 박부길은 소파 끝으로 나앉으며 담배를 끄더니, 「저기 공화당 안에 말이다, 남재구라는 사람이 있다. 그 사람에 대해서 자세히 좀 알아봐.」 낮아지는 목소리와 함께 아들을 쳐다보는 그의 눈에는 은밀한 말이 담겨 있었다.

「예, 곧 알아오겠습니다.」

「내가 남산 쪽에다 선을 안 대는 거니까 그 점 명심하구. 너무 서두르지 말고 열흘 안으로만 마치면 돼. 숨은 실세라고 하는데……, 기밀비 아끼지 말고.」

「예, 빈틈없이 하겠습니다.」

「그래, 가봐.」

박부길은 공손하게 고개를 숙이는 아들의 어깨를 더없이 흡족한 얼굴로 두들겼다.

박준서는 새 사옥의 복도를 걸으며 안도의 심호흡을 했다. 오늘도 점수가 올랐으면 올랐지 깎이지 않은 것이 분명했다. 그는 담뱃불을 붙이다가 언뜻 그 일을 형들에게도 시킨 것이 아닐까 하는 생각을 했다. 그 동안에도 중요한 일을 셋에게 동시에 시킨 것이 여러 번 있었다. 그건 아버지 입장에서는 정보의 정확성을 기하는 동시에 세 아들의 능력을 비교 평가하고 있는 셈이었다. 좋아, 형들보다 빨리 정확하게! 박준서는 담배를 깊이 빨며 걸음이 빨라지고 있었다. 그는 다시 자신이 세 번째 아들이라는 사실을 상기하고 있었다. 그 불리한 장애를 넘어서야 하는 것, 그것이 늘 마음을 무겁게 하는 짐이었다.

「정치가는 권력으로 천하를 얻고 사업가는 돈으로 천하를 얻는다. 허나 돈은 마음만 먹으면 권력도 얻을 수 있다. 그리고 화무십일홍이요, 권불십년이라고 하지 않더냐. 열흘 붉은 꽃 없고, 10년 가는 권세 없다고 했으니 그에 비하면 수십대 뻗어갈 수 있는 사업이 훨씬 더 윗질 아니냐. 사나이로서 일생을 걸어볼 만한 거니까 단단히 각오하고 덤벼라. 하다 보면 너도 모르게 신바람이 나고, 유식한 말로 인생의 의미를 찾게 될 것이다.」

출근 첫날 아버지가 한 말이었다.

아버지의 말대로 자신은 언제부터인지 모르게 회사 경영의 마력에 휘말려들어 있었다. 사업이란 단순한 돈벌이가 아니었다. 하나의 소사회를 이끄는 지배 욕구가 있었고, 다른 회사들을 이기고자 하는 경쟁 욕구가 삶에 활력을 주었고, 한 가지씩 공사를 성공시킬 때마다 성취감을 맛보게 됐고, 커가는 회사를 보며 언젠가는 천하를 얻을 수 있을 것 같은 황홀한 꿈에 젖고는 했다.

「너 너무 빠르게 때묻어 가는 것 아니냐? 너 잘못하다간 변질되어 가는 4·19세대의 대표선수로 표창감이 될 수도 있어.」

친구들이 보내는 충고와 경계와 야유가 뒤섞인 말이었다.

4·19세대, 4·19정신, 변질…… 할말은 많았지만 그냥 웃고 말고는 했다. 그들이 철없어 보였고, 그들과의 논쟁이 소모처럼 느껴졌다. 4·19는 이미 과거였고, 4·19세대는 진작 사회인이 되어 있었다. 이젠 대학생이 아닌 이상 사회인으로서 건전하게 살아가야 그게 정상인 것이다. 그런데 그들은 걸핏하면 4·19정신을 내밀며 변질 운운하고 있었다. 4·19정신이란 독재를 타도한 민주정신일 것이다. 그러나 이제 독재는 없는데 그들은 여전히 변질 타령이었다. 그들은 5·16쿠데타를 4·19를 짓밟은 폭거로 규정하고, 그 연장선상에서 박정희정권을 독재로 규정하고 있었다. 5·16쿠데타가 4·19를 짓밟은 폭거인 것은 분명했다. 그러나 현재의 박 정권까지 독재로 모는 것은 무리고 억지였다. 5·16을 불러들인

것은 전적으로 장면정권의 무책임과 무능 때문이었다. 그러니까 확실하게 말하자면 5·16 전에 벌써 4·19를 배반하고 모독한 것은 장면정권이었다. 5·16은 장면정권의 무능을 빌미삼아 자기네 정당성을 내세웠고, 장면정권이 무능의 인과응보로 군홧발 아래 짓밟히는 것으로 역사의 한 장은 넘어갔다. 그리고 박정희는 국민투표를 통해 정권을 세웠다.

4·19세대가 4·19정신을 부르짖으려면 정치상황이 나빠질 때마다 다시금 4·19와 같은 투쟁을 전개했어야 했다. 그러나 4·19세대는 적어도 세 차례나 그럴 기회를 놓쳤거나 방임했다. 첫 번째는 장면정권이 무능의 극치를 이루며 4·19 1주년을 맞았을 때였다. 그때 단호하게 일어나 장면정권으로부터 정권을 회수했어야 했다. 그런데 그냥 어물어물 넘어갔다. 두 번째는 5·16쿠데타 때였다. 그러나 총칼이 무서웠던 것인가, 아무런 시도 없이 조용하게 넘어가고 말았다. 세 번째는 박정희가 군인 본연의 임무로 돌아가지 않고 대통령이 되려고 할 때였다. 그때도 아무런 반응 없이 침묵으로 넘어갔다.

그래 놓고 이제 국민투표로 세워진 정권을 향해 독재라고 하는 것이다. 그게 진정 독재라면 지금이라도 4·19정신을 되살려 제2의 4·19를 일으켜야 한다. 그런데 그들은 뿔뿔이 흩어져, 몇몇씩 술자리에 앉아서 4·19정신이니 변질이니를 떠들고 있을 뿐이다. 현실은 날마다 숨가쁘게 작동하고 있는데 그들은 추억을 즐기자는 것인지 술이 취해야 힘이 나는 서글픈 군상이 되어 있었다. 그런 그들과 차츰 멀어지는 것은 어쩔 수 없었다.

박준서는 이틀이 지나 자신이 줄을 대고 있는 브로커들 중에서 이 상사를 만났다. 초장에는 아가씨를 끼고 객소리를 해가며 취하도록 술을 마시게 했다. 아가씨들까지 해롱해롱 취해 돌아가자 박준서는 팁을 줘서 내보냈다.

「이 상사님, 당에 있는 남재구라고 아세요?」

「누구? 남재구? 으응, 그 벼락출세한 친구? 알다마다. 왜?」

이 상사라는 사람은 몸을 가누며 술기운으로 풀린 눈을 바로 뜨려고 껌벅거렸다.

「잘 아세요?」

「거럼, 당에 있는 사람들치고 내가 모르는 사람이 있나. 내가 옷만 벗었다 뿐이지 다 빠삭하게 통해. 왕년에 이 상사를 누가 감히 괄세하겠어. 뭘 알고 싶은데?」

「그 사람에 대한 것 전부. 될 수 있는 대로 자세하게요.」

「호, 또 줄 하나를 더 잡아야겠다 그거지? 그거 나쁠 것 없지.」

이 상사는 탁자에 팔굽을 괴며 손바닥을 펼쳤다. 그 손바닥에 봉투를 놓으며 박준서가 말했다.

「이틀 뒤에 여기서 만나요. 자세해야 해요.」

「알았어. 한두 번 한 일인가. 똥 색깔까지 알아다 줄 테니까.」

박준서는 아버지가 정한 시한보다 5일이나 빠르게 비밀보고서를 올렸다.

「아버지가 말씀하신 대로 정말 숨은 실세였습니다. 자세한 건 여기 다 적었습니다.」

「허, 이렇게 빨리 마쳤어?」

박부길은 보고서를 받아들며 아들을 더없이 대견해 하는 눈길로 바라보았다.

「딴 데서 받는 정보도 있으신가요?」

「아니, 없어. 네가 이렇게 잘하는 걸 뭐. 그 친구 집은 있어?」

「예, 마포 후생주택에 살고 있습니다.」

「거 18평짜리?」

「예.」

「그거 땅은 넓지?」

「예, 집에 비해서 땅이 넓지요.」

「잘됐군. 알았으니까 나가서 딴 일 봐.」

박준서가 사장실을 나가려는데 박부길은 아들을 불렀다.

「참, 다음달부터 부장으로 승진이다. 나흘밖에 안 남았으니까 나가서 명함 찍어.」

「아, 예에⋯⋯.」

박준서는 얼떨떨했다. 3년 만에 부장이라니⋯⋯, 형들은 5년 이상 걸려 얻은 직책이었다. 그럼 형들도 승진을 한 것일까? 그는 아버지한테 그 말을 묻지 못하고 허둥지둥 밖으로 나왔다. 이런 식으로 쾌속질주를 하면⋯⋯, 그의 가슴은 벌떡거리고 있었다.

4
먼지 지옥

재봉틀 돌아가는 소리들이 멎으며 점심시간이 시작되었다. 나윤자는 주머니를 단 바지를 뒤집으며 제일 먼저 밖으로 나가는 이미순을 쳐다보았다. 그녀는 그동안 참았다는 듯 또 쿨룩쿨룩 기침을 하며 사라졌다. 그 기침소리는 감기가 들었을 때 콜록콜록 하는 가벼운 게 아니라 흔히 독 깨지는 소리를 낸다고 하는 깊고 탁한 기침이었다.

「쟤 아무래도 이상하잖아? 기침이 떨어지지 않고 점점 더 심해지는데?」

미싱사 강금녀가 도시락을 꺼내며 미간을 찌푸렸다.

「글쎄, 어디가 안 좋은가? 워낙 먼지구덩이니까.」

또 하나 미싱사 전묘숙도 도시락을 재봉틀 위에 놓으며 고개를 갸웃했다.

「쟤 혹시 이거 상한 거 아닐까?」

강금녀가 도시락 뚜껑을 열며 자기 왼쪽 가슴을 손가락 끝으로 콕콕 찔렀다.

「에이, 불길하게 그런 소리 말어. 먼지가 견디기 힘들어서 그럴 거야.」

전묘숙이 도시락의 밥을 뜨며 고개를 저었다.

「우리는 먼지 안 마시나 뭐. 근데 쟤만 저리 오래 기침해 대는 게 이상하잖아. 다들 하는 것처럼 재채기를 하는 것도 아니고.」

「우리들보다 목이 좀 약해 그런지도 모르지. 그나저나 모두가 먼지 때문에 탈이야. 새 건물을 짓고 들어앉았으면 더 좋아져야 할 텐데, 먼지 안 빠지는 건 전보다 더 나빠졌으니 원.」

「그러게 말야. 겉만 뻔드르르한 3층이지 바람 안 통하는 건 전보다 훨씬 더 나빠졌지. 이래 가지고선 우리 다 그 병에 걸릴지도 몰라.」

강금녀는 아까부터 '폐병'이라는 말을 피하고 있었다.

「에그, 그런 소리 말어.」

전묘숙이 몸서리치듯 어깨를 떨었다. 그런 그녀들의 머리며 눈썹에는 먼지가 눈에 띨 정도로 많이 앉아 있었다.

「넌 밥 안 먹고 뭘 해?」

강금녀의 말에 나윤자는 퍼뜩 정신을 차렸다.

「예, 먹을 거예요.」

나윤자는 서둘러 도시락을 꺼냈다. 이미순에 대한 그들의 말에 자신도 모르게 정신을 팔고 있었던 것이다.

나윤자는 도시락 뚜껑을 열었다. 보리밥에 반찬은 김치 한 가지였다. 반찬그릇 옆의 밥에는 김치국물이 번져 있었다. 거무튀튀한 보리밥에 김치국물이 물들어 그 색깔이 뭐라고 할 수 없이 이상야릇했다. 그러나 이런 도시락이나마 싸가지고 다닐 수 있는 것이 그녀는 더없이 행복했다. 점심 굶는 것을 면하게 된 것은 순전히 오빠의 덕이었다.

「이젠 내가 돈벌이를 시작했으니 우리 식구도 더는 점심을 안 굶어도 돼요. 내일부터 애들 다 점심을 먹이세요.」

오빠가 스텐공장에서 받아온 첫 월급을 내놓으며 한 말이었다.

「와아, 우리 형 최고다!」

「야아, 우리 큰오빠 왔따다!」

두 동생이 만세를 부르며 뛰었다.

자신은 아무 말도 하지 못하고 오빠를 쳐다보기만 했다. 아버지를 빼박은 오빠가 문득 아버지처럼 느껴지며 웬일인지 목이 메었다.

「야아 야, 그래서야 되겄냐. 판잣집이라도 얽기 전에넌 돈 모트는 것이 더 급허제.」

어머니가 한 말이었다. 동생들의 얼굴이 굳어졌다.

「엄니, 집이 급한 것이 아니라 먹고 사는 게 더 급해요. 다른 말 말고 내 말대로 하세요.」

오빠의 말에 동생들의 얼굴이 밝아졌다.

「두 끄니만 묵는다고 죽는 것이 아닌디 으째 그냐. 느그 아부지도 집어서 지니기럴 질로 바랬느라.」

어머니를 곁눈질하며 동생들의 얼굴이 시무룩해졌다.

「엄니, 이건 사람 사는 게 아니에요. 애들을 잘 먹이지도 못하는 형편에 세 끼는 찾아 먹여야지요. 애들 얼굴이고 몸을 좀 보세요. 이게 어디 사람 꼴이에요? 이래서는 애들이 잘 크지도 못하고, 또 이러다가 큰 병이나 나봐요. 그땐 병원비가 더 들어가요. 도대체 사람이 뭐 하러 사는 거예요? 왜 일을 해요? 첫째 하루 세 끼를 먹기 위해서라구요. 그 다음이 옷, 맨 마지막이 집이에요. 지금 이 움막으로도 얼어죽진 않으니까 애들을 굶겨서는 안 돼요. 아버지도 내 말을 맞다고 할 거예요.」

두 동생이 짝짝짝짝 손뼉을 쳤다. 오빠가 동생들을 끌어안았다.

「니가 어런 다 되았다 와. 그려, 이 엠씨 맘도 그렇기넌 혀. 이 시상에서 새끼덜 굶기는 부모 맘이 질로 애리고 씨린 것이여. 아부지가 얼매나 좋아라 허시겄냐.」

두 동생이 눈물을 찍어내는 어머니의 팔을 양쪽에서 흔들며 웃었다.

도시락을 가지고 온 첫날 나윤자는 점심을 굶는 공원들 중에서 이미순이 제일 마음에 걸렸다. 이미순은 시다 시절부터 점심때마다 함께 물배를 채우며 속말을 나누어온 사이였다. 나윤자는 도저히 혼자 밥을 먹을 수가 없었다.

나윤자는 이미순을 데리고 날마다 배고픔을 달래며 시간을 보냈던 옥상으로 올라갔다.

「나 오늘부터 점심을 싸오게 됐어.」

나윤자는 이미순에게 보자기에 싼 도시락을 보였다.

「아니, 어쩐 일이냐?」

이미순의 눈이 휘둥그레졌다.

「취직한 우리 오빠가 어제 월급을 타왔거든. 오빠는 점심 굶는 것부터 해결하고 나섰어.」

「그렇구나…….」

이미순이 눈길을 떨구며 혈색 없는 파리한 얼굴이 쓸쓸해졌다.

「미순아, 이거 나하고 함께 먹자.」

「…….」

이미순은 나윤자를 빤히 쳐다보다가 고개를 저었다.

「아니, 왜 그래?」

「말이라도 고마워. 난 먹은 거나 똑같으니까 더 말하지 말어.」

「얘, 우린 친구잖아. 넌 굶는데 나 혼자서 어떻게 먹니. 반반씩 똑같이 나눠 먹으면 되잖아.」

이미순은 갑자기 아래로 뛰어 내려가기 시작했다.

「얘, 미순아, 미순아!」

나윤자는 뒤쫓아가다가 그만 발을 멈추었다. 이미순은 계단을 어찌나 빨리 뛰어 내려가고 있는지 더 쫓아가다가는 그녀가 계단에서 굴러 넘어질 것만 같았다.

나윤자는 이미순의 모습이 사라진 계단을 내려다보며 그녀의 마음을 생각하고 있었다. 자신도 남의 밥을 무작정 얻어먹을 것 같지는 않았다. 한편으로 자신이 점심을 싸오게 된 것이 무슨 잘못이라도 저지른 것 같아 이미순에게 미안한 마음이 들었다. 이미순은 앞으로도 점심을 싸올 가망이 없었다. 이미순의 아버지는 아무 노동도 할 수 없는 불구자였다. 그렇다고 오빠가 있는 것도 아니었다. 큰딸인 이미순과 어머니가 벌어 다섯 식구가 근근이 살아가고 있었다. 이미순의 아버지도 시골에서 농사를 짓다가 서울로 올라와 공사장을 떠돌며 날품팔이를 했다. 그런데 3층 높이에서 떨어져 한쪽 다리를 못 쓰게 되고 말았다. 서로 집안 이야기를 하며, 아무리 일이 힘들어도 참고 견디며 어서 미싱사가 되자고 손을 맞잡고는 했었다. 함께 배고픔을 이기던 친구가 없어졌으니 이미순의 마음이 얼마나 쓸쓸하고 슬플까를 생각하자 나윤자는 눈물이 나오려고 했다.

그 다음날부터 이미순은 점심시간만 되면 제일 먼저 공장을 빠져나갔다. 그러다 보니 나윤자는 이미순과 차츰 멀어지는 느낌이 들고는 했다. 서로 자유롭게 이야기를 나눌 수 있는 것은 짧은 점심시간뿐이었다. 일과 중에는 잠시도 한눈 팔 수 없이 일이 바쁘기도 했지만 공장장인 재단사의 눈초리 때문에 잡담 한마디 할 수가 없었다. 그러다 보니 전처럼 속말을 주고받을 수 있는 짬이 없어지고 말았다.

나윤자는 밥을 떠넣으면서도 이미순의 기침이 못내 걱정스러웠다. 다른 사람들은 별 관심이 없으니까 몰랐지만 이미순이 잔기침을 하기 시작한 것은 벌써 1년이 넘은 일이었다. 감기가 걸린 것처럼 가끔씩 콜록거리던 잔기침은 차츰차츰 더해가 얼마 전부터는 모두 이상하게 여길 만큼 심해졌다. 그러다가 마침내 오늘은 '그 병'이 아니냐는 의심까지 사게 되었다.

미싱사 전묘숙의 말대로 이미순의 기침이 날로 심해지고 있는 것은 그놈의 먼지 때문이었다. 이 3층 건물에 들어 있는 수많은 봉제공장들은 하나같이 먼지구덩이고 먼지 지옥이었다. 복도를 가운데 두고 칸막이를 해서 촘촘히 들어서 있는 공장들은 하나같이 창문이라고는 하나도 없었다. 원래 건물에는 창문이 있었지만 칸막이를 하면서 전부 벽처럼 막아버렸다. 왜 그랬는지 그 까닭을 아는 공원들은 아무도 없었다. 그렇다고 사장에게 물어볼 수도 없었고, 사장도 전혀 말이 없었다. 공원들은, 일을 하면서 밖에다 한눈을 팔까 봐 그랬는지 모른다고 하는가 하면, 옷감과 제품들을 도둑맞을까 봐 그런 게 아닐까 하고 추측했을 뿐이다.

그런데 문제는 통풍이 전혀 안 되니까 계속 일어나는 먼지가 빠져나갈 수가 없는 것이었다. 먼지는 옷감을 공장으로 옮길 때부터 일어나기 시작했다. 재단 보조는 네다섯 필씩 어깨에 올린 원단을 쌀가마 부리듯 해버렸다. 3층까지 올라오느라고 숨을 씩씩거리는 그로서는 당연한 일이었다. 그리고 원단을 풀어 재단을 할 때부터 먼지는 점점 심하게 일어났다. 미싱사들이 재단될 부분부분들을 펄럭이고 맞추며 재봉틀을 돌려댈 때, 박음질이 끝난 옷들을 이리저리 돌려대며 단춧구멍을 내고 단추를 달 때, 마도메가 옷들을 털고 뒤집으며 끝손질을 할 때, 시아게나 시다가 옷들을 뒤집고 엎으며 다리미질을 할 때 가위질을 당한 옷감의 끝끝마다 실밥은 자꾸 풀려가며 끊임없이 먼지를 일으키고, 빠져나갈 길이 없어 켜켜이 쌓여 있던 먼지는 일손들의 움직임을 따라 다시 휘돌아 일어나고, 공장 안은 전등 불빛이 흐려질 정도로 먼지가 뿌옇게 떠돌고 있었다.

그 속에서 오전 일을 하고 나면 누구나 온몸이 먼지투성이가 되었다. 눈썹에까지 먼지가 희끗희끗 내려앉는 것은 털면 그만이었다. 그러나 눈이 간질간질하고, 콧속이 스멀스멀하고, 목이 칼칼해지는 것은 쉽게 해결이 안 되는 고역이었다. 그런데 그런 증상은 시간이 갈수록 심해져 오후 3~4시가 지나면서부터는 번갈아가며 재채기를 해대기 시작했다.

그리고 밤에 일이 끝날 즈음에는 눈이 씀벅씀벅해지며 앞이 흐려졌고, 콧속은 막힌 듯 답답하며 숨쉬기가 거북했고, 목은 칼칼하다 못해 따끔거리며 목소리가 잠겼다. 다음날 잠자리에서 일어나면 으레 서너 차례 기침이 나며 가래가 솟았다. 가래는 거무스름한 먼지덩어리였다. 그러나 그 누구도 창 쪽에다 먼지가 나갈 수 있는 조그만 구멍이라도 하나 내자고 하지 못했다. 사장은 그런 말을 들어줄 리 없었고, 그런 말을 했다가는 쓸데없는 불평을 한다고 미운털이 박혀 쫓겨나기 십상이었다.

그런데 먼지뿐만 아니라 공장 안의 이상한 구조 때문에 공원들은 더욱 고통을 당해야 했다. 그건 다름이 아니라 천장을 2분의 1쯤 낮추어 간이 2층을 만든 때문이었다. 그 2층은 원단이나 제품 같은 것을 쌓아두는 창고로 쓰였다. 창고비를 따로 들이지 않고 돈을 아끼려는 사장들의 꾀였다. 그러다 보니 보통 키가 곧 닿듯 말듯 한 낮은 천장 아래서 먼지는 더욱 기승을 부리고, 공원들은 맘껏 기지개 한번 켤 수도 없는 답답증에 시달려야 했다.

청계천이 복구되기 전에 판자로 엉성하게 얽은 2층 집들에서 일할 때는 그래도 통풍이 되는 창이 있었고, 천장도 그렇게 낮지 않았다. 그런데 청계천이 복구되고 신식 3층 건물이 번듯하게 지어지면서 오히려 일하기는 더 나빠지고 말았다. 새 건물의 세가 비싼데다, 옷들이 차츰 많이 팔리게 되면서 봉제공장들이 자꾸 불어나고 있었던 것이다. 봉제업 몇 년만 잘하면 한밑천 톡톡히 잡는다는 소문이었고, 소자본으로 그만큼 알찬 장사도 없다고 했다.

「너 먼지 그거 조심해라. 탄광 광부들이 석탄가루 마시고 폐 나빠져 평생 고생하는 거나 마찬가지니까. 눈치껏 밖에 나가서 맑은 공기 쐬는 수밖에 없어. 너 심호흡 알지? 그래, 밖에만 나오면 그걸 많이 해. 내가 군대에서 배운 거니까 틀림없이 효과가 있어.」

오빠가 수시로 하는 말이었다.

나윤자는 오빠의 말대로 하려고 애썼다. 밖에서 팔을 흔들며 심호흡을 해보면 기분이 한결 좋아지고는 했다. 그래서 나윤자는 먼지구덩이를 피해 점심도 밖에서 먹고 싶었다. 그러나 옥상에 올라가 밥을 먹을 수는 없었다. 옥상은 점심을 굶는 공원들이 끼리끼리 모여 신세타령을 하고, 딴 공장으로 옮길 소식을 주고받고 하는 장소였다.

나윤자는 늘 점심 먹는 시간을 10분을 넘기지 않았다. 그리고 옥상으로 내닫고는 했다. 거기서 햇볕을 쬐며 오전에 들이마신 먼지를 다 토해 내자 하는 마음으로 심호흡을 거듭했다.

「아이고, 짜장면은 관두고 라면이라도 좀 먹고 살았으면 좋겠다.」

「쟤는 꿈도 크네. 라면이 얼만데 그런 정신없는 소리야. 난 꿀꿀이죽이라도 좀 먹고 살았으면 좋겠다.」

「흥, 너도 꿈 야무지기는 마찬가지구나. 난 꿀꿀이죽도 바라지 않고 풀빵 두 개씩만 먹어도 원이 없겠다. 풀빵 두 개에 물 한 바가지 마시면 그래도 든든하잖아.」

심호흡을 하고 있던 나윤자는 옆을 곁눈질했다. 핼쑥하게 마른 여공 넷이 옹송그리고 앉아 있었다. 배가 고픈 그들도 먹는 얘기만 하고 있었다. 자신이 점심을 굶을 때 이미순과 그랬던 것처럼.

「하긴 그래. 라면이 좀 비싸야 말이지. 꿀꿀이죽 두 그릇 값인 10원이나 하니.」

「그래, 20원 30원짜리 짜장면에 비하면 그거 엄청 비싼 거라고. 우리 같은 것들이야 그거 먹어볼 꿈도 못 꿔.」

「근데 그게 정말 맛이 있을까? 쌈빡하고 고소하다던데.」

「누가 알아. 아무도 먹어본 사람이 없으니.」

「근데 있잖니, 얼마 전에 참 기막힌 소리 다 들었다. 어떤 여학생 둘이 학교에 가면서 하는 소린데 글쎄, 한 여학생 엄마가 밤참으로 라면만 끓여줘서 먹기 질려 신경질 나 죽겠다는 거야. 난 그 말을 듣고 더 살고 싶은 생각이 없었어. 세상은 어찌 이리 고르지를 못하니.」

「그렇지 뭐. 라면이 나온 지 2년이 다 됐는데도 그것 하나 먹어보지 못한 우리 같은 것들이 뭐 사람이니.」

「그래, 1원짜리 풀빵도 못 먹는 신세들이니 사람도 아니지 뭐. 부잣집에서는 개들도 고기 먹고 산다던데.」

「아이고, 가자. 또 시간 다 됐다.」

네 여공은 기운 없는 한숨들을 쉬며 일어났다.

나윤자는 슬픈 마음으로 그들의 뒷모습을 물끄러미 바라보고 있었다. 자신은 점심을 먹게 되었지만 그들과 별로 다를 것 없는 신세였다. 언제쯤이나 잘살아 보게 될 것인지 아득하기만 했다. 자신도 그들처럼 여지껏 라면을 먹어본 일이 없었다. 동생 복수가 라면을 사달라고 조르다가 어머니한테 두어 번 쥐어박혔을 뿐이다.

나윤자는 2층에 있는 화장실로 발길을 서둘렀다. 언제나 화장실은 가기 싫은 곳이었다. 남·녀 구분이 없이 함께 쓰는 공동변소는 여공들 누구나 가기 싫어했다. 그건 남자와 여자가 한 문으로 드나들어야 하기 때문만이 아니었다. 공원들은 많은데 변소는 그것 하나뿐이어서 언제나 변소 밖 복도에까지 줄을 서야 했다. 남자들을 마주보듯 하며 줄서 있어야 하는 것을 여공들은 끔찍스러워했다. 줄을 선 남자들도 계면쩍고 면구스럽기는 마찬가지여서 서로가 못 본 척 고개를 돌리거나 떨구었다.

화장실 앞에는 어김없이 남녀 두 줄이 이어져 있었다. 나윤자는 끝에 가 서며 고개를 벽 쪽으로 돌렸다. 여공들이 잇따라 뒤를 이었다.

「어머, 언니……」

누군가 낮은 소리로 팔을 잡자 나윤자는 고개를 돌렸다.

「응, 말분아. 어떠니, 힘들지?」

나윤자는 천말분의 손을 잡았다.

「아니, 괜찮아.」

천말분이 까칠한 얼굴로 웃음지었다.

「지금 한참 힘들 때야. 조금만 참어. 이 고비를 넘기면 좀 나아지니까.」

나윤자는 천말분의 손등을 쓸어주며 말했다.

「알아. 나도 언니처럼 될 때까지 참아내야지. 언니, 나 갈게.」

「그래, 잘해.」

나윤자는 달리듯 빨리 가고 있는 천말분을 바라보며 측은한 생각이 들었다. 그녀는 자신이 겪어왔던 시다 시절의 어려움을 그대로 겪고 있었다. 식구들을 서울로 데려온 천두만 아저씨가 말분이 취직을 부탁했을 때 진심으로 시다 자리를 소개하고 싶지 않았었다. 자신이 겪은 그 지긋지긋한 고생을 다른 사람도 아닌 천두만 아저씨의 딸에게 또 시키고 싶지 않았다. 천두만 아저씨는 그냥 친한 고향사람이 아니라 자기 집터를 팔아 오빠를 취직시켜 준 은인이었다. 어머니는 그 고마움을 늘 입에 담았다. 그러나, 시다 말고 딴 자리를 구할 수가 없었다. 천두만 아저씨의 말마따나 배운 것 없는 여자가 돈 벌어가며 기술을 배우자면 그 길밖에 없었다.

「참말로 세월이 무심털 않고 니가 장허다. 나가 인천으로 뜰 때만 해도 쟈가 언제 커서 시다 신세 면헐라능고 혔등마 그새 이리 이쁜 처녀가 되야불고, 미싱사 보조도 되얐시니 참말이제 요것보담 더 고맙고 장헌 일이 워디 또 있겄냐. 우리 말분이도 니가 잠 붙들어도라. 일이야 니 우세 안 사게는 헐 수 있을 것잉께.」

사정 급한 천두만 아저씨의 부탁대로 할 수밖에 없었다.

천말분이 시다를 면하려면 앞으로 1년 고생은 더 남아 있었다. 이제 각종 실이며 종류 많은 단추들을 일감에 따라 제때제때 챙기는 것은 귀신이 되었을 것이고, 다리미질 요령이 손에 붙고 있을 때니까 어려운 고비는 거의 넘긴 셈이었다. 같은 건물에 있으면서도 공장이 다르니까 이렇게 변소길에서나 겨우 스치고 하는 것이 나윤자는 안타까웠다.

이미순은 점심때마다 밖으로 나가기 바쁘게 기침을 터뜨렸다. 그건 일을 하면서 참고 참아냈던 것이 터져나오는 거였다. 나윤자는 이미순이 일을 하는 동안 기침을 참으려고 얼마나 애쓰는지 잘 알고 있었다. 미싱 보조끼리 마주보고 앉아 있기 때문에 나윤자는 이미순 옆에 앉은 미싱사보다 이미순의 이런저런 기색을 환히 알아차릴 수가 있었다. 이미순은 쉴새없이 재봉틀질을 하면서 기침을 참느라고 아랫입술을 깨물며 숨을 몰아쉬기도 했고, 어느 때는 목을 누르며 얼굴이 벌겋게 달아오르기도 했다.

이미순은 어디가 많이 아픈 것이 분명해 보였다. 그러나 그것을 물어볼 수는 없었다. 이미순이 그렇게 애써 기침을 참아내고 있는 것은 아픈 것을 감추려고 하는 것인데 아무 도움도 못 주면서 그녀를 난처하게 만들 수는 없었다. 만약 그 병이라면……, 나윤자는 이미순을 바라보며 아슬아슬하기만 했다.

며칠이 지난 저녁때였다. 이미순이 갑자기 터지는 기침을 손으로 막으며 떡 몸을 일으켰다. 그리고, 허리를 굽힌 그녀는 곧 쓰러질 듯 비틀거리며 밖으로 뛰쳐나갔다.

「쟤가 왜 저래. 야 김 군아, 나가 봐. 쟤 아무래도 수상해.」

재단사가 보조에게 소리쳤다.

그 바람에 모두 일손을 멈추고 어리둥절하거나 재단사를 쳐다보거나 했다.

「쟤 아무래도 폐병 같애. 내가 그동안 저런 애들 한두 명 본 게 아닌데, 내 눈이 틀림없을 거야. 아, 뭣들 해. 빨리 일하잖구.」

재단사가 공원들을 휘둘러보았다.

나윤자는 다시 일손을 잡으며 가슴이 두근두근 뛰고 있었다. 재단사의 '폐병'이라는 말이 가슴을 친 충격이었다. 만약 그 병이라면 이미순은 어찌 되는 것인가……. 나윤자는 잠바 주머니의 박음질이 틀어지려는 것을 애써 바로잡고 있었다.

「공장장님, 큰일났어요. 피를 토했어요, 피요. 막 기침을 하다가 피를 토했다구요.」

헐레벌떡 뛰어든 재단 보조가 쏟아낸 말이었다.

「거 봐, 내가 귀신이지. 피를 토하면 저건 아주 중병 중에 중병이야.」

재단사가 손가락으로 딱 소리를 울리며 퍽 대단한 것이라도 알아낸 것처럼 으스댔다.

다시 모두 일을 멈추었다. 나윤자는 소리 나지 않는 한숨을 쉬며 고개를 떨구었다. 이미순이 그만 쫓겨날 것만 같았다.

「거 봐, 내가 뭐랬어. 아무래도 이상하다고 했잖아.」

강금녀가 전묘숙을 건너다보며 말했다.

「누가 그런 눈치 몰랐나. 제발 그 병이 아니었으면 하는 마음이었지.」

전묘숙이 자기 보조를 감싸듯 말했다.

그때 이미순이 창백한 얼굴로 들어섰다. 온몸에 기운이 다 빠져버린 것 같은 모습이었다.

「이미순, 너 그래 가지고 더 일 되겠어? 빨리 조퇴해.」

재단사가 담배를 빼들며 싸늘하게 말했다.

「네에……?」

이미순이 겁난 얼굴로 재단사를 쳐다보았다.

「아, 조퇴 몰라? 빨리 집에 가서 쉬라구. 월급 남은 건 사장님한테 말해서 곧 해결해 줄 테니까.」

재봉틀들이 돌아갈 때는 귀 아프게 시끄러웠던 공장 안이 아무 소리 없이 조용했다. 말은 조퇴인데 내용은 파면이라 모두 멍하니 앉아 있었다. 공장장인 재단사의 결정은 그대로 사장의 결정이었다.

「아, 뭘 해. 빨리 가라니까. 일 방해되잖아.」

재단사는 이미순을 몰아내듯 팔을 휘저으며 소리쳤다.

이미순은 울음을 터뜨리며 공장을 뛰쳐나갔다.

피를 토한 게 오늘이 처음이 아닌지도 몰라. 그리도 기침을 참으려고 한 걸 보면……. 그나저나 미순이는 이제 어떻게 되지? 나윤자는 밖으로 나가보고 싶으면서도 몸을 움직이지 못했다.

「쟤를 저렇게 해버리면 어떡해요?」

침묵을 깬 것은 전묘숙이었다.

「뭐라고? 그럼 어쩌라는 거야!」

재단사가 벌컥 화를 내며 전묘숙을 노려보았다.

「이건 너무 야박하잖아요.」

「야박? 그럼 피 토하는 폐병쟁이를 끌어안고 있으란 거야? 폐병이 전염병인 것 알아, 몰라? 저렇게 피를 토할 정도로 심한 걸 그동안 감춰왔으니까 우린 전부 폐병에 걸렸을지도 몰라.」

「그냥 두자는 게 아니에요. 2~3일 여유를 두고 월급을 챙겨서 보냈어야지요.」

「미쓰 전은 왜 그리 말이 많아. 죽치고 자기 일이나 해.」

「말을 안 할 수가 없잖아요. 미순이가 폐병에 걸린 건 이 먼지구덩이에서 일했기 때문이라구요. 그러니 그렇게 야박하게 해선 안 되지 않겠어요?」

「지금 나한테 덤비는 거야?」

「덤비긴요. 할말을 하는 거지요.」

「닥쳐! 그렇게 잘났으면 저런 폐병쟁이들만 모아 네가 공장을 차려. 건방진 계집애 같으니라고.」

재단사는 곧 후려칠 것 같은 기세로 소리를 지르더니 가위를 내던지고 밖으로 나가버렸다.

「어쩔라고 그런 소리를 해. 이 판에서 사람 그렇게 내쫓는 것 다 알면서.」

강금녀가 다급하게 말하며 빈 주먹질을 했다.

전묘숙은 아무 대꾸도 하지 않고 다시 재봉틀을 돌리기 시작했다.

나윤자는 조마조마하던 가슴을 눌렀다. 가슴은 계속 두근거리는데 두 가지 생각이 엇갈리고 있었다. 전묘숙이 고맙고도 장하기 그지없었고, 저래도 괜찮을 것인가 걱정스럽기도 했다.

다음날 바로 미싱 보조가 와서 이미순의 자리를 채웠다. 공장 분위기는 전과 달리 냉랭해졌다. 여공들 중에서 제일 고참인 전묘숙이 싸늘하게 굳어진 얼굴로 하루 종일 말 한마디 하지 않아서 다른 사람들도 입을 떼지 못했다. 재단사도 곧잘 불던 휘파람을 불지 않고 찬바람을 일으키기는 마찬가지였다.

나윤자는 불안 속에서 이틀, 사흘을 보냈다. 저러다가 전묘숙이 쫓겨나면 어쩌나 하는 생각을 떼칠 수가 없었다. 그런데 닷새째나 무사히 지나갔다. 재단사도 기술 좋은 전묘숙은 어쩌지 못하는 것 같아 다소 안심이 되었다. 전묘숙 같은 사람을 쫓아내면 사장만 손해일 거라는 생각도 들었다.

「너 일 끝나고 나 좀 보자.」

강금녀가 화장실을 간 사이에 전묘숙이 나윤자에게 속삭였다.

「……」

전묘숙과 눈길을 맞춘 나윤자는 가슴이 두근거리기 시작했다. 왜 가슴이 두근거리는지 알 수가 없는 채 나윤자는 일손이 헛잡히고 있었다.

공장을 나와 다른 사람들이 다 어둠 속으로 흩어져 가는 것을 확인한 나윤자는 가로등 아래로 발길을 옮겼다.

「너 눈치 빠르게 아주 잘하는구나. 가자, 풀빵 몇 개 먹으면서 얘기하게.」

곧 모습을 나타낸 전묘숙이 웃으며 말했다. 그 웃음이 어느 때 없이 다정해 나윤자는 좋기도 하면서 슬그머니 겁이 나기도 했다.

「자아, 먹어라. 배고픈데.」 전묘숙은 풀빵을 나윤자의 손에 들려주고는,「밤도 늦었는데 길게 얘기하고 어쩌고 할 것 없이 딱 잘라서 말을 하지. 너 나하고 같이 한 구미(짝)로 공장 옮기자. 시다 최 양도 데려가기로 했다. 여기보다 월급도 많고, 일도 상질이다. 어쩔래?」

그녀의 얼굴에는 웃음기가 가셔 있었다.

「네에, 데려가 주시면 좋지요. 가겠어요.」

나윤자는 미처 다 씹지도 못한 풀빵을 꿀떡 삼키고 대답했다. 뭐 생각하고 말고가 없었다. 그 말을 듣는 순간 이미순이 퍼뜩 떠올랐고, '아, 골탕먹이려고 작정했구나!' 하는 생각이 들었다. 그러면 당연히 떠야 했다. 거기다가 월급도 더 많다는데 그보다 좋은 일은 없었다.

「그래, 고맙다. 내일 당장 뜨는 거야. 내일 아침 7시 반까지 저 길 건너 타월상점 앞으로 나와.」

전묘숙은 나윤자의 손에 풀빵 하나를 더 쥐어 주고 돈을 치렀다.

나윤자는 풀빵을 우물거리고 걸으며 통쾌하기 그지없었다. 그동안 전묘숙은 기막히게 계획을 짠 거였다. 셋이 한꺼번에 옮길 자리를 구한 것도 그렇고, 어제 월급날에 날짜를 맞춘 것도 그랬다. 사람이 아무리 남고 처진다 해도 한 공장에서 미싱사·보조·시다가 한꺼번에 빠져나가 버리면 며칠 동안 톡톡히 골탕을 먹을 수밖에 없었다. 시다 하나가 갑자기 없어져도 일이 엉키고 생산량이 줄었다.

「그렇게 잘났으면 저런 폐병쟁이들만 모아 네가 공장을 차려. 건방진 계집애 같으니라고.」

재단사의 말이 또렷하게 떠올랐다. 그 말에 멋들어지게 앙갚음을 해 버린 전묘숙 언니가 너무나 장하고 근사해 보였다. 이 소식을 이미순에게 알려주고 싶었다. 그러나 나윤자는 이내 침울해지고 말았다. 더는 공장에 다닐 수 없는 이미순에게 반가운 소식일 리가 없었다. 오히려 월급이 많아진다는 게 이미순을 더 슬프게 만들 것 같았다.

이미순은 앞길이 막막해지고, 그 일로 자신은 월급이 더 많아지고…….

그 야릇함에 나윤자는 이미순에게 저으기 미안함을 느끼기도 했다. 이미순은 그런 몸으로 어떻게 될 것인지……, 그 식구들은 어떻게 살아갈 것인지……, 생각할수록 슬프고 암담하기만 했다.

그러나, 자신의 월급이 많아진다는 것만을 생각하면 그보다 더 기분 좋은 일은 없었다. 얼마가 오를지는 모르지만 월급이 많아진다는 것은 이래저래 살맛 나는 일이었다. 먼저, 자신이 월급을 올려받으며 자리를 옮기는 어엿한 기술자가 되었다는 것이 그렇게 떳떳하고 자랑스러울 수가 없었다. 그리고, 단돈 몇백 원이 오르더라도 그건 한 달이 아니고 1년 열두 달이면 큰돈이 되었다. 또한, 그건 앞으로 월급을 더 올려받을 수 있는 경력이었다.

월급을 조금씩 올려받으며 자리를 옮기는 것을 가장 싫어하는 것이 사장들이었다. 월급을 1원만 더 준대도 당장 등을 돌리는 의리 반푼어치도 없는 못된 것들이라고 사장들은 욕을 해댔다. 그러나 공원들은 그런 욕을 아랑곳하지 않았다. 걸핏하면 즈네 멋대로 목을 자르며 먼저 개 취급한 게 누군데 그따위 개소리를 치는 거냐고 공원들도 욕을 해댔다. 나윤자는 월급을 올려주면 열 번 아니라 백 번도 자리를 옮겨야 한다고 생각했다. 어차피 의리 지키는 사장은 이 세상에 한 명도 없기 때문이었다.

나윤자는 늦은 저녁을 먹으며 공장을 옮기게 된 이야기를 다 풀어놓았다.

「그거 참 잘되았다. 을매나 올려준다디냐?」

갈포댁의 반색이었고,

「그나저나 큰일이다. 너는 폐병이 걸릴까 봐 걱정이고, 나는 손가락이 잘릴까 봐 걱정이고. 너나 나나 뭐 좀 안전한 게 없을까 모르겠다.」

나복남이 한숨을 쉬었다.

나윤자는 오빠의 말에 그만 마음이 어두워지고 말았다. 프레스를 다루는 기술자가 된 오빠는 늘 손가락을 잘릴지도 모른다는 불안 속에서 다른 직업 갖기를 원하고 있었다. 그러나 오빠가 원하는 안전한 직업은 언제 구해질지 알 수가 없었다. 자신도 그런 마음은 오빠와 다를 것이 없었다. 아무한테도 말은 하지 않았지만, 이미순의 일이 있고 나서부터 자신도 그 병이면 어쩌나 하는 불안이 떠나지 않았다. 이미순한테는 미안한 일이지만, 재단사의 말처럼 이미순한테서 그 병이 옮겨붙었을지도 모를 일이었다. 또, 그렇지 않다 해도 앞으로 계속 그 먼지구덩이에서 일을 하다 보면 언제 그 병이 걸릴지 모를 일이었다. 그러나 자신도 그런 위험 없는 안전한 직업을 구하기란 막연할 뿐이었다.

며칠이 지나 천두만이 갈포댁의 움막을 찾아들었다. 모두들 천두만을 반갑게 맞아들였다.

「아저씨, 어서 오세요. 기다리고 있었어요.」

작은아들 복수가 유독 반가워하며 천두만에게 매달렸다.

「그려, 그려. 근디 나헌테 가차이 오덜 말어. 더런 냄새 나는디.」

천두만은 복수를 떼내며 손을 저었다.

「원 벨말씀 다 허시요. 욜로 앉으시게라.」

갈포댁이 웃으며 자리를 권했다.

「야아 야 복남아, 날짜는 모레보톰 허기로 결정을 봤다. 아무리 판잣집을 얽어도 집은 집잉께 열흘은 잡아야 헌다고 허드라. 으쩌냐?」

자리잡고 앉은 천두만은 담배쌈지를 꺼내며 나복남에게 물었다. 그는 장남을 가장으로 상대하고 있었다.

「예, 제가 뭘 아나요. 다 아저씨 말씀대로 해야지요. 보름은 걸릴 줄 알았는데 열흘이면 참 빠른 거지요.」

나복남이 예의 갖추어 말했다.

「그려, 나가 우리 동네서 일손 빠른 사람을 구헌다고 구헌 것이구만. 못사는 동네라 판잣집 얽는 디 이골난 사람들이 있응께. 요새 춥도 덥도 안 허고 날이 딱 존께 모다 열흘만 고상허드라고.」

천두만은 갈포댁 식구들을 둘러보았다.

「참말로 고마우요. 요리 애럴 써주시니.」

갈포댁이 머리를 조아렸다.

「그런 말썸 마시씨요. 요것이 워디 넘 일이간디라.」 천두만은 말이담 배에 침을 듬뿍 묻히고는, 「일 다 끝날 때꺼정 나도 항군에 일헐 것이여. 인부삯 애끼고, 일 싸게싸게 답쳐야 헝께. 긍께 자네는 아무 걱정 말고 공장에나 잘 댕겨.」 그는 나복남에게 말했다.

「글먼 아자씨 일은 으쩌고라?」

갈포댁이 놀랐고,

「아저씨, 그렇게까지 하시면 너무 고맙고 죄송해서…….」

고마움이 넘쳐 울 듯한 얼굴로 나복남은 말을 잇지 못했다.

「서운케 그런 소리 허는 것 아니여. 나가 자네 식구덜헌테 헐 일이 그 것밖에 머시 더 있간디. 성님이 나헌테 혀주신 것을 생각허면 돈을 보 태야는디 그럴 수는 읎고. 좌우간 니 복남이허고 윤자가 장허고 장허고 또 장허다. 이 인심 맵고 짜운 서울서 식구덜 세 끼 밥 묵게 허고 또 돈 모타서 판잣집이라도 세우게 됐응께. 느그덜 아부지가 저시상에서 을 매나 좋아라 허시겄냐. 그려, 금년에는 새집에서 아부지 지사 모시게 되았응께 이보담 더 존 일이 워디가 있겄냐. 느그 둘이 장허고 장허고 또 장혀.」

나복남과 나윤자의 손을 잡은 천두만의 눈에 물기가 번지고 있었다. 그들의 눈시울도 붉어졌고, 갈포댁도 눈물을 훔치고 있었다.

5
밤에 핀 수선화

　서동철은 당수 5단의 승단증을 받아가지고 청도관을 나섰다. 그의 뒤를 균형 잡힌 몸에서 탄력이 넘치는 두 사내가 따르고 있었다.

「부장님, 안녕하세요?」

　문 앞에 서 있던 한 여자가 서동철 앞으로 나서며 고개를 까딱했다.

「……누구신지……?」

　서동철이 뜻밖의 여자를 의아하게 그러나 거만스러운 눈길로 빠르게 훑었다.

　건물을 드나드는 남자들의 눈길이 모두 여자에게 쏠리고 있었다. 금녀의 집처럼 되어 있는 당수도장 본부에 여자가 나타난 것도 이색적인데다, 그 여자는 남자들의 눈길을 한눈에 끌 만큼 예쁘고도 멋쟁이였다.

「어머, 서운해라. 저 모르시겠어요?」

　여자가 방싯 웃으며 큰 눈을 살짝 흘겼다.

「글쎄요……, 이게…….」

서동철은 눈에 많이 익고, 알 듯 말 듯한 여자를 바라보며 고개를 갸웃거렸다. 어느 술집 여급인가, 어느 요정 아가씬가. 그러나 그동안 하룻밤 잠자리를 같이한 여자들이 숱한데 그중에서 어떤 한 여자의 얼굴을 기억해 내기란 쉽지 않았다.

「저 남미미예요, 영화배우.」

서동철은 비로소 여자를 알아보았다.

「무슨 일이오, 이런 데까지.」

금방 태도가 싸늘해진 서동철의 말은 무뚝뚝하기 그지없었다.

「부장님한테 빚 받으러 왔어요. 4년 묵은 빚이요. 돈이 아니니까 염려하지 마시고 커피 한잔할 시간만 내주세요.」

여자가 야할 만큼 매력적인 웃음을 지었고,

「이거 허튼 수작하지 말어.」

서동철이 고약한 눈길로 내쏘았다.

서동철 옆에 선 두 사내는 가늘게 휘파람을 불며 한쪽 다리를 까딱거리기도 하고, 먼 데를 보는 척하며 여자를 힐끔거리기도 하면서 비죽비죽 웃음을 흘리고 있었다.

「듣던 대로 아주 거만하시군요. 4년 전, 아니 벌써 5년 됐나? 강원도로 갔던 일 설마 안 잊었겠지요? 그 일 때문에 제게 빚진 게 있어요.」

「뭐요? 그게 무슨 소리요?」

강원도의 세월은 서동철의 뼛속 깊이 아로새겨져 있었다. 요즈음도 꽤나 자주 그때의 꿈을 꾸고 있었다. 그때의 고생도 고생이었지만 그 일로 집안이 엉망이 된 것은 견딜 수 없는 아픔이고 울분이었다.

「그러니까 커피 한잔 사달라는 거예요.」

서동철의 흔들린 마음을 간파한 여자가 자신 있게 말했다.

「좋시다.」

서동철이 걸음을 옮겨놓기 시작했다.

큰길에는 차가 겹겹이 밀려 있었다. 날마다 벌어지는 데모 때문이었다. 저쪽 화신백화점 앞에서는 함성이 터져오르고 있었고, 뭉게구름 같은 연기도 피어오르고 있었다. 경찰들이 쏘아대는 최루탄이었다.

　서동철은 이제 데모라면 정나미가 떨어졌다. 4·19 때 당해서 이제는 데모대 가까이 가는 것도 싫었다. 만약 다시 그때처럼 나서라고 한다면 미리 피해버릴 작정까지 하고 있었다. 그때 경험으로 얻은 것은 권력이라는 것이 그렇게도 허망하게 무너질 수도 있다는 것과, 뜻을 합친 사람들의 힘이 그렇게도 무서울 수 있다는 두려움이었다.

　「야, 너희들 먼저 가.」

　서동철이 종로를 등지고 발길을 돌리며 두 사내에게 일렀다.

　「형님, 우리 울짱으로 가시지요. 혹시…….」

　한 사내가 속삭이듯 하며 재빨리 새끼손가락을 세워 보였다. 이 구역 주먹패에서 미인계를 쓰는 게 아니냐는 뜻이었다. 그만큼 주먹패끼리 세력다툼은 심했고, 그동안 그들 세계는 은밀하게 5·16 이전 상태로 거의 복원되어 있었다.

　「염려 놓고, 가서 극장이나 잘 지켜.」

　서동철은 부하들을 보내고 가까운 다방을 찾아 들어갔다.

　「나 여기 있는 것 어떻게 알았수?」

　서동철은 자리에 앉으며 부하의 염려를 슬쩍 확인하고 있었다.

　「네에, 극장으로 갔다가 안 계시길래 매표소 미스 양한테 물었어요. 미스 양 야단치지 마세요. 제가 꼬셨거든요.」

　여배우 남미미는 큰 눈으로 사르르 눈웃음을 쳤다.

　「어서 말해 보슈.」

　그 매혹적인 눈웃음을 내치듯 서동철은 퉁명스럽게 말하며 담배를 빼 물었다.

　「그러니까 저어……, 아까 빚 받으러 왔다는 건 급한 김에 빨리 관심

끌려고 한 말이구요. 솔직하게 말씀드리면 제가 그때 부장님을 도와드린 일이 있으니까 부장님도 저를 좀 도와주십사 하는 거예요. 그러니까 말이죠, 그때 부장님을 강원도로 빼려고 윤 사장님께서 저를 부르셨는데, 아니, 직접 부르신 게 아니고 천 감독님이 불러서 윤 사장님 일이니까 도와야 한다면서 어떤 대위의 술 시중을 들라고 했어요. 그래서 그 대위가 기분 째지게 술을 마셨는데, 일이 잘 풀려 윤 사장님이 아주 좋아하신다는 거예요. 그 일이 알고 보니 부장님을 강원도로 빼는 거였어요. 근데 있잖아요, 이번에 윤 사장님께서 제작하시는 〈순정의 꽃〉에 저 좀 써주세요. 주연이야 바라지도 않구요, 조연이면 돼요. 주연은 윤 사장님하고 감독님이 정하는 거지만 조연 하나쯤은 부장님 힘으로 할 수 있잖아요. 그런 일 내세워 윤 사장님 찾아갈 수도 없고, 천 감독님이 이번에 감독을 맡은 것도 아니고, 생각다 못해서 부장님한테 부탁하기로 용기를 냈어요. 저 좀 밀어주세요. 기왕 이 바닥에 들어온 것, 저도 좀 크고 싶어요. 여동생이라 생각하고 좀 봐주세요. 예? 부장님.」

숨가쁘게 말을 마친 남미미는 손수건으로 콧잔등이며 이마를 누르랴 보리차 마시랴 두서가 없었다.

서동철은 그런 남미미를 물끄러미 바라보고 있었다. 그는 남미미가 내키지 않은 고역을 치렀다는 것을 알 수 있었고, 여동생이라고 생각하고 좀 봐달라는 말에 가슴이 찡해져 있었다. 빽을 쓰는 데 돈 다음으로 효과가 있는 게 미인계라는 건 알고 있었지만, 자신의 일에도 미녀까지 동원되었다는 것은 전혀 몰랐던 것이다. 새롭게 윤 사장님이 고맙고, 앞에 앉아 있는 남미미가 색다르게 보였다.

「알았어. 내가 힘써 보지.」

서동철은 이제 거만기라고는 없는 얼굴로 고개를 끄덕이며 커피잔을 들었다.

「어머 고마워요, 부장님. 따주시기만 하면 연기 열심히 할게요.」

남미미는 두 손을 가슴 앞에 모으며 눈물마저 글썽해졌다.

「그래, 열심히 해. 그 얼굴이면 주연도 할 수 있겠는데 언제까지 조연 노릇만 할 순 없잖아. 자, 그만 가지.」

서동철이 몸을 일으켰다.

아유, 멋져. 의리 한번 끝내준다!

남미미는 뒤따라 일어나며 날아갈 것 같은 기분에 어깨를 떨었다.

「커피값 여기 있어요.」

남미미가 계산대 앞으로 먼저 나섰다.

「이거 남자 폼 구기게 하지 말어.」

서동철이 남미미를 가볍게 밀어냈다.

정말 멋져. 싸나이 중에 싸나이야.

남미미는 큰 눈으로 서동철의 옆모습을 새삼스럽게 바라보며 가슴에서 묘한 바람이 이는 것을 느끼고 있었다.

서동철이 택시에 오르면서 일렀다.

「청계천4가.」

「모르쇼? 종로 쪽으론 못 가요.」

운전수가 짜증스럽게 내쏘았다.

「알아요. 원남동쯤 가서 내려주쇼.」

「빌어먹을, 대학생 놈들이 하라는 공부는 안 하고 맨날 데모야.」

운전수가 가래를 돋우어 창밖으로 내뱉었다.

「형씨, 거 돈벌이 좀 안 된다고 그리 막말 함부로 씹어뱉지 마슈. 대학생들이 비싼 등록금 내놓고 공부하기 싫어서 데모하는 거요, 지금? 입이 가죽 모자라 뚫어논 구멍 아니니까 말을 하려면 제대로 하고, 뭘 잘 모르겠거든 그냥 닥치고 계슈. 정치 제대로 하면 좆 빠진다고 대학생들이 얻어 터지고 매운 까스 먹어가면서 데모하냐 그런 말씀이야. 알아들으셔?」

서동철은 유일표에게 들은 말을 제 나름으로 상소리를 섞어 내뱉으며 운전수를 노려보았다. 그 얼굴이 몹시 사나웠다.

「예, 예, 손님 말이 맞습니다.」

운전수는 완전히 기가 꺾여 있었다.

창으로 달빛이 비쳐들고 있었다. 보름달이 되어가고 있는 덜 여문 달은 남산 위에 해맑게 떠 있었다. 나뭇가지마다 돋아나고 있는 새 잎사귀들이 달빛을 흠뻑 받아 낮에보다 더 고왔다. 그 그림자가 합숙소의 유리창에 여리게 어려 있었다.

「오늘 공부는 여기서 마치겠습니다. 질문 있는 사람 하세요.」

이상재는 책을 덮으며 스무여 명의 학생들을 둘러보았다. 넝마주이인 그들의 얼굴은 하나같이 피곤에 절어 있었다.

「예, 선생님, 앞으로 세상이 달라질 거라고들 하는데 상업학교하고 공업학교 중에서 어느 쪽으로 진학하는 게 더 좋습니까?」

「여러분, 이건 아주 중요한 질문입니다. 왜냐하면 여러분의 앞으로의 진로와 직결되어 있기 때문입니다. 여러분도 다 아다시피 지금 정부에서는 경제개발 5개년 계획을 추진하고 있습니다. 산업화라고도 하는 그 계획을 한마디로 하자면, 지금까지 농업국가였던 우리나라를 공업국가로 바꿔 우리가 잘살아보자는 계획입니다. 그래서 지난달에는 구로동에 수출산업공단을 만들기 시작했습니다. 그곳의 많은 공장에서 여러 가지 물건들을 만들어 외국에 수출해 돈을 벌기 위해섭니다. 그런 공장들은 앞으로 많은 기술자들을 필요로 할 것이고, 기술을 가진 사람은 고등학교만 나오더라도 취직하기가 쉬워질 것입니다. 그렇다면 답은 나온 셈이지요? 여러분들은 당연히 공업학교에 진학해야 합니다.」

이상재는 학생들에게 희망적인 이야기를 할 수 있게 된 것이 즐거워 성심껏 답변했다.

「공업학교는 수학을 잘해야 되잖아요. 근데 수학이 잼뱅인 사람은 어떡하구요.」

한 학생이 불쑥 말했고, 서너 명이 쿡쿡 웃었다.

「예, 수학을 잘하는 게 좋지요. 그런데 수학을 잘 못한다고 실망할 건 없어요. 수학을 어렵게 생각하지 말고 열심히 하면 잘할 수 있어요. 그러나 정 안 되는 사람이라도 크게 걱정할 건 없어요. 공업학교를 못 가더라도 이 세상에는 직업이 수없이 많으니까 다른 길을 택해 얼마든지 당당하게 살 수 있으니까요. 자아, 우리 다같이 힘을 내고, 오늘은 이만 끝냅시다.」

「선생님, 감사합니다.」

학생들이 다함께 목소리 맞추어 인사를 했다. 그들은 대학생 선생님들이 자신들을 위해 아무런 보수도 없이 애쓴다는 것을 잘 알아 예의를 깍듯하게 갖추었다.

교무실로 겸용하는 이용진 대장의 방에는 먼저 수업을 마친 유일표가 돌아와 담배를 피우고 있었다.

「허진은 어떻게 된 거지?」

이상재가 나무의자에 앉으며 물었다.

「글쎄, 아무래도 무슨 사고 난 것 같은데. 동대생 김중배 사망 여파로 오늘 데모가 굉장했고, 경찰들 진압도 다른 때와 달리 강경했어. 오늘 최초로 학생들 돌을 막아내는 둥근 방패까지 등장했으니까. 꼭 영화에서 본 로마병정들 같은 게 그 꼴이 가관이었어.」

유일표는 담배연기를 코로 내뿜으며 쓴웃음을 지었다.

「경찰들이 그렇게 강력하게 나오는 건 김중배가 죽은 걸 정부에선 4·19 때 김주열의 죽음처럼 심각하게 받아들인 것 아니겠어? 사실 정권이 그런 위기에 몰릴지도 모르고.」

김중배라는 학생은 데모를 진압하는 경찰에게 부상을 당해 끝내 이틀 만에 숨을 거두고 말았다.

「글쎄, 지금 정권은 이승만정권하고는 다를걸. 이승만은 군대를 잘 쓸 줄 몰랐지만 현 정권은 군대를 완전히 장악하고 있어. 여차하면 또 계엄 령이니 뭐니 선포해 대고 군인들이 즉각 서울로 몰려들 거야. 그동안에 잘 봤잖아. 그 방면에는 이골났어.」

「하긴 그렇지. 근데, 허진이 혹시 잡혀간 것 아닐까? 체포된 학생들이 엄청 많다던데.」

「그럴지도 몰라. 집에 가봐야 되지 않겠어?」

「그래야지. 그 친구 심정은 이해는 하는데, 이번 데모에 너무 열성인 것 아닌가?」

이상재가 가방을 들며 고개를 갸웃했다.

「허진으로서는 어쩔 수 없을 거야. 자기 할아버지와 집안을 생각하면 그 심정이 어떻겠어. 일본놈들이 백배사죄하며 돈을 싸짊어지고 와도 시원찮을 판인데, 오히려 이쪽에서 사죄 같은 건 상관없이 어서 돈이나 좀 달라고 매달리는 형국 아니냔 말야. 그러니 자기 할아버지가 짓밟히 고 모독당하는 것 같고, 괜히 헛된 일 한 것 같고, 또 엉망이 된 집안 꼴 을 보면 얼마나 기막히겠어. 우리가 허진의 심정을 다 알 수는 없는데, 어쩌면 죽고 싶은 심정으로 데모를 하는지도 몰라.」

유일표는 밖으로 나서며 길게 한숨을 쉬었다.

「그래, 허진을 볼 때마다 이 세상의 정의고 진실은 무엇인가, 그런 것 이 과연 있기는 있는 것인가, 많이 회의하게 돼.」

「정의와 진실은 현실 속에서 끝없이 패배한다. 다만 긴 역사 속에서 승리할 뿐이다.」

「어쭈, 철학과 헛 다니는 건 아니네. 그거 누구 말이야?」

「몰라. 그저 줏어들은 소리야.」

「근데, 최주한이는 어떻게 된 거야? 오늘도 안 나왔으니.」

「모르겠어. 싫증이 난 건지 지친 건지. 제 공부도 바쁘고, 그럴 때도 됐으니까.」

「그렇지만 대장님이 출감할 때까지는 나와야 되지 않겠어? 기죽어 있는 저애들도 딱하고, 대장님처럼 사는 분도 있는데.」

「그렇긴 한데. 내가 만나볼게.」

큰길로 나오자 이상재가 시간이 없다고 서두르며 택시를 잡았다.

피곤한 몸을 택시에 부리고 눈을 감으며 유일표는 이용진 대장을 생각했다. 그분은 출감하려면 아직 서너 달이 남아 있었다. 그 미제 물건은 자기를 도와준 사람의 옥바라지를 하려고 손을 댄 것이었다.

남대문시장 일대에서 날품팔이 지게질을 하다가 그의 집안 내력을 알게 된 주먹패의 왕초가 자리잡아 준 것이 지금의 재건대였다. 그런데 정치깡패로 몰린 그 왕초는 5·16 직후의 혁명재판바람에 휩싸여 8년형을 받게 되었다. 그때부터 그는 왕초의 부하 몇 명과 함께 은밀하게 옥바라지에 나서기 시작했던 것이다. 왕초를 줄곧 '범털(차입금이 많은 죄수)'을 만들기 위해 그들은 돈이 되는 것이면 무엇이든 손을 댔다.

그런데 그는 조사 과정에서도, 재판을 받으면서도 끝내 공범자나 보급선을 대지 않았다. 혼자 모든 죄를 뒤집어쓰고 1년 실형을 받고 말았다.

「사람 사는 게 별게 아니야. 내 걱정 말고 거기나 잘 좀 지켜줘.」

허진과 면회를 갔을 때 그분이 담담하게 웃으며 한 말이었다.

유일표는, 깡패들이 즐겨 쓰는 말이라고 해서 천시하는 느낌이 강한 '의리'라는 말을 자꾸 생각하지 않을 수 없었다. 미제 물건 밀매가 불법이든 어쨌든 간에 그분의 모든 행위가 그렇게 남자답고 인간적일 수가 없었다.

「그 형님 의리 한번 정말 미제요. 주먹 쓰는 우리가 못 당하는 판이니까. 하여튼 어떤 개뼉다귀든 여기 와서 집적거리고 까불면 바로 연락해요. 어떤 새끼들이든 뼈다귀를 추려놓고 말 테니까.」

불량기 내뺀 청년들이 가끔 찾아와 재건대를 둘러보고 가고는 했다.

이용진 대장에 대한 이야기를 털어놓은 것도 그들이었다.

허진은 머리에 붕대를 친친 감고 누워 있었다.

「도대체 경찰이라는 게 어느 나라 사람들인지 모르겠어. 오늘은 영 인 정사정없이 발악을 하더라니까.」

허진이 쓴 표정을 지었다.

「이런, 데모에 앞장섰으면 내빼기를 잘하든지, 달리기에 자신이 없으면 앞장을 서지 말든지. 넌 이 형님한테 한참 배워야 해.」

유일표가 언짢은 얼굴로 연거푸 혀를 찼다.

「이거 왜 이래. 경찰봉에 머리가 터져 피를 흘리면서도 잡히지 않고 적진을 탈출한 몸이야. 넌 그런 경험 있어?」

허진이 유일표의 말을 맞받아치며 눈총을 쏘았다.

「아이구 참 역전의 용사시다.」

유일표가 어이없어했고.

「야, 너 조심해. 그러다가 너의 유일한 재산 더 심하게 다쳤다간 큰일 나는 수가 있어. 김중배가 괜히 죽었냐. 그리고 말야, 아무리 데모해 봤자 그놈의 회담은 정부 뜻대로 밀어붙이게 돼 있어. 데모 효과가 있다면, 일본에 대한 우리 정부 입장을 좀 유리하게 해주는 걸까?」

이상재가 정색을 하고 말했다.

「너 그게 무슨 소리야?」

허진이 앉음새를 고치며 미간을 찌푸렸다.

「무슨 소리긴. 넌 데모로 회담을 중단시킬 수 있다고 생각하는 거냐? 천만에, 이건 4·19데모하고는 달라. 정부에서는 그 돈을 어서 빨리 받아와서 경제발전을 시켜야 우리 모두가 잘살 수 있게 된다고 선전하고 있고, 일반 대중들은 그 말에 귀가 솔깃해져 있단 말야. 그 증거가 바로 4·19 때와는 달리 일반인들이 이번 데모에 호응하지 않고 있다는 점이야. 넌 어떻게 생각해?」

「그거 제법 탁견인데? 어쩐 일이야?」

허진보다 유일표가 먼저 반응했다.

「나 같은 우생이 그런 걸 혼자 생각해 낼 수 있겠어? 이 교수, 저 교수한테 물어서 비빔밥을 만든 거지.」

「일표 너도 그렇게 생각하니?」

허진이 언짢은 기색으로 물었다.

「글쎄, 그동안 데모를 하면서도 일반인들이 별 반응이 없는 걸 이상하게 생각했었는데, 이 말 듣고 보니 꽤나 일리가 있는 것 같은데.」

「그래, 그럴지도 모르지. 대중은 뜻밖에도 약삭빠른 데가 있으니까.」

고개를 떨구는 허진의 얼굴이 착잡하기 이를 데 없었다.

「아이구, 이 밤중에 또 걸음 하게 했으니 이를 어쩌누.」

허진의 할머니가 방문을 열고 들어섰다.

「안녕들 하셨어요? 이것 좀 드세요.」

허진의 여동생 미경이 쟁반을 조심스럽게 내려놓으며 유일표와 이상재에게 눈길을 보냈다.

「미경이 축하해. 마침내, 드디어, 끝끝내 정식 직원이 되고야 만 것.」

유일표가 스스럼없는 농담조로 말하며 웃었고,

「네, 고마워요. 다 일표 오빠 덕이에요.」

흰 얼굴이 가녀리면서 안온하게 생긴 허미경이 수줍어하며 인사했다.

「무슨 말을. 다 미경이가 열심으로 한 결과지. 근무는 경리관가?」

유일표는 말하고는 달리 지난달 미경을 소개했던 것에 가슴 뿌듯함을 느끼고 있었다.

「아니, 비서실이에요.」

「호! 사장님 신임이 대단하신 모양이네?」

「응, 사장님께서 우리 미경이를 아주 이쁘게 보시나 봐. 그동안에도 쭉 잘해 주시고, 얼마나 고마운지 모를 일이야. 그게 다 우리 일표 덕이지 뭐.」

허진의 할머니가 모처럼 흐뭇하게 웃으며 유일표의 등을 어루만졌다.

「할머니, 그리 좋아하실 것도 없어요. 괜히 남들 눈총 받고……, 차라리 경리과 같은 데가 낫지.」

허진이 머리의 상처 부위를 만지며 언짢은 기색을 드러냈다.

「에그, 그런 은혜 모르는 소리 하는 것 아니다. 넌 가끔 그런 엉뚱한 소리 하는 게 탈이야.」

허진의 할머니는 허진의 말을 지워 없애듯 손까지 마구 내저었다.

이상재는 말없이 앉아서 자신의 눈을 의심하고 있었다. 1년쯤 전에 비해 허미경은 몰라볼 정도로 달라져 있었다. 여고생의 단발머리가 긴 파마머리로 바뀐 것만이 아니었다. 파리하게 혈색 없이 그늘져 있던 얼굴이 어찌 된 영문으로 발그레하게 윤기가 돌면서 성숙한 여자로 변해 있는지 모를 일이었다. 정식 사원이 되어 화장을 해서 그런가? 다시 살펴보았지만 허미경의 희고 섬세한 얼굴에 화장기는 느껴지지 않았고, 더 아리따운 여자로 다가들었다.

그때 문득 떠오른 생각이 있었다. 자신이 중학생이 되어 1년 만에 국민학교 6학년 때 담임선생을 찾아간 일이 있었다.

「아니, 이게 누구냐? 너 이상재 아니냐. 안 클 줄 알았더니 1년 만에 몰라보게 컸구나. 하, 이거 참 신기하다. 한 뼘은 더 커버린 모양인데, 정말 세월이 그냥 흘러가는 건 아니로구나.」

자신은 변한 것 같지 않은데 담임선생은 자신을 살펴보고 또 살펴보며 신기해 했었다.

허미경도 1년 사이에 마술을 부리듯 아름다운 꽃으로 피어난 거였다. 모란도 아니고 장미는 더구나 아니고, 함초롬한 수선화 같은 그 모습에서 몇 년 전 처음 보았을 때의 허미경은 찾을래야 찾을 수가 없었다. 허미경이 변한 만큼 할머니도 많이 변해 있었다. 마치 허미경이 할머니의 진기를 빨아먹고 아름다운 꽃으로 피어난 것처럼 할머니는 더 주름이 잡힐 곳도 없을 정도로 파삭 늙어 있었다. 몇 년 세월이 양쪽에다 일으킨 변화는 옛날 담임선생의 말마따나 신기할 뿐이었다.

「야, 무슨 생각하고 있니? 시장한데 어서 사이다 마시고 빵 먹어.」

유일표가 팔꿈으로 이상재의 팔을 건드렸다.

「응, 그래. 그렇잖아도 배고프다.」

이상재는 얼굴이 화끈해지는 걸 느끼며 서둘러 빵을 집어들었다.

「그 회사는 여전히 잘되겠지? 서울 인구는 갈수록 불어나고 있으니까 말야.」

유일표가 빵을 우물거리며 허미경을 쳐다보았다.

「네, 잘은 모르겠는데 정부 관계 큰 공사가 많아져서 정신없이 바빠요.」

「경제개발인가 뭔가 덕인가 보지? 어쨌든 회사가 잘돼 나가야지.」

유일표는 고개를 끄덕이며 여동생 선희를 생각하고 있었다. 선희도 이제 여상 졸업반이었다. 내년이면 취직을 해야 하는데 그게 잘될 것인지 걱정이었다.

선희는 제가 먼저 여상을 택했었다. 어머니는 그걸 당연하게 받아들였고, 군대에 있었던 형은 그 소식을 듣고도 답장에서 한마디도 하지 않았다. 그 침묵은 형의 고통이었다. 자신도 어머니나 선희에게 아무 말도 할 수가 없었다.

「너 내일 재건대에 나갈 수 있겠냐?」

유일표는 일어날 채비를 하며 허진에게 물었다.

「그럼, 나가야지. 이 꼴로 더 데모하긴 틀렸고.」

「참 망할 세상이다. 왜놈들한테 큰소리도 못 치면서 바른 소리 하는 학생들은 왜 개 패듯 패느냔 말야. 나라 위해 한 일 다 헛일되고, 멍텅구리 짓이었지.」

허진의 할머니가 가슴 내려앉는 것 같은 한숨을 토해냈다.

허진이 유일표에게 눈짓했다.

「할머니, 저희들 그만 가봐야겠어요. 벌써 10시가 넘었네요.」

유일표가 몸을 일으켰고, 이상재는 뒤따라 일어나며 허미경을 힐끔 훔쳐보았다.

산동네의 좁고 비탈진 골목마다 달빛이 가득가득 담겨 있었다. 뛰듯이 빠르게 아래로 내려가고 있는 유일표를 향해 이상재가 물었다.

「비서실 근무라는 게 좋은 건가?」

「글쎄, 나쁠 것 없잖아? 사원한테 사장 빽이면 대통령 빽보다 낫잖아.」

「그게 남자면 모를까 여비서라면 세상이 안 좋게 보잖아?」

「응, 대개 그렇게들 보는데, 미경이 경우는 달라.」

이상재는 큰길에 이르러 다시 입을 열었다.

「시간도 늦었는데 너 내 하숙방에서 자고 가라.」

「안 돼. 난 아침마다 물지게 져야 하는 신센 것 몰라?」

「형 있잖아.」

「아니야. 형한테 그런 일 시키고 싶지 않아.」

이상재는 무슨 말을 할 듯하다가 그냥 고개를 끄덕였다.

그들은 바삐 전차에 올랐다.

이튿날 국방부에서는 위수령을 발동했다. 그건 가장 효과적인 데모 진압책이었다.

6
운명이고, 뻘밭이고

막 출근을 한 다섯 명의 사원들이 일과를 시작하려는 참이었다.

「세무서에서 나왔소!」

한 남자가 사무실로 불쑥 들어서면서 내쏜 말이었다. 그 남자는 몸집이 왜소했고 목소리도 가는 편이었다. 그런데도 그의 한마디는 총을 들이대고 '손들어!' 하는 것처럼 사원들을 한순간에 얼어붙게 만들었다.

「다들 책상에서 일어나 이쪽으로 모여요. 탈세 혐의로 지금부터 일체의 장부를 압수하겠소.」

그 남자가 말을 하는 사이에 세 사람이 잇따라 사무실로 들어서고 있었다.

「저, 저는 전뭅니다. 이, 이게 대체 무슨 일입니까? 아직 사장님도 안 나오셨는데요.」

말 더듬는 것에 맞추기라도 하는 것처럼 포마드 번들거리는 머리를 연신 주억거리며 전무가 앞으로 나섰다. 무더워진 날씨에 포마드로 맥질된 머리는 더욱 더워 보였다.

「투서가 접수됐소.」

「투서요? 그, 그게 누굽니까? 그런 엉뚱한 모략을 하는 놈이.」

「전무라면서 그런 건 절대 비밀이란 것도 모르오? 빨리 사장님한테 연락이나 하시오.」

몸집 작은 세무원이 전무를 제치듯 앞으로 나서며 뒤에 있는 부하들에게 빠른 눈짓을 했다. 세 사람이 동작 기민하게 이 책상, 저 책상으로 내달았다.

「어머, 어머…….」

「어떡해, 난 몰라…….」

그들의 기세에 두 여 직원이 울상이 되고 입을 가리며 한쪽으로 밀렸고, 남자 직원 둘은 묵묵히 전무 쪽으로 걸어갔다.

「여보세요 교환, 여기 경천회산데 말이지, 빨리 우리 사장님 좀 대, 빨리!」

전무의 다급한 목소리도 전화기를 든 손도 떨리고 있었다.

한인곤의 아버지 한무규 사장이 사무실에 나타났을 때는 세무서원들은 서류 압수를 거의 끝내가고 있었다.

「사장님, 본의 아니게 죄송합니다. 여기 확인 도장 좀 부탁드립니다.」

세무원이 작은 몸집을 굽혀 예의를 갖추며 한무규 사장 앞에 종이를 내밀었다.

「전무, 여기 도장 눌러줘.」

머리가 하얀 한무규 사장은 먼산바라기를 한 채 담배에 불을 붙였다. 그의 눈앞에는 야당 국회의원인 아들의 모습이 떠올라 있었다.

세무서원들은 서류뭉치를 제각기 하나씩 들고 사라졌다. 한무규 사장은 미동도 하지 않고 담배만 피우고 있었고, 직원들은 고개를 푹 떨군 채 한쪽 구석에 몰려서 있었다. 사무실에는 날씨와는 정반대의 찬바람이 휘돌고 있었다.

「아빠, 오빠 좀 너무 그러지 말라고 이르세요. 양 서방이 아무리 말해도 쇠귀에 경 읽기예요. 오빤 아빠 말밖에 안 듣잖아요. 혼자 야당 다 하는 것도 아니고 눈치껏 해야 되잖아요. 남들은 사쿠라에 겹사쿠라질까지 요령 좋게 해대는 판인데 오빤 그저 도쓰게끼(돌격)밖에 모르니 정치를 하는 건지 군대생활을 하는 건지 모르겠어요.」

딸 정임이가 몇 달 전에 내려와서 했던 말을 한무규 사장은 되짚고 있었다.

자신의 주변에 그 무섭기로 소문난 중정(중앙정보부)의 그림자가 어른거리기 시작한 것은 작년 3월경부터였다. 그건 아들 인곤이가 대일굴욕외교 반대투쟁에 누구보다 적극적으로 나선 것과 시기가 일치하고 있었다. 그 즈음에 야당의원들을 놓고 사쿠라 시비가 일고 있었고, 낮에는 야당, 밤에는 여당이라는 말이 퍼지기도 했다. 경찰서장이나 상공회의 소장 같은 사람들한테 야릇한 귀띔을 들으면서도 아들이 사쿠라로 손가락질당하지 않게 처신하는 것을 떳떳하게 여겼던 것이다. 제아무리 서릿발치는 중정이라 해도 국회의원 아버지의 사업을 저희들이 감히 어쩌랴 하는 믿음도 깔려 있었다. 그런데 한일회담 반대 데모가 갈수록 심해지면서 중정 요원이란 젊은 사람이 직접 나타나기 시작했다. 그는 묘하게 말을 돌리고 비틀고 하면서 어르는 것 같기도 하고 겁을 주는 것 같기도 했다. 그러나 그저 그러려니 했었다.

한무규 사장은 담배를 끄며 몸을 일으켰다.

「다들 밖에 말 나가지 않게 입조심하고, 어서 일들 해.」

그때까지 잔뜩 웅크리고 서 있던 사원들에게 이르고 한 사장은 밖으로 발길을 돌렸다.

「사장님, 서울 의원님한테 연락해야 되지 않겠습니까?」

전무가 뒤따라 나오며 말했다.

「아닐세. 이 일은 걱정 말고, 자넨 조용하게 정미소 건이나 알아보게.」

「예? 아, 예, 알겠습니다.」

「빠를수록 좋아.」

「예, 곧 알아보겠습니다.」

한 사장은 바쁜 마음에 큰길 사거리까지 나와서야 발길을 멈추었다. 당장 세무서장을 찾아간다는 것은 지혜롭지 못한 일이었다. 이 일을 안면 두터운 서장이 무작정 저지른 것일 리 없었다. 좀 시간 여유를 두어야 하고, 만나더라도 남들 눈을 피해야 할 것 같았다. 한 사장은 자신도 모르게 숨을 크게 들이켜며 집으로 발길을 돌렸다.

「중정 그거 정말 무시무시합니다. 옛날의 최고회의 위원들까지 수사할 정도로 거칠 데 없이 권력이 막강할 뿐만 아니라 요원들도 벌써 작년에 37만 명으로 불어났어요. 발족 3년 만에 120배가 넘은 거지요. 그러니까 전국에 그 조직이 거미줄처럼 쫙 깔린 셈인데, 누구든지 언행에 조심해야 합니다.」

작년 설에 내려왔던 사위의 말이었다. 그럼 2년 동안에 또 그 수가 얼마나 불어났을 것인가……. 한 사장은 그만 한기를 느꼈다. 천안 같은 지방사람들 사이에서도 중정 요원들의 위세는 뜨르르하게 알려져 있었다. 지방에서 왕 노릇 하는 경찰서장마저 그들 앞에서 오금을 펴지 못한다니 더 말할 것이 없었다. 그리고, 누구나 중정에 들어가면 그 집안이 금세 일어난다는 소문도 돌았다.

「예, 그거 아주 고약한 집단입니다. 정권 쉽게 유지하고 권력 마음대로 잡으려고 어거지로 만들어낸 조직인데, 과히 걱정하실 것 없습니다. 결점 잡힐 일만 안 하면 되니까요.」

아들 인곤이가 한 말이었다.

한 사장은 '털어서 먼지 안 나는 사람 없다'는 흔한 말을 떠올렸다. 세무서에서 트집을 잡으려고 들면 안 잡힐 도리가 없는 일이었다. 그 흠이 아들에게 어떤 해를 입히게 될지 은근히 불안하기도 했다.

입맛 없는 점심을 때우고 나서 한 사장은 세무서장에게 전화를 걸었다.

「서장님, 저 한무규입니다.」

한 사장의 말은 낮고 조심스러웠다.

「예, 저……, 지금 바쁜데 제가 다시 전화 드리도록 하겠습니다.」

주저하는 기색이 역연한 세무서장의 목소리는 작고 빨랐다.

「예, 알았습니다.」

한 사장은 무엇에 쫓기듯 전화를 끊었다.

다시 사무실로 나가서 전화를 기다렸다. 그러나 일과가 끝날 때까지 아무 연락도 없었다. 집으로 전화를 해보았지만 역시 아무 연락이 없기는 마찬가지였다. 한 사장은 그제서야 세무서장이 자신을 피하려고 그렇게 둘러댄 것이 아닌가 하는 생각이 들었다.

한 사장은 아들에게 연락을 해야 할까, 어두워지면 세무서장을 찾아가 볼까, 이런 생각들로 저녁밥을 먹는 둥 마는 둥 하고 있었다. 그런데 어떤 학생이 찾아왔다.

「이따가 10시에 사장님댁 정미소 건너편에 있는 당산나무에서 뵙자고 합니다.」

세무서장 아들의 전갈이었다.

「그래, 애썼다. 자아, 이것 받아라.」

한 사장은 바삐 용돈을 종이에 싸서 학생의 손에 쥐어 주었다.

「아니, 아닙니다.」

「어른이 주는 심부름값은 받는 게 예의니라. 이건 돈이 아니라 마음이 거든.」

「……예, 고맙습니다.」

한 사장과 눈길이 마주친 학생은 공손하게 고개를 숙였다.

반딧불들도 사라져가는 여름밤의 10시는 별들만 치렁치렁하게 어두웠다.

「그건 제 뜻이 아닙니다. 허나 조사를 적당히 하기도 어려운 형편입니다.」

어둠 속에서 세무서장이 한숨 섞어 한 말이었다.

「그게 그러면……」

아무도 보지도 듣지도 않는데도 한 사장은 '중정에서 시킨 것이냐'는 말을 입에 담지 못했다.

「빨리 아드님께 연락하시는 게 좋지 않을까 싶습니다.」

「예, 시일이나 좀 끌어주세요.」

「최대한 노력해 보겠습니다.」

서로가 더는 할말이 없었다.

한 사장은 이틀 동안 고심했지만 마음을 정하지 못하고 있었다. 아들에게 연락했다가 오히려 아들이 해를 입을지도 모를 일이었다.

「사장님, 이거 큰일났습니다. 우리 정미소가 빠지고 없습니다.」

전무의 허둥거리는 보고에 한 사장은 아무 말없이 눈을 감았다. 추수철을 앞두고 나라쌀의 정미권을 박탈당하는 것은 사업의 절반이 무너지는 것이나 다름없었다. 더 망설일 수 없이 막바지에 몰린 판이었다.

한 사장은 다음날 서울행 첫 기차에 몸을 실었다. 아들을 생각하면 더없이 마음이 착잡하기만 했다. 나라가 제대로 되었더라면 아들은 지금쯤 별 두 개 정도를 단 장군으로 군문을 지키고 있어야 했다. 그 길은 아들도 자신도 바란 것이었다. 그런데 광복군 출신이라는 게 오히려 탈이되어 시퍼런 나이에 예편을 당한 아들이 정치를 하고자 했을 때 두말없이 그 뜻을 받아들여 주었던 것은 애비로서의 울분 때문만은 아니었다. 아들의 정의감과 뚝심을 믿었고, 나라를 바로잡는 일에 일익을 담당하기를 바랐던 것이다. 그런데, 이승만 시절에 야당 국회의원 노릇 하기가 힘들다고 하더니 이젠 그때보다 훨씬 험해진 것 같았다. 그 시절에 없었던 중정이라는 게 생겨난 것도 그렇고, 그 기관이 대통령만 빼놓고는 상하좌우 가릴 것 없이 마구잡이로 권력을 휘둘러댄다는 것은 도무지 이해할 수 없는 노릇이었다. 쿠데탄지 혁명인지를 해서 급히 나라를 바로잡으려고 국회도 통과하지 않고 그런 기관을 만들었으면 국민투표로 새 정권이 들어선 다음에는 그 기관은 마땅히 없애야만 정도인 것이다. 그런데 오히려 횡포를 일삼고 있으니 이게 어디 될 말인가. 이런 판에서 정치라는 것을 하다가 아들의 장래가 어찌 될 것인지 걱정스럽고, 지금이라도 정치를 말리고 싶은 마음이 일었다.

「아범아, 정치란 돈 없어서는 못하는 것이고, 또 정치를 하루이틀 하고 말 것도 아니지 않느냐. 길게 생각하고 방책을 좀 세우도록 하는 게 어떻겠냐?」

한무규 사장은 아들을 바라보며 조심스럽게 말했다.

「예, 명심하고 곧 그 일들을 해결하도록 하겠습니다.」

한인곤은 아버지 앞에 머리를 조아렸다. 아버지 말씀이 옳았고, 그동안 아낌없이 뒷바라지해 주셨는데 사업이 번창하게 돕기는커녕 그런 궂은일까지 당하게 한 것이 그저 면목없을 따름이었다. 그리고, 한일협정이 정식으로 조인되어 버린 마당에 더 이상 강경한 입장을 취할 까닭이 없기도 했다. 그렇게 압력을 가하는 것은 한일협정 비준안의 국회 통과를 쉽게 만들려고 하는 공작이 틀림없었다.

「이봐 양 서방, 자네 아는 중정 그 사람, 내일 만나게 시간 약속 좀 해.」

한인곤은 매제 양용석에게 전화를 걸었다.

「아니, 형님, 무슨 일이신데요?」

「협조 건이라고 해둬!」

한인곤은 이튿날 아침 일찍 남재구를 불러냈다.

「자네가 어쩐 일이야? 날 다 찾구⋯⋯.」

남재구는 한인곤 앞에서 한풀이 꺾여 눈길을 깔았다.

「아버지가 어제 올라오셨는데⋯⋯.」

한인곤이 요약한 말을 듣고 남재구가 기를 세웠다.

「그건 안 되는데. 그 어르신을⋯⋯.」

남재구는 자신을 친자식처럼 대해주었던 한무규 사장의 따스한 정을 잊지 못하고 있었다.

「국회 문제에선 난 뒤로 물러서겠어. 자네가 알아서 처리해.」

「응, 알았어. 걱정 말어.」

야당의원들은 한일협정 조인 반대로 총사퇴를 한 상태에서 여당은 단독으로 전투사단 파월안과 한일협정 비준안을 통과시켰다.

「뭐, 뭐라고? 자영이하고?」

안경자가 소스라치며 얼굴에서 핏기가 가셨다.

「그렇다니까. 할 짓 못할 짓 다한 사이란 말야.」

강숙자는 안경자의 그런 반응에 만족하며 과장된 부채질을 해댔다. '할 짓 못할 짓'이란 말에는 육체 관계까지 포함된다는 것을 뻔히 알고 있었다.

「어머, 세상에⋯⋯.」

안경자는 울음을 터뜨리듯 하며 두 손바닥에 얼굴을 묻었다.

강숙자는 그런 안경자를 잦바듬한 자세로 바라보며 싸늘하게 웃고 있었다. 김선오가 다른 사람이 아닌 안경자와 결혼하게 될 거라는 사실은 도저히 믿을 수 없는 충격이었다. 김선오의 그런 처사는 박영자와 안경자를 향한 이중적 배신행위였다. 강숙자는 두 친구를 대신해 위선자 김선오에게 보복할 작심을 하고 나섰다.

「너 우니?」

「아니야, 울기는.」

손을 내린 안경자는 아랫입술을 꼭 물고 있었다. 그 얼굴이 더욱 경직

되어 있었다.

「있잖니, 자영이가 너 찾아오겠다고 그러더라.」

「뭐라고? 자영이도 이 일을 알아?」

안경자가 엉덩방아를 찧으며 울상이 되었다.

「애 좀 봐. 내가 아는데 자영이가 모르길 바라니? 느네들 둘의 불행을 막으려면 당연히 자영이한테 말해 줘야 되는 것 아니겠어? 이 우등생 쑥맥아.」

「그랬음 진작에 자영이하고 관계를 나한테 말해 줬어야지.」

「어머, 애 말하는 것 좀 봐. 너 의사공부에 미쳐서 나 같은 건 거들떠보지도 않고 지낸 건 언젠데. 그리고 말야, 하고많은 남자들 중에 하필 김선오하고 그런 관계가 될 줄 누가 꿈에라도 생각했겠니? 안 그래?」

「어쨌든 자영이는 못 오게 해줘. 만나봐야 서로 비참한 꼴만 보이게 될 텐데.」

안경자는 냉정한 기색을 보이며 한숨을 몰아쉬었다.

「자영이는 따질 건 따지겠다고 단단히 벼르고 있던데?」

「따져? 난 다 필요 없으니까 자영이 걔더러 마음대로 하라고 해.」

안경자의 싸늘한 말에 못지않게 총기 어린 눈빛도 차가웠다.

「그럼 포기한다는 거냐?」

「포기가 아니라 버리는 거야. 그런 더러운 남자는 싫어. 정말 싫어! 싫어!」

안경자는 정말 더러운 물건이라도 내치는 듯이 머리를 짤짤 내둘렀다.

「그래도 검사님이신데 아깝지 않아?」

강숙자는 능청맞게 휘발유를 끼얹고 있었다.

「흥, 거엄사? 내 앞에서 그 인간 얘긴 두 번 다시 꺼내지 말어.」

안경자는 평소의 그녀답지 않게 매서운 기세로 잘랐다.

「그래, 검사 아니라 대통령이면 뭘 하니. 먼저 인간이 돼야지. 그런 양

심 없는 기회주의자가 한 도라꾸(트럭)면 뭘 해. 냄새만 진동하지. 잘 생
각했어. 넌 역시 자존심 있는 내 친구야. 근데 혹시 너……, 상처 받을
짓은 안 했겠지……?」

강숙자는 안경자의 속을 헤집듯 하는 눈길로 빤히 쳐다보았다.

「기집애, 미쳤니. 그랬으면 지금 내 꼴이 뭐가 됐겠니.」

안경자는 생각만 해도 끔찍하다는 듯 한 손으로 가슴을 누르며 긴 숨
을 내쉬었다.

「그랬겠지. 답답한 모범생 행실이 신세 망치는 것 막아줬네.」

강숙자가 키득 웃었다.

「모르겠다. 넌 시집 안 가?」

안경자가 손목의 시계를 보았고,

「왜, 나도 하나 물었다.」

강숙자가 눈치 빠르게 몸을 일으켰다.

「그래? 누군데?」

「넌 잘 모를 거야. 홍석주라고, 작년에 고시 패스한 쾌남아.」

「결국 아버지 뜻 따랐네?」

「천만에. 아버진 그 사람이 서울대 출신 아니라고 과히 탐탁잖아하는
데, 난 그 점 때문에 그 사람이 더 맘에 들었어.」

「에구, 어긋난 돼지 발톱.」 안경자는 명랑한 척 꾸미며 눈을 흘기고
는, 「가서 자영이한테 있는 그대로만 말해 줘. 내가 몰라서 생긴 병통이
니까.」

억지웃음을 지어내는 그녀의 얼굴이 일그러지고 있었다.

「알았어. 속상해 하지 말고 빨리 잊어. 빨리 잊는 방법은 더 멋진 남자
를 구하는 것인 것 알지?」

강숙자는 쾌활한 눈짓을 하며 구두를 신었다.

일이 마음먹은 대로 쉽게 풀려 강숙자는 빙수를 서너 그릇 먹은 것처

럼 속이 시원하고도 후련했다. 김선오 제까짓 게 머리 좀 좋다고 아무리 약삭빠르게 굴어도 공부가 아니라면 얼마든지 상대해 줄 자신이 있었다.

뭐, 나보고 돌대가리? 그래, 넌 금대가리다. 이 돌대가리한테 당하는 맛이 어떠냐!

강숙자는 승리감에 취해 연거푸 코웃음을 치며 제과점을 찾아 들어갔다.

「여기 빙수 빨랑 주세요.」

강숙자는 빙수를 마구 퍼먹으며 정말로 속시원한 맛을 즐기고 있었다. 박영자가 안경자를 찾아가 따지겠다고 한 일이 없었다. 자신이 지어낸 말에 순진한 안경자는 서둘러 김선오 포기 선언을 하고 만 것이다.

박영자에게는 김선오와 안경자의 일을 아직 말하지 않은 상태였다. 왜냐하면 박영자는 새 남자와 관계가 깊어져가고 있는 참이었다. 박영자는 아버지가 원하는 남자가 너무 싫어 오기를 부리느라고 오빠 친구인 햇병아리 기자 원병균을 만나기 시작했다. 그런데 그들은 날이 갈수록 뜨거운 사이로 변해가고 있었다. 박영자가 새 사랑을 열매 맺고, 안경자가 마음을 수습하게 되면 결국 자신이 교통정리를 잘한 셈이었다. 강숙자는 자신의 솜씨에 더없이 만족하며 빙수를 하나 더 시켰다.

"자네한테 애인이 있었다는 말 뒤늦게 들었네. 그 여자가 우리 경자 친구라니 더욱 난감한 일일세. 인연이 아닌 모양이니 모든 걸 없었던 일로 하는 게 좋겠네."

김선오는 안 원장의 이 짧은 편지를 받고 현기증에 휘말렸다. 정신이 아뜩해지는 심한 현기증 속에서 발밑이 허물어져내리고, 자신의 인생이 갈기갈기 찢겨져 흩날리는 종이쪽이 되는 것을 보고 있었다.

12월에 입대를 하기에 앞서 가을에 결혼식을 올리기로 되어 있었다. 7월 입대를 뒤로 늦춘 것도 안 원장의 덕이었다. 그리고 입대를 하면 서울에 근무하도록 할 수 있다는 게 안 원장의 장담이었다. 공부를 계속해야 하는 딸을 어느 시골로 딸려보낼 수 없는 노릇이고, 그렇다고 신혼부부가 따로 떨어져 사는 것은 말이 안 된다는 거였다.

김선오는 며칠을 표나지 않게 앓았다. 그러나 깨진 항아리를 다시 붙일 방도는 없었다. 부질없는 일인 줄 알면서도 도대체 어떻게 박자영과의 관계를 알게 되었을까 하는 데 몰두하고 있는 자신을 문득문득 발견하고는 했다. 그러나 혼란스러운 생각만 뒤엉킬 뿐 아무런 해답도 나오지 않았다.

두 개의 사과가 들렸던 손은 이제 허망하게 텅 비어 있었다. 김선오는 허탈하기 그지없는 심정으로 빈손을 털며 마음을 접었다. 그리고 스스로를 일으켜 세우려고 애를 썼다.

넌 검사야. 그보다 좋은 여자들이 얼마든지 있어.

김선오는 곧 서울에 올라갈 작정을 했다. 이규백 선배처럼 장가가는 길은 얼마든지 열려 있었다. 군대에 가기 전에 결혼을 하고 싶었다. 그 당당한 모습을 박자영이나 안자경에게 보이고 싶은 보복감이 꿈틀거리고 있었다.

김선오는 이규백에게 편지부터 썼다. 장가를 가야 되겠으니 형의 중매쟁이를 좀 소개해 달라는 내용이었다. 그리고 금요일 근무를 뺄 수 있는 궁리를 했다. 토요일과 일요일 이틀 동안 다녀오기에 서울은 너무 멀었다. 유일한 교통 수단인 기차는 여덟 시간씩이나 잡아먹었다.

그렇게 일을 추진하기 시작하자 마음의 그늘이 다소 걷히는 것 같았다. 그런데 동생 선태의 편지를 받고 김선오의 마음은 다시 칙칙해졌다.

학원비와 하숙비를 보내달라는 내용이었다. 그러지 말자고 하면서도 매달 동생의 편지를 받을 때마다 김선오는 속이 상했다. 동생은 두 번이나 대학 시험에 실패했고, 3년째를 보내고 있었다. 능력에 맞는 대학에 가라고 했지만 동생은 막무가내 고집을 꺾지 않았다. 그동안에 동생은 집안의 논을 다 삼킨 꼴이 되었고, 금년부터는 자신이 뒷바라지하지 않을 수 없는 형편이었다.

　돈은 거기에만 필요한 것이 아니었다. 논이 다 없어지고 말았으니 집
에 생활비와 두 동생의 학비까지 보내야 했다. 그런 걸 다 해결하자면
검사 월급으로는 어림도 없는 일이었다. 어쩔 수 없이 음성 수입에 눈을
돌릴 수밖에 없었다. 그런데 아무 사정도 모르고 동생들이 철없이 바라
기만 하는 데는 참다못해 울화가 치밀어올랐다.

　3년째 낙방생 노릇을 하면서도 선태는 미안한 기색이라고는 전혀 없
이 돈을 요구하고 있었다. 그리고 집에 있는 두 동생은 광주에서 학교에
다니게 해달라고 조르고 있었다. 동생들은 검사라면 돈이 샘솟듯 하는
줄 아는 모양이었다.

　안자경과 결혼이 깨져 그 버거운 짐을 벗을 수 있는 꿈은 산산조각이
나고 말았다. 거기다가 어머니는 집을 나간 명숙이를 어서 빨리 찾지 않
고 뭐 하느냐고 성화였다.

　김선오는 속이 상할 때마다 아버지를 생각하려고 애썼다. 아버지가
원하시는 것이다, 아버지는 웃으시며 그 모든 일들을 해내시지 않았더
냐, 이런 말로 스스로를 일깨우고 다스렸다.

　「형은 동생들 때문에 골치 아프지 않아요?」

　김선오는 언젠가 서울에서 이규백을 만나 물었다.

　「……말도 마.」

　이규백은 쓴웃음을 지으며 고개를 저었다.

　「전 어디서 원조받을 데도 없고 정말 죽겠어요. 동생들은 빚쟁이들처
럼 안면몰수하고 덤비고.」

　「다 운명이지.」

　그리고 이규백은 말머리를 돌려버렸다.

　김선오가 서울 갈 채비로 분주한 어느 날 갑자기 어머니한테서 전화가
걸려왔다.

「여그 광주 호남병원인디, 니 싸게 올라와야겄다. 동상 광자가 죽을라구 약얼 묵어부렀다.」

「뭐, 뭐라구요?」

「아, 광자가 죽을라고 쥐약을 묵었당께로!」

「아니, 왜 그랬냐니까요.」

김선오는 사무실인 것도 잊고 왈칵 목소리가 커졌다.

「아 금메 예편네 있는 놈허고 연애질을 혀서 애를 배부렀단다. 전화삯 비싼디 진 야그 다 헐 수 읎구, 싸게 올라오니라, 싸게. 그 못된 놈 니가 얼렁 쇠고랑 채워야 헝께로. 알겄지야?」

김선오는 끊긴 전화를 멍하니 바라보고 있었다. 암담한 절망감이 밀려들고 있었다.

김선오는 담배를 두 대째 연달아 피웠다. 광자마저 그런 흉한 일을 저지르고 나선 것이 도무지 믿어지지 않았다. 광자는 어려움 속에서도 어떻게 제 앞감당을 해나가리라 믿었던 것이다. 똑똑하고 부지런하고 심지가 굳어 언젠가는 제 꿈을 이룰 줄 알았다. 그런데 연애는 뭐며, 연애를 해도 유부남은 뭐며, 유부남의 애를 임신한 것은 뭐며, 임신을 했으면 낙태수술이 유행인 세상에서 자살 기도는 뭐며……. 어리석은 짓을 연달아 해댄 광자가 도대체 이해가 되지 않았다.

「니가 얼렁 쇠고랑 채워야 헝께로.」

어머니의 말이 떠올라 김선오는 신음과 함께 한숨을 물었다. 어머니는 검사의 위세를 찰떡같이 믿고 있는데, 그건 검사 체면 깎기에 딱 알맞은 사건이었다.

동생들……, 그들이 발을 디딜수록 깊게 빠지는 고향의 끈적끈적한 뻘밭처럼 느껴졌다. 불현듯 그들이 싫고 무서워지기도 했다. 김선오는 어딘가로 도망가고 싶은 심정으로, 그러나 안 원장 병원이 아닌 것을 다행으로 여기며 몸을 일으켰다.

7
그리고 또 장벽

밤기차는 끝없는 어둠을 헤치며 남쪽으로 달리고 있었다. 가장자리를 따라 서리꽃이 피어나고 있는 창밖에는 어둠만 가득할 뿐 먼 불빛 하나 보이지 않았다. 난방장치가 없는 야간 완행열차의 승객들은 몸을 잔뜩 웅크리고 선잠이 들어 있었다. 잠을 자지 않는 사람들은 일행과 화투를 치거나 술을 마시고 있었다.

「참 유 형, 회충약은 먹었어?」

잔도 없이 술을 한 모금 마신 배상집이 소주병을 내밀며 콧잔등을 찡그렸다. 풀어진 그의 눈에는 술기운이 흥건했다.

「예, 며칠 전에.」

유일민은 4홉들이 소주병을 입에 물고 거꾸로 세웠다. 그의 얼굴도 술기운 덕에 꽤나 혈색 좋게 보였다.

「어떻게, 많이 나왔어?」

오징어 다리를 입에 물고 우물거리며 배상집이 쿡쿡 웃었다.

「에이, 그걸 뭘……」

오징어를 찢던 유일민이 눈을 흘기며 얼굴을 찌푸렸다.

「왜, 더럽다 그거야? 우리들의 가난한 뱃속에서 착취를 일삼아온 그 얌체머리 없는 것들이 도대체 얼마나 되는지 당연히 확인했어야지.」

「선배님이나 많이 하세요.」

유일민은 비위 상하는 것을 막으려는 듯 다시 술병을 기울이고 그것을 배상집에게 내밀었다.

「하! 유 형이 술 마시는 것 하나는 남자다워. 아주 짱짱한 적수라니까.」 배상집은 술병을 받으며 정겨운 웃음을 짓고는, 「한 번으로 안심할 수 없으니까 완전 소탕하려면 신체검사 직전에 또 한 번 먹어야 할 거야. 하여튼 독일사람들 참 대단해. 그까짓 회충 때문에 6개월씩이나 잡일만 시키며 갱내에 들여보내지 않았다니 말야.」 그의 얼굴에는 독일에 대한 선망의 빛이 숨김없이 드러나 있었다.

「그게 전염을 막기 위한 접촉 차단인데, 회충을 박멸하겠다는 뜻은 좋지만 그게 전염병도 아닌데 그리 격리시킨 건 너무 과잉반응 같기도 하고, 모독당한 느낌이 들기도 하고, 어쨌거나 창피스러운 일이지요.」

「아니, 심하다고 생각할 것 없어. 회충이 무슨 경로로든 옮겨다니는 것은 틀림없고, 전 국민들에게 회충이 없는 상태에서 갑자기 나타난 회충 보유자들은 독일 입장에서 보면 전염병 환자들일 수 있어. 온 국민에게 회충이 없는 독일과 회충 정도는 예사인 한국, 그 차이가 결국 국력의 차이고 민도의 차이 아니겠어.」

배상집이 한심스럽다는 듯 담배연기를 길게 내뿜었다.

회충 사건은 우리나라 광부 제1진이 서독에 도착하자마자 발생한 것이었다. 광부들은 도착 즉시 신체검사를 받았는데 그들의 몸에서 회충이 발견되었다. 그러자 서독 보건당국에서는 비상대책을 강구했다. 그들에게 회충약을 먹임과 동시에 회충이 박멸될 때까지 갱내 작업을 시키지 않고 따로 격리시켜 폐탄더미 같은 데다 나무를 심게 하는 등 잡일을 시켰다. 그 기간이 자그마치 여섯 달이었다. 그리고 한국에 회충 보유자를 제한하는 통고가 온 것은 더 말할 것도 없었다. 처음에 서독에서는 자기네 같은 줄만 알고 폐결핵 환자만을 제한했던 것이고, 한국에서는 그 규정에 따라 엑스레이만 찍고 대변검사는 하지 않았던 것이다. 이제 서독 광부로 지원하는 사람들에게는 회충 제거가 엑스레이 통과만큼 중요한 일이 되어 있었다.

「화순이 광주에서 얼마나 된다고 했지?」

전라도길이 처음인 서울내기 배상집이 또 궁금증을 드러냈다.

「한 오륙십 리 정도요.」

「유 형은 좋겠네. 고향 땅에 가니까.」

「글쎄요…….」

오징어를 우물거리고 있는 유일민의 입가에 쓸쓸레한 웃음이 스쳐갔다.

「자아, 이거 유 형이 마저 비우고 우리도 한숨씩 자자구. 벌써 새벽 2시야.」

배상집이 입에서 뗀 술병을 유일민에게 건네며 진저리쳤다. 유일민은 말없이 술병을 받아들었다.

변소를 다녀온 배상집은 곧 잠이 들었다. 유일민은 술병을 다 비우고 스키파카를 여미다가 문득 임채옥을 생각했다. 스키파카는 세월이 흐른 만큼 꽤나 낡아 있었지만 변할 줄 모르는 채옥의 마음처럼 따뜻하기는 여전했다. 유일민은 채옥의 그 솔잎 냄새 같기도 하고 무슨 풀 냄새 같기도 한, 풋풋하면서도 아련하고 그리고 자극적인 체취를 진하게 맡고 있었다. 눈을 감자 채옥의 알몸이 더욱 선명하게 떠올랐다. 유일민은 채옥에 대한 그리움이 사무치는 것을 느끼며 신음했다.

「오빠, 저 감시당하고 있어서 꼼짝을 할 수가 없어요. 어디선가 아빠한테 들킨 거예요. 그치만 차라리 잘됐는지도 몰라요. 어차피 한 번은 당해야 될 일이었으니까요.」

가정교사를 하고 있는 친구네 집으로 임채옥이 걸어온 전화였다.

「굉장히 야단맞았을 텐데…….」

「전 괜찮아요. 근데 혹시 오빠한테 무슨 일 없었어요? 아빠가 학교로 사람을 보냈다던가…….」

「아니, 아무 일도 없었는데.」

유일민은 태연하게 시치미를 뗐다.

「그거 정말이세요?」

「그럼.」

「오빠, 아빠가 그냥 넘어갈 사람이 아니니까 만나서 무슨 소리를 하더라도 굽히지 말아야 해요. 알겠어요?」

「……응…….」

「오빠, 목소리에 왜 그렇게 힘이 없어요?」

「아니야, 알았어.」

「전화 더 길게 못해요. 오빠 사랑해요. 힘내세요.」

쪽 입을 맞추는 소리와 함께 전화가 급하게 끊겼다.

차마 잊으라고, 애초에 안 될 관계였다고 말할 수가 없었다. 채옥이는 더욱 열렬해지고 단단해진 것 같았던 것이다. 그리고, 어차피 서독행을 작정하고 있는 터였다.

그 뒤로 몇 차례 더 통화를 했지만 속말을 꺼내지 못했다. 그만 서로를 단념하자는 것은 줄기찬 감시 속에서 애달아 있는 채옥이에게 차마 못할 짓이었다. 그리고, 그 말이 채옥이를 자극해 어떤 일이 벌어질지 몰라 두렵기도 했다. 아무 말 없이 서독으로 떠난 다음 일을 매듭짓기로 했다.

밤에 눈을 감고 있으면 채옥이 생각에 한정없이 빨려들게 되고, 현실성 없는 공상들이 자꾸 떠올라 유일민은 눈을 떴다. 채옥이가 사라진 눈앞에는 배상집이 곤하게 잠들어 있었다. 몇 개월 동안에 한독포켓사전을 거의 외우다시피 한 열정과 집념의 사나이 배상집을 유일민은 물끄러미 바라보고 있었다. 그의 성화에 못 이겨 자신도 고등학교 때 썼던 한독사전의 먼지를 다시 털었고, 독일문화원에도 다니게 되었다. 그 덕에 탄광 용어는 완벽하리만치 떼었고, 고등학교 때 실력이 되살아나면서 회화도 꽤나 능숙해졌다.

겨울방학이 시작되면서 화순 탄광행을 서두른 것은 배상집이었다. 탄광은 강원도에 많지만 곳곳마다 서독에 가고 싶어하는 '나이롱 광부'들이 몰려들고 있는 것이 이미 소문나 가짜 경력증을 의심받기 십상이라는 거였다. 가짜 경력증이 들통나지 않게 하려고 동떨어진 데를 골라낸 것이 화순 탄광이었다.

「5만 원이면 쌀 열 가마값이긴 하지만 많다고 생각할 건 없어. 그보다 몇십 배 많은 돈을 벌기 위한 투자니까. 그리고 양심이니 뭐니 하는 것도 생각할 것 없어. 어차피 가짜끼리 벌이는 경쟁이고, 한국에선 돈 안 쓰고는 되는 일이 없으니까. 인생살이 다 돈 놓고 돈 먹기야.」

배상집은 마치 세상살이에 이골나고 산전수전 다 겪은 장돌뱅이처럼 말했다. 그 돈 5만 원은 가짜 경력증을 만드는 데 필요한 뒷돈이었다.

어머니가 마련한 5만 원은 시장통의 이자가 비싼 돈이었다. 그러나 서독에 가서 한 달 벌이로 갚을 수 있으니까 마음 가볍게 먹기로 했다.

기차가 광주에 도착했을 때는 해가 막 떠오르고 있었다. 역전에서 광주 명물 중의 하나인 추어탕을 먹고 그들은 바로 화순행 버스를 탔다.

「이거 영 딴 나라에 온 것 같은데.」

버스가 움직이기 시작하자 배상집이 두리번거리며 말했다.

「뭐가요?」

「말씨가 너무 달라서 말야. 어리벙벙한 게 정신이 이상해지는 느낌이야.」

「제가 서울에 처음 갔을 때와 비슷한 모양이군요. 곧 익숙해져요.」

유일민은 배상집의 무릎을 잡아주며 웃었다.

화순 탄광은 들녘을 끼고 있는 읍내에서는 예상할 수 없었던 산골짜기들을 돌고 돌아 자리잡고 있었다. 새로운 야산을 이루고 있는 시커먼 석탄더미들이 그들을 맞이했다. 그 엄청난 석탄더미들을 보는 순간 유일민은 가위가 눌리는 것을 느꼈다. 석탄이라고 본 것은 기껏해야 연탄이었고, 탄광은 첫 발길이었다.

「하아, 저 시커먼 게 사람 기죽이려고 하네.」 배상집이 침을 뱉으며 담배를 빼물고는, 「너희들은 내 인생을 밝힐 등불이다. 앞으로 잘 좀 사귀어보자. 가자구, 소장 만나러.」 그는 담배연기를 내뿜으며 앞장섰다.

「얼굴을 보나 손을 보나 탄광묵기들이 아니신디?」

탄광에 제격인 것처럼 몸집 건장하고 얼굴 우락부락한 소장이 던진 첫마디였다.

「예에, 솔직히 말씀드리자면, 다 알고 계시겠지만 서독에 갈 마음으로 도움을 청하려고 찾아뵀습니다.」

배상집이 문 쪽의 눈치를 살피며 낮고 공손하게 말했다.

「바깥에 안 딛긴께 안심허드라고.」 소장은 담배에 불을 붙이며 뜸을 들이고는, 「그려, 여그서 경력증을 끊어갖고 비행기 탄 사람덜이 몇십 명이 되기넌 되는디, 근디 고것이 말이여……, 긍께 거 머시냐…….」 그는 고개를 틀어 돌리며 입맛을 다셨다.

「예, 비용은 다 준비했습니다.」

유일민은 배상집이 사투리를 잘 알아듣지 못할까 봐서 얼른 입을 열었다.

「그려? 공정가격이 얼맨지 아는감?」

「예, 5만 원씩 준비했습니다.」

배상집은 손가락까지 쫙 펴 보였다.

「잉, 사람덜이 생김대로 똑똑허시. 근디 말이여, 이 시상 밥그럭은 다

저저끔 임자가 따로 있드랑께. 무신 말인고 허니, 서독에 기술 존 광부덜 얼 보내야 헌다고 작년에 여그 와서 3년 이상 경력자를 뽑아 신체검사를 안 혔다고. 근디 열에 아홉이 미역국이여. 왜냐허면 폐에 찬 탄가리가 엑 스레이에서 다 걸려부렀단 마시. 나 말이 무신 뜻인지 알아묵겄어?」

소장은 생김새에 어울리지 않게 자신들의 행위를 교활할 만큼 합리화 시키고 있었다.

「아, 그런 일이 있었군요. 그럼 어차피 신참들이 가게 돼 있는 거니까 저희들도 맘 편하게 먹겠습니다.」

배상집이 눈치 빠르게 대꾸했다.

「잉, 말귀 잘 알아묵어 좋구만 그랴. 글면 낼보톰 한 열흘 연습혀 보드 라고.」

소장은 만족스럽게 너털웃음을 터뜨렸다.

「열흘 가지고 되겠습니까?」

「하면. 닷새 바깥에서 갱목 날르는 연습허고, 닷새 갱 안에 들어가 귀 경험서 꼭꽹이질 혀보면 되는 것이제. 더 헌다고 기술 늘 것도 아니고, 생고상 먼첨 끌어다가 헐 것 머 있간디?」

「예, 그렇게 하지요. 그런데 말입니다, 가끔 경력증이 가짜로 탄로나 는 수가 있는데…….」

배상집은 소장을 똑바로 쳐다보았다.

「그런 말 들었는디, 그야 줄을 잘못 댄께 그렇제. 여그서넌 절대 그런 일 읎어. 나가 여그 왕이고, 회사로 조회가 오면 나가 다 도장 찍게 되야 있응께. 만약 그런 일 생기면 열 배로 물어줄 것잉께로 아무 걱정을 하 덜 말어.」

소장은 주먹을 쥐며 자신 있게 말했다.

「그럼 언제쯤이나…….」

「그거 머 끌고 자시고 헐 것 있간디. 돈 간수허기만 귀찮허제. 쇠뿔은 단짐에 빼부는 것이 질이여. 1년 경력증이면 되겄제?」

소장은 벌떡 몸을 일으켰다.

배상집과 유일민은 서로 어이없어하며 속주머니로 손을 디밀었다.

강아지까지 검게 변한 궁기 흐르는 탄광촌의 밥집 겸 여인숙에 잠자리를 정한 두 사람은 다음날부터 연습을 시작했다.

갱이 무너지지 않게 받치고 버티어대는 갱목은 평균 2미터 길이에 수령 30년쯤 되는 통나무들이었다. 그 무게는 대충 쌀 반 가마와 맞먹는다고 했다. 그걸 거뜬하게 한쪽 어깨에 올리고 뛰듯이 걸어야 한다는 것은 쉬운 일이 아니었다.

「워디서나 광부가 허는 일은 두 가지여. 요 갱목 날라다 세우는 일허고, 꼭꽹이질 요령지게 혀서 탄 캐는 일 말이제. 나가 들어봉께 서독이 기계화되었다고 혀도 갱목이 나무에서 쇠로 바꽈진 것뿐이제 세우기는 사람 심으로 허는 것이야 매일반이고, 쇠로 안 되는 디는 나무를 쓴다는 것이여. 글고 탄얼 캐는 디도 기계가 못 들어가는 고약시러운 디는 꼭꽹이질얼 혀야 하고 말이시. 요런 일은 기운으로만 되는 것이 아니고 기운에다가 요령이 잘 버물러져야 허는 것이구만. 쌩기운 쓰면 쌩똥만 빠지는 법잉께 살살 험스로 머리 써 요령을 익히드라고잉.」

소장이 실실 웃으며 한 말이었다.

그들은 통나무를 세워 그 중심을 잡아 어깨에 올리는 첫 단계부터 애를 먹었다. 별로 표나지 않게 위아래 굵기가 다른 통나무의 무게중심은 가운데가 아니었다. 그 위치를 한눈에 척 알아보고 어깨를 갖다 대는 것, 그것이야말로 경험이 축적된 요령이었다. 그 중심이 맞지 않으면 몸의 중심까지 흔들리면서 걸음이 비틀거려지고 힘이 배로 들었다.

「고것이 워디 말로 되간이. 탄밥그럭 수가 시나브로 갤차주는 것이제.」

어떤 광부의 이 뜬한 말을 배상집은 잘 알아듣지 못하고 유일민을 쳐다보았다. 유일민이 서울말로 바꾸어서야 그는 탄식하듯 한마디를 토해냈다.

「그래, 진리가 따로 없다.」

그들은 통나무들의 무게중심을 짚어내는 데 온 신경을 집중시켰다. 그러나 통나무마다 굵기가 달라 어깨에 올려놓고 보면 한쪽으로 기울어지면서 몸을 끌어당기고는 했다. 빨리 그 중심을 잡으려고 선 채로 서너 차례씩 몸을 추슬러 통나무를 옮기는 것은 여간 큰 고역이 아니었다.

「아아, 인내는 쓰다. 그러나 그 열매는 달다!」

갱구 앞에다가 통나무를 부리며 배상집은 이런 경구들을 하늘을 향해 목청껏 외치고는 했다.

유일민은 그런 배상집의 모습을 쓸쓸하고 슬픈 심정으로 바라보았다. 가난 속에서도 사나이의 욕망을 버리지 못하고 그렇게 스스로를 독려하고 있는 그 외로운 모습은 바로 자신의 모습이었다.

이튿날 아침 그들은 잠자리에서 선뜻 일어나지 못하고 뒹굴며 번갈아 앓는 소리를 내고 있었다. 어깨고 옆구리고 허리고 팔다리가 결리고 쑤시고 욱신거리며 온몸이 아프지 않은 데가 없었다.

「학필이들 단단히 당하는구나. 오오, 가련한 내 청춘이여.」

배상집이 네 활개를 펴고 누워 신파조로 읊어댔다.

이틀이 지나면서부터 그들은 갱목을 다루는 요령을 빠르게 터득해 나갔다. 요령이 늘어갈수록 갱목이 가벼워지고 몸에 탄력이 붙어갔다.

엿새째 되는 날 갱 안으로 들어갔다. 광차가 오가는 널찍한 수평갱을 지나 탄맥을 따라 이어진 사갱으로 들어가면서 검은 먼지가 앞을 가리기 시작했다. 막장에 이르자 캐프램프 불빛이 2미터 앞도 밝히기 어렵게 검은 먼지는 자욱하게 퍼져 숨을 막히게 했다.

검은 지옥……, 유일민의 머리를 친 생각이었다. 그리고 광부라는 사람들의 생존을 처음으로 심각하게 생각했다. 숱하게 연탄을 보면서도 그들의 삶을 생각해 본 적이 없었다.

어떻게 하루를 보냈는지 정신이 하나도 없었다. 밖으로 나와서 보니 배상집의 얼굴이 온통 새까맸다. 눈만 반짝거리는 그 얼굴에서 유일민은 자신의 얼굴을 보았다.

「워째, 해묵을 만허셔?」

소장이 느물거리며 웃었다.

「예, 탄가루 맛이 아주 삼삼합니다.」

배상집이 건달인 척하며 대꾸했다.

그 위장된 표현에 가슴이 찡해지며 유일민은 눈길을 딴 데로 돌렸다. 먼 겨울 하늘은 푸르기만 했다.

「와따메, 봉사 눈 뜨나마나, 앉은뱅이 스나마나 아니드라고. 비누 아깝고 뜨신 물은 워디서 그냥 솟간디?」

연신 코를 풀어대며 낯을 씻고 또 씻는 둘을 향해 밥집 주인여자가 퉁을 놓았다.

「예에……?」

배상집이 또 말을 얼른 알아듣지 못한 얼굴로 주인여자를 쳐다보았다.

「광부 낯 씻으나마나니까 그만 씻으라는 말이잖아요.」

유일민은 빙긋이 웃으며 설명을 붙였다.

「아아, 그런 뜻이군. 이거 말야, 전라도말은 참 묘하고도 희한해. 이리 돌려 치고, 저리 돌려 치고, 비유도 많고 유식한 말도 많아 정신이 하나도 없어. 하여튼 뭔가 수준이 다른데, 그 이유가 뭐지?」

배상집은 유일민을 바라보며 고개를 갸웃갸웃했다.

「글쎄요, 그게 전라도만의 특징일 텐데, 그 이유는 잘 모르겠어요.」

어려서부터 그런 말 속에 묻혀 살았을 뿐 그 이유를 생각해 본 적이 없어서 유일민은 그냥 얼버무릴 수밖에 없었다.

다음날 아침에 세수를 하면서 코를 풀자 석탄가루가 또 검게 묻어 나왔다.

「생각보담 강단지시? 하여튼지 간에 돈 잘 벌고, 요것 얼매 안 된께 노자에 보태드라고.」

열흘을 채우고 떠나는 그들에게 소장이 누런 편지봉투를 내밀었다.

「와따메, 인심 한번 좋습니다 이!」

화순 읍내 다방에서 봉투에 든 돈이 서울 가는 차비만큼인 것을 확인한 배상집이 신이 나서 토해낸 말이었다.

「하하하하…….」

유일민은 그만 웃음을 터뜨리고 말았다. 전라도말을 흉내낸다고 냈는데 그 짧은 말에 서울말이 섞이고 만 거였다.

「아니, 왜 그래?」

「흉내를 내려면 똑똑히 내요. 와따메, 인심 한번 좋습니다 이, 가 뭡니까. 와따메, 인심 한번 후해부네 이, 지.」

「아, 그런가? 어쨌거나 유 형이 그렇게 기분 좋게 웃는 건 첨 보는 것 같은데. 역시 내 능력이 탁월하잖아?」

배상집의 바람으로 유일민은 광주 시내 몇 군데를 구경시키고 밤기차를 탔다. 그들은 서울에 도착할 때까지 잠의 수렁에서 헤어나지 못했다.

「유 형, 돼지고기 많이 먹어. 몸무게 아슬아슬하잖아.」

서울역에서 악수를 하며 배상집이 말했다. 서독 가는 광부의 신체검사 기준은 키가 1미터 65센티미터 이상에 몸무게가 60킬로그램 이상인데, 유일민은 키 1미터 70에 몸무게가 59를 가까스로 넘었던 것이다.

「선배님도 안심하지 말아요, 괜히.」

유일민이 고개를 끄덕이며 웃었다. 배상집은 키 169에 몸무게가 60이 될까 말까 했던 것이다. 그들의 가난은 속일 수 없이 몸무게에 그대로 드러나 있었다.

유일민은 보름 뒤에 마감인 구비서류를 준비하면서 황당한 일을 당하기 시작했다. 첫 번째 서류인 신청서부터가 말썽이었다. 담당 직원은

'다 떨어졌다'는 한마디로 싸늘하게 내쳤다.

「그럼 더 찍어야 하는 것 아닌가요?」

유일민은 눈치 보아가며 조심조심 말을 꺼냈다.

「당신 뭐야! 당신이 예산 집행해? 늦게 와서 무슨 잔말이 많아.」

담당 직원은 정나미 떨어지게 눈을 부라리며 반말지거리를 했다. 전형적인 공무원의 행투였다.

그러나 신청서는 지원자들이 많아서 다 떨어진 것이 아니었다. 무료로 배포하는 그 서류는 거기서 얼마 떨어지지 않은 구멍가게에서 500원씩에 팔고 있었다.

「이것도 값이 올랐네. 300원씩이라고 하던데.」

어떤 남자의 투덜거리는 말을 들으며 유일민도 돈을 꺼낼 수밖에 없었다.

그런데 병적증명서가 또 말썽이었다. 용도를 물은 구청 직원은 무조건 병무청으로 가라고 했다. 병무청에 갔더니 또 무작정 구청으로 가라는 것이었다.

「당신 빨갱이야? 가라면 가지 뭐 그리 말이 많아!」

유일민은 그때까지도 그게 돈을 받기 위한 수작이라는 것을 알아채지 못했다. 두 번째 시계추 노릇을 하고서야 한 사람의 귀띔을 들었다. 그런데 그 뒷돈이 자그마치 3만 원이었다. 그러나 병적증명서가 없어서는 첫 번째 자격 상실이니까 돈을 안 쓸 수 없다고 했다.

유일민은 난감한 심정으로 배상집을 찾아갔다.

「혁명이고 나발이고 이 나라 이거 망할 거야. 달라진 건 하나도 없고, 군바리 빽이면 안 통하는 데가 없으니까 더 개판이 된 거야. 더런 놈의 세상.」

또 빚을 내야 하는 처지라서 배상집은 열이 오를 대로 올라 있었다.

「어쩌겠어. 가난한 게 죄고, 이런 나라에 태어난 게 잘못이지. 이제 와서 작파할 수도 없는 노릇이고.」

긴 한숨을 따라 배상집의 얼굴이 일그러지고 있었다.

서류 마감 닷새 뒤에 신체검사였다. 지정된 병원으로 신체검사를 받으러 간 유일민은 또 암담한 기분에 빠졌다. 150명 모집에 2천 명이 넘어 500명씩 네 차례로 나눠 신체검사를 하는 판이었다. 그뿐만 아니라 줄을 선 사람들은 서로 빽 자랑하기에 바빴다.

「이거 빽 없으면 신체검사고 뭐고 받을 것 없어요.」

「그야 두말하면 잔소리지. 형씨 빽은 뭐요?」

「쨍쨍하지, 국회의원.」

「헤, 그건 구땡밖에 안 되는데, 난 장땡 중정이오.」

「뭐요? 국회의원을 뭘로 보고 그러슈.」

「이 양반이 간첩인가? 여기다 다 물어보쇼. 어느 쪽 끗발이 더 센가.」

한 사람 건너 하나씩이 빽 자랑을 해대는 형국 속에서 유일민은 착잡해져 있었다.

「저런 것 신경 쓸 거 없어. 다 허풍쳐 대는 거니까. 논산에서 봤지? 군번 받기 전에 신체검사 받으면서 장군빽 안 가진 놈 하나도 없는 거. 다 그런 쪼의 허풍이야.」

배상집이 유일민의 어깨를 두들기며 한 말이었다. 그러나 그의 얼굴에도 어딘가 불안한 기색이 엿보였다.

팬티바람으로 신체검사가 시작되었다. 다른 옷들은 둘둘 말아서 혁대로 조인 다음 각자가 들고 있었다. 팬티는 거의가 무명베로 집에서 손수 만든 것들이라 헐렁하고 길어 볼품이라고는 없었다.

「아이고, 왜 이렇게 느려 그래. 나 오줌보 터지겠는데.」

「아, 얼른 가서 싸고 오슈.」

「속 편한 소리 하지 말아요. 난 1키로가 모자라 물이고 쥬스고 배가 터지도록 마셨단 말이오.」

「그럼 오짐보 터져야겠구먼.」

뒤에서 들리는 이런 말에 배상집은 고개를 돌리다 말고 유일민을 쳐다보았다. 그 눈길이 몸무게는 어떻게 됐느냐고 묻고 있었다. 유일민은 고개를 끄덕이며 웃었다. 배상집의 말마따나 돼지고기를 먹고 해서 61킬로그램이 되어 있었다.

배상집과 유일민은 키를 재고 몸무게를 다는 방으로 들어섰다. 넓은 방에는 스무여 명이 줄지어 서 있었다. 순서가 조금씩 앞으로 당겨지고 있는데 한 사람이 저울에서 내려오는가 싶더니 푹 주저앉으며 토하기 시작했다.

「어, 저 사람 왜 저래?」

「어디 아픈가 분데.」

사람들이 술렁거렸고, 두 의사가 서둘러 그 사람에게로 다가갔다. 그런데 그 사람은 몸을 구부린 채 계속 왝왝거리며 토하고 있었다.

「아니, 저게 뭐야, 저게?」

「저 누렇고 느끼한 게 뭐지?」

「아, 날계란이다, 날계란!」

「맞아, 몸무게 늘리려고 생달걀을 마구 먹어댄 거야.」

어느새 그 사람을 에워싼 사람들이 눈치 빠르게 입놀림을 하고 있었다.

「여보세요, 어디가 아파요?」

의사가 그 사람의 등을 두들기며 물었다. 토하기를 멈춘 그 사람이 고개를 들었다.

「의사 선생님, 저 좀 살려주세요. 배가 아파 꼭 죽을 것만 같아요.」

얼굴이 핼쑥한 그 남자가 부들부들 떨며 힘겹게 말했다.

「도대체 뭘 먹었어요?」

「날계란이오. 체중이 58키로밖에 안 나가서…….」

「몇 개나 먹었는데 이렇지요?」

홍건하게 퍼진 토사물을 보며 의사가 얼굴을 찌푸렸다.

「마흔 개요.」

「와아!」

둘러선 사람들이 합창하듯 했다.

의사 하나가 그 사람을 부축해 나가고, 청소부가 와서 토사물을 치우고 하느라고 신체검사는 한동안 중단되었다.

「빤스 속에 2키로짜리 납덩이를 차고 신체검사를 통과했다는 말은 들었어도 날계란 마흔 개 먹은 친구는 또 첨 보네.」

「그러게 말야. 미련하기가 곰이지.」

사람들은 입방아를 찧고 있었다.

엑스레이 촬영, 대변 채취, 넓이뛰기, 40킬로그램짜리 모래가마 들기 순으로 신체검사는 끝났다.

「유 형도 빨리 빽을 찾아봐. 신체검사에서 반이 탈락된다고 해도 7대 1이 넘잖아. 빽 전쟁에 밀리면 도로아미타불이니까.」

커피를 마시며 배상집은 아까와는 달리 심각해져 있었다.

유일민은 집으로 돌아가며 아무리 생각해 보아도 빽이 될 만한 사람은 없었다. 이규백과 김선오 선배가 떠올랐지만 그들이 도와줄 것 같지가 않았다. 지난날 자신이 잡혀갔을 때 그들이 몸을 사리며 외면했던 기억이 너무나 선명하게 남아 있었다. 이번엔 사상 문제가 아니니까 어쩔지 모르지만, 광부 노릇을 하러 떠나야 하는 자신의 초라한 꼴을 보인다는 것도 과히 내키지 않는 일이었다.

유일민은 며칠 생각하다가 달리 방법이 없어서 이규백 선배부터 찾아갔다. 그러나 그는 군대생활을 하느라고 다른 도시에 가 있었다. 김선오 선배도 군복무를 하고 있기는 마찬가지였다.

난감해져 있던 어느 날 유일민은 파출소의 호출을 받았다. 또 무슨 일인가 싶어 가슴이 덜컥 내려앉았다.

파출소장은 근황을 꼬치꼬치 캐물었다. 대답을 하다 보니 서독에 광부로 갈 준비를 하고 있다는 것까지 밝히게 되었다. 그 다음에 확인하는 것이 아버지의 과거였다. 기록을 보고 묻는 것이라서 숨기고 말고 할 것이 없었다.

「이런 내력을 가진 사람이 외국 취업을 다 꿈꿨소?」

파출소장이 서류를 덮으며 딱하다는 표정을 지었다.

「예? 그게 무슨 상관이 있습니까.」

유일민은 앞이 가로막히는 충격을 느끼며 항의하듯 말했다.

「다 위에서 하는 일이니까 난 잘 모르겠는데, 일단 신원조회가 붙어다니는 일이면 그런 내력으로는 절대 안 되게 돼 있소. 5·16 이후 엄청나게 강화된 것 모르고 있소? 가보시오.」

연좌제에 걸렸다 하면 그 어떤 빽으로도 안 된다는 것을 유일민은 뒤늦게 알았다. 그리고, 광부로 떠나는 일에도 연좌제가 적용된다는 것을 전혀 몰랐던 것이 불찰이었다. 남은 것은 감당할 수 없는 빚더미뿐이었다. 유일민은 차라리 죽고 싶은 절망에 빠졌다.

합격자를 발표하는 날 가지 않아 결국 어머니도 동생들도 그 사실을 알게 되었다.

「고것이 무신 소리다냐! 자석덜이 무신 죄가 있다고. 시상에 혀도혀도 너무헌다. 사람 노릇 못허게 아조 목을 비틀어 쥑일 작정을 헌 모양인디, 그리 꼬라지 뵈기 싫으면 차라리 이북으로 몰아내뿔든지.」

어머니가 그런 무서운 말을 한 것은 처음이었다.

「난 유 형 집안에 그런 사연이 있는 줄은 몰랐지. 나 때문에 괜히 고생만 하고 빚지고, 본의 아니게 정말 미안하게 됐어. 그치만 빚진 돈은 걱정하지 마. 내가 가서 월급 받는 대로 바로 보내줄 테니까. 두 달 월급이면 깨끗하게 오케이잖아.」

배상집은 이런 말을 남기고 서독행 비행기를 탔다.

8
똥 퍼 아저씨

"자유 통일 위하여 님들은 가셨으니……, 그 이름 맹호부대 맹호부대 용사들아……."

가방을 둘러멘 국민학생 네댓 명이 목청껏 노래를 뽑아대며 군인들 같은 활갯짓으로 걸어가고 있었다. 아이들의 카랑카랑한 목소리에 실렸는데도 그 선율과 노랫말은 묘한 비장함과 우수를 자아내고 있었다.

「왜 저 노래를 애들이 저렇게 불러대지? 라디오에서 밤낮으로 틀어대는 것도 지겨워 죽겠는데.」

최주한이 짜증스럽게 말했다.

「그야 당연하잖아? 우리가 어렸을 때 철없이 병정놀이 좋아했듯이 애들은 씩씩한 군인아저씨들이 월남에 싸우러 가는 게 신기한데다 학교에서 열심히들 가르치기까지 하잖아. 저건 어른들이 좋아하는 이미자의 〈동백 아가씨〉 못지않은 애들의 신종 유행가야.」

이상재가 멀어지고 있는 아이들을 돌아보았다.

「도대체 저런 군가를 왜 학교에서까지 가르치고 야단들이지?」

「다 알면서 뭘 그래. 아직도 월남 파병을 반대하는 여론은 수그러들지 않고, 정부에서는 그 기를 꺾으면서 국민들의 호응을 얻는 게 급하니까 어쩌겠어. 라디오고 텔레비전에서 마구 틀어대고, 학교마다 가르치고 해야지. 대중 선동과 대중 최면을 동시에 노리는 고단수 정치 술수지.」

「아이고, 모르겠다. 젊은 놈들 남의 전쟁터에 내보내서 어쩌자는 것인지. 재수 없게 왜 하필 우리가 군대에 끌려가야 할 때 이 꼴이야 이거. 하여튼 우리 나이가 재수는 더럽게도 없어. 5·16으로 입시제도 바뀌어 첫 번째로 골탕먹었지, 갑자기 졸업논문 제도 생겨 또 당했지, 그리고 이젠 월남 가서 죽을지도 모를 판이니 이게 도대체 어떻게 된 거야.」

얼굴이 벌겋도록 열이 오른 최주한은 침을 내뱉었다.

「어머니 왜 나를 낳으셨나요.」 이상재는 변사 흉내를 내고는, 「야, 시간도 넉넉한데 저기 들어갔다 가자.」 그는 장난스럽게 웃으며 턱짓했다.

「왜 배고프냐?」

바로 앞의 동원예식장에 눈길을 보내며 최주한이 물었다.

「응, 배도 출출하고, 대학 시절의 마지막 추억도 장식하고.」

「그래, 떡을 타가지고 가서 함께 먹으면 되겠다.」

그들은 스스럼없이 알지도 못하는 사람의 결혼식장으로 들어갔다.

어느 결혼식장에서든 답례물로 팥고물이 든 찹쌀떡 한 상자씩을 주는 것이 유행이었다. 종로에서는 그런 찹쌀떡만 파는 집들이 빵집 못지않게 손님들을 끌고 있기도 했다. 찹쌀떡 대여섯 개면 한 끼를 때울 수 있었기 때문이다. 그런데, 잔칫집 인심은 후한 거니까 결혼을 축하해 주고 찹쌀떡을 얻어먹자고 장난삼아 말을 꺼냈던 것은 유일표였다. 그 다음부터 그들은 예식장 앞을 지날 때면 엉터리 하객이 되고는 했다.

「일표는 왜 갑자기 군대에 간다는 거냐? 4학년이 되면서.」

결혼식장에 들어서니 일표 생각이 난 듯 최주한이 의자에 앉으며 물었다.

「글쎄, 자세히 말은 안 하는데 집안에 무슨 일이 생긴 모양이야.」

「그럼 등록금 내기가 곤란해져서 그런가?」

「아마 그런 것 같애.」

「무슨 일일까? 1년 휴학까지 했던 형편에.」

「글쎄 말이야, 일표도 참 안됐어. 계속 안 좋은 일들이 터지니 말이야.」

그들의 얼굴이 어두워지면서 더 말이 이어지지 않았다.

신랑 신부가 퇴장할 때 그들은 한껏 박수를 쳐주고 찹쌀떡 한 상자씩을 받아가지고 결혼식장을 나섰다.

「넌 정말 고등고시 포기한 거냐?」

최주한이 담뱃갑을 내밀며 물었다.

「포기가 아니라 외면이다. 법조문이나 달달 외워대는 게 갈수록 정떨어지고 회의스러워.」

이상재는 쓰게 웃으며 담배에 불을 붙였다.

「그럼 뭘 할 건데?」

「글쎄, 군대에서 썩으며 차분히 생각해 봐야지. 아직 시간은 남고 처지니까.」

다방에는 허진과 유일표가 먼저 와 기다리고 있었다.

「자알들 하는 짓이다. 버릇없이 형님들 기다리게 하고.」

유일표가 화난 얼굴을 했고,

「하, 겨우 3학년, 4학년 될 것들이 졸업하시는 형님들 몰라보고 무엄하게!」

이상재가 의자에 앉으며 맞받아쳤고,

「봐라, 가엾고 불쌍한 아우들 먹일려고 이 형님들이 찹쌀떡 동냥해 오느라 늦었다. 어서 먹어라.」

최주한이 찹쌀떡 상자를 탁자 위에 올려놓았다.

「음, 형님들을 이렇듯 깍듯이 모실려고 늦은 거니까 용서해 주지.」

유일표가 상자를 끌어당겨 포장지를 북 찢었다.

「이것도 오늘로 마지막 추억이다.」

이상재도 포장지를 찢으며 말했다.

「그래, 인생은 추억을 만드는 거라고 했어.」

유일표가 상자 뚜껑을 열며 고개를 끄덕였다.

「쟤가 철학가 다 됐다니까. 그럴듯한 말은 혼자서 다 골라서 하고.」

최주한이 픽 웃었다.

상자 하나에는 색색의 찹쌀떡이 두 개씩 짝을 이루며 열 개가 담겨 있었다. 스무 개의 찹쌀떡은 꽃처럼 곱고 먹음직스러웠다.

「어머, 찹쌀떡. 참 맛있겠다.」

차를 주문받으러 온 아가씨가 무심결에 한 말이었다.

「아, 그래요? 그럼 아가씨도 몇 개 드세요.」

유일표가 선뜻 말하며 아가씨에게 눈길을 돌렸다.

「어머, 아니에요. 그냥…….」

아가씨가 입을 가리며 얼굴이 붉어졌다.

「아니, 괜찮아요. 우리도 이거 예식장에서 공짜로 얻어온 거니까 부담 느낄 것 없어요. 음식은 나눠먹어야 더 맛있고 복 받는대요. 자아, 받으세요.」

유일표가 상자로 손을 뻗쳤다.

「그럼 하나만 주세요.」

아가씨가 부끄러운 듯 말했다.

「에이, 그러면 되나요. 저기 매담하고 또 한 사람이 있는데. 한 사람 앞에 두 개씩, 자아, 받으세요.」

「어머, 이를 어쩌나.」

유일표는 아가씨가 들고 있는 쟁반을 끌어당겨 찹쌀떡 여섯 개를 빠른 손놀림으로 옮겨놓았다.

「잘 먹겠습니다. 고맙습니다.」

아가씨가 황망하게 돌아서 뛰듯이 저쪽으로 가고 있었다. 그 뒤에다 대고 이상재가 소리쳤다.

「커피 넷이오!」

「허 참, 재주는 곰이 넘고 돈은 왕 서방이 다 먹는다더니 손 하나 까딱 안 하고 인심은 혼자 다 쓰고 앉았네.」

최주한이 어이없다는 표정으로 헛웃음을 쳤다.

「그게 다 형님의 역할이라는 거다.」

유일표는 이렇게 대꾸하고는 찹쌀떡을 집어 한입에 몰아넣었다.

그들도 찹쌀떡을 먹기 시작했다. 허진은 찹쌀떡을 느리게 씹으며 유일표의 그 마음 씀씀이를 되짚어 생각하고 있었다. 자신을 이모저모로 계속 도와주었던 것도 그 도타운 마음씨였다. 그런데 자신은 유일표를 도울 아무런 방법이 없었다. 그가 갑자기 군대를 가는 것은 학비 때문인 것이 분명한데, 집에 무슨 일이 생긴 거냐고 아무리 캐물어도 끝내 대답을 하지 않았다. 이런 기회에 그를 도울 수 없는 자신의 처지가 안타깝기만 했다. 그런데 그는 오히려 재건대 야학을 걱정하고 있었다. 거의가 고아인 재건대 아이들에게도 그는 누구보다도 깊은 정을 가지고 있었다.

「우리 어디로 술 마시러 갈까?」

커피를 후후 불어 단숨에 한약 마시듯 해버린 최주한이 그들을 둘러보았다.

「학사주점.」

이상재가 대꾸했다.

「너 또 학사주점이냐? 넌 왜 그렇게 학사주점을 좋아하냐. 오늘 같은 날은 맘 편하게 술 좀 마시자. 그놈의 데는 어떻게 된 게 술들 마시고도 고상한 폼 잡아야 되잖아. 술맛 잡치게.」

'오늘 같은 날'이란 서로가 군대에 가기 전에 벌이는 송별회였다.

「그래, 딴 데로 가자.」

허진의 말에 유일표도 고개를 끄덕였다.

그들은 무교동의 허름한 술집에서 방 하나를 차지했다. 엉성하게 짜맞춘 계단이 삐꺽거리는 간이 2층이었다. 비싼 월세에 손님을 많이 받으려고 술집들은 흔히 그런 구조를 만들어놓고 있었다.

「자아, 대한민국 사나이들의 서글픈 인생길을 위해서 건배다!」

이상재가 소주잔을 들었다.

「옳소. 월남에 가서 개죽음 하지 않기로 건배다!」

최주한이 맞장구를 쳤고, 그들은 소주잔을 부딪쳤다.

「왜, 월남에 끌려가게 될까 봐 겁나냐?」

술을 단숨에 비운 유일표가 잔을 최주한에게 내밀며 물었다.

「그거 말이라고 하냐? 재수 없으면 황천길인데. 군대에서 썩는 것도 억울한 판에 왜 남의 전쟁에 뛰어들어 개죽음을 해야 되지?」

최주한은 금방 열을 냈다.

「그래, 공자님 말씀이긴 한데, 난 우리의 혈맹인 미국과의 우의를 더욱 돈독히 하고, 자유 우방과의 연대를 가일층 강화하고, 국가에 충성을 다하기 위해 월남에 갈 작정이다.」

유일표는 말이 끝나기 바쁘게 또 술잔을 발딱 뒤집었다. 그건 정부가 내세우고 있는 월남 파병 이유 그대로였다.

「너 청량리에 가고 싶냐?」

최주한이 소리쳤다. '청량리'란 청량리에 있는 뇌병원(정신병원)을 가리키는 거였다.

「이거 순진하긴. 야유하는 것도 몰라? 어서 술이나 마셔라.」

이상재가 최주한의 어깨를 쳤다.

「아니야, 저 새낀 갈지도 몰라. 가끔 엉뚱한 짓 잘하잖아.」

최주한이 의심스러운 눈길을 유일표에게 보낸 채 술잔을 입으로 가져
갔다.

「너 야학 선생들은 다 구했어?」

이상재가 말머리를 돌려 허진에게 물었다.

「응, 어떤 서클에서 도와주기로 했어. 근데 나 혼자서 어찌 될지 걱정
이다.」

허진이 침울한 기색을 드러냈다.

「잘되겠지. 이젠 틀이 잡혔고 대장님도 곧 나오실 테니까.」 유일표는
술잔을 허진에게 건네고는, 「장경식이도 법관 꿈 아직 못 이뤘으니 군대
가겠구나?」 그는 이상재를 쳐다보았다.

「글마 말 나한테 묻지도 말그라. 그 대갈통 틀려묵은 자석 안 만난 지
도 몇 달 됐다.」

이상재가 화를 내듯 하며 사투리로 내쏘았다.

「경식이는 대학 공부를 하면서도 왜 그렇게 생각이 안 바뀌지. 환경이
무섭다는 말 걔를 보고 알겠어.」

허진이 고개를 갸웃거렸고,

「그런 놈들이 어디 한둘이냐. 사회의식이나 역사의식은 털끝만큼도
없이 그저 출세하겠다고 공부를 파는 놈들이 태반이지. 우리하고 담을
싼 경식이 그런 놈이 법관 돼봐야 어디다 써먹겠어.」

최주한은 직격탄을 날렸다.

「왜, 충성스러운 법관으로 크게 출세하실 텐데. 지금부터 잘 보이도록
노력하는 게 좋아.」

술기운으로 얼굴이 불콰해지고 있는 유일표는 느물느물 웃었다.

그들은 소주에 걷잡을 수 없이 취해갔고, 정치 비판이며 사회 불만이
며 중구난방 떠들어댔고, 서른이 넘은 듯한 여자 하나가 뒤늦게 자리잡

자 서로 다투어 키스를 해댔고, 누군가 노래를 시작하자 다같이 젓가락으로 술상을 두들기며 〈굳세어라 금순아〉부터 시작해서 〈비 내리는 호남선〉을 거쳐 〈노란 샤쓰 입은 사나이〉, 〈밤안개〉, 〈동백 아가씨〉, 〈낙엽 따라 가버린 사랑〉, 〈가슴 아프게〉까지 유행하는 노래라는 노래는 다 불러제꼈다.

그들은 몸을 가눌 수 없도록 취해 술집을 나섰다. 그런데 이상재가 비틀거리며 갑자기 소리쳤다.

「야 허진, 느네 동생 미경이 나 주라.」

「뭐, 뭐라구?」

허진이 눈을 껌벅거렸다.

「미경이를 사랑한다 그런 말씀이다.」

유일표가 얼른 거들었다.

「그걸 왜 나한테 말하니? 미경이하고 단둘이 해결 볼 문제지.」

「그야 두말하면 잔소리고, 너와 처남매제 맺는 걸 넌 어떻게 생각하냐 그런 말이잖아.」

유일표가 다시 설명을 곁들였다.

「나야 좋지, 그럼 좋아.」

허진이 혀 꼬부라지는 소리로 흔쾌하게 대꾸했다.

「너 정말이지? 남아일언은 중천금이고 일구이언은 이부지자다. 알겠지?」

이상재는 그제서야 신바람 나서 허진 눈앞에 손짓까지 해가며 다짐을 놓았다.

「이새끼 이거 유식한 문자 써가며 실속은 혼자 다 차리네. 야, 김샜다. 저기 종3 가서 서울의 마지막 로맨스나 즐기자.」

최주한이 이상재를 잡아끌었다.

「얌마, 처남매제 될 사이에 그 짓을 함께하는 게 말이 되냐?」

유일표가 비틀거리며 소리쳤다.

「새끼, 지금은 친구일 뿐이야. 그리고, 인생은 추억을 만드는 거라며? 처남매제가 되면 오늘 일이 얼마나 멋들어진 추억이 되겠냐. 안 그래?」

「그 말도 일리가 있는데. 흐흐흐흐…….」

유일표가 어깨웃음을 흐흐거리며 허진을 잡아끌었다.

유일표는 잠을 깨자마자 물을 찾았다. 그러나 머리맡에 자리끼는 없고 방이 낯설었다. 아니 여기가 어디야 하는 생각에 벌떡 일어나 앉다가 자신이 알몸인 것을 알았다. 그는 후닥닥 이불을 끌어다 아래를 덮으며 자신이 어떻게 이런 데 와 있는지를 생각했다. 그러나 뱃속 전체에 끈끈한 풀을 맥질한 것처럼 속이 느글거리고 머리가 깨질 듯이 욱신욱신 아플 뿐 전혀 기억이 나지 않았다.

빌어먹을, 술 좀 잘 만들 수 없나…….

그는 과음한 다음날 아침에만 하게 되는 후회를 또 곱씹으며 간밤의 기억을 살려내려고 애를 썼다. 그러나 노래를 시작한 다음부터는 기억이 토막토막 끊어져 이어지지 않았다. 그 토막 난 기억 중에서 이상재가 미경이를 저에게 달라던 것이 유독 선명했다.

도둑놈, 보는 눈은 있어가지고. 이런 생각과 함께 가녀리고 고운 허미경의 모습이 떠오르면서 왠지 서운한 마음이 들었다.

유일표는 얼굴을 훔치고 담배를 찾았다. 어느 주머니에도 담배는 없었다. 그제서야 창밖이 환한 것을 느끼고 그는 서둘러 옷을 입었다.

「어머, 이제 일어나셨어요?」

유일표가 방을 나서자 쪽마루에 앉아 얼굴을 닦고 있던 아가씨가 희미하게 웃었다. 그 아가씨가 자신과 함께 잔 모양이지만 유일표는 전혀 기억이 없었다.

「나랑 함께 온 사람들은?」

「벌써 다 갔어요.」

왜 진작 깨우지 않았느냐고 하려다가 유일표는 재빨리 구두를 신었다. 해가 뜨기 전에 창녀촌을 벗어나지 못한 것이 여간 거북하지 않았다.

「고데값이나 좀 주고 가시지.」

「응? 아, 미안해. 나 빈털터리야.」

「피이, 사랑한다고 해놓구선.」

「미안해. 잘 있어.」

유일표는 얼굴이 화끈 달아오르는 것을 느끼며 그 집을 벗어났다. 술이 취해 별소리를 다 한 모양이었다.

종로4가 쪽으로 나온 유일표는 출근을 서두르고 있는 사람들을 멍하니 바라보았다. 며칠 있으면 입대였다. 만 6년 만에 서울을 떠나는 거였다. 7년째 살고 있으면서도 서울은 여전히 낯설고 서먹하고 어설픈 타향일 뿐이었다. 바삐 가는 저 많은 사람들 틈에 자신이 낄 자리는 없고, 앞으로도 끼여들 자신이 생기지 않았다. 이 땅에서 형과 자신은 무엇인지……, 그 소외감과 고적감이 다시 파도로 밀려왔다.

그 참담한 생각을 떼치려고 유일표는 얼굴을 훔쳤다. 그리고, 여기서 근무처가 멀지 않은 서동철 형을 생각했다. 돈은 없는데 속은 미식거려 살 수 없었고, 그에게 군대에 간다는 한마디는 해야 될 것 같았다. 국밥을 얻어먹고 그 말도 하기로 했다.

「부장님 목욕탕에 계실 거예요. 가볼려면 가보세요. 극장 뒷골목이잖아요.」

유일표와 낯이 익은 매표소 아가씨는 청소를 하다 말고 생글생글 웃었다.

「얼라, 니 워쩐 일이여? 이리 일찍허니. 무신 바람이 불었다냐?」

서동철은 옷을 챙겨입고 있다가 안으로 들어서는 유일표를 보고 반색을 했다.

「해장국 얻어묵으로 왔구만이라.」

유일표도 고향말로 대꾸했다.

「잉, 죽자사자 술 뽈아대고 집에도 안 들어갔다 그것이제? 니 꼬라지에 딱 그리 씌였다. 쪼깐 기둘려라.」

유일표는 국물 한 방울 남기지 않고 해장국을 깨끗이 비웠다.

「자석, 식성 한번 황우시.」

서동철은 씩 웃으며 담배를 내밀었다.

「형, 저 며칠 있다가 군대 가요.」

담배에 불을 붙인 유일표가 말했다.

「머시? 학교는 어쩌고야?」

「먼저 갔다 오는 게 취직하기에 낫거든요.」

그래서 대학생들이 재학 중에 군복무를 마치는 건 예사였다.

「그렇기도 헌디……, 그려, 고름이 살 안 되는 법잉께로.」 서동철은 담배연기를 훅 내뿜고는, 「여그다가 니 이름허고, 생년월일허고, 입대 날짜럴 똑바라지게 써라」 하며 양복 속주머니에서 수첩과 만년필을 꺼냈다.

「뭐 하게요?」

「머하기넌? 빽 써야제. 친구 동생이면 내 동생이기도 헌디 고상허게 내빌나둬서야 쓰겄냐. 뒷손 안 쓰면 워찌 되는지 아냐? 보나마나 강원도 최전방이여. 나가 겪어봐서 아는디, 강원도 거그 아조 징허고 숭악헌 디여. 이놈이고 저놈이고 잘난 놈들은 다 돈 쓰고 빽 쓰고 난리판굿 잉께 니 양심 어짜고 저쩌고 철없는 소리는 허덜 말어라 잉. 전에 느그 어무님 일은 사상인지 염병인지로 옹쳐매서 나가 심얼 못 썼다만, 인자 육군 사병 쫄따구 하나 편헌 디로 빼는 것이야 식은죽 묵기다. 니는 그저 요 성님 실력 보고만 죽어라.」

「이런 폐 끼칠려고 온 게 아닌데…….」

「야가 시방 먼 소리여? 니넌 나가 요런 일 당허면 나 몰라라 헐 챔인 것이여?」

유일표는 콧날이 시큰해져 수첩에 인적사항과 입대 날짜를 적었다.

「또옹 퍼어어. 변소오 쳐어어.」

골목에서 울려퍼지는 이런 외침이 식당 안에까지 들려왔다.

「지랄헌다. 밥 쪼간 늦었드라면 영축없이 반찬 삼을 뻔혔다 야.」

서동철이 수첩을 받아 넣으며 쿠린 냄새 맡은 시늉으로 콧등을 찡그렸다.

「보시게라 아짐씨, 여그 똥 풀 때 되얐는디요.」

「아이고, 손님들이나 가신 담에 올 것이지. 눈치 없이.」

주인여자가 빈 주먹질을 하며 질색을 했다.

「아, 이 세상에 똥 안 누고 사는 사람 있간디라. 똥 냄새 더럽다고 허는 인종치고 사람 지대로 된 물건은 옰는 법이요. 묵으면 싸고, 싼 것이 거름 되야 또 묵고 허는 것이 하늘이 정헌 이친디.」

유일표는 그 말에 이끌려 눈길을 돌리다가 깜짝 놀랐다.

「아니, 아저씨!」

유일표는 자신도 모르게 몸을 벌떡 일으키며 외쳤다. 서동철은 그런 유일표를 멀뚱히 쳐다보았다.

「아저씨, 정말 오랜만이네요. 저 몰라 보시겠어요?」

유일표는 반가움이 넘쳐 똥 푸는 남자에게 인사를 했다. 그런데 그 남자는 유일표를 바라보며 더듬거렸다.

「글씨……, 누구당가……, 워디서 본 얼굴이기넌 헌디…….」

「아저씨, 서울에 처음 올라올 때 기차에서 한자리에 앉았었잖아요. 그때 중학생이었던 유일푭니다.」

「와따, 와따, 인자 알것네 웨!」 그 남자는 유일표의 손을 덥석 잡고는, 「커나는 사람이라 얼렁 알아보덜 못혔구마. 하면, 요리 훤칠헌 장부로 변해부렀응께 워찌 한눈에 알아볼 수가 있당가. 서울물이 맵고 짜와도

세월이 좋기넌 좋네 이. 그려, 시방 머 하고 살어? 그 얌전턴 성님은 출
세혔고?」

붉어지는 그의 눈에 물기가 번지고 있었다.

「아저씨, 바쁘시지 않으면 저쪽으로 가서 좀 앉아요.」

유일표는 그 남자의 손을 끌었다.

「이, 나야 바쁠 것이 읎는디……, 근디 요것이 궁께…….」

그 남자는 자신의 몰골을 내려다보고 주인여자의 눈치를 보고 하며
쭈뼛쭈뼛 걸음을 옮겨놓고 있었다.

「형, 다 들었지요? 아저씨, 제 형의 친구인 형님이세요.」

유일표는 두 사람을 인사시켰다.

「첨 뵙겄구만요. 지난 승주가 고향인 천두만이라고 허능구만이라.」

그 남자가 먼저 인사했고,

「아, 그요? 나 서동철이라고 허요.」

서동철이 웃으며 손을 불쑥 내밀었다.

「아니, 나 손이 냄새나고 드러운디…….」

천두만이 멋쩍어하며 머뭇거렸고,

「이 세상에 똥 안 누고 사는 사람 있간디라.」

서동철이 그의 손을 잡고 흔들어댔다. 서동철이 그 아저씨의 말을 흉
내내는 바람에 유일표는 웃음을 터뜨렸다. 서동철도 웃고 천두만도 웃
으며 탁자에 자리잡았다.

「마침 잘되얐다. 니도 해장술 한잔혀야 헝께. 아짐씨, 여그 쐬주 한 병
허고 해장국물 한 그럭!」

서동철이 분위기를 맞추고 들었다.

「형, 안 바빠요?」

「조조할인 손님 들라먼 당아 멀었다.」

서동철이 담배를 빼물다 말고 천두만에게 담배를 권했다. 천두만은

황송해 하는 몸짓으로 최고급 담배 아리랑을 뽑았다.

「아저씨, 아저씨하고 헤어지고 나서 몇 달 뒤에 아저씨가 종로4가쯤에서 지게에 짐을 지고 가시는 걸 봤어요. 근데 제가 찻속에 있어서 어쩔 수 없었어요. 그러고 나서 혹시나 만나게 될까 하고 가끔 생각했었는데, 벌써 7년째가 돼버렸군요. 이쪽에서 이 일 하신 지 얼마나 되셨어요?」

유일표는 천두만에게 술을 따랐다.

「한 3년 되는갑구만.」

「근데 왜 진작 못 만났지요. 저도 이 형님 만나러 가끔 오고 했었는데.」

「웬수는 잘 만내지고 만내고 잡은 사람은 만내기 에롭고 헌 것이 인간사 아니드라고. 가실 덕석에 나락 깔린 것맨치로 인종이 많고 많은 서울서 인자라도 요리 만내진 것이 천행 아니겄어?」

「예, 그렇네요. 그런데 아저씨, 어떻게 이런 일을 하게 되셨어요?」

「하이고, 말도 말어. 그간에 나가 겪어온 일얼 야그책으로 쓰면 열 권도 더 될 것인디, 그 진 야그 다 헐 수는 읎고 한마디로 딱 짤라서 허자면 말이시, 딴 일은 다 서로가 박터지게 싸우고 엉클어져 뺏고 혀야 허는디 요 일이야 냄새나고 드럽고 헌 천허디 천헌 일이라 쉽게 나 차지가 된 것이제.」

「예에……, 그렇군요.」

넝마주이들의 치열한 구역다툼을 잘 아는 터라 유일표는 고개를 주억거렸다.

「그 일 혀갖고 처자석은 믹여살려집디여?」

술을 찔끔 마신 서동철이 물었다.

「야아, 그려도 요 일 혀갖고 처자석 서울로 딜고 오고, 입에 거무줄 안 치게 그작저작 묵고 살구만이라.」

「식구들 걱정 많이 하시더니 잘됐네요. 집이 어디세요?」

「아이고, 집이랄 것이 머 있간디. 청계천 저그 저 꼬랑지에다 움막 한

나 얽었제. 사는 것이 즘생 한가지여.」

천두만은 스산하게 웃으며 다섯 잔째의 소주를 단숨에 털어넣었다. 술을 혼자 다 마시고 있는 셈이었다. 유일표는 빈 잔에다 얼른 술을 따랐다.

「까마구도 지 땅 까마구가 반갑드라고 참말로 반갑고 고맙구만 이. 시방 대학에 댕기겠제?」

비로소 천두만이 유일표에게 물었다.

「예, 대학 3학년입니다.」

「잉, 장허구만. 인자 자주 만내드라고. 은제 나가 막걸리라도 한잔 살챔잉께.」

「아저씨, 저 며칠 있다가 군대에 가요.」

「머시여? 만내자 이별이시. 요 일얼 워쩐디야……, 어참, 참말로…….」

당황한 얼굴이 울상으로 변하며 천두만은 허둥거렸다.

「아자씨, 나가 쩌 앞 극장서 일헝께 메칠 새로 한분 찾아오씨요. 서 부장 찾으면 된께. 인자 가보드라고.」

서동철을 따라 그들은 자리에서 일어났다.

9
허깨비의 춤

 이규백은 조선호텔로 들어서며 여전히 기분이 떨떠름했다. 그 많은 예식장 다 두고 왜 하필 조선호텔 프린세스룸인가. 자기네는 남들과 달라야 한다는 선민의식이고 특권의식인가? 그건 강 의원의 정치적 과시욕구 때문인가? 아니면, 강숙자의 허영심이 작용한 것일까? 어쩌면 두 사람의 그런 뜻이 궁합 좋게 합해지고, 홍석주는 그냥 끌려갔기가 쉬웠다. 청첩장에서 조선호텔 프린세스룸을 확인했을 때 일어난 마땅찮은 감정이 되살아나고 있었다.

 예식장 앞에 다다른 이규백은 걸음을 멈추지 않을 수 없었다. 고급 양탄자가 깔린 예식장 앞의 넓은 공간에는 많은 사람들이 북적거리고 있었다. 좀 떨어져서 보아도 그들이 현역 정치인인 것을 쉽게 알아볼 수 있었다. 국회 휴게실을 옮겨다 놓은 것 같은 그 광경은 강기수 의원의 위세였다.

 천천히 걸음을 옮겨놓던 이규백은 눈에 잡힌 한 장면에 자신도 모르게 고개를 돌렸다. 강 의원이 서 있는 신부 측에는 하객들이 구불구불하게 긴 줄을 이루고 있는데 홍석주와 그의 부모가 서 있는 신랑 측에는 찾는 사람 없이 썰렁했다. 그 민망한 장면은 바로 자신의 결혼식 때 그대로였다. 그때 얼마나 어색하고 초라한 생각이 들었던가. 지금 홍석주의 감정이 어떨지 짐작하나마나였다.

이규백은 뒤늦게 난감함을 느꼈다. 축의금을 어느 쪽에 내야 할 것인지……. 돈을 봉투에 넣을 때는 당연한 것처럼 강 의원만을 생각했었다. 그러나 기죽은 듯 외로운 듯 서 있는 홍석주를 보자 그래도 되는 것인가 하는 갈등이 일어났다. 홍석주는 고향 후배이면서 장학사에서 한솥밥을 먹으며 고생한 사이였다. 홍석주가 딴 여자와 결혼했더라면 당연히 참석했을 것이다. 그런데 강 의원이 자신의 의식을 워낙 크게 채우고 있다 보니 미처 홍석주에게 신경을 쓰지 못한 거였다.

그럼 축의금을 홍석주에게로 돌릴까? 그러나 그것도 곤란한 문제였다. 찬밥 한 그릇에 의 상하더라고, 강 의원이 축의금 명단을 확인하다가 자신의 이름이 없으면 어찌 될 것인가. 축의금이란 단순히 돈이 아니었다.

그럼 둘로 똑같이 나눌까? 그러나……, 그것도 난처한 일이었다. 축의금이 마음의 표시인데, 홍석주에게는 몰라도, 강 의원에게는 자신이 인색한 것으로 보여 더 감정을 상할 수도 있었다.

이규백은 급히 호텔 카운터로 가서 봉투를 구해 화장실로 갔다. 대변 보는 데로 들어가서 지갑에 있는 돈을 다 꺼냈다. 다행히 체면을 상할 정도는 아니어서 그것을 홍석주의 몫으로 봉투에 넣었다. 난생처음 신랑 신부 양쪽에 축의금을 준비하며 기분이 야릇했다. 그리고, 남천장학사에 기숙했던 다른 친구들은 어찌할까 하는 생각도 들었다. 하필 홍석주가 강 의원의 사위가 되는 바람에 벌어지는 곤란함이었다. 강 의원이 남천장학사 출신을 고르지 않았거나, 홍석주가 딴 장인을 보았다면 생기지 않을 고민이었다.

김선오는 어떻게 할까? 다른 기숙생들보다 김선오가 먼저 떠올랐다. 자신이나 김선오나 사윗감으로 강 의원에게 차례로 꼽혔던 탓이었다. 그런데, 군인의 몸인 김선오가 올 수 있을지 궁금했다. 그는 군대 규율을 앞세워 재판을 핑계삼아 안 올 수도 있었다. 그는 강숙자에 대해 무시를 넘어 심한 적대감까지 가지고 있었다. 그건 강숙자에게 여지없이 당한 모멸감에서 생긴 것이었다.

「출세와 돈을 함께 가지려고 강기수의 사위가 되겠다고요? 이거 왜 이래요. 머리만 좋다고 1등 인간인 줄 아세요? 좋은 머리 나쁘게 굴리지 말고 먼저 사람부터 되세요. 파렴치한, 기회주의자 같으니라구!」

김선오는 술이 취해, 강숙자가 퍼부어댔다는 이 말을 하며 분을 못 참아 씩씩거렸었다.

강숙자는 어쩐 일인지 자신에게보다 김선오에게 훨씬 더 심하게 독설을 토해낸 거였다. 어쩌면 그녀는, 자신보다 김선오가 자기를 더 무시한다는 것을 감지하고 있었는지도 몰랐다. 김선오는 공부 못하는 사람을 무시하는 경향이 유난히 심했다. 자신도 무의식 중에 그런 면이 없지 않았지만, 결혼 문제로 강숙자에게 당한 다음부터 그런 선입감을 없애려고 마음쓰고 있었다. 아내와 갈등이 갈수록 심해지면서 뒤늦게 발견했던 강숙자의 진실하고 폭넓은 면면들이 언뜻언뜻 떠오르고는 했다. 자신이 그녀를 진정한 인간으로 대하지 못했던 후회는 속절없고 부질없는 것이었다. 홍석주는 그녀를 강기수의 딸이 아닌 진실한 사랑의 대상으로 대하는 것을 인정받은 것인가……. 이규백은 가슴 한쪽이 텅 빈 듯한 이상한 상실감을 느끼며 화장실에서 나섰다.

강 의원 앞에는 여전히 줄이 이어져 있었다. 이규백은 줄 끝에 가서면서 두 사람의 낯익은 얼굴을 피해 고개를 돌렸다. 오재섭과 또 하나의 국회의원, 이규백은 그들에게 역겨움을 느꼈다. 그들은 4·19바람을 타고 민주당에서 정치를 시작하면서 4·19정신을 살리는 신풍운동을 한다고 코르덴옷을 입고, 시내버스를 타고 출퇴근하고, 도시락을 까먹는 모습을 신문 지상에 보여주기 바빴다. 그런데 다음해에 5·16이 터지고 해를 넘기며 어물어물 공화당이 만들어지자 그쪽에 합세하더니, 이제는 공화당의 역량 있는 신진세력으로 행세하고 있었다. 그들이 대학 선배인 것이 더 비위 상했다. 그들이야말로 강숙자의 말대로 좋은 머리 나쁘게 굴리지 말고 먼저 사람부터 되어야 할 존재들이었다.

「의원님, 축하드립니다.」

「응 그래, 이 검사 왔구만. 어서 들어가게.」

강 의원의 눈길은 다음 사람에게로 옮겨갔고, 이규백은 밀리듯 옆으로 옮겨 봉투를 내밀었다. 그리고 신랑측으로 걸어갔다. 흰 장갑 낀 두 손을 앞으로 모아잡은 홍석주는 위축되고 어색하고 외로운 모습으로 눈길을 떨구고 서 있었다.

「홍 형, 축하해.」

「아, 아니, 선배님!」

홍석주는 언뜻 놀라는 기색이더니 이규백의 손을 덥썩 잡았다.

「정말 축하해. 신붓감 잘 골랐어.」

「예에?」

「강 의원님 딸 아닌 여자 강숙자를 잘 골랐다구. 홍 형도 대충 알고 있잖아. 나하고 김선오가 차례로 거부당한 거. 다는 모르지만 강숙자 그 사람 참 괜찮은 여자야. 그걸 축하하는 거야.」

「아 예, 고맙습니다, 고맙습니다.」

홍석주가 고개를 꾸벅꾸벅하며 더없이 환하게 웃었다.

이규백은 봉투를 내밀고 식장으로 들어갔다. 안에는 앉을 자리가 없을 정도로 사람들이 차 있었다. 식이 시작되면 나갈 작정으로 이규백은 몇 사람이 서 있는 구석으로 갔다.

「강 의원은 탐탁잖게 생각했다는데?」

「그런가? 왜?」

낮게 오가는 말이었다.

「그야 뻔하지. 서울대가 아니니까.」

「원, 욕심도. 판사면 됐지.」

「그렇지도 않아. 서울대 등쌀에 타 대학 출신들은 치일 게 뻔하잖아.」

「그야 강 의원 빽으로 막으면 되지.」

「이런, 강 의원이 천년만년 금뺏지 달고 있나. 벌써 나이가 얼만데.」

「응, 그도 그렇네.」

이규백은 또 강숙자를 생각하고 있었다. 머리 기민하게 도는 그녀가 그런 것을 생각 안 했을 리 없었다. 그런데도 자신의 일생을 맡길 남자로 홍석주를 선택한 그녀가 다시금 색다르게 보였다.

신랑이 입장하고, 신부 입장이 시작되고 있었다. 이규백은 먼 신부의 옆모습을 힐끗 보고는 돌아섰다.

「형, 규백이 형!」

호텔 문을 밀려다가 이규백은 고개를 돌렸다.

「뭐가 그리 바빠요. 빠져나오느라고 혼났네.」

장교 정모를 손에 든 김선오가 다가오며 숨을 몰아쉬었다.

「응, 어떻게 나올 시간이 있었어? 난 앉지도 못했으니까 더 있기도 뭣하고 해서.」

이규백은 흐릿하게 웃음지으며 김선오와 악수를 나누었다.

「오늘이 어떤 날인데 안 오겠어요. 그 시건방진 돌대가리는 밥맛 없지만, 의원님은 개혼이잖아요. 가서 커피나 한잔하시죠.」

김선오가 무언가 기분 상하고 마땅찮다는 기색이었다.

「그 군복 잘 어울리는데. 몸집이 커서.」

이규백은 김선오를 따라 걸음을 옮겨놓으며 말머리를 돌렸다. 아직도 강숙자를 돌대가리라고 부르는 그의 험담을 더 듣고 싶지 않았다.

「그런 끔찍한 소리 말아요. 꼭 말뚝 박으라는 소리처럼 들리니까.」

「그거 나쁠 것도 없지.」

「예에?」

「그 생활이 훨씬 골치 덜 아플 테니까.」

「형, 벌써 지쳤어요? 아직 10미터도 뛰지 않고.」

「모르겠어. 산다는 게 뭔지.」

「아니, 왜 자꾸 그래요? 갖출 건 다 갖추고선 누구 약올려요?」

「김 형도 군복 벗고, 결혼하고 해서 본격적으로 살아봐. 인생살이가 뜻대로만 되는 게 아니라는 걸 알게 될 테니까.」

「무슨 골치 아픈 일이 있는진 모르지만 형 같은 사람이 그런 소리 하는 건 배부른 사람이 반찬 투정 하는 것 같아요. 자아, 앉읍시다.」

김선오는 커피를 시키고 나서 이규백에게 담배를 권하며 말을 꺼냈다.

「형, 그나저나 내가 부탁한 일 어떻게 됐어요?」

이규백은, 김선오가 자신을 뒤쫓아 나온 것이 이것 때문인 것을 눈치 채고 있었다. 그는 무엇이 급한지 결혼을 빨리 하려고 안달하고 있었다. 어쩌면 동생들 때문인지도 몰랐다.

「내가 부탁은 했는데 아직 마땅한 상대가 없는지 연락이 안 오네. 그 거 딴 데도 좀 알아보는 게 어떻겠어?」

이규백은 자신에게 기대하지 말라는 뜻을 슬쩍 에둘러 내비쳤다. 말 과는 달리 자신의 중매쟁이에게는 부탁도 하지 않았다. 그 일을 해주기 싫어서가 아니라 김선오도 나중에 자신처럼 될지도 모를 일에 끼여들고 싶은 생각이 없었다.

「그것 참 이상하네. 군복을 입고 있어서 그런가요?」

커피를 휘젓는 스푼에서 김선오의 신경질이 뻗치고 있었다.

「뭐, 그렇진 않을 거고, 좀 느긋하게 생각해.」

「형, 참 답답하네요. 형이 그렇게 결혼 빨리 한 거나 내가 다급한 거나 마찬가지잖아요. 나 지금 죽을 지경이에요. 탈출구는 그것밖에 없다구요.」

용케도 동생들을 입에 올리지 않고 자기 사정을 말하는 김선오를 이규백은 물끄러미 바라보았다.

「그래…….」

이규백은 다음 말을 막듯 커피잔을 입으로 가져갔다. 그 탈출구가 얼마나 견디기 어려운 또 하나의 고통인지 김선오는 모르고 있었다. 그것을 알게 하려면 자신의 사정을 다 털어놓아야 했다. 그러나 그건 아내와 처가를 험담하는 어리석음이고 창피스러움이었다. 그리고, 김선오는 마음이 다급한 형편이라 누구나 다 그러는 것은 아닐 거라고 생각할 수도 있었다. 그러나 돈이라는 것, 그것처럼 묘한 것도 없었다. 돈이 부리는 묘술은 한두 가지가 아니었지만 그 첫 번째로 꼽힐 수 있는 명백한 사실은, 돈은 주는 자와 받는 자 사이를 철저한 주종 관계로 만들어버리는 괴력을 발휘했다. 아내가 남편의 주인으로 군림하고, 남편이 아내의 종으로 전락하는 그 비참함을 김선오는 아직 모르고 있었다. 그래서 인생살이란 경험해 보지 않고서는 모른다고 했는지도 몰랐다.

「나도 딴 데 알아볼 테니까 형도 좀 적극적으로 알아봐 주세요. 난 또 부대에 들어가 봐야 돼요.」

김선오는 모자를 쓰며 일어났다.

「그러지.」

이규백은 짐을 던 기분으로 몸을 일으켰다.

「저쪽 문으로 나가지요. 길도 가깝고, 괜히 아는 사람들 만나면 번거로우니까요.」

김선오는 혹시 안자경이나 박자영을 만나게 될까 봐 계속 신경을 쓰고 있었다.

「음, 그게 좋겠군.」

김선오와 헤어져 한동안 걷던 이규백은 문득 이상한 의문에 부딪혔다. 형편이 그리 급한데다 성격도 활달하고 적극적인 김선오가 여태껏 짝을 구하지 못하고 있다는 게 이해가 되지 않았다. 자신이 고시에 합격하기 바쁘게 중매쟁이가 접근해 왔던 것처럼 김선오에게도 팔을 뻗치지 않았을 리 없었다.

이게 어떻게 된 일일까……. 내가 모르는 무슨 일이 있었던 것인가…….

그동안 무관심해 오다가 이제서야 그런 의문을 풀어보고 싶어하는 자신에게 이규백은 실소했다. 그건 자신이 머리를 쓴다고 풀릴 의문이 아니었고, 자신이 관심 쓸 만한 문제도 아니었다. 그리고 자신에게는 그런 문제에 잠시라도 한눈 팔 여유가 없었다. 속이 썩다 못해 고름이 고이게 하는 가정사는 그동안 수없이 치러왔고, 또 자신을 압박하는 문제들이 줄서 있었다.

이규백은 형수의 일을 생각하며 한숨을 쉬었다. 그것은 시일을 끌 수 없이 당장 해결해야 할 문제인데도 고민만 하면서 벌써 열흘을 넘기고 있었다.

동생 규상이가 대필한 어머니의 편지는, 생활 안정을 갖게 된 형수가 세 아이를 데려가겠다고 한다는 것이었다. 어머니는, 집안이 거덜난 것도 아닌데 장자의 자식들을 불륜을 맺은 사내, 그것도 살인죄인 밑으로 보낸다는 것은 천부당만부당한 일이 아니냐고 당신의 의사를 분명히 한 다음에, 너는 어떻게 생각하느냐고 묻고 있었다. 가정사를 놓고 어머니가 당신의 생각을 그렇게 확실하게 드러낸 것은 드문 일이었다.

어머니는 세 손주를 보내서는 안 되는 이유로, 그건 대를 끊는 일이며, 인륜에 어긋나는 처사라는 것까지 분명히 밝히고 있었다. 어머니는 결정을 다 내려놓고 동의만 구하고 있는 셈이었다. 어쩌면 어머니는 당신 혼자 거부하기보다는 검사 아들의 힘을 빌려 며느리를 일거에 제압

해 버리고 싶은 생각인지도 몰랐다.

편지에 담긴 어머니의 생각은 명분으로나 논리로나 윤리로나 풍습으로나 아무런 하자가 없었다. 그러나 선뜻 동의할 수 없게 갈등이 생기는 것이 문제였다.

어머니의 확고한 주장에 좀 약점이 있다면 양육권의 문제였다. 형수가 양육권을 주장하고 나선다면 그건 충분히 말썽이 될 소지가 있었다. 그러나 형수가 그런 법적 권리를 알 리 없고, 더구나 불륜에다가 살인까지 저지른 남자와 살고 있는 입장에서 몸을 숨기기에 바쁠 것이다. 그런데도 그런 마음을 밝힌 것은 도저히 끊을 수 없는 순수한 모정의 발로라고 할 수 있었다. 인간적인 입장에서 그건 무조건 외면하기 어려운 애절함이고 안쓰러움이었다.

그리고 또 하나의 무시 못할 문제는 아이들의 마음이었다. 어머니는 손주들에게 그 일을 모르게 감추고 있을 것이 거의 틀림없지만, 아이들에게 알렸을 때 아이들이 어느 쪽을 택할 것인가가 문제였다. 아이들이 미성년자라고 하지만 생존에 대한 행복추구권까지 제한하기는 어려운 일이었다. 아니, 그런 법적 논리를 떠나서 아이들의 입장을 순수하게 생각해 볼 필요가 있었다. 아이들이 할머니 밑에서 자라는 게 더 좋은가, 어머니 품에서 자라는 게 더 좋은가. 어머니는 어차피 형수보다 먼저 돌아가실 것이다. 그러면 어머니와 단절된 아이들은 고아가 되어버린다. 아무리 작은아버지들이 있다 해도 어머니 노릇을 대신할 도리는 없는 일이었다.

그런데……, 그런 문제점들을 따지며 고민해 왔던 것은 자신이 이성적이고 객관적이어서가 아니고, 더구나 형수나 조카들을 위한 인간적 배려 때문도 아니었다. 솔직하게……, 아주 솔직하게 말해서 자신의 내면 저 깊숙이에는 자신에게 지워진 짐을 덜고 싶은 음험한 욕구가 도사리고 있었다. 이 기회에 짐의 절반을 덜고 싶은 욕구……, 그것을 합리화하고 위장하고 은폐하기 위해 그런 문제점들을 이용하고 싶어하는 음모가 자꾸 꿈틀거리고 있었다.

세 동생들을 대학까지 뒷바라지해야 하는 것도 보통 괴로움이 아닌데 세 조카들까지 생각하면 앞길이 까마득하고 암담해져 버렸다. 자신은 이제 가족 문제로 상처 입을 만큼 상처 입고 지칠 만큼 지쳐 있었다.

「저는 아직 결혼할 입장이 못 됩니다.」

경제적인 것은 전부 시원하게 해결할 테니 걱정할 것이 없다는 중매쟁이의 말을 다 믿을 수가 없어서 장인 될 사람을 처음 만났을 때 일삼아 이 말을 꺼냈었다.

「아, 가정 사정은 김 여사 통해서 다 들었소. 그런 어려운 형편 속에서 고시를 패스했으니 그 얼마나 위대하고 거룩한 일이오. 그런 훌륭한 인재라면 딴 남이라도 도와야 기업인의 정도인데, 내 사위가 되는 바에야 더 말해서 뭘 하겠소. 내 재력 과히 크지 않으나 그 정도 해결하는 것은 조족지혈이니 털끝만큼도 신경 쓰지 마시오. 내가 속시원하게 처리할 테니.」

그러나 장인의 그 거창한 말은 '속시원하게' 이루어지지 않았다. 아니, 단 하나 속시원하게 해결된 것이 있다면 효자동에 마련해 준 집이었다.

그 집은 방이 다섯 개나 되어 자신이 서재를 꾸미고 식모아주머니가 하나를 차지하고도 두 개나 남았다.

「빨리 식구들 이사시켜야겠어.」

신혼살림 정리가 끝나자 다음 순서를 아내에게 알렸다.

「네에? 식구들이라니요?」

뜻밖에도 아내는 소스라치게 놀라더니, 이내 얼굴이 싹 굳어졌다.

「식구 몰라?」

충격으로 더 말이 나오지 않았다.

「생활비 내려보내면 되지 이사는 뭐 하려고 와요.」

「그러면 뭐 하러 이 큰 집을 구했어. 방이 둘씩이나 남아도는데.」

「그건 애들 방이잖아요.」

더 할말이 없었다. 집이 큰 것에 대해서는 자신이 일방적으로 오해한 것뿐이었다. 그리고 시집 식구들을 거부하는 것을 뒤늦게 따지고 어쩌고 할 수도 없었다. 결혼하기 전에 그런 것을 확인하지 않은 것이 자신의 불찰이었다. 그러나 자신이 가장인 입장에서 그건 말할 필요도 없이 당연한 일이었다. 그때 아내와의 사이에 첫 번째 얼음장이 생겼다.

「자네 생각해 보게. 시어머니하고 시동생들만 있어도 뭐한데 조카들까지 셋이나 딸렸으니 함께 산다는 게 그게 말이 되겠나. 그건 결혼생활이 아니라 지옥살이지. 또 안사돈께서도 그런 형편으로 며느리하고 함께 사시면 마음이 얼마나 편편찮으시겠나. 그러니 서로가 좋도록 생활비를 내려보내도록 하세. 그게 자네도 마음 편한 일이니까 그보다 더 좋은 방법이 어디 있겠나.」

다음날 장모가 와서 가한 원호사격이고, 최종 결정이었다. 그때부터 장모는 자신의 가정사 전반을 지배하는 통치자였고, 절대권력을 가진 판관이 되었다. 장인은 '가정사'를 빙자해서 아무것도 모르는 척 멀찌감치 떨어져서 점잖게 외면하고 있었다.

식구들 이사에 대해서 장인에게 말을 할까 하고 몇 번이고 망설였다. 생활비를 보내는 방법만 있는 것이 아니었다. 서울로 이사해 따로 사는 방법이 있었다. 그러나, 그건 적지 않은 돈이 들어가야 할 문제였다. 일곱 식구가 살려면 거기에 맞는 집부터 있어야 했다. 아무리 줄이고 줄여 어머니와 여동생 청자, 남동생 규상이와 규동이, 조카 셋이 방 하나씩을 쓴다 해도 방이 셋에 마루방과 부엌이 딸린 집이 필요했다. 그런 규모의 집이라면 시골집을 팔아서는 어림도 없는 일었다. 그뿐만이 아니었다. 서울은 시골에 비해 생활비가 훨씬 더 많이 들었다.

망설이고 망설이다가 결국 장인에게 말하는 것을 포기하고 말았다.

세상사에 밝고 사업에 치밀한 장인이 그런 것을 생각하지 못했을 리가 없었다. 그런데 장인은 그런 내색은 전혀 하지 않고 사람 좋은 듯 너털 웃음만 터뜨려댔다. 장인은 돈이 아까워 그러는 것이 아닐 수도 있었다. 시집식구들을 될 수 있는 대로 멀리 떼어놓고 싶어하는 아내와 딸의 음모에 장인은 동조하고 있는 것이라 싶었다.

자신이 가장 크게 생각하고 있었고, 가장 먼저 해결하고 싶었던 문제는 그렇게 끝나고 말았다. 그동안 식구들이 먹고 살고, 동생들의 학비를 대느라고 이제 시골집에는 논 한 마지기 남아 있지 않았다. 그러니 더이상 농촌에 살 이유가 없었다.

"존경하는 큰형님께.

우리는 언제나 서울로 이사를 가게 되나요. 저는 서울에서 공부를 하고 싶습니다."

막내동생 규동이의 이런 편지를 받고 느낀 참담함이란 참으로 견디기 어려운 것이었다. 그건 단순히 막내동생의 기대가 아니었다. 기다리다 못한 식구들의 마음이 담겨 있었다. 차마 딴사람들이 말할 수 없으니까 막내를 시켜 사정을 묻고 있었다. 거기에는 집안 식구들의 옹색함도 들어 있었다. 고시에 합격하고 고향에 내려갔을 때 읍내에서부터 플래카드가 펄럭였던 것처럼 돈 많은 사업가의 사위가 되었다는 것도 퍼질 대로 다 퍼진 소문이었다. 그동안 식구들은 언제 서울로 이사 가느냐는 말을 수없이 들었을 게 뻔했다. 특히 막내동생은 친구들에게 얼마나 뽐내고 다녔을 것인가.

더는 피할 수 없는 일이었다. 돈 때문에 당하는 굴욕 대신 식구들을 실망시킬 수밖에 없었다. 장인에게 직접 요구하면 마지못해 집을 장만해 줄 수도 있었다. 그러나 그 치사함을 무릅쓰며 식구들까지 짓밟히게 하고 싶지가 않았다.

며칠에 걸쳐 큰동생 규상이에게 편지를 썼다. 찢고 또 찢고 하면서 돈

앞에서 상해야 하는 자존심이 얼마나 아픈 것인지 절실하게 느꼈고, 그럴수록 편지가 뜻대로 씌어지지 않아 자신의 문장력을 의심하며 다시금 비참해지고는 했다.

그후로 거듭되어 온 이런저런 일들은 더 생각하고 싶지 않았다. 한 가지 중요한 것은, 자존심이 상하는 일이 생길 때마다 아내와의 사이에 생긴 얼음벽이 한 겹씩 점점 두꺼워져 가고 있었다.

이규백은 건널목에서 담배를 끄며 어디로 갈까를 생각했다. 토요일 오후니까 별다른 일이 없으면 당연히 집으로 들어가야 했다. 그러나 집은 술도 안 마신 맨정신으로 일찍 들어가고 싶은 곳이 아니었다. 아무 약속이 없는 날이면 일삼아 술 마실 건더기를 찾는 것이 습관처럼 되어 있었다. 아내와 마주 대하는 시간을 최대한 줄이는 데는 그 방법밖에 없었다.

이규백은 술 마실 상대들을 생각해 보았다. 아무런 부담 느끼지 말고 언제든지 연락하라는 선배 변호사들은 많았다. 그러나 그건 보이지 않는 거미줄이었다. 이 세상에 돈이란 공짜가 없는 법인데 당장 무슨 사건에 연관되어 있지 않다 하더라도 그들이 괜히 여자들 있는 술집에서 비싼 술을 살 리 없었다. 그건 어디까지나 예비투자였고, 길 닦아두기였다. 변호사들의 돈은 간·쓸개 다 팔아 모아진 것이라는 말이 있었다. 그런 돈을 함부로 쓸 리 없었고, 함부로 대해서도 안 되었다. 간·쓸개 다 판다는 말은 괜히 나온 것이 아니었다. 법정에서 변호사란 판·검사 앞에서 한없이 무력하고 왜소하고 가련하고 초라한 존재였다. 나이가 많을수록, 사건이 추할수록 그 정도는 더 심해지게 마련이었다. 젊은 변호사가 남북협상을 추진했던 대학생들을 변호하는 것을 빼놓고는 법조인으로서 당당하고 의미 있는 모습을 거의 본 적이 없었다. 그들의 행위는 모두 돈에 연결되어 있었고, 결국 저렇게 돈벌이를 하려고 젊은날을 그렇게 바쳤던 것인가 하는 회의가 일게 하고는 했다.

「이 검(검사의 준말), 너무 그렇게 꼿꼿하고 빡빡하게 하지 말어. 이건 사회범죄가 틀림없지만 누구에게 피해를 입힌 건 아니잖아. 젊은 녀석이 철없이 호기심에 끌려 실수한 거고, 본인도 반성하고 있는데다 집안에서도 버릇 잡겠다고 단단히 벼르고 있어. 이 검이 마음을 좀 돌려봐. 법은 처벌만이 목적이 아니라 반성을 시켜 새사람을 만드는 것도 목적 아닌가. 어머니의 가슴을 좀 가지라고.」

어느 선배 변호사의 말이었다. 말이야 옳은 말이었다. 그러나 피고가 초범이 아니라 재범이라는 것이 문제였다. 그는 부잣집 아들로 마약 상습복용의 혐의가 짙었다. 변호사는 내놓고 말은 하지 않았지만 술이 취해갈수록 큼직하게 챙길 수 있다는 냄새를 풍겼고, 다른 데는 이미 잘 통하고 있다는 눈치를 내비치기도 했다.

며칠 동안 그 일로 번민했다. 눈 딱 감고 기소유예를 시켜 식구들을 이사시킬까……, 그 끈덕진 유혹을 떼치기가 어려웠다. 마약 복용은 분명 남을 해치거나 피해를 입힌 것이 아니었다. 그 한 건으로 고향사람들 앞에 실추된 어머니의 체면을 세우고, 동생들을 낙담에서 구해내고, 아내와 처가에 자신의 능력을 과시할 수 있었다. 그러나 결국 변호사를 외면했다. 검사로서의 엄정함이나 양심 때문이 아니었다. 솔직하게 말하자면 장래를 위한 보신이었다. 아직 새파란 초년생으로서 그런 짓 했다가 전혀 표나지 않게 위에 찍힐 염려가 있었다. 그 불신은 언젠가는 더 큰 피해로 닥칠 수 있었다.

이규백은 길을 건너면서 신준호 선배를 생각해 냈다. 곧 다방으로 들어가 전화를 했다.

「어, 이 검사 나리, 그간 잘 지냈어? 무슨 일이야?」

언제나처럼 컬컬하고 빠른 목소리가 울려왔다.

「무슨 일 있긴요. 아무 일 없이 한가하니까 전화드렸죠.」

「아, 그렇지. 우린 그런 사이지. 근데 어쩌지? 나 곧 지방 취재를 떠나야 하는데.」

「아 예, 괜찮아요. 그럼 다녀오세요. 다시 전화드릴게요.」

「아, 이거 아까워 어쩌지? 이 형 술 얻어먹는 게 나는 제일 속 편한데 말야. 바로 연락 줘. 오늘 잘못으로 담엔 내가 벌주를 살 테니까.」

「예, 편히 다녀오세요.」

의자에 몸을 부리며 이규백은 느닷없이 밀려오는 외로움을 느꼈다. 가끔씩 불현듯 밀려오는 그 외로움은 깊고 깊은 산중에 동떨어져 있는 것 같기도 하고, 인적이라고는 없는 바닷가에 홀로 서 있는 것 같기도 한, 허망함까지 깃들인 외로움이었다. 아내와 밥을 먹다가, 양복을 차려 입고 대문을 나서다가, 범인을 심문하다가, 사람들 북적거리는 길을 걷다가 그 외로움에 빠지고는 했다.

이규백은 천천히 커피를 마시며 신준호 선배를 생각했다. 그는 고시를 두 번 떨어지고 기자로 방향을 바꾸었다. 자기는 아무래도 법조문 암기나 해독에 자질이 모자란다는 게 그의 변이었다. 그는 그렇게 솔직하고 구김살 없는 성품을 가지고 있었다. 그러나 그의 솔직한 자기 감정을 감추려는 세련된 포장술이기도 했다. 그가 고시에 두 번을 실패한 것도, 신문기자라는 직업을 가진 것도 속을 들여다보면 가난 때문이었다. 고시 공부를 하면서 줄곧 가정교사를 해야 했던 그는 남천장학사 같은 혜택을 못내 부러워했다. 그는 가정교사를 하면서 고시에 합격하기란 어렵다는 것을 알았고, 가난에서 벗어나려면 직업을 가져야 했다. 그와 가끔 술을 마시는 것은 서로 아무런 부담 없이 마음을 털어놓을 수 있기 때문이었다. 그는 특히 술자리 농담을 잘해서 술맛 좋고 흥겨움을 더했다. 그리고 고단한 삶에 대해 한마디씩 하는 말이 새삼스럽게 위안이 되고는 했다. 그는 기자생활에 만족한다고 하면서도 술 취한 어느 순간에는 언뜻 불만을 드러내고는 했다. 그럴 때 그의 모습은 무척 외로워 보였다. 그 모습이 자신의 모습인 것만 같아 그와의 술자리가 더욱 좋아지고는 했다.

이규백은 혼자 술을 마시고 밤이 늦어 집에 들어갔다.

「저어……, 사모님 화나셨는디유.」

대문을 닫고 뒤따라오며 식모아주머니가 어물거리는 소리로 말했다. 이규백은 아무 대꾸 없이 비틀거리며 걸어갔다.

「오늘은 또 무슨 일로 술이에요!」

이규백이 거실로 들어서자마자 소파에 도사리고 앉았던 그의 아내가 카랑하게 내쏘았다. 이규백은 아까보다 더 비틀거리며 아내를 거들떠보지도 않았다.

「오늘이 토요일인 것 몰라요? 애들하고 집에 가는 날인 것 모르냐구요!」

그의 아내 목소리는 더 날카로워졌다. 이규백은 그저 비틀걸음을 옮겨놓고 있었다.

「저따위로 약속 안 지키니 애들이 뭘 배우겠어. 검사 아빠 참 싸다!」

그의 아내는 파르르 신경질을 내며 발딱 일어났다. 이규백은 비틀거리며 방문에 가까워지고 있었다.

「오늘부턴 술 냄새 풍기면서 이 방에서 못 자요. 아유, 지겨워.」

이규백을 떠민 그녀는 안방문을 탕 닫고 들어가 버렸다.

「허어, 그거 나쁠 것 없지.」

이규백은 허한 웃음과 함께 이렇게 중얼거리며 서재로 발길을 돌리고 있었다.

그는 며칠을 더 고심하다가 어머니 앞으로 편지를 썼다. 조카들의 일은 어머니의 생각이 옳으니까 그렇게 하시라는 내용이었다. 어차피 자신이 짊어져야 할 짐이었고, 새롭게 일어날 말썽을 견딜 자신이 없었다.

편지를 보내고 나서도 그의 마음은 가벼워지지 않았다. 또 한 가지 문제가 다가오고 있었다. 서너 달만 지나면 동생 규상이가 대학 진학을 위해 서울에 올라오게 되어 있었다. 그 거처를 어떻게 해야 하는지가 문제였다. 어머니나 동생은 당연히 형네 집에 있어야 한다고 생각할 것이고, 처음에 그랬듯 아내는 또 시집식구를 거부할 것이 거의 틀림없었다. 이규백은 허깨비에 불과한 자신의 모습을 멍하니 바라보았다.

10
처녀 딱지

박보금은 설거지를 건성건성 해치우고 허드렛물을 담 쪽으로 끼얹었다. 그러면서 눈길이 한 곳에 박혔다. 담 밑에 핀 작고 붉은 꽃송이 서너 개가 물을 뒤집어쓴 채 눈길을 잡아끌었다.

오매야, 니가 발써러 핀나……. 박보금은 봉숭아꽃을 보며 순식간에 고향 생각에 사로잡히고 있었다. 손톱에 꽃물을 들이려고 친구들과 함께 백반 섞어 봉숭아꽃을 찧어 밤늦도록 손가락에 감던 일, 식구들의 얼굴, 장독대 앞으로 피어나던 맨드라미며 채송화, 사립 옆에서 집을 지키듯 서 있는 키 큰 접시꽃들, 밤낮으로 배고프다고 꿀꿀거리는 돼지, 이런 것들이 한꺼번에 떠올랐다.

우짜든 돈을 벌어야 가제.

박보금은 축축한 마음으로 고개를 돌리며 그 그리움을 목젖 아프도록 참아 넘겼다.

「빨리 가자, 늦겠다.」

박보금이 방으로 들어서며 헌 치마를 반쯤 벗어 내렸다.

「글쎄, 이 세상에 힘 안 드는 돈벌이가 어디 있을까? 우리가 뭐 잘난 게 있다고.」

헌 양말을 꿰매고 있던 김명숙이 뜨악하게 말하며 기지개를 켰다.

「만나보지도 않고 그런 소리 말어. 재수 옴 붙게.」

박보금이 쏘아붙였다.

「명숙아, 만나나 보자. 손해날 것 없잖아.」

나복녀가 힘없는 소리로 말했다. 김명숙의 눈치를 보는 그녀는 여전히 파리한 게 혈색이 없고 허약해 보였다.

「그래, 좋은 자리가 있었으면 좋겠다.」

김명숙도 일어나 옷을 갈아입기 시작했다.

그들은 미리 약속한 미장원으로 나갔다. 혹시 회사 사람들의 눈에 띌지 몰라 다방이나 빵집을 피했다.

「어서들 와. 기다리고 있었어.」

한 여자가 의자에서 일어나며 그들을 반갑게 맞이했다.

「자아, 어려워 말고 여기 앉아요. 차장 아가씨들은 왜 파마도 안 하나 몰라. 다 깍쟁이들이라니까.」

자리를 권하는 여자는 금방 미장원 주인 티를 냈다. 그녀는 미리 준비해 둔 사이다와 유리컵들을 내왔다.

「자아, 피곤할 텐데 이것들 어서 마셔.」

소개쟁이 여자가 입술연지를 빨갛게 칠한 입을 벌리며 헤프게 웃었다. 그들도 어색스럽게 따라 웃으며 사이다 방울이 떠오르고 있는 컵을 들었다.

「일들 너무 힘들지?」

「말해 뭘 해. 남자들도 하기 힘든 일을 여자들이 하니. 월급이나 많으면 또 몰라. 멋부리기 좋아하는 처녀들이 맘놓고 파마도 못하게 쥐꼬리

만큼씩 받으면서. 다 남 좋은 일 시키는 거라구.」

소개쟁이 여자의 말에 미장원 주인이 반죽을 맞추고 들었다.

「그래, 멀리 집 떠나와 고생들 하는데 일은 고되고 월급은 적고, 참 보기에 안됐어. 일이 고되면 월급이 많든지, 월급이 적으면 일이나 편하든지. 차장은 영 해먹을 게 못 돼.」

「그럼, 그럼. 돈 벌려고 기왕 타향살이하며 고생하는 바에야 무슨 짓을 해서라도 많이 버는 게 상수지. 처녀들이 사람 대접 못 받으면서 차장질 하고 있는 건 곰처럼 미련하고 못난 짓이야.」

두 여자는 그들의 불만에 찬 가슴에 바람을 넣듯 맞장구를 쳐댔다.

「그래서 내가 편하게 일하고 여기보다 세네 배는 더 벌 수 있는 자리를 구해놨거든. 하루에 다섯 시간만 일하고 세네 배가 더 많으니 얼마나 기막혀 그래.」 소개쟁이 여자가 숨 가쁘게 수다를 떨며 다가앉더니, 「요새 한참 새로 생기기 시작하는 맥주홀 있지? 거기 나가서 왕창 벌어가 지구 팔자들 고치라구.」 그녀는 반들거리는 눈으로 재빠르게 그들과 눈을 맞춰나갔다.

세 사람은 아무 말이 없었다.

「왜 아무 말들이 없어? 멋진 유니폼 차려입고 맥주 좀 날라다 주고 세네 배를 더 버는 건데 그게 좀 좋아? 차장에 비하면 땡 따는 거지.」

미장원 주인이 거들고 나섰다.

「그거 술집이잖아요.」

김명숙이 퉁명스럽게 내질렀다.

「으응, 술집이라 맘에 안 든다 그거지? 나 그럴 줄 알았어. 근데 알려면 똑똑히 아는 게 좋아. 새로 생기는 그 맥주홀들은 구식 요정도 아니고 너저분한 니나노집도 아니야. 그런 데서는 손님들이 주무르고 어쩌고 온갖 지저분한 짓들을 다 당해야 하지만 신식 맥주홀에서는 아까 김 매담 언니가 말한 것처럼 예쁘고 멋진 유니폼을 입고 친절하게 맥주만

날라다 주고, 안주 주문받고 하면 되는 거야. 손님들 옆에 앉는 게 아니
니까 지저분한 짓이고 뭐고가 없다 그거야. 봐, 요정에서는 기생, 니나
노집에서는 작부잖아. 근데 맥주홀에서 일하는 여자들은 여급이야, 여
급. 이름부터가 생판 다른데, 그게 얼마나 고상하고 고급적이야 그래.」

소개쟁이는 유식한 말을 쓴다고 쓴 것이 '고급적'이라고 했다. '심적'
을 '마음적'이라고 하는 것보다 더한 유식한 체였다.

「그럼, 그럼. 더 말해 뭘 해. 아가씨들 매일 몸 검사 당하잖아? 말이
좋아 몸 검사지 그게 어디 몸 검사야? 도둑놈들이 팁도 한푼 안 내놓고
생판 공짜로 처녀들 몸 맘대로 주물러대는 거지. 쥐꼬리만한 월급 받으
면서 날마다 그런 꼴까지 당하느니 맥주홀이 백 배 천 배 낫지. 내 말이
틀렸어?」

미장원 주인이 그들의 아픈 데를 여지없이 찌르고 들었다.

「저어……, 그럼 밤에만 일하나요?」

마침내 박보금이 입을 열었다.

「응, 대개 초저녁 7시부터 11시까지야. 그리고 낮에는 자기들 맘대로
쉬는 건데, 있잖아, 내가 아는 아가씨 하나는 글쎄 디자이너가 되어 양
장점 차리는 게 꿈이라서 밤에 벌고 낮에는 양재학원에 다닌다니까. 몇
달 안 있으면 학원을 졸업하고 양장점에 취직해서 경험을 좀 쌓으면 디
자이너가 된다는데, 그거 좀 좋아?」

「그럼, 그럼. 어디 디자이너뿐이야? 제 맘먹기에 따라서 미용학원을
다녀도 되고 편물학원을 다녀도 되고, 길은 얼마든지 있잖아. 바보처럼
차장질 평생 해봐, 남는 게 뭐가 있는지. 재수 없으면 시집가서 애 못 낳
고 소박이나 당하지.」

소개쟁이와 미장원 주인은 소리꾼과 고수처럼 죽이 척척 맞아 돌아가
고 있었다.

「어머나, 그게 정말이세요?」

박보금이 놀라 물었고, 김명숙과 나복녀도 서로 쳐다보았다.

「그럼, 내가 왜 거짓말을 해. 내가 아는 어떤 여자가 서울서 춘천까지 내왕하는 버스 차장질을 몇 년 했는데, 시집가서 애를 못 낳는 거야. 근데 의사 말이, 여자로 너무 힘든 일을 한데다가, 나쁜 길을 달리면서 들뛰어대는 버스를 너무 오래 타 애기보 어디가 상했다는 거야. 그 말이 하도 이상해서 그 여잔 함께 차장질했던 여자들은 어떤지 알아보았대. 근데 글쎄 두 여자가 더 애를 못 낳고 소박을 당했드랬잖아. 아가씨들 말야, 우린 시내버스니까 괜찮을 거라고 생각하지 말어. 출퇴근 시간에 사람들 밀어넣느라고 용쓰는 건 들뛰는 버스 타는 거나 마찬가지로 힘드니까.」

「네, 그럼 저희들이 며칠 생각할 여유를 주세요.」

두 친구를 힐끗 보며 박보금이 말했다.

「응, 그렇게 해. 근데 며칠씩 끄는 건 좀 곤란해. 저쪽 사정도 있고, 아가씨들이 싫다면 딴 아가씨들을 소개해야 하니까 내일 이 시간에 다시 만나 결정을 봐야 해.」

소개쟁이가 야무지게 말했고,

「오래 끈다고 금덩이 나오나. 사람 일이란 때 놓치지 말아야지. 옛말에 개처럼 벌어서 정승처럼 쓴다는 말 있잖아. 밤에 벌고 낮에 미용 기술 배워서 이런 미장원이라도 하나 채리면 좀 좋아. 잘들 생각해 봐.」

미장원 주인은 마치 자기의 경력이 그런 것처럼 그들의 가려운 데를 살살 긁어댔다.

「애, 왜 넌 한마디도 안 하니?」

미장원에서 나와 박보금이 김명숙에게 눈을 흘겼다.

「모르겠어. 뭐가 뭔지.」

김명숙이 말하기 싫다는 듯 고개와 팔을 한꺼번에 내저었다.

그들은 숙소로 가면서 더는 말이 없었다. 도시 변두리답게 어둠 속 어딘가에서 개구리들의 울음소리가 왁자하게 들리고 있었다.

김명숙은 그 슬픈 듯한 소리에서 불현듯 끼쳐오는 고향 냄새에 사로잡혔다. 어머니와 형제들의 얼굴이 떠오르면서 가슴벽이 금세 눈물로 젖어내렸다. 다 팽개치고 당장 달려가고 싶은 간절함이 또 무슨 병처럼 가슴속에서 휘돌아 올랐다. 회오리바람이 일듯 하는 마음의 흔들림은 괴롭고 힘겨운 일이 있을 때면 일어나고는 했다. 그런데 오늘은 아버지의 얼굴까지 선하게 떠올라 더욱 마음을 흔들어댔다.

내가 술집까지 가려고 집을 나온 게 아닌데…….

김명숙은 눈물이 쏟아질 것 같은 슬픔을 어금니에 물었다. 그 슬픔은 여 행원이 될 꿈을 서서히 접으면서 생긴 것인지도 몰랐다.

그들은 숙소에 돌아와 옷을 갈아입고서도 서로 말이 없었다. 다른 때 같으면 쓰러져 정신없이 잘 시간인데도 그들은 벽에 등을 기댄 채 제각기 깊은 생각에 빠져 있었다.

「애 명숙아, 어떡해야 되는 거니?」

이윽고 나복녀가 피곤에 지친 쉰 목소리로 물었다.

「글쎄……, 넌 어떻게 하고 싶은데?」

무릎에 묻었던 얼굴을 들며 김명숙이 되물었다.

「쟤는, 모르겠으니까 물었잖아.」

나복녀의 초췌한 얼굴이 찡그려졌다.

「모르긴. 이럴까 저럴까 마음이 오락가락하더라도 조금이라도 더 쏠리는 쪽이 있을 것 아니야.」

「몰라. 가고 싶기도 하고, 그런 데 가면 신세 망칠 것 같아 무섭기도 하고, 딱 반반이니 어떡하면 좋으니. 난 바본가 봐.」

「넌 어떡할 거니?」

김명숙은 박보금을 쳐다보았다.

「난 개처럼 벌어서 정승처럼 쓰기로 했다. 삐까번쩍하게 양장점 차릴 작정이다.」

박보금은 기다렸다는 듯 대답하며 반반한 얼굴에 사르르 웃음까지 담았다.

나복녀는 눈을 크게 뜨며 놀랐고, 김명숙은 그럴 줄 알았다는 듯 그저 고개를 끄덕였다. 그리고 김명숙은 나복녀에게 말했다.

「내일 아침까지 좀더 생각해 보기로 하고 그만 자자.」

「그래, 자자. 더 생각한다고 별수 있니.」

박보금이 벌렁 누웠다.

김명숙도 나복녀도 벽을 보고 누웠다.

「여자는 행실이 발라야 헌다. 여자가 행실이 굿고 잡시러우면 지 신세 망치고 집안도 망친다.」

김명숙은 아버지의 말을 또 듣고 있었다. 그 말은 국민학생 때부터 아버지가 언니한테 수시로 반복하는 것을 곁들었고, 중학생이 되고서는 무릎 꿇고 앉아 직접 들었다. 아버지가 돌아가시고 나자 그 말은 어머니의 입으로 옮겨졌다. 그런데, 집을 나온 다음부터 잊고 지냈던 그 말이 새롭게 되살아나면서 앞을 가로막고 들었다.

마음 한편에는 집을 뛰쳐나왔던 것처럼 이놈의 차장질을 박차고 새 돈벌이를 나서고 싶은 욕심이 동하고 있었다. 정말이지 이제 차장질은 지긋지긋했다. 서울 인구가 자꾸 늘어나 일은 힘들어지는데도 월급은 그만큼 올라가지 않았다. 몇 달 전 2월에 시내버스 차장들이 데모를 일으켰던 것도 월급을 올려달라는 것이었고, 몸 수색하는 감찰을 여자로 바꿔달라는 것은 그 뒤에 덧붙여진 것일 뿐이었다. 그런데 데모 진압에 나선 경찰은 무작정 업주들의 편을 들면서 데모 주동자들을 몽땅 잡아갔다. 그리고 주동자들이 경찰에서 풀려나기 무섭게 회사에서는 그들을 몰아내고 말았다.

형편이 이 지경이라 차장질은 아무리 해보았자 가망이 없었다. 마음먹은 대로 돈이 안 모아지는 것도 문제였지만 더 안타까운 것은 나이만 자꾸 먹어가는 것이었다. 여행원 꿈을 시나브로 접을 수밖에 없었던 것도 나이 때문이었다. 어느덧 스물한 살인데 어느 세월에 고등학교를 나와 여행원이 될 것인가.

박보금은 가랑가랑 연하게 코를 골고 있었다. 아무 기척이 없는 나복녀는 잠을 못 자고 있는 눈치였다. 김명숙은 자신도 모르게 흘러나오는 한숨을 눌러 소리를 죽였다. 하루라도 빨리 차장질을 벗어나 새 일자리로 가고 싶었다. 그래서 양장점이든 미장원이든 편물점이든 무엇이든 하나 차려 어머니 앞에 떳떳하게 보이고 싶었다. 그러나 차마 술집에 나갈 수는 없었다. 아버지의 그런 말이 아니더라도 술집까지 나가 천해진다는 것은 더욱 비참하고 서글펐다. 소개쟁이의 말을 다 믿을 수도 없고, 설령 그렇게 돈이 잘 벌린다 해도 술집 여자들은 사람 취급을 받지 못했다.

언제나처럼 밤 당번들이 돌아오면서 그들은 잠자리를 털고 일어났다. 김명숙은 늦게 돌아온 애들이 푸푸거리며 낯 씻는 소리를 들으며 나복녀를 훔쳐보았다. 근심스러운 얼굴에 잠기라고는 없었다.

「애, 느네들 저 옆에 옆방 김달막이하고 걔 친구가 가발공장으로 빠져나간 것 모르니?」

물방울이 뚝뚝 떨어지는 얼굴로 한 아가씨가 방으로 들어서며 목청을 돋우었다.

「가발공장? 그게 뭔데?」

박보금이 얼른 되물었다.

「응, 머리카락으로 가짜 머리를 만드는 공장이래. 느네들은 그 소식 못 들은 모양이구나?」

「월급을 더 많이 받는대니?」

「그건 잘 모르겠는데, 일이 여기보다 훨씬 편하고 몸 수색도 없다는 거야.」

「그게 얼마야 글쎄. 나도 그런 데 빨리 알아볼 거야.」

다른 아가씨가 수건으로 얼굴을 닦으며 말했다.

「가발공장이 어디 그리 많겠어?」

박보금이 심드렁하게 말했다.

「모르는 소리 말어. 외국에서 일거리가 들어오기 시작해서 요새 자꾸 생겨나고 있대. 여자가 하기 딱 좋은 일이잖아.」

「그렇긴 한데 월급이 문제지 뭐.」

박보금이 제 자리를 찾아 누워버렸다.

「그래, 월급이 문젠 문제야. 아이구, 그놈에 돈, 돈!」

한 아가씨가 한숨을 푹 쉬었다.

「뭐긴 뭐니. 이 세상에서 사람들이 제일 좋아하는 거고, 우리 같은 것들 미치고 환장하게 하는 거지.」

다른 아가씨는 수건으로 방바닥을 치며 털썩 주저앉았다.

그들은 잠자리를 잡자 다른 날과 다름없이 이내 잠이 들었다. 그러나 김명숙은 자꾸 잠이 멀어지면서 가발공장이라는 것도 생각하고 있었다.

「명숙아, 명숙아, 자니?」

김명숙의 등을 질벅이며 나복녀가 소곤거렸다.

「아니.」

김명숙은 나복녀 쪽으로 돌아누웠다.

「너……, 다 생각했어?」

나복녀는 그 일을 결정짓지 않고는 잠을 잘 수 없다는 듯 말했다. 김명숙은 제 뜻을 밝혀야 되겠다고 생각했다.

「글쎄……, 난 별로 맘에 없어.」

「어머, 그럼 난 어떡해.」

「왜, 가고 싶어서?」

「명숙아, 나 있잖아. 일이 너무 힘들어서 꼭 죽을 것 같애. 난 여기 더
있다간 병도 못 고치고 죽고 말 거야. 일 편코 돈 많다는데 함께 가자.」

어둠 속에서 속삭이는 나복녀의 목소리에는 울음이 차 있었다.

「너 힘드는 거 다 아는데, 난 술집인 게 싫어.」

「딴 술집들하고 다르대잖아. 난 병도 고쳐야 하고 너한테 약값으로 빌
린 돈도 갚아야 해. 함께 가자, 응?」

「복녀야, 넌 가. 난 그냥 여기 있을 거야.」

「나 혼자 어떻게……」

「혼자긴. 보금이하고 함께 가잖아.」

나복녀의 말이 끊어졌다. 김명숙도 어둠 속만 바라보고 있었다.

한참이나 지나 나복녀가 말했다.

「명숙아, 미안해. 난 가야겠어. 병 고치고 돈 벌어 고향에 가려면 그 길
밖에 없잖아.」

「미안하긴, 다 알아. 가서 잘해.」

그들은 누가 먼저랄 것도 없이 서로의 손을 더듬어 잡았다. 그리고 꼭
꼭 힘주어 마주잡았다. 집을 도망쳐 나오던 날 밤에 그랬던 것처럼.

이틀 뒤에 박보금과 나복녀는 소개쟁이가 시키는 대로 미장원에서 파
마도 하고 화장하는 것도 배웠다.

「어머머, 여자는 역시 꾸미고 볼 거라니까. 생판 딴 인물들이 됐잖아.
어머, 예뻐라.」

미장원 주인이 손뼉을 쳐댔다.

「그럼, 그럼. 괜히 돈 들여 꾸미고 가꾸고 그러나. 열 배는 더 예뻐졌
잖아, 그치? 너희들 눈에는 어때?」

소개쟁이도 신바람을 냈다.

나복녀는 거울 속의 자신을 바라보면서 그들의 말이 괜한 수다나 과
장이 아니라는 것을 느끼고 있었다. 머리 모양도 그렇지만 얼굴은 참 신

기할 정도로 달라져 있었다. 그 혈색 없이 꺼칠해 보이던 초라한 얼굴은 간 데가 없고, 발그레하고 예쁘장한 얼굴이 거울에 담겨 있었다. 자신의 모습에 스스로 놀라며 나복녀는 끝까지 고집을 부린 김명숙이 딱하게만 여겨졌다.

「자아, 이거 하나씩 챙기구. 화장하는 순서 까먹지 말구.」

미장원 주인이 화장품들이 든 상자 하나씩을 안겨주었다.

「이런 걸……」

박보금이 어리둥절해서 두 여자를 번갈아 보았다.

「걱정하지 말어. 당장 돈 내라는 것 아니니까. 차차 벌어서 갚어. 가자.」

소개쟁이가 박보금의 등을 쳤다.

그들의 짐보퉁이를 탓하며 소개쟁이는 택시를 붙들었다. 박보금이도 나복녀도 처음 타보는 택시였다. 아담하게 잘생긴 겉모양만큼 자리도 푹신하고 편한 것이 버스는 댈 것이 아니었다.

「당장 옷도 한 벌씩 맞춰야겠다. 꼭 구호물자 얻어 입은 것 같은 게 너무 촌닭 같다. 쯧쯧쯧……」

소개쟁이의 말에 박보금과 나복녀는 자신들의 낡고 후줄근한 옷을 내려다보며 얼굴이 붉어졌다.

소개쟁이가 데리고 간 집은 시내 어딘가의 낡은 ㄷ자 한옥이었다. 나복녀는 여기가 시내 어디쯤인지 궁금했지만 박보금이 묻기를 기다리며 입을 열지 않았다. 그런데 재잘재잘 말하기 좋아하는 박보금도 눈만 빨리 굴릴 뿐 입은 꼭 다물고 있었다.

「여기서 먹고 자고 하는 거야. 저 끝방에다 짐 넣고 빨랑 유니폼 맞추러 가자.」

소개쟁이가 서둘러댔다.

「응, 새로 온 아가씨들이구먼.」

부엌에서 늙수그레한 여자가 나오며 말했다.

「인사해. 식모아주머니다.」

소개쟁이의 말에 따라 둘은 꾸벅꾸벅 인사를 했다. 그러면서 나복녀는 더없이 마음이 밝아지고 있었다. 식모아주머니가 해주는 밥을 먹게 되다니…… 일에 지친 몸으로 밥을 해먹고 설거지를 해야 하는 것이 너무 지겨웠던 것이다. 당장이라도 달려가서 김명숙을 끌어오고 싶었다.

「애들은 벌써 다 나갔어요?」

「그럼, 점심 먹고 나면 어디 붙어 있나. 극장에도 가고, 목욕탕에 갔다가 미장원으로 해서 일 나가야 하니까.」

그들은 소개쟁이를 따라 어떤 뒷골목에 있는 옷 맞춤집으로 갔다.

「요새 맥주홀 재미가 아주 좋은 모양이지요?」

포마드 번들거리는 머리에 빨간 셔츠를 입은 빤지르르한 생김의 남자가 박보금의 치수를 재나가며 말했다.

「그런가 봐요. 수출이 많이 늘어 경기가 좋아졌다는 게 그냥 하는 소리가 아니더라구요.」

「그건 그래요. 우리도 솔솔 재미가 좋아지고 있으니까요. 그 경제개발 5개년 계획인가 뭔가가 효과가 있긴 있는 모양이에요.」

「있는 모양이 뭐예요. 성공이라고 야단이고 또 2차 계획을 발표했잖아요. 우리도 좀 빨리빨리 잘살았으면 좋겠어요.」

「그야 더 말할 것 없지요. 그러고 보면 박정희 그 사람이 썩 괜찮다니까요. 생김은 못생겼어도 작은 고추가 맵더라고.」

「어머, 대통령보고 그런 말이 어딨어요. 괜히 혼날려고.」

「아, 나라 상감도 안 듣는 데서는 욕먹는다는데 그 말이 어째서요. 흉보는 것도 아닌데. 적어도 남자가 생김은 나 정도는 돼야지요.」

「남자가 허여멀쑥하게 생기기만 하면 뭘 해요. 박정희 대통령을 봐요. 강단지고 냉정하고 위엄 있는 게 얼마나 남자답고 매력적인가.」

「허, 이거 누구 약올리시나. 그러면 옷이 잘못된다는 것 몰라요?」

「알았어요. 잘 좀 재주세요.」

소개쟁이는 사르르 눈웃음을 쳤다.

그들은 다시 큰길로 나와 어떤 양장점으로 갔다.

「애네들 원피스 하나씩 해주세요.」

이렇게 말한 소개쟁이는 둘에게 한마디도 묻지 않고 주인과 함께 옷 모양이고 색깔을 다 정해버렸다. 박보금이나 나복녀는 잔뜩 주눅이 들어 손을 앞으로 모아잡은 채 양쪽 어깨가 삐죽 올라가 있었다.

「일들 열심히 해서 빨랑빨랑 갚어.」

양장점을 나서며 소개쟁이가 말했다.

「예에……, 고마워요.」

박보금이 들릴 듯 말 듯 대답했다. 나복녀는 그 돈이 얼마일 것인지 겁부터 났다. 물어보고 싶었지만 말이 나오질 않았다.

해거름이 되고 있었다. 사람들의 그림자가 보도에 길게 드리워지고 있었다. 소개쟁이가 사람들을 헤치며 부산스럽게 걸었다. 박보금과 나복녀는 어미닭을 좇는 병아리들처럼 그 뒤를 따라 종종걸음을 쳤다.

어떤 골목의 작은 문을 통해 2층으로 올라갔다. 좁은 방에는 인상 안 좋은 남자 하나가 거만스럽게 담배를 빨고 있었다.

「전무님, 애들인데요.」

소개쟁이가 공손하게 절을 했다.

「할 건 다 했소?」

전무라는 남자가 고개를 숙임막하고 있는 박보금과 나복녀를 빠르게 훑었다.

「네, 유니폼은 낼 찾을 거예요.」

「지배인 부르슈.」

소개쟁이가 나가더니 매끈한 양복차림의 남자를 데리고 왔다.

「이것들 카운터 뒤에서 홀 실습시켜 내일부터 투입해.」

「예, 알겠습니다.」

지배인이 허리를 반으로 꺾었다.

박보금과 나복녀는 지배인을 따라 주방으로 갔다.

「지금부터 내가 하는 말 잘 들어. 이 홀에서는 내가 왕이다. 내 말에 절대복종 해야 돼. 만약 까불면 그땐 죽여!」

지배인은 눈을 부릅뜨며 큰 주먹을 둘의 눈앞에다 차례로 디밀었다.

「지금부터 술 나르는 것을 실습한다. 딱 한 번만 시범을 보일 테니까 긴장 풀고 실수 없도록.」

술 나르는 연습을 끝내고 둘은 카운터 뒤에 몸을 웅크리고 홀에서 아가씨들이 장사하는 것을 지켜보기 시작했다.

11시가 넘어 맥주홀은 문을 닫았다.

「야, 날 따라와.」

지배인이 어깨를 치는 바람에 나복녀는 깜짝 놀랐다. 옆에 있는 줄 알았던 박보금은 어디로 갔는지 보이지 않았다.

지배인은 어두운 골목을 한참 동안 걷다가 어디로 들어갔다. 그곳이 여관인 것을 알고 나복녀는 주춤 멈춰섰다.

「여기가 어디에요?」

「보면 몰라? 얌전하게 들어가.」

지배인이 나복녀의 팔을 틀어잡았다. 나복녀는 도망가야 된다고 생각하면서도 온몸에서 힘이 빠지고 있었다.

「빨리 옷 벗어.」

지배인이 방문을 잠그며 말했다.

「예에……?」

「귀먹었어? 옷 빨리 벗으라니까.」

「싫어요. 저 보내주세요. 살려주세요.」

나복녀는 뒷걸음질치며 두 손바닥을 정신없이 비벼댔다.

「너, 내 말 절대복종 하는 것 잊었어!」

지배인이 나복녀를 낚아챘다. 그리고 두 손을 뒤로 틀어잡고 옷을 벗기기 시작했다. 나복녀는 몸부림쳤지만 곧 알몸이 되어 요 위로 나뒹굴었다.

「앞으로 돈을 잘 벌려면 처녀 딱지부터 떼버려야 해. 나한테 감사하라구.」

지배인이 흐느끼는 나복녀를 덮쳤다.

11
영원히 비밀로

「유일표 일병, 군대생활이 어떤가?」

중사의 목소리는 딱딱했다.

「예, 좋습니다.」

유일표는 철의자에 석상처럼 똑바로 앉아 힘차게 대답했다.

「목소리 그렇게 크게 안 해도 좋아. 취사반 근무는 어떤가?」

「예, 좋습니다.」

「쌀가마니만 지는데도 좋아? 힘들 텐데.」

「아닙니다. 운동한다고 생각하니까 힘들 것 없습니다.」

「대학 출신을 행정 보직 주지 않고 그따위 일이나 시킨다고 속으로는 불평불만이 많잖아?」

「그렇지 않습니다. 전 지금 보직이 좋습니다.」

「왜?」

유일표는 순간적으로 멈칫했다. 중사의 비위를 거스르지 않는 쪽으로

만 대답을 해나가고 있는데 그건 예상치 못한 반문이었다. 그렇다고 대답을 어물거려서는 안 되었다. 군대에 와서 경험한 바로는 수사관들은 거짓말은 말할 것도 없고 자기네들 기분을 조금만 상하게 하는 언행이 있어도 그것을 꼬투리삼아 사람을 못살게 굴었다.

「취사반에서는 밥을 배불리 먹을 수 있어서 좋습니다.」

「흥, 그럴 만도 하군. 입대 전에는 잘먹고 살았겠지?」

「아닙니다. 지금 더 배부르게 먹고 있습니다.」

「그게 무슨 속보이는 거짓말이야?」

중사의 목소리가 치올라갔다.

「아닙니다. 사실입니다. 우리 집은 가난하게 살았기 때문에 항상 밥을 맘껏 먹지 못하고 배고픈 것을 느꼈습니다. 자취를 했던 고등학교 때는 빨리 어른이 되어 돈을 벌면 밥을 실컷 먹겠다는 것이 소원이기도 했습니다.」

「그렇게 가난했어? 그거 왜 그런 거야?」

「어머니 혼자서 벌었으니까 어쩔 수가 없었습니다.」

「그게 아니고, 그게 다 아버지 잘못으로 그렇게 된 것 아니냐구.」

「예, 그렇습니다.」

마침내 나온 본론에 유일표는 오히려 마음이 편해졌다. 이미 한두 번 당한 일이 아니었고, 수사관은 그 말을 꺼내기 위해 자신을 부른 거였다.

「아버지를 원망했었나?」

「예, 가끔 원망했습니다.」

「어머니는?」

「저희들보다 원망이 더 많았습니다.」

「왜?」

「여쭤보지 않아서 잘은 모르겠지만 아마 자식들을 고생시키는 게 안됐고, 저희들에게 미안해서 그런 게 아닌가 생각합니다.」

「뭐라고 원망했어?」

「정신 넋 나간 사람이라는 말을 가장 많이 했습니다.」

「그 말이 맞다고 생각해?」

「예, 그렇습니다.」

「속으로는 아버지가 옳다고 생각하면서 겉으로만 이러는 거 아니야, 이거?」

「그렇지 않습니다. 아버지는 확실히 잘못한 것입니다.」

「틀림없어?」

「예, 틀림없이 그렇습니다.」

「아버지가 지금 나타나면 어떡할 거지?」

「예, 자수하라고 설득을 하고, 그게 효과가 없으면 곧바로 신고를 할 겁니다.」

「그거 괜한 헛소리 아냐?」

「아닙니다. 더는 이렇게 살고 싶지 않아 꼭 그렇게 할 겁니다.」

「이렇게라니?」

「의심받고 조사당하고 하는 것 말입니다.」

「불만이다 그건가?」

「불만이 아니라 괴롭습니다.」

「불만이 아니라 괴롭다. 그럼 부서가 이동되는 것도 괴로운가?」

「예, 솔직히 말씀드려 괴롭습니다. 남들이 우리 집안 사정을 다 알게 되고 너무 눈총을 받게 되니까요.」

「쨔식, 솔직하게 말한다면서 할말 다 하는 배짱 한번 좋네. 너 괴로운 것 짐작은 하겠는데, 그건 어쩔 수 없는 일이야. 네 아버지가 남파될 수 있는 건 시한폭탄 같은 현실이야. 알겠어?」

「예, 알고 있습니다.」

「그럼 괴로움을 참아.」

「예.」

「내일부터 부서를 교회로 옮겨.」

「교회요……?」

「그래, 교회. 왜, 싫은가?」

「아닙니다. 거기는 특과라고 소문난 데라서…….」

「살다 보면 그런 일도 있는 거야. 지금까지 잘해 왔으니까 거기 가서도 말썽 없이 잘해야 돼. 나하고 인상 구기지 않으려면.」

「예, 알겠습니다.」

「너 애로사항 있으면 한 가지만 말해 봐.」

「저어……, 저도 딴 일병들처럼 주말 외출을 좀 나갔으면 합니다.」

「흥, 그 말 나올 줄 알았어. 좀더 기다려봐. 근무 성적 좋으면 조처할 테니까.」

「예…….」

「자, 여기 서약서 작성해.」

중사가 심문이 끝난 것을 알리듯 종이와 볼펜을 유일표 앞으로 밀쳤다.

유일표는 책상 앞으로 철의자를 끌어당기며 숨을 들이켰다. 만약 아버지가 간첩으로 남파되면 기필코 자수시키거나, 그렇지 않으면 신고하겠다는 내용의 서약서는 벌써 세 번째 쓰는 거였다. 유일표는 막힐 것 없이, 그러나 트집을 잡힐까 봐 글씨 한 자, 한 자가 똑바로 되도록 신경 쓰며 서약서를 써나갔다. '일병 유일표' 끝에다가 엄지손가락으로 지장을 누르는 것으로 모든 일이 끝났다.

「됐어. 교회에는 내일 아침 일과 시작과 동시에 신고해.」

「예, 알겠습니다.」

「그래, 가봐.」

「옛, 일병 유일표 용무 마치고 돌아갑니다. 추우웅성!」

유일표는 목청 드높게 외치며 거수경례를 올려붙였다. 일등병의 절도 있는 태도에 비해 경례를 받는 중사의 손짓은 너무 무성의했다.

수사대를 나온 유일표는 긴 한숨을 토해내며 고개를 젖혔다. 맑은 하늘에 새하얀 구름덩이들이 둥실둥실 떠 있었다. 푸른 하늘도 흰 구름들도 칙칙하고 서글프게만 보였다. 형도 이런 일을 당했을 텐데 왜 말 한마디 해주지 않았을까…… . 미리 알면 괴로울 뿐이니까 그랬을까…… . 형이 견뎌낸 거니까 나도 견뎌내야지. 형이 어렸을 때부터 당해온 것에 비하면 난 아무것도 아니니까. 형은 가슴에 얼마나 상처가 많을까. 수사기관에 당해온 상처도 상처지만 그렇게 열심히 공부를 해서 일류대학을 나오고서도 아무데도 취직을 못하고, 광부로 서독을 가는 것마저 막혀 빚만 지고 말았으니 그 상처는 또 얼마나 클 것인가. 그 많은 상처를 입으면서 좌절하고 또 좌절한 형이 현재 살아 있다는 것만으로도 기적 같았다. 어쩌면 형은 어머니만 계시지 않았더라면 목숨을 포기했을지도 모른다. 어머니는 그렇게 상처 입으면서도 세 자식들 때문에 버티고, 형은 어머니 때문에 버티고…… , 자신도 어머니 때문에 버티는 수밖에 없었다.

유일표는 뛰듯이 속보로 걸었다. 한시라도 빨리 수사대에서 멀어지고 싶기도 했고, 담배를 피우고 싶은데 보행 중에는 금연이라 어서 취사반으로 가야 했다.

수사대에서 근무 부서를 이동시키는 것은 이제 따져보니 대충 4개월 단위로 이루어지고 있었다. 그렇다면 제대할 때까지는 몇 번이나 옮겨다녀야 되나…… , 대략 여덟 번 정도 될 것 같았다. 그때마다 똑같은 내용의 심문을 받아야 하고, 똑같은 내용의 서약서를 써야 하고.

신병으로 부대 배치를 받아 신병대기소에서 하룻밤을 자고 나서 제일 먼저 호명된 것은 '이병 유일표'였다. 자신은 힘차게 대답하며 일어서면서도 어리둥절했다. 서동철 형이 빽을 써도 엄청난 빽을 썼구나 생각하며. 여기 예비사단으로 떨어지는 신병들은 빽 없어서는 안 된다는 소문이 짜했는데, 거기다가 첫 번째로 호명이 되다니!

「저치 저거 빽 되게 쎈 모양이네.」

「글쎄 말야, 참모총장쯤 되나?」

「그럼 육본 갔지. 그 밑일 거야.」

「여기 사단장?」

「모르지. 어쨌든 기죽이네.」

신병들이 고개 숙이고 수군거리는 소리였다.

그런 수군거림을 듣고 신병대기소를 나설 때가 가장 행복한 순간이었다. 몇 분이 지나 들어간 곳은 사병들이면 누구나 겁 질려 움츠리는 수사대였다.

거기서 바짝 얼어붙어 시시콜콜한 심문을 서너 시간 받고, 네댓 번이나 내용을 고쳐가며 서약서를 쓰고 다시 돌아간 곳은 신병대기소였다. 거기서 다른 신병들이 다 팔려갈 때까지 혼자 남아 있었다. 신병대기소의 살벌한 군기 속에서 혼자 천덕꾸러기로 시달리는 고역은 당장 탈영을 하고 싶을 지경이었다. 아무한테나 걷어채이고 쥐어박히고 오만 궂은 심부름 다 하고, 이등병은 어차피 '개새끼'인데다가 빽도 없는 것으로 취급되어 괄시가 이만저만이 아니었다. 그러다가 다시 신병들이 왔다.

「너 골치 아픈 놈이라며? 별명이 있을 때까지 여기서 근무한다. 나 골치 아프고 싶지 않으니까 얌전하게 지내. 군대 조용히 때우고 나가는 게 최상책이니까. 알아들어?」

하사가 한 말이었다.

그때부터 4개월 동안 한 일이란 신병들을 데리고 사역을 하는 것이었다.

도랑 보수하고, 철조망 고치고, 풀 뽑고, 쓰레기 치우고……, 사단의 온갖 잡일을 다 하고 다녔다.

그리고 두 번째 서약서를 쓰고 나서 옮겨간 곳이 취사반이었다. 일등병으로 진급을 했다고는 하지만, 거기서 돌아온 일은 쌀가마 운반과 쓰레기 청소였다. 그것은 취사반에서 누구나 꺼리는 가장 힘들고 더러운 일이었다. 특히 취사반 쓰레기는 행정반 쓰레기와 달라서 지저분한데다가 날씨가 더우면 부패가 빨라 썩는 냄새를 풍겨댔다. 그런데 신병이 새로 와도 좀 편한 일로 옮겨갈 수가 없었다.

「뭐, 서운하게 생각하지 말어. 여기서 솥뚜껑 운전 배워봤자 사회에 나가서 식당 차릴 것도 아니고. 밥이나 배불리 먹고 운동삼아 그 일 하면서 국방부 시계 어서 돌아가기나 기다려.」

선임하사가 무뚝뚝하게 그러나 안됐다는 기색으로 한 말이었다. 어렴풋하지만, 그 일을 붙박이로 시키는 건 자신의 뜻이 아니라는 의미를 담고 있었다.

유일표는 비로소 자신이 부대 비밀이 될 수 있는 일에서는 철저히 배제되어 허드렛일로만 내몰리고 있다는 것을 확실하게 알았다. 그 따돌림이 표피감정으로는 무척 기분 나빴지만 한편으로 생각해 보니 다행이기도 했다. 괜히 어느 행정부서 같은 데 근무하다가 엉뚱한 오해받고 의심 사고 해서 수사대에 불려 다니는 것보다는 몸이 좀 고되더라도 마음 편한 것이 훨씬 낫다 싶었다. 선임하사의 말마따나 밥이나 배불리 먹으며 국방부 시계 돌아가기를 기다리자고 작정해 버렸다.

유일표는 취사장에 이르러 담배에 불을 붙였다. 담배연기를 길게 내뿜으며 또 의식 저편에서 울리는 노랫소리를 듣고 있었다. "전우에 시체를 넘고 넘어 앞으로 앞으로……, 화랑담배 연기 속에 사라진 전우여." 훈련소에서 화랑담배를 받을 때부터, 그리고 그 뒤로 담배를 피울 때마다 그 애조 띠고 비장감 넘치는 노래가 들리고는 했다. 그런데 그 노래는 전쟁터가 아니라 국민학교 4~5학년 때의 기억들을 펼쳐놓았다. 누가 가르쳐준 것도 아닌데 전쟁을 치르면서 자연스럽게 배우게 된 그 노래를 친구들과 놀면서 어지간히도 불러댔었다. 그 생각을 하지 않으려는 의지와는 상관없이 담배를 피워물 때마다 그 노랫소리가 들리는 것을 느끼며, 정서란 이렇게도 무서운 것인가를 새삼스럽게 깨닫고는 했다.

전쟁이 끝난 지가 언제인데 이 꼴들을 하고 살아야 하는가…….

유일표는 한숨을 담배연기로 토해내며 돌 위에 주저앉았다. 심문을 받으면서도, 서약서에도 거듭거듭 아버지를 자수시키고 신고하겠다고 확약했다. 그러나 그건 진심이 아니었다. 정작 아버지를 만나게 된다면 어떻게 할지 자신의 마음을 스스로도 알 수가 없었다. 아버지가 시키는 대로 하지도 않겠지만, 아버지를 신고하는 것이 옳은지 어떤지도 알 수가 없었다. 쉽게 자수를 해버릴 정도라면 저쪽에서 내려보내지도 않겠지만, 그렇다고 아버지를 신고를 하다니…….

국민학교 때부터 귀가 아프게 들은 이야기가 있었다. 집에서 아버지가 정치하는 것에 대해 몇 마디 불평을 했는데 아들이 아버지를 신고해버렸고, 또 어느 집에서는 시아버지가 당의 처사에 불만을 토로하자 며느리가 시아버지를 신고해 영웅 표창을 받았다고 했다. 그건 공산당이 얼마나 나쁜가에 대해 반공교육 시간에 되풀이되는 이야기였다.

그럼 아버지를 신고하라고 서약을 받는 이쪽은 뭐가 다른가. 반공교육 내용이 전혀 꾸밈없는 사실이라면 양쪽 다 한치도 다를 것이 없다. 이러고서도 입으로는 밤낮 통일을 한다고 시끄럽다.

유일표는 꽁초로 새 담배에 불을 붙였다. 형은 어쩌고 있는지……., 이런 세월을 견디고 제대를 한다 해도 자신은 또 어떻게 될 것인지…….. 양쪽이 이런 식으로 치달아가며 앞으로 30년쯤 지나면 자신은 계속 따돌림을 당하며 생애가 끝나게 되어 있었다.

「유 일병, 여기 왜 이러고 있어?」

「아 예, 김 상병님…….」

유일표는 엉거주춤 일어났다.

「수사대에 간 일은 어떻게 됐어?」

김구삼이라고 이름표를 붙인 상병이 담뱃갑을 꺼냈다. 그의 손에 들린 것은 화랑이 아니라 고급 담배 아리랑이었다.

「예, 뭐, 김 상병님하고도 오늘로 이별인 것 같습니다.」

유일표는 빈둥거리는 것 같은 군인들의 말투로 대꾸했다.

「아니, 그게 무슨 소리야? 어디로 가는데?」

김구삼이 라이터를 켜다 말고 어리둥절해졌다.

「이젠 교회로 가래요.」

「교회? 아니 그럼 그동안 생고생시켰다고 왕창 봐준다 그건가?」

김구삼이 흥미 동하는 얼굴로 유일표의 옆에 앉았다.

「모르겠어요, 교회에서는 또 무슨 일을 하게 될지.」

거기가 기도나 드리는 한데니까 보내는 걸 거라는 말은 하지 않았다.

「이거 정들자 이별이네. 어쨌거나 잘됐어. 유 일병 같은 사람이 여기서 그따위 일이나 하는 건 말이 안 돼.」

「그렇지도 않아요. 난 예수를 안 믿는데 괜히 또 배만 고프게 생겼잖아요. 김 상병님이 만드는 그 맛있는 짜장면도 못 얻어먹고요.」

「에이, 그건 하나도 걱정 말어. 내가 책임지고 여기 있을 때하고 똑같이 해줄 테니까. 유 일병이 나한테 잘해 준 의리가 있지. 그나저나 난 선생님이 없어지면 어떡하지?」

「김 상병님도 그건 걱정하지 말아요. 교회는 일요일 빼면 별로 바쁠 것 없을 테니까 내가 눈치껏 시간 내서 이쪽으로 올게요.」

「그거 정말이야? 정말 그렇게 해줄 거야?」

김구삼은 넓고 투박해 보이는 얼굴에 밝은 웃음을 담으며 반색을 했다.

「그럼요. 사람이 의리가 있지요.」

유일표는 김구삼의 말을 흉내내며 마주 웃었다.

「근데 말이지, 난 워낙 무식해서 잘 모르겠는데 말야, 같은 동포끼리 언제까지 이렇게 서로 총 겨누고 으르렁대면서 살겠다는 거지? 그러면 그럴수록 아무 죄 없는 유 일병 같은 사람들만 피 보고 박살나잖아.」

김구삼은 혀를 차며 유일표에게 아리랑 담배를 권했다.

「글쎄요, 왜들 그러는지 나도 잘 모르겠어요.」

유일표는 담배를 뽑으며 자신도 모르게 한숨을 내쉬었다.

「어쨌든 힘내, 힘내! 내가 이따가 밤참 겸해 송별회로 우동 맛있게 만들어줄 테니까. 오늘은 짜장이 없거든. 또 저녁밥 끓여야지.」

김구삼이 유일표의 어깨를 두들기며 일어났다.

유일표는 김구삼의 그런 관심에 콧날 시큰해지며 담배를 깊이 빨아들였다. 취사반에서 자신에게 그런 정을 가진 사람은 김구삼 하나였다. 취사반원들이 자신의 신상에 대해서 알고 있는 것은 하나도 이상할 것이 없었다. 나쁜 뜻이 아니라 그저 선임하사가 한두 명에게 얘기하게 되면 그날로 반원들에게 퍼지게 되어 있었다. 수사대에서 눈길이 뻗치고 있는 요주의 인물이라서 그런지 어쩐지 취사반원들은 자신에게 가까이 오려는 눈치가 아니었다. 군기가 세기로는 헌병대 다음이 수송부고, 취사반은 수송부 찜쩌먹는다고 소문나 있었다. 그런데, 사병들의 온갖 트집 다 잡아 기합 넣고 주먹질하는 것을 주임무로 삼는 병장들도 자신을 못 본 척 하기가 일쑤였다. 그것이 편하기는 하면서도 야릇한 소외감을 느끼게 했다. 그런 분위기 속에서 자신에게 다가온 사람이 김 상병이었다.

「유 일병, 대학 나왔다면서?」

그가 걸어온 첫마디였다. 그리고 두 번째 물음이 인상적이었다.

「그 철학과라는 데가 뭐 하는 거야? 대학에서 점치는 것 가르칠 리는 없고.」

「예, 그게 한마디로 딱 잘라 말하기는 어려운데요, 그러니까 뭐랄까, 인간이란 무엇인가, 인생이란 어떤 것인가, 세상은 어떻게 돌아가는가, 세상의 옳고 그름은 어떤 것인가 하는 것들을 공부하는 거지요.」

「그거 영 골치 아픈 거네. 근데, 그 과에 들어갈려고 해도 영어니 뭐니 다 잘해야 되겠지?」

「예, 대학 수준에 맞춰서 점수를 따야 하니까요.」

「응, 여기 취사반에 있는 치들은 다 나처럼 국민학교밖에 못 나온 무식한 것들이고, 어떤 것들은 학교 문턱도 못 밟아본 무학도 있어. 그러니까 뭘 좀 배우고 싶어도 배울 수가 있어야지. 유 일병이 날 좀 가르쳐 줄 수 있어?」

「뭘 배울려고 그러는데요?」

「응, 내가 말이야 국민학교 겨우 나와가지고 굶어죽지 않으려고 짱꼴라 중국집에 들어갔거든. 6·25 때 아버지 돌아가시고 어머니 혼자 행상으로 네 자식을 키우자니 다른 방법이 없잖아. 내가 중국집에서 온갖 고생 다 참아가며 죽어라고 일한 것은 나도 담에 중국집을 차릴 생각 때문이었어. 그래서 배달 조금 하다가 일부러 주방으로 기어들어가 고생을 사서 하기 시작했어. 내가 면발 제일 잘 뽑는 최고 기술자가 될 결심이었거든. 중국 음식이야 기본이 우동 짜장면이고, 우동 짜장면은 뭐니뭐니해도 면발이 와따야 되잖아. 그래 기술 열심히 배우다 보니 돈 계산 지독하게 하는 짱꼴라 집이라 나도 자연히 돈 계산 기발나게 하게 되고, 한문도 몇 자씩 그럭저럭 익히게 되고 했는데, 그놈의 영어는 통 배울 기회가 있어야 말이지. 간판이고 뭐고 영어 글씨는 자꾸 많아져 가는데 도통 알 수가 있어야지. 어떻게, 나 영어 좀 가르쳐줄 수 있겠어?」

「예, 그러지요.」

무슨 일이나 그렇듯 공부도 자기 필요에 의해서 해야만 효과가 난다는 것을 김구삼은 여실히 보여주었다. 그가 헌책방에서 구해온 영어책으로 공부를 시작했는데 그는 그날 배운 단어는 다 외울 정도로 열성이었다. 그는 자신이 영어를 읽고 쓸 수 있게 되어간다는 것을 너무나 신기해 했다. 그 수업료는 그가 만들어주는 자장면이었다.

그는 '김짜장'이란 별명답게 하사관들의 별미로 자장면 만들기에 분주하고는 했다. 밀가루는 하사관들이 대고 그는 주말 외출을 나갔다가 흑갈색 자장을 구해왔다. 그가 밀가루덩이를 나무판에 두들기고 또 두들겨가며 면발을 뽑아내는 기술이란 무슨 마술을 보고 있는 것처럼 신기했다. 유일표는, 이 험한 세상을 살아가려면 나도 일찍이 저런 기술이나 배웠어야 하지 않을까 하는 생각을 언뜻 하기도 했다.

　　이튿날 일과 시작과 함께 유일표는 군목에게 근무 신고를 했다.

「교인인가?」

군목이 불쑥 물었다.

「예?」

너무 갑작스럽고 목소리가 낮아 유일표는 무슨 말인지 잘 알아들을 수가 없었다.

「크리스찬이냐고.」

「아닙니다.」

「철학과 출신이라 무신론인가?」

군목은 눈을 치켜떠 유일표를 빤히 쳐다보았다.

「아닙니다.」

「아니라, 그게 무슨 뜻이지?」

「예, 아직 사고 미숙인지 어쩐지 확실한 결론을 얻지 못하고 있습니다.」

「아직 신의 존재를 긍정도 부정도 못하고 있는 혼란상태라 그건가?」

「예, 그렇습니다.」

「음, 종교는 뭐라고 생각하나?」

「예, 인간은 다양성을 공유한 존재이며, 그 특성들 중에 하나가 영성성이기 때문에 종교는 인간에게 필요한 하나의 구원체라고 생각합니다.」

　　유일표는 '정치처럼 필요악입니다' 하고 싶었지만 슬쩍 그 말을 피해 그럴듯하게 꾸며댔다.

「철학과 출신답군. 앞으로 종교를 가질 생각이 있나?」

「자연스럽게 종교에 의지하고 싶은 때가 오면 갖겠습니다.」

「종교가 논리 분석의 대상이 아니라 믿음 그 자체라는 걸 알고 있나?」

「예, 영혼을 분석할 수 없는 것과 마찬가지라고 생각합니다.」

「음, 그렇게 알고 있으면 됐어. 앞으로 성 병장 지시에 따라 일 착실하게 하고, 자네 마음의 평정을 위해서라도 우리 주 예수 그리스도께 의지하도록 노력하게.」

「예, 알겠습니다.」

유일표는 고역스러운 구두시험을 치른 기분으로 군목실을 벗어났다.

「여긴 주님께서 강림하시는 성역이야. 그러니까 언제나 티끌 하나 없이 깨끗하게 매일 물걸레 청소를 해야 돼. 특히 군목님께서는 청소 불량을 끔찍하게 싫어하셔서. 유 일병의 업무를 명심해.」

꼭 여자처럼 얄팍하게 생긴 성 병장이 골수 신자의 냄새를 풍기며 말했다.

「예, 명심하겠습니다.」

유일표는 속 메스꺼운 것을 억누르듯 목청 크게 대답했다. 그러면서 쌀가마 지고 쓰레기 치웠던 취사반이 그리워지고 있었다. 지겹고 서러운 군대생활 마음이나 편해야 하는데 군목이나 성 병장을 보아하니 마음의 지옥이 될 것만 같았다. 그렇다고 수사대 중사를 찾아가 다시 취사반으로 보내달라고 사정할 수도 없었다. 군대는 개개인의 선택이 통하지 않는 명령체였고, 특히 자신의 거취는 수사대의 필요에 따라 결정되고 있었다.

그래, 죽었다 복창이다. 좆대가리로 밤송이 까라면 까는 거고, 똥물에서 수영하라면 하는 게 군대니까. 그래도 국방부 시계는 돌아간다!

유일표는 물통을 들고 나서며 속으로 외쳐댔다. 그리고 물통을 내려다보며 어처구니없는 웃음을 흘렸다. 내가 물하고 무슨 원수가 졌나 하는 생각이 스쳐갔기 때문이다.

서울에 올라와서 군대에 나오는 전날까지 하루도 거르지 않고 물지게를 졌던 것은 참으로 지긋지긋하고 끔찍스러운 일이었다. 겨울에는 춥고 미끄러워서 고통스러웠고 여름에는 덥고 땀이 흘러서 고역이었다. 양쪽 어깨에 잡힌 줄피멍은 가실 날이 없었고, 그 고생을 하면서도 언제나 가뭄 속에서 사는 것처럼 물 부족을 벗어날 수가 없었다. 어서 돈을 벌어 수돗물이 콸콸 쏟아지는 집에서 살아보는 것, 그것도 남몰래 감추어둔 소원이었다. 서울생활 하면 곧바로 물지게가 떠오를 지경으로 물고생은 뇌리에 깊이 박혀 있었다.

수도에서 물을 받아가지고 오던 유일표는 버릇처럼 먼 정문 쪽을 바라보았다. 한 떼의 군인들이 대열도 짓지 않고 정문을 향해 걸어오고 있었다. 그들은 민간인에게 군복을 입혀놓은 것처럼 자유스러운 모습들을 하고 있었다. 여기서는 하루 이틀 걸러 보게 되는 광경이었다. 그들은 군복무를 다 마치고 제대를 하려고 오는 제대병들이었다. 제대 말년 병장은 장군도 못 알아보더라고 그들이 헌병들의 말을 들을 리 없었다. 헌병들은 그들을 줄 세우려고 하기는커녕 '수고하셨습니다'를 연발하며 경례하기에 바빴다. 그들을 잘못 건드렸다가 '야 이새끼야, 나 이젠 민간인이야' 하며 박치기를 해대며 덤비는 봉변을 당한 헌병도 있다고 했다. 그들은 사단에서 하루나 이틀을 자며 서류 정리를 거쳐 제대증을 받아가지고 떠났다. 그러니까 엄밀히 따지자면 정문을 들어올 때는 군인이었다. 그러나 헌병을 들이받았다고 해서 현역으로 처벌할 수도 없는 노릇이었다. 그래서 헌병대에서는 제대 기분을 내도록 적당히 방임하고 있었다.

그들이 입고 온 군복을 벗고, 옷을 잘못 만들기로 작정하고 만든 것처럼 모양도 바느질도 엉망인 제대복을 걸치고 부대를 떠나갈 때면 사단의 사병들은 그들을 얼마나 부럽게 바라보는지 모른다.

유일표는 정문으로 들어서는 그들을 하염없이 바라보며 그동안 수없이 했던 생각을 또 하고 있었다. 나한테는 저런 날이 언제나 오려나…….

그리고 그는 일등병다운 헤설픈 생각을 얼핏 했다. 왜 일찌감치 애인도 하나 만들어두지 못했나……. 주말 외출도 못하는 형편에 애인이 면회라도 오면 숨통이 좀 트일 것 같은 기분이었다. 어머니가 한 번 면회를 왔었는데 다시는 오지 말라고 했었다. 살기도 어려운데 면회를 오면 그건 바로 생활의 부담이었다. 어머니가 장만해 온 것들을 편히 넘길 수가 없었다.

어머니는 짧은 면회 시간 동안에 지내기는 괜찮은 거냐고 열 번도 더 물었다. 어머니는 무슨 눈치를 채고 있었던 것일까. 형이 어려웠던 점을 자신에게 한마디도 하지 않았으니 더구나 어머니에게 했을 리가 없었다. 어머니는 하도 당해와서 무언가 좋지 않을 거라는 것을 짐작으로 짚고 있었을 것이다. 형이 그랬듯 자신이 당하고 있는 이 일은 어머니에게도 형에게도 영원히 덮을 수밖에 없었다.

유일표는 물통을 고쳐들며 교회를 향해 터벅터벅 걸음을 옮기기 시작했다.

12
인간 담보

「배 씨, 이봐요 배 씨, 빨리 일어나요.」

「아이 참, 왜 이래!」

침대에 누운 사람은 팔을 뿌리치며 돌아누웠다.

「배 씨, 사고 났어요, 사고. 하임장(탄광 소장)이 불러요, 하임장이.」

잠을 깨우는 사람의 목소리가 더 커지면서 흔드는 것도 거칠어졌다.

「뭐, 뭐라고?」

잠을 자던 사람이 상체를 벌떡 일으키며 얼굴을 훔쳤다. 잠에 취한 눈을 힘겹게 뜨는 사람은 배상집이었다.

「사고 났다니까요. 하임장이 빨리 오래요.」

「사고? 갱이 어찌 됐소?」

배상집은 눈이 휘둥그레지며 담요를 걷어냈다.

「갱이 아니구요, 급한 환자가 생겨 앰브란스가 오고 야단났어요.」

「누가 맹장염이라도 걸렸나? 근데 왜 통역 두고 날 오라고 이 야단법석이오? 야간작업한 사람한테.」

배상집은 짜증스럽게 혀를 차며 머리맡의 손목시계를 집어들었다. 투박하게 생긴 시계는 오전 10시를 막 지나고 있었다. 지난밤 12시에 갱에 들어가서 아침 7시에 나왔으니까 샤워하고 아침 먹고 한 시간을 빼면 겨우 두 시간 정도를 잔 셈이었다.

배상집은 잔뜩 찡그린 얼굴로 다리를 침대 아래로 내려놓으며 검지손가락 두 개로 양쪽 귀를 서너 차례 눌렀다. 그 동작은 갱에서 나와 몇 시간 안 되는 광부들은 누구나 무의식적으로 하는 것이었다. 갱내의 압력 때문에 귀가 먹먹하고 이명이 들리기도 했다. 급히 내려앉는 여객기의 승객들이 느끼는 것과 비슷한 귀앓이였다.

「그게 아니구요, 통역이 약을 잘못 먹여 사고가 일어난 거래요.」

「통역이?」

배상집은 손목에 시계를 차다 말고 눈을 치떠 상대방을 올려다보았다. 독일식으로 투박하게 생기긴 했지만 시간은 1초도 틀리지 않고 잘 맞는 그 시계는 배상집이 첫 월급을 타서 장만한 재산 1호였다.

「확실한 건 잘 모르겠는데 아 글쎄, 똥구멍에 넣어야 할 약을 그 빵꾸라가 또 무식 탄로내느라고 물에 타 먹으라고 했다잖아요. 그러니 배가 아프고 야단난 거지요. 흐흐흐흐……」

그 남자는 어깨를 추석이며 웃어댔다. 배상집도 어이없는 표정으로 따라 웃었다. 아픈 사람에게는 좀 미안한 일이지만, 웃을 일이 별로 없는 그들에게는 그럴듯한 웃음거리이기도 했다.

「그게 무슨 약인데요? 변비약인가?」

배상집이 바지를 꿰입으며 물었다. 그의 손톱 밑에는 까만 때가 끼어 있었다. 그러나, 그건 때가 아니라 석탄가루였다. 누구나 갱에서 나오자마자 샤워를 하며 그것을 없애려고 손톱에 비누칠을 몇 번씩 해서 씻어보아도 끝내 남아 있었다. 그것은 광부라는 신분을 드러내는 일종의 문신이었다.

「그건 잘 모르겠어요.」

입을 훔치는 남자의 엄지손톱에 붉고 푸른 멍이 탁하게 든 채 아랫부분이 들떠 있었다. 부상을 당해 손톱이 빠지고 있는 중이었다. 그건 스탬펠(갱목을 대신하는 철기둥) 받치는 작업을 하다가 다친 것인데, 광부들치고 열 손가락이 다 말짱한 사람은 별로 없었다. 그러나 그들은 손톱 빠지는 것을 훈장 하나 얻어 붙였다고 허허거리며 날마다 갱으로 들어갔다. 부상 신고를 하면 쉬면서 임금의 80퍼센트를 받을 수 있었지만 날아가는 20퍼센트가 아까워 아픔을 그저 참아냈다.

그들이 숙소를 나서는데 질펀하게 넓은 잔디밭 사이의 저쪽 길로 앰뷸런스가 그 특유의 경적을 울리며 달려가고 있었다. 하얀 바탕에 새빨간 십자 표식을 한 앰뷸런스의 모습이 파란 잔디밭과 대비되어 유난히 또렷해 보였다. 배상집은 그 인상적인 장면을 눈여겨보면서, 여기가 어떻게 탄광이란 말인가······, 하는 경이로움을 또 느끼고 있었다. 그가 보았던 한국의 탄광과 이곳의 모습은 너무나 달랐다.

「이거 읽어보시오.」

붉은 머리 소장이 약병을 내밀었다.

「주의, 이 약은 항문에 투입해야 함.」

배상집은 예사롭게 읽어냈다.

「무슨 뜻이오? 설명해 보시오.」

배상집은 고개를 떨구고 있는 통역 김경세가 신경 쓰여 머뭇거렸다.

「딴생각 말고 빨리 설명해 보시오.」

소장이 눈치 빠르게 다그쳤다.

「예, 입으로 먹지 말고 항문 속에 넣으라는 겁니다.」

배상집은 항문이라는 말에서 자신도 모르게 손이 뒤로 갔다.

「됐소. 정확한 독일어 실력이오.」 소장은 손가락 두 개를 울려 딱 소리를 내며 만족스럽게 웃고는, 「오늘 이 시간부터 통역을 교체하겠소. 당신이 통역 임무를 맡으시오」 하며 불쑥 악수를 청했다.

「아, 아닙니다. 나는 통역 보조원으로 만족합니다.」

배상집은 다급하게 말하며 김경세와 소장을 번갈아 쳐다보았다.

「이번에는 안 되오. 그동안 헤어(미스터) 김의 능력에 불만이 많았지만 두 사람의 동양적 의사를 존중해 미뤄왔는데 이젠 더 이상 안 되겠소. 능력 부족으로 항문에 투입해야 할 해열제를 물에 타 마시게 했고, 환자는 열을 빨리 내리게 하려고 정량의 세 배나 먹어 병원에 실려가는 큰 사고를 저질렀소. 이러다간 앞으로 또 무슨 사고가 일어날지 모를 일이오. 무슨 말인지 알겠소?」

「예, 앞으론 더 사고 나지 않도록 내가 잘 보조하겠으니 이해해 주십시오.」

「아니오, 내 말 똑똑히 들으시오. 이젠 이 문제는 두 사람의 선택이 아니라 소장으로서 나의 명령이오. 우리 독일사람들은 2차대전 이후로 군대 용어인 명령이라는 말을 아주 싫어해서 거의 죽은 말이 됐어요. 그러나 이런 경우에는 어쩔 수가 없소. 만약 내 명령을 듣지 않겠다면 두 사람은 당장 당신네 나라로 돌아가시오. 내가 바로 상부에 출국 요청을 하겠소.」

차츰 목소리가 커지는 소장의 태도는 단호했다. 서양사람들, 특히 독일사람들의 논리적 냉정이 발동하고 있었다.

「배상집 씨, 시키는 대로 합시다. 쫓겨갈 수야 없는 일 아니오.」

김경세가 떫은 입맛을 다셨다.

「지금 뭐라고 했소? 당신한테 맡지 말라고 협박한 거요?」

소장이 벌컥 화를 내며 소리쳤다.

「아닙니다. 소장님 말을 따르라고 한 겁니다.」

「그게 사실이오?」

소장이 김경세를 쏘아보았다.

「예, 사실입니다.」

「됐소. 현명하게 처리되어 모두에게 다행이오. 내가 오해하고 화낸 것 사과하겠소. 미안하오.」

소장이 김경세에게 악수를 청했다.

「죄송합니다. 능력이 부족해서.」

김경세는 절까지 함께하는 한국식 악수를 하며 말했다.

「아니오. 그건 조금만 더 노력하면 해결될 문제요. 난 한국사람들의 부지런함과 명석함을 믿어요. 한국사람들은 예상했던 것보다 훨씬 훌륭해요. 우리 석탄회사들은 모두 만족하고 있어요. 자아, 앞으로 열심히 일해 주시오.」

소장은 흔쾌하게 웃으며 김경세의 어깨를 두들겼다.

「헤어 배는 야간작업을 했으니까 다음 교대시간까지는 취침의 자유가 있소. 잠을 깨워서 미안한데 어서 가서 편안하게 자시오.」

소장은 배상집의 손을 흔들며 만족스럽게 웃었다.

배상집은 숙소로 돌아오며 아주 미묘한 감정에 젖어들었다. 이제 살아났다는 기쁨이 솟구치는 한편으로 김경세에게 괜히 못할 일 한 것 같은 미안함이 일었다. 그렇다고 약의 주의사항을 알면서 모른다고 할 수는 없었다. 자신이 그것을 제대로 해독했을 때 김경세가 궁지에 몰리리라는 것을 예상하지 못한 것이 아니었다. 그러나 자신은 김경세를 위해 아는 것을 모른다고 할 수 있는 석가모니나 예수 같은 희생적 인간이 못되었다. 솔직히 말하면 통역이 되기를 간절히 바랐고, 그런 기회를 노리고 있었던 것이다. 그런데 미안한 감정은 또 무엇인가. 자신은 이제 갱에서 벗어나지만 김경세는 내일부터 갱 속으로 들어가야 한다는 것 때문인지 몰랐다. 그러나 지난날 김경세가 가했던 협박을 상기하며 그런 감상을 떼치려고 했다.

배상집은 목이 간질간질한 것을 느낌과 동시에 기침을 했다. 재빨리 종이를 꺼내 가래를 뱉었다. 신문쪽지에 들러붙은 가래 색깔은 온통 새까맸다. 배상집은 얼굴을 찡그리며 종이를 접어 바지 주머니에 넣었다. 독일사람들은 침을 아무데나 뱉는 것을 마늘 냄새만큼이나 질색을 했다. 그러니 검은 가래는 더 말할 것이 없었다. 광부들은 한국에서 하던 버릇대로 가래를 함부로 내뱉다가 흰 작업모를 쓴 감독들에게 혼쭐이 나고는 종이를 준비했다. 가래 받아내는 종이는 광부들의 상비품이었다. 갱에서 나오면 검은 가래는 자다가도 솟을 지경이었고, 색깔이 좀 희어진다 싶으면 또 갱으로 들어가야 할 시각이 닥쳐오고는 했다.

이젠 너하고도 이별이다! 배상집은 가래 싼 종이를 휴지통에 힘껏 내던졌다.

그러나 김경세가 순순히 넘어가지 않고 또 무슨 일을 꾸미고 덤빌지 몰라 슬그머니 겁이 나기도 했다. 완력으로는 그를 이길 자신이 없었고, 그때의 일도 전혀 예상하지 못한 채 당했었다.

그들이 서독 여객기 루프트한자를 타고 뒤셀도르프 공항에 내려 탄광에 도착한 날이었다.

「여러분들 중에서 독일어를 할 수 있는 사람은 손 들어보시오.」

그들 앞에 나타난 독일사람이 대뜸 한 말이었다.

배상집은 못내 바라고 있던 기회라 망설임 없이 팔을 뻗쳐올렸다. 그들 일행 150명 중에서 손을 든 사람은 자기 혼자라는 것을 배상집은 확인했다. 통역을 맡는 것은 틀림없는 일이라고 생각하며 자신의 치밀한 사전준비에 아주 만족을 느꼈다.

「내일 아침 9시까지 소장실로 와주시오.」

배상집은 그제야 그 사람이 소장이라는 것을 알았다.

그 다음부터 소장이 전체를 향해 하는 말은 한국사람이 통역을 했다.

「나는 소장 로스바흐요. 여러분이 우리 탄광에서 일하게 된 것을 진심으로 환영합니다. 여러분은 먼 길에 비행기를 오래 타고 오셨으니 무척 피곤하실 겁니다. 지금부터 숙소를 배정받아 빨리 쉬고, 더 필요한 말은 앞으로의 교육시간을 이용해 하도록 하겠습니다. 다시 한번 여러분을 환영하는 바입니다.」

그들은 모두 소장의 그 간략한 말을 좋아하며 숙소 배정을 받기 시작했다. 숙소는 군대 막사식으로 긴 건물이었는데 방의 크기에 따라 2~3명씩이 들어갔다.

방 배정이 끝나고 한 시간쯤 쉰 다음 식당으로 저녁식사를 하러 갔다. 천장이 드높고 넓은 식당은 방금 청소를 끝낸 것처럼 말끔하고 깨끗했다. 그 어디에서도 탄가루의 흔적이라고는 찾을 수가 없었다. 사람들은 또 놀라서 끼리끼리 수군거리기 시작했다. 그들은 벌써 탄광이 깊고 깊은 산속이 아니라 잔디 깨끗하게 깔린 평지인 것에 어리둥절했고, 난생 처음 자보게 되는 침대들이 잘 정돈되어 있는 숙소에 놀랐던 것이다.

「여러분 똑똑히 들으세요. 음식은 얼마든지 먹어도 좋습니다. 그러나 많이 가져와 그냥 버려서는 절대 안 됩니다. 독일사람들이 제일 싫어하는 게 낭비입니다.」

통역이 손나팔을 대고 주의를 시키고 있었다.

저녁을 마치고 돌아와 배상집은 담배를 피우고 있었다. 그런데 뜻밖에도 통역이 찾아왔다.

「형씨, 나 좀 봅시다.」

「저요? 무슨 일이십니까?」

배상집은 얼른 침대에서 일어났다.

「잠깐 나가서 할 일이 있소.」

밖은 어둑어둑했다. 배상집은 통역을 따라 숙소 뒤로 갔다. 거기에 있던 네 사람이 금방 배상집을 둘러쌌다. 그는 직감적으로 위험을 느꼈다.

「당신 독일어 잘해?」

통역이 반말을 내질렀다.

「아니, 뭐 조금…….」

「잘 들어. 여긴 한국사람이 300명이고, 통역은 한 사람밖에 필요없어. 그런데 왜 소장이 당신을 내일 오랬는지 알겠어? 몰랐더라도 지금 내 말 듣고 무슨 뜻인지 눈치챘겠지?」

「예, 알겠습니다. 통역님과 저를 비교하려는 것 같습니다.」

배상집은 혼자 당해낼 수 없는 위협 앞에서 통역의 꿈을 포기하며 상대방이 원하는 대답을 토로했다.

「역시 대학물 먹은 친구라 눈치가 빨라서 좋군. 그럼 내일 어떻게 해야 되겠어?」

「예, 전 원래 독일어 실력이 통역할 정도가 못 됩니다. 누를 끼치지 않도록 제가 알아서 하겠습니다.」

배상집은 심한 굴욕감과 허탈감을 동시에 느끼고 있었다.

「됐어. 여기서 무사히 지내려면 요령껏 알아서 해.」

통역이 담배를 꺼내 물었다.

「당연하지. 굴러온 돌이 박힌 돌 빼려고 하면 되나. 그땐 피 보는 거지.」

「두말하면 잔소리지. 오뉴월 하루 볕 다르더라고 선배 몰라보면 끝장이야.」

「타국살이 얌전하게 하는 게 좋지. 괜히 잘난 척 까불다간 당해.」

배상집을 둘러싼 사내들이 한마디씩 던지며 마치 깡패처럼 굴었다.

방으로 돌아온 배상집은 억울하고 분한 생각에 잠을 잘 수가 없었다. 그러나 체념을 하려고 애를 썼다. 자신이 통역을 맡고 싶어하는 것이나 그가 그 자리를 놓치지 않으려는 것이나 똑같은 욕구라고 마음을 정리했다. 늦게 온 자가 당하는 손해니까 그가 떠날 때까지 기다리며 고생하는 수밖에 없는 일이었다. 통역을 바랐던 것은 자신의 일방적인 꿈이었을 뿐이고, 짧은 기간에 혼신을 다했던 독일어 공부는 어차피 대학원에 가려면 해야 할 공부였다. 이렇게 마음을 다스리자 억울함과 분함이 차츰 가라앉았다.

「우린 현재의 통역에 대해 불만스럽소. 그래서 우리는 당신의 독일어 실력을 알아보고 우리의 기대에 만족스러우면 통역일을 시키고 싶소. 당신 생각은 어떻소?」

다음날 소장이 한 말이었다.

「예, 호의는 감사합니다만 나는 통역 일을 하고 싶지 않습니다.」

「아니, 왜 그렇소?」

「나는 나의 독일어 실력에 자신이 없습니다. 그리고 이미 통역이 있는데 그 자리를 탐낸다는 것은 동양적 예의가 아니기 때문입니다.」

「동양적 예의……?」

「예, 그렇습니다. 동양에서는 그런 짓을 하는 사람을 인간으로 취급하지 않습니다.」

「하아, 동양적 예의? 지금까지 대화만으로도 당신이 헤어 김보다 훨씬 나은데도?」

「죄송합니다만 내 마음을 이해해 주십시오. 나는 동양적 예의를 어기고 싶지 않습니다.」

「자기 능력과 실효성을 중시하는 독일 사고방식으로는 이해하기 좀 난해하지만, 헤어 배의 의사를 존중하기로 하겠소. 그 대신 헤어 김의 부족한 점을 보완하기 위해서 통역 보조원 역할을 해줘야 되겠소.」

「예, 그렇게 하겠습니다.」

그래서 김경세가 떠나기까지 1년 반 동안 석탄가루를 마시기로 각오했던 것이다. 그런데 뜻하지 않게 8개월 만에 통역의 자리가 돌아오게 되었다.

만약 이번에도 무슨 일을 꾸미고 덤비면 그땐 강하게 맞서리라고 배상집은 마음을 공글렀다. 이젠 자신의 옆에도 힘깨나 쓰는 친한 사람들이 여럿 있었고, 탄광의 왕인 소장이 자신의 편이었다.

배상집은 담요를 뒤집어쓰며 모자라는 잠을 청했다. 갱 속에서 스탬펠과 싸운 지난 여덟 달이 빠르게 스쳐가고 있었다. 그 고생이 눈물겹기도 했고 떳떳하기도 했다.

누군가가 요란스럽게 떠들며 흔들어대서 배상집은 잠을 깼다.

「축하해요, 축하해요. 통역 된 거 축하해요.」

배상집은 춤을 출 듯이 좋아하고 있는 정수남을 알아보았다.

「아니, 그걸 어떻게 알았어요?」

「어떻게 알긴요. 벌써 구내에 쫘아악 퍼졌어요. 자아, 이러고 있지 말고 머리 깎으러 갑시다. 통역 체면에 머리가 이래서 되겠어요? 축하 이발 해드릴 게요.」

정수남이 배상집의 팔을 잡아끌었다.

「아직 머리 괜찮은데…….」

「아, 이발사가 아니라면 아닌 거예요. 내가 축하선물 드릴 게 이것밖에 더 있나요 뭐.」

정수남의 완강함에 배상집은 따라나설 수밖에 없었다.

「김 씨, 구 씨, 박 씨는 지금 축하 잔치 준비하고 있어요.」

정수남이 숙소를 나서며 신명나게 말했다.

「에이, 그럴 것 없는데 괜히들…….」

말은 이렇게 하면서도 배상집은 그들의 마음씀이 그지없이 고마웠다. 만약 김경세에게 맞서게 될 경우 그들의 힘을 빌릴 작정을 하고 있었다.

「그게 무슨 말이에요. 탄가루 인생들끼리 의리가 있지, 이런 경사에 그냥 넘어가면 그게 말이 되나요.」

정수남과 다른 세 사람은 탄광 가까이에서 자취생활을 하고 있었다. 도저히 음식이 입에 맞지 않아 집세의 부담과 밥을 해먹는 불편을 무릅쓰며 탄광 숙소를 떠난 거였다. 식당의 독일 음식을 억지로 먹다가 더는 견디지 못해 자취의 길로 나선 사람들이 한 달 만에 30~40퍼센트에 이르렀다. 그들은 음식에 시달리면서 첫 월급 타기를 기다렸다가 살길을 찾아나섰다. 음식이 맞지 않아 식사를 건성으로 하다 보니 기운을 쓸 수가 없었고, 기운이 달리는 몸으로 80킬로그램짜리 스탬펠을 하루 평균 80개 정도씩을 세우기란 무리였고, 최소 작업량을 채우지 못하면 바로 임금이 깎였다. 체력을 유지하면서 제대로 돈벌이를 하려면 자취생활을 할 도리밖에 없었다.

배상집도 독일 음식이 입에 잘 맞을 리가 없었다. 그러나 입에 맞추려고 안간힘을 다했다. 자신은 다른 사람들처럼 계약기간 3년이 끝나면 돌아갈 입장이 아니니까 독일 음식에 적응하지 않으면 안 되었다. 또한 장기간의 공부를 위해 돈과 시간을 아껴야 했다. 자취생활에 드는 돈이 만만찮았고, 밥을 해먹는 시간에 한 자라도 공부를 해야 했다. 그래서 여태껏 숙소에서 버티어오고 있었다.

일하는 것보다 음식 안 맞는 것이 훨씬 더 견디기 어렵다는 것이 한국 광부면 누구나 하는 말이었다. 그들은 배추도 고추도 없는 독일에서 김치를 찾아 허덕거렸다.

「자아, 특별히 폼 나게 깎아드릴 테니 욜로 앉으세요.」

정수남은 창고 벽에 걸린 거울 앞에다가 나무의자를 끌어다 놓았다. 탄광회사의 직원인 집주인이 머리카락 때문에 집에서는 머리를 깎지 못하게 해 정수남의 이발소는 창고로 밀려날 수밖에 없었다.

「요새 외국사람들은 좀 늘었어요?」

배상집은 작은 거울 속에 담긴 자신의 얼굴을 바라보며 물었다.

「터키나 모로코 애들은 자주 오는데 스페인이나 폴투칼 애새끼들은 코빼기도 볼 수가 없어요. 꼴에 유럽 흰둥이들이라고 폼잡는 모양이지요?」

「글쎄, 그럴지도 모르겠소.」

「어쨌거나 배 씨 덕 아니었으면 이런 짭짤한 돈벌이 생각지도 못했을 텐데, 참 고마워요.」

「에이, 그런 말 말아요.」

숙소에 있었을 때 정수남은 배상집의 옆방에 있었다. 며칠이 지나면서 자연스럽게 서로의 이야기를 하게 되었는데, 고등학교 출신인 정수남은 연탄공장에서 일하다가 기왕 탄밥 먹을 바에는 돈벌이 좋은 서독이나 가자고 해서 왔다는 거였다. 그런데 그는 군대생활을 이발병으로 마쳤다고 했다. 그래서 배상집이 내놓은 의견이 이발사 부업이었다. 그들보다 먼저 와 있던 광부들 중에서는 한푼이라도 더 벌려고 일부러 야간작업을 하고 낮에는 꽃시장이나 식료품상에 나가 쓰레기 같은 것을 치우는 잡일로 돈벌이를 하고 있기도 했다.

배상집의 권유는 1등 사격수가 방아쇠를 당긴 것처럼 적중했다. 독일 이발소가 먼데다가 요금까지 비싸 정수남의 부업은 금세 성업을 이루었다. 거리 가깝고, 말 잘 통하고, 특히 이발 요금이 파격적으로 싼 탓이었다. 이발 도구들을 구하는 데 배상집이 통역으로 나선 것은 물론이었다.

「자아, 어떠세요?」

정수남은 배상집의 목에 둘렀던 머리털받이를 풀며 거울 속에서 웃었다.

「예, 맘에 들어요. 수고하셨어요.」

배상집도 거울 속에서 함께 웃었다.

「빨리 갑시다. 아마 준비 다 끝내고 기다리고 있을 건데요.」

정수남은 다른 날과 달리 이발 기구들을 한꺼번에 상자에 쓸어담으며 서둘렀다.

배상집은 정수남을 따라 서너 집 건너에 있는 박갑동의 집으로 갔다. 배상집은 그 집으로 들어서면서 벌써 군침을 삼켰다. 박갑동은 김치 잘 담그기로 소문나 있었다. 그가 인도네시아 조미료인 다진 고추로 담는 양배추 김치는 단연 인기였다. 그는 이미 자기 집에서 보내온 배추씨와 고추씨를 한 봉지씩 가지고 있었다. 내년에 씨를 뿌려 제대로 된 김치를 담가 먹고, 팔기도 하겠다는 심산이었다.

세 사람은 넓은 뒤뜰에서 배상집을 맞이했다.

「아이구, 어서 오세요. 축하합니다.」

「통역관 되셨다고 우리 괄세 마세요.」

「그러니까 지금부터 빽 쓰는 것 아냐.」

그들은 한바탕 축하를 하고 잔디밭에 둘러앉았다. 그들이 준비한 것은 다진 고추에 버무린 돼지고기 삼겹살과 맥주 그리고 김치였다. 돼지고기와 맥주는 모든 한국 광부들이 최고로 치는 음식이었다. 그 두 가지는 몸에 들어가 쌓인 탄가루를 해독시키고 걸러내는 데 특효로 알려져 있었기 때문이다. 그런데, 그 두 가지는 광부들이 독일을 천국처럼 생각하는 데 결정적 영향을 끼치고 있었다. 왜냐하면 한국에서는 너무 비싸함부로 먹을 엄두를 낼 수 없었던 것들이 독일에서는 너무나 싸서 맘놓고 먹고 마실 수 있었다.

「자아, 축하주부터 쭈욱 한 잔!」

그들 다섯은 맥주잔을 부딪쳤다. 그들의 웃음 넘치는 얼굴에 나무들 사이로 비껴든 석양빛이 드리워지고 있었다. 가을 나뭇잎들은 물들고, 그 운치가 술맛을 더욱 돋울 만했다. 그러나 그들은 잔치 기분을 더욱 살리기 위해서 잔디밭에 나와 앉은 것이 아니었다. 독일사람들이 매운 양념을 한 돼지고기 굽는 냄새를 너무 싫어해 밖으로 쫓겨나온 셈이었다.

「자아, 그럼 고기를 구워야지.」

몸집 건장하게 생긴 박갑동이 '주방장'이란 별명에 어울리게 젓가락으로 돼지고기를 듬뿍 집어 불고기판에 올렸다. 그런데 그 불고기판이라는 게 가관이었다. 그건 깨진 쇠판 쪼가리였다. 한국식의 불고기판이 있을리 없으니 어디서 깨진 쇠판을 주워다 쓰고 있었다. 그런데 삼겹살을 얼마나 구워댔는지 그 쇠판은 기름이 절어 반들반들 윤이 나고 있었다.

그들은 지글지글 익은 삼겹살에 어설픈 김치를 얹어 맛있게 먹기 시작했다. 맥주는 세 상자나 쌓여 있었다.

「김경세 그거 편하게 놀고 먹다가 이젠 생똥 싸게 생겼네.」

「그 새끼 고생하는 것보다 부수입 못 올리게 된 게 더 억울할 거요.」

「맞아요. 나이롱 환자들하고 짜고 뒷돈 챙기던 재미가 싹 없어졌으니까.」

「우리도 돈 벌겠다고 이 꼴들 하고 있지만 그 새끼 정말 돈을 밝혀도 너무 밝혀요.」

그들의 말은 결코 험담이 아니었다. 어디서나 사람이 많이 모이게 되면 게으르고 요령 피우기 좋아하는 사람들이 더러 끼게 마련이었다. 그런 사람들이 갱에 들어가지 않고 편하게 돈을 벌려고 궁리해 낸 것이 '나이롱 환자' 노릇이었다. 그들은 환자에게도 임금의 80퍼센트를 지급하는 서독의 노동법을 교묘하게 이용했다. 그 가짜 환자들이 독일말을 못하니까 통역이 동원될 수밖에 없었고, 그 과정에서 돈 거래가 이루어졌다. 한국에서는 거들떠보지도 않을 작은 상처나 감기·몸살에도 놀고 먹으면서 임금의 80퍼센트를 받을 수 있으니 통역에게 얼마를 주더라도 '나이롱 환자'들로서는 남는 장사였다. 그래서 망치로 자기 손가락을 치는가 하면, 독한 원료 식초를 손가락 사이사이에 발라 가짜 무좀을 만들어내기도 했다.

독일사람들은 물이 나빠 맥주를 물처럼 마신다는 말이 있는데 그들 다섯이야말로 맥주를 물 마시듯 벌컥거리고 있었다. 그건 꼭 주량이 커서도 아니고 몸 안의 탄가루를 빨리 걸러내기 위해서만도 아니었다. 날마다 갱 안에서 땀을 너무 많이 흘리다 보니 몸이 저절로 맥주를 끌어당겼다.

갱 안은 바깥 기온과 상관없이 평균 35도 정도였고, 심할 때는 40도를 넘어 45도에 이르기도 했다. 그런 더위 속에서 광부들이 주로 하는 일은 스탬펠 세우기였다. 길이 1미터 50~60센티에, 무게 80킬로그램짜리 쇠기둥을 갱이 무너지지 않도록 정확하게 세우다 보면 그야말로 땀이 온몸에서 비오듯 했다. 누구나 작업이 시작되기 전에 더위를 조금이나마 피해보려고 옷들을 벗었다. 셔츠와 팬티바람이 된 그들은 물통 두 개를 꼭 허리에 찼다. 그런 그들의 모습은 갱으로 들어갈 때와는 전혀 달리 괴상하게 변해 있었다. 셔츠·팬티바람에 허리 양쪽에는 물통 두 개를 차고, 머리에는 등 달린 노란 안전모를 쓰고, 발에는 목 긴 고무장화를 신은 모습. 밖에서는 상상할 수 없는 그런 모습으로 그들은 자기네 몸무게보다 평균 20킬로그램이나 더 무거운 쇠기둥과 씨름을 벌여야 했다.

쇠기둥은 무겁고, 기운을 쓰다 보면 더위는 더 심해지면서 숨은 가빠지고, 시야를 가린 검은 먼지로 갈수록 호흡은 곤란해지고, 쏟아지는 것은 땀뿐이었다. 몸을 타고 흘러내린 땀은 고무장화 속에 고여 질퍽거렸다. 스탬펠 80개를 세워야 하는 작업시간 동안 일을 방해하는 고무장화 속의 땀을 네댓 차례씩 쏟아냈다. 그러는 동안에 허리에 찬 물통 두 개는 동이 나고, 몸에 들어간 물은 다 땀으로 흘러나와 따로 소변을 볼 필요가 없었다.

한국사람들이 더 애를 먹는 것은 삽이며 스탬펠이며 모든 기구들이 몸집 큰 서양사람들 체형에 맞게 만들어진 때문이었다. M1 소총이 한국 군인들의 체형에 안 맞는 것이나 마찬가지였다. 그런데 석탄은 기계로 캐니까 한국 광부들은 몸집 큰 서양 광부들과는 달리 날마다 쇠기둥과 씨름 아닌 사투를 벌이는 셈이었다.

「그런데 어제 편지 온 걸 보니까 우리한테 영 안 좋은 걱정거리가 생기고 있어요.」

구 씨가 끄윽 트림을 해올렸다.

「아, 뜸들이지 말고 빨리 말해요.」

박갑동이 취한 기분을 드러냈다.

「공장들이 새로 선다, 수출이 잘된다 해서 살기가 조금씩 나아지는 건 좋은데, 덩달아 물가도 자꾸 올라간다는 거요.」

「그게 왜 우리 걱정거리요?」

「이런 무식한 사람 봤나. 물가가 오르는 건 돈 가치가 없어진다는 거고, 돈 가치가 없어지면 그러니까……, 아니 상대 나온 배 씨가 속시원하게 설명 좀 해봐요.」

구 씨가 배상집을 쳐다보았다.

「예, 뭐 어려울 것 없어요. 우리가 가끔 들어온 인플레이션이라는 말 있지요? 경제가 나아지면 돈이 많이 필요하게 되고, 돈을 많이 찍어내다 보면 물가가 올라가게 되는 현상인데, 그런 현상이 조금 생기는 건 경제가 발전하면서 어쩔 수 없는 일이지만, 만약 그게 심해지면 우리 같은 사람들한테는 아주 불리하지요. 간단하게 말하면, 우리가 떠나올 때 25평짜리 집이 100만 원이었는데 인플레이션이 심해 돌아가서 보니 150만 원으로 올라 있다면 그 집을 사려고 했던 꿈은 깨지는 거지요.」

「아니, 그럼 경제발전 시킨다는 게 우리 같은 애국자들 골탕먹이는 것 아니야, 이거!」

정수남이 벌컥 화를 내며 빈 맥주병으로 잔디밭을 내리쳤다.

「아니, 설명하면 그렇다 그거요.」

배상집은 정수남의 어깨를 두들겼다.

「우릴 잡혀놓고 두당 2만 마르크씩 빌려갔으면 우리 물먹여선 안 되지.」

박갑동도 열을 올렸다.

「어디 그것만이야. 그 많은 사람들이 매달 송금을 하고 마르크가 또 얼마야. 낯간지러워 내놓고 말은 않지만 우리 같은 애국자가 지금 어디 있어.」

구 씨도 불만스럽게 털어놓았다.

그들이 자칭 '애국자' 운운하는 것은 괜한 허풍이거나 술주정이 아니었다. 서독에서는 한국에 상업 차관으로 1억 5천만 마르크를 주기로 약속했다. 그런데 그 돈을 빌리려면 한국은 제3국 은행의 지급보증을 세워야 했다. 그러나 한국 정부를 지급보증 해주고 나설 은행은 세계의 그 많은 은행들 중에서 단 하나도 없었다. 그래서 한국 정부가 내놓은 궁여지책이 광부 5천 명과 간호원 2천 명을 서독에 파견하는 것이었다. 경제 부흥으로 노동력이 부족한 서독에서는 광부나 간호원은 이미 혐오·기피 직종이었다. 더구나 서독에 취업하고 있던 일본 광부들이 1960년까지 완전히 돌아가 버려 그 공백이 컸다. 그런 형편에 서독은 한국의 조건을 안 받아들일 리 없었다. 그래서 광부와 간호원 7천 명의 3년 간 노동력과 노임을 담보로 서독 은행은 지급보증을 섰고, 한국 정부는 1억 5천만 마르크의 돈을 빌려가게 되었다.

「자아, 모두들 취했는데 오늘은 이 정도로 마십시다.」

배상집은 담배를 끄며 좌중을 둘러보았다.

「예, 좋습니다. 다시 한번 축하합니다.」

「예, 한번 멋들어지게 해보십시오.」

그들은 모두 비틀거리며 일어섰다.

배상집은 혼자 어둠 속을 걸으며 중얼거리고 있었다.

「애국자? 그래, 아무도 알아주지 않는 슬프고 비참한 애국자들이지. 돈 때문에 담보 잡혀 있는 목숨들……, 그렇게라도 돈을 꾸어가야 하는 나라……. 이곳은 결국 3년 동안의 유형지인 셈이지. 돈을 벌겠다고 스스로 유형당해 오는 시대……, 어쩔 수 없지. 살아야 하니까.」

배상집은 다음날 통역으로서 첫 번째 일로 어제 실려간 환자를 보기 위해 병원에 갔다. 담당의사는, 환자의 상태는 양호하지만 열이 좀 있으니 한 이틀 정도 병원에 두라고 했다.

「통역이 바뀌었어요. 나 배상집이라고 해요.」

배상집은 환자에게 악수를 청했다

「그래요? 그것 참 속시원하게 잘됐군요. 그놈 땜에 나 죽을 뻔했잖아요. 의사 만나보셨어요?」

「예, 한 이틀 푹 쉬랩니다.」

「예에? 이틀이오?」

환자의 얼굴에는 금방 실망하는 기색이 드러났다. 병원에 입원하는 경우에는 임금의 80퍼센트를 받게 되어 있었다.

「치료 잘하시오. 또 오겠소.」

배상집은 속으로 웃으며 병실을 나섰다.

「안녕하세요? 한국 분이시군요.」

간호원이 다가서며 밝게 인사했다.

「아! 안녕하세요.」

배상집도 얼떨결에 반색을 했다. 우리나라 간호원들이 서독에 약간 와 있다는 말만 들었지 이 병원에는 없었던 것이다.

「어쩜 그리 독일어를 잘하세요? 전 첨에 일본인인 줄 알았어요. 유학생이신가 부죠?」

간호원은 당연히 유학생이 아르바이트하는 것으로 단정하는 말투였다. 배상집은 유학생을 너무 노골적으로 선망하는 간호원의 태도에 그만 비위가 상했다.

「아니, 나 광부요.」

「어머나, 그럼 대학 출신이시군요?」

간호원이 좀 당황스러워하며 어색하게 웃었다.

「그런 셈이오.」

그만 호감이 깨져버려 그냥 갈까 하다가 배상집은 마음을 고쳐먹었다. 이것저것 궁금하기도 했고, 그런 소식은 통역으로서 알아둘 필요도 있다 싶었다.

「여기 온 지 얼마나 됐나요?」

「네, 오늘로 8일째예요.」

「모두 몇 명이나 왔어요?」

「네 사람요.」

「네 사람?」

「아, 우리나라 떠날 때 말인가요? 전부 251명이었어요.」

간호원은 얼굴이 붉어져 입을 가렸다.

「굉장히 많이 왔군요. 그럼 건강하게 근무 잘하세요. 난 바빠서 이만…….」

배상집은 병원을 나오면서, 간호원들도 본격적으로 유형당하기 시작한 거라고 생각했다. 낙엽들이 흩날리는 이국의 가을 속에서 마음은 우수에 젖어들고 있었다.

13
월남바람

유일민은 어느 회사가 낸 월남 파견 근로자 모집 광고를 보며 마음이 끌리고 있었다. 월남에는 미국돈인 달러가 굴러다닌다는 소문이 날이 갈수록 퍼지고 있었고, 어디서나 월남에 돈벌이 갈 이야기로 들뜬 분위기였다. 그런 바람이 부는 것은 괜한 일이 아니었다. 군인들이 그 구체적 증거였다. 1년 동안 싸우고 돌아온 군인들이 트랜지스터는 말할 것도 없고 일제 텔레비전까지 가지고 왔다는 거였다. 그러나, 그건 사병들의 경우고 직업군인인 하사관들은 선풍기며 냉장고도 가져오고, 보직이 좋은 사람들은 돈까지 한밑천씩 톡톡히 챙겼다고 했다. 그래서 월남 지원병들이 처음과는 달리 너무 넘쳐나 빽을 써야 될 지경이라는 말도 퍼지고 있었다. 군인들이 전쟁터에서 1년씩이나 싸웠으면 사망자나 부상자들이 있을 게 분명한데도 사회 전체가 가난에 찌들려 있어서 사람들의 관심은 온통 돈벌이에만 쏠려 있었다.

「미아리시장 앞 내리소오오, 길음시장 앞 내리소오오.」

목이 쉬다 못해 팬 소리로 여차장이 차장 특유의 가락을 뽑고 있었다.

유일민은 신문을 접고 일어서며 한숨을 쉬었다. 월남에 가는 것인들 신원조회가 없을까 하는 생각이 스쳤다. 그는 또 암울해진 마음으로 버스에서 내렸다.

「오빠!」

어떤 여자가 유일민 앞을 막아섰다.

「아니, 채옥이……」

유일민은 임채옥을 멍하니 바라보았다.

「오빠아……」

유일민을 간절하게 부르고 있는 임채옥의 목소리는 떨리고 있었고, 눈에는 눈물이 핑 돌고 있었다. 그녀는 금방이라도 유일민을 끌어안을 것 같은 기세였다. 그런 충동을 억누르는 듯 그녀는 떨리는 입술을 물었다.

「오랜만이군. 다방으로 가지.」

유일민은 무표정하게 말했다. 그러나 가슴에서는 뜨거운 바람이 휘돌아 일어나고 있었다.

「아니에요. 잠깐 기다리세요.」

임채옥은 차도로 뛰어내려 택시들을 향해 손짓해 댔다. 유일민은 임채옥이 미는 대로 택시에 올랐다.

「수유리 종점 가주세요.」임채옥은 운전수에게 이르고는,「오빠아……」또 떨리는 소리로 부르며 유일민의 손을 덥석 잡았다.

「그래……, 어떻게 지냈어.」

유일민도 임채옥의 손을 마주잡았다. 냉정해야 한다고 생각하면서도 유일민은 마음이 허물어지는 것을 느끼고 있었다. 그동안 다 잊었다고 생각했던 것도 거짓이었음을 깨닫고 있었다. 체념으로 덮고 묻어왔던 그리움이 뜨겁고 아프게 되살아오르고 있었다.

「오빠 몸이 왜 이래요? 어디 아프세요?」

임채옥이 유일민의 손등을 쓸고 또 쓸며 목멘 소리를 했다.

「응, 속상하는 일들이 좀 있어서…….」

유일민은 흐릿하게 웃음지었다. 그의 얼굴은 볼이 움푹 팰 정도로 마르고 초췌했다. 그리고 몸도 표나게 축나 있었다.

「또 옛날 같은 그런 일이 있었어요?」

「아니. 별일 아니야.」

「오빠가 이러면 안 되는데…….」

임채옥이 손등으로 눈을 훔쳤다. 손등에 묻어나는 눈물을 유일민은 물끄러미 바라보았다. 자신이 잡혀갈 때 형사들 앞을 가로막고 나서던 임채옥의 모습이 또 떠올랐다. 그 모습은 꿈에서도 생시에도 수없이 떠오르는 임채옥의 가장 아름답고 눈물겨운 모습이었다.

「채옥이, 어쩔려고 이렇게…….」

「오빠, 아무 말도 마세요.」

임채옥이 유일민의 말을 막으며 고개를 내둘렀다. 그리고 유일민의 손을 깍지끼며 바르르 떨었다. 유일민의 뇌리에는 문득 춘천의 눈 오던 밤이 떠올랐다.

그들은 더 말없이 침묵 속에 잠겨 있었다. 단아하고 의연하게 빼어난 봉우리 백운대 아래 펼쳐진 드넓은 땅 수유리는 주택지로 바뀌고 있었다. 그 끝머리 산자락에 택시가 멈추었다. 저무는 해를 등진 산그늘이 넓고 크게 드리워져 있었다.

맑게 흐르는 개울을 따라 임채옥이 앞서 걸었다. 긴긴 세월 동안 물길에 씻겨 닳고 닳은 크고 작은 바위들 사이를 흘러내리는 물소리는 산의 적막과 어우러져 고요롭기 그지없었다. 물소리를 들으며 무심히 걷던 유일민은 우뚝 걸음을 멈추었다. 외길 저쪽 산자락에 자리잡은 아담한 건물의 초입에는 그린파크호텔이라는 아치형 간판이 서 있었던 것이다.

「이봐, 채옥이!」

유일민은 임채옥의 팔을 붙들었다.

「아무 말도 마세요.」

임채옥이 눈물이 어린 듯싶은 눈으로 유일민의 눈을 응시했다.

「안 돼, 더 이상…….」

「알아요. 저기 조용한 커피숍이 있어요.」

임채옥이 유일민의 팔짱을 끼면서 걸음을 옮겨놓기 시작했다.

너와 난 더 이상 만나서는 안 돼. 저 산봉우리들처럼 멀리 떨어져 바라보는 것만으로 만족해야 해.

유일민은 임채옥과 발을 맞추며 이 말을 차마 입 밖에 내지 못하고 있었다.

「유행가 좋아하는 것 유치하다고 생각하시죠?」

고개를 떨구고 걸으면서 임채옥이 불쑥 물었다.

「아닌데……, 유행가가 우리 감정에 훨씬 더 절절할 때가 많잖아. 난 〈한 많은 미아리고개〉를 노래 중에 제일 좋아해.」

유일민은 무심코 말을 해놓고는 그 노래가 자신이 좋아하는 것이 아니라 어머니가 좋아하는 것임을 깨달았다. 어머니는 그 노래를 혼자 일을 할 때면 가사 없이 낮게 부르고는 했다. 가락만 흐르는 그 노래는 노래라기보다 아버지를 그리워하는 어머니의 외로움이 사무친 한숨이고 탄식이었다.

「어머, 그렇게 생각하시는 줄은 몰랐어요. 요새 정말 제 가슴을 절절하게 울리는 유행가가 있어요. 차중락이란 젊은 가수가 부른 〈낙엽 따라 가버린 사랑〉이라는 노래예요.」

임채옥은 팔짱을 더 바짝 끼며 노래를 부르기 시작했다.

"찬바람이 싸늘하게 얼굴을 스치면 따스하던 너의 두 뺨이……."

소나무숲 사이로 난 호텔에 이르는 오르막길은 경사가 완만하면서 유연한 멋을 부려 작은 동산을 감돌고 있었다. 인적 없는 그 길에 임채옥의 노래는 슬픈 음조로 깔리고 있었다.

"아아 그 옛날이 너무도 그리워라. 낙엽이 지면 꿈도 따라가는 줄……."

노래는 점점 더 슬픈 음색으로 변해가며 임채옥의 목소리는 떨리고 있었다. 그 슬픔에 젖은 노랫소리는 두 사람의 걸음걸음에 밟히는 아픈 사랑의 낙엽이 되고 있었다.

"너와 나의 사랑의 꿈이 낙엽 따라 가버렸으니. 낙엽 따라……."

이 대목에 이르러 임채옥의 노래는 마침내 울음이 되고 말았다. 노래를 끝내며 임채옥은 유일민에게 와락 안겨왔다. 유일민은 당황스럽게 임채옥을 안으며 그녀가 작별을 마음먹었는지도 모른다고 생각했다. 그 노래는 끝난 사랑을 읊고 있었다.

「오빠, 나 죽고 싶어요.」

유일민을 끌어안으며 임채옥이 떨었다.

「가자, 누가 보겠다.」

유일민은 임채옥의 등을 다독거렸다.

호텔을 20여 미터 남겨놓고 임채옥은 앞서 뛰어갔다. 유일민은 그저 화장실에 가려나 보다 하고 생각했다.

유일민은 무의식적으로 자신의 몰골을 한번 내려다보고 거북스럽게 호텔 유리문을 밀었다. 넓지 않은 호텔 로비에 들어선 유일민은 어리둥절했다. 커피숍은 1층 왼쪽인데 임채옥은 2층 계단을 올라가고 있었다. 그는 그제서야 임채옥이 앞서간 까닭을 알았다. 유일민은 그대로 돌아서 버릴까 생각했다. 그러나 여자를 호텔에 혼자 남겨둔다는 건 말이 안 되는 일이었다.

「채옥이, 이래선 안 돼.」

유일민은 2층 복도로 막 올라서는 임채옥을 붙들었다.

「오빠, 오늘이 마지막이에요.」

임채옥이 눈물 어린 눈으로 유일민을 바라보았다. 유일민은 그녀의 팔을 놓았다.

방문을 닫자마자 그들은 뜨겁게 얼싸안았다. 그리고 목마름에 허덕이 듯 서로의 입술을 찾았다. 그들은 너무 오래 만남의 굶주림에 주려왔던 배를 채우기에 정신이 없었다.

솔잎 냄새이기도 하고, 어떤 꽃 향기이거나 풀 냄새이기도 한 임채옥 의 체취에 혼곤하게 취하고 휘감기며 유일민은 어이없이 허물어지는 자 신의 의지에 오히려 홀가분함을 느끼고 있었다. 그리고, 그날 밤에 당했 던 것과 같은 폭력이 또 가해져 온다 해도 얼마든지 이겨낼 수 있다는 엉뚱한 용기에 들뜨고 있었다.

서로에게 불을 붙인 그들은 이내 허물을 벗어던지고 알몸이 되었다. 그들은 침대에서 뒤엉키며 서로의 몸을 탐하기 시작했다.

「죽을 것 같았어요, 보고 싶어서.」

여체가 불길을 내뿜었다.

「우리 차라리 이대로 죽어요.」

두 번째 불길이 남자를 휩쌌다.

두 개의 불덩어리는 하나가 되었다. 그 불덩어리는 맹렬한 불길을 일 으키며 타오르기 시작했다. 너울거리며 타오르는 불꽃은 휘감기고 솟구 치고 뒤엉켜 용틀임하며 붉은색에서 푸른색이 되고, 푸른색에서 흰색으 로 열도를 더해가고 있었다. 이윽고 흰색의 불꽃은 마지막 섬광을 내뿜 으며 절정의 경련을 일으키더니 허망할 만큼 빠르게 잦아들며 자취를 감추었다. 불꽃이 사라진 불덩이는 재로 변해가고 있었다.

육신이 재로 사그라져가는 아스라한 의식 속에서 유일민은 이성이나 의지라는 것이 얼마나 허약한 것인가를 느끼고 있었다. 서로를 갈구하 는 사랑 앞에서 그런 것들은 참으로 미약하고 부질없는 다짐일 뿐이라 고 여겨졌다. 사랑의 완결감을 향해 치달아가는 육체는 무엇인가…….

그것은 어쩌면 영혼과 별개로 떨어진 것이 아니라 또다른 영혼이 아닐까……. 유일민은 의식의 잿더미에 묻혀 임채옥을 영원히 갖고 싶은 욕심의 싹이 파랗게 돋아 오르는 것을 느끼고 있었다.

「오빠, 우리 어디로 도망가요.」

임채옥이 유일민의 가슴으로 파고들며 속삭였다.

「……」

유일민은 임채옥을 꼭꼭 끌어안았다.

「돈은 다 준비해 놨어요.」

「……」

「급해요. 엄마 아빠 강제로 결혼시키려고 해요. 약혼식이 며칠 안 남았어요.」

임채옥은 땀 내밴 유일민의 가슴팍에 얼굴을 마구 비벼댔다.

유일민은 임채옥을 쓰다듬으며 바르게 눕히고 자신의 상체를 반쯤 일으켜 왼쪽 팔로 받쳤다. 그리고 오른쪽 팔과 다리로 임채옥의 알몸을 감싸면서 입을 열었다.

「채옥이……, 내 말 똑똑히 들어. 난 말야……, 난 거미줄에 걸린 한 마리 곤충이야. 아무데로도 도망갈 데가 없어. 그리고 아무데도 취직이 안 돼. 신원조회가 붙는 데는. 채옥이 못 만나는 동안 은행, 신문사, 학교 같은 데 취직해 보려고 무진장 애를 썼어. 허지만 평균 A학점짜리 성적표도, 시험 합격도 다 소용없었어. 어지간한 직장은 나라에서 다 신원조회를 하도록 만들어놨으니까. 그리고……, 그뿐이 아니야. 만약, 만약에 나와 채옥이가 함께 산다고 해봐. 언젠가 우리 아버지가 나타나거나, 아니면 우리 아버지 아는 사람이 찾아오게 되면 어떻게 되지? 이건 절대로 가상이나 공상이 아니야. 어느 날 갑자기 일어날 수 있는 현실이야. 지금도 간첩사건이 계속 터지고 있잖아. 그땐 우리 집만 망가지는 게 아니야. 채옥이네 집, 채옥이 아버지의 사업도 다 망하고 말아. 이건 과장이 아니야. 서독에 광부나 간호원으로 가는 데도 친가 8촌, 외가 8촌까지 좌익했던 사람이 하나만 있어도 못 가게 돼 있어. 그러니까 채옥이 아버지가 나를 반대하는 건 과한 게 아니라 당연한 거야. 채옥이도 이런 현실을 똑똑히 보고 정신차려. 우린 더 이상 안 돼.」

「뭐 이따위 나라가 다 있어요! 그럼 도대체 오빠 같은 사람들은 어떻게 살아가라는 거예요?」

임채옥은 울부짖듯 소리쳤다.

「괜찮아, 괜찮아. 신원조회 안 당하는 직업도 얼마든지 있으니까. 장사, 대서방, 막노동…….」

유일민은 텅 빈 얼굴로 웃으며 임채옥을 끌어안았다.

「오빠, 그런 일 하고 어떻게 살아요. 이걸 어떡하면 좋아요.」

임채옥의 목이 메었다.

「괜찮아. 어차피 인생은 그럭저럭 살다 가는 거니까.」

유일민은 임채옥의 젖꽃판 고운 젖무덤에 얼굴을 묻었다. 임채옥은 유일민의 머리를 매만지며 말이 없었다.

유일민은 자신의 허물어진 삶을 생각하고 있었다. 이자 무서운 빚을 빨리 갚기 위해 취직을 하려고 발버둥 쳤지만 다 허사였다. 이자마저 이자를 치며 빚은 불어나고 빚쟁이들의 성화는 갈수록 심해져 어머니는 결국 좌판대를 넘겨야 했고, 그것도 모자라 방을 하나로 줄일 수밖에 없었다. 그리고, 여동생 선희마저 주산 2단의 실력을 가지고도 은행 취직이 막혀 어머니는 식당에 물일을 나가야 했다. 독일로 떠난 배상집의 말을 믿은 건 아니었지만 그에게서는 편지 한 장 오지 않았다.

「오빠, 오빠는 절 잊을 수 있으세요?」

임채옥의 목소리는 젖어 있었다.

「글쎄, ……잊지 말고 살지 뭐.」

「오빠, 나 정말 미칠 것 같아요. 차라리 우리 함께 죽어요.」

임채옥이 울음을 터뜨리며 유일민을 와락 끌어안았다. 그녀의 몸이 뜨거운 걸 느끼며 유일민도 그녀를 끌어안았다.

청계천 끝머리에 다닥다닥 붙어 있는 무허가 집들의 모양새는 그대로 거지의 누더기였다. 흔히 무허가 판자촌이라고 하는데 이곳에서는 판자나마 네 벽에 제대로 둘러친 집을 찾기가 어려웠다. 기껏 판자라고 어느 한쪽 벽에 붙인 것도 시멘트가 덕지덕지 붙어 있는 공사판의 쓰레기거나, 여기저기서 마구잡이로 주워다 모은 길이도 두께도 틀리는 것들이었다. 그러나 그런 판자도 붙이지 못한 데는 여러 군데를 땜질한 천막이 쳐져 있는가 하면, 다 낡은 미군용 우비가 벽을 대신하고 있기도 했다. 창문이라는 것도 손 닿는 대로 주워다 단 것들이라 모양이며 크기가 제멋대로 각양각색이었다. 저런 데서 어떻게 사람이 살 수 있을까 싶을 정도로 그 누더기 집들은 찌든 가난으로 맥질되어 있었다.

그러나 그 궁색한 동네에도 변해가는 세상바람은 불어오고 있었다. 아니, 누구보다 가난하기 때문에 그 동네사람들은 새로운 돈벌이에 더욱 민감한지도 몰랐다. 그 동네사람들은 바로 월남 돈벌이에 들떠 있었다.

천두만은 이웃사람 대여섯과 대두병에 담긴 막소주로 술추렴을 하고 있었다. 하루 종일 막노동을 하고 돌아와서 싸구려 막소주라도 한잔씩 하는 것이 그들의 유일한 낙이었다. 술을 한잔씩 하지 않고는 천근 무거운 고단함이 풀리지 않기도 했다.

「천 씨는 어쩌기로 혔남유?」

강 씨가 손가락으로 무김치를 집으며 눈을 껌벅거렸다.

「금메, 맴이야 가고 잡아 죽겄는디, 배운 것이 있기럴 혀, 기술이 있기럴 혀. 참말로 답답허기가 칼 쓴 춘향이 맴이여, 잡것.」

천두만은 말이담배를 빨아 연기를 내뿜고는 술잔을 홀짝 비웠다. 그는 똥을 푸러 다니며 여전히 꽁초 줍기도 게을리 하지 않았다. 가장 싼 봉지 담배 풍년초 값까지 그리 아끼지만 살림 꼬라지는 영 필 줄을 몰랐다.

「보소, 보소, 학식 높고 기술 있으면 펜대 굴리제 멀라고 전쟁터에 노무자로 가겄소. 내 들으니께네 몸 실하고 기운 잘 쓰면 된다 캅디더. 밑져야 본전이니께네 다 원서 내보는 기라요.」

성질 급한 전 씨의 말이었다.

「그려, 운전허는 기술은 읎어도 지게에 등짐 지는 것이야 둘찌가라면 서러운 사람들잉께 원선지 먼지 얼렁 내보드라고. 지게질 잘허는 것도 워디 예사 기술이간디?」

김 씨가 담배를 말며 거들었다.

「그려유. 짐 날르는 디야 지게가 질이고, 지게질 잘하는 것도 기술이지유.」

강 씨도 그 말에 합세하고 나섰다.

「몰르겄소, 고것이 무신 기술이 될라는지 워쩐지. 나가 보기로는 여그서 뽑힐 사람은 문 씨 하나뿐인 것 겉은디. 공연시 짧은 쎗바닥으로 침질게 뱉겄다고 원서 냅네 면접 봅네 험서 왔다리 갔다리 허다가 메칠 아까운 일당만 날리는 것 아닐랑가 몰르겄다.」

천두만이 끄응 된힘을 쓰면서 앉음새를 고쳤다.

「글쎄, 올라가지 못헐 낭구 쳐다보덜 말랐는디, 그 말도 틀린 말이 아니기넌 헌디 말여. 우리가 원체로 무식헌디다가 아는 것이야 농사일밖에 읎응께로. 근디, 문 씨는 워째 안직도 원서 안 내고 있소? 대보름 오곡밥 허는 것도 아닌디 머 그리 오래 뜸딜일 일이 있으시요?」

김 씨가 말이담배에 침을 듬뿍 바르며 옆사람을 쳐다보았다.

「글쎄요, 내기는 내야 되겄는데 어째 전쟁터라서 기분이 찜찜하고 그렇네요. 월남은 다른 전쟁터하고는 달라서 전방 후방도 없이 베트콩들이 아무데서나 막 튀어나온다잖아요. 그런 정신없는 전쟁판에서 보급물자 싣고 다니다간 언제 골로 갈지 모를 일이거든요.」

문 씨라는 남자가 술잔을 들며 사람들을 둘러보았다.

「보소, 보소. 그기사 구데기 무서봐 장 못 담구는 기지. 이 급한 판에 똥이야 된장이야 개리게 생겼능기요. 여게서보담 몇배로 돈벌이가 잘 된다 쿠는데 무조건 가고 보는 기지. 그라고 보소, 전쟁판이 그리 지랄 같다 캐도 어데 아무나 죽는교. 6·25 때 그 지독헌 백마고지 전투에서도 살아날 사람은 다 살아나는 기라요. 죽고 사는 기야 다 팔자 소관이고, 군인들에 비하면 보급물자 날르는 민간인들이야 위험하다꼬 해도 까짓것 얼매나 위험허겠능교.」

전 씨는 괜히 화를 내며 술잔을 왈칵 비웠다. 운전 기술 가진 사람의 그 배부른 소리에 약이 오른 눈치였다.

「그 말이 맞구먼유. 재수 없는 사람이야 접시물에도 빠져죽고, 명 길게 타고난 사람이야 전쟁터에서도 총알이 피해가는 법인게유. 돈 버는 거야 다 때가 있고 시가 있는 법인게 우선 가고 보는 게 상수지유.」

강 씨가 부러운 눈길로 문 씨를 바라보았다.

「그도 그려. 요런 똥구뎅이 팔자 면헐라면 이리 때가 왔을 적에 이판사판 일을 저질러야 허는 것이여. 글 안 허고 눈이 올 것이다냐, 비가 올 것이다냐 험서, 뭉기적이고 있다가는 평상 거렁뱅이 꼴 면허기넌 틀린 것잉께.」

김 씨가 문 씨의 잔에 술을 따랐다.

「예, 맞는 말씀들입니다. 나도 스피아 운전수 꼴 면하고 한밑천 잡게 나서야지요. 택시 한 대 살 돈만 벌어오면 그땐 팔자가 피니까요. 택시 한 대 장만하기가 어렵지 한 대에서 두 대 되기는 쉽고, 두 대에서 석 대 되기는 더 쉽고, 그 담부터야 더 말할 것도 없지요. 나도 이번 기회에 팔자 한번 고치기는 고쳐야지요.」

문 씨가 결심을 새롭게 하는 듯 입술을 야무지게 훔쳤다.

「작심 잘허셨슈. 담에 택시회사 사장님 되면 나 아무 자리나 한자리시켜줘유. 내가 요새 젤로 부러운 사람이 문 씨구만유.」

강 씨가 뚜벅 말했다.

「하이고, 저 충청도 양반 우뭉시럽기년. 한자리 아니라 두 자리 시켜주면 그 재주에 헐 일이 머시가 있간디? 택시회사에 지게질이고 등짐질 일이 만고에 있어야 말이제.」

김 씨가 입빠르게 퉁을 놓았다.

「뭔 섭헌 말을 그리 허남유. 그때야 차분허니 운전 기술을 배워야지유.」

강 씨가 정말 서운한 기색으로 말했고,

「허! 어느 세월에 그런 기술을 배와? 강 씨는 나이 안 묵고 이대로 있을 재주가 있는게비제?」

김 씨의 여지없는 면박이었다.

「어찌 그류? 육십에 삼대 독자 낳는다는 말도 못 들었슈?」

그러나 면박당하지 않고 되치는 강 씨의 뚱한 대꾸에 모두 와아 웃음을 터뜨렸다.

「아이고메, 고래 심줄맹키로 찔긴 저 징헌 충청도 맘보 잠 보소. 사람 잡네.」

김 씨가 과장되게 고개를 내둘렀다.

문 씨라는 남자, 문태복은 농부 출신이 대부분인 그 누더기촌에서 좀 색다른 존재였다. 트럭 운전을 하던 그는 교통사고로 사람을 죽이고 1년 남짓 감옥살이 끝에 풀려나 싼 셋방을 찾아 이 동네로 흘러들었다. 감옥살이로 빈털터리가 된 그로서는 교통 편하고 셋방 싼 이 누더기촌이 안성맞춤이었다. 그는 아직 고정된 일자리를 얻지 못하고 임시 운전수로 택시를 몰며 겨우겨우 살아가는 처지였다.

「다들 우짤끼요? 뻐떡 해치우는 기 안 좋겠능교?」

술기운이 벌겋게 돋은 전 씨가 사람들을 둘러보았다.

「천 씨는 워째 통 말이 읎다? 저 구름에 비 들었을라다냐 혀도 쏘내기 쏟아지는 법 아니드라고? 워쩔 심판이셔?」

김 씨가 천두만에게 눈길을 돌렸다.

「그려, 동무 따라 강남 가드라고 나 혼자 빠질 수야 있겄다고. 헛짐 빠질 때 빠지드라도 세상바람 한분 타보기넌 타봐야제.」

천두만이 느리게 고개를 끄덕거렸다.

「그라믄 내일 당장 해치우는 기 우짜겠능기요?」

전 씨가 기세를 세웠고, 모두 좋다고 뜻을 모았다.

그들은 이튿날 아침에 전 씨 집 앞으로 모였다. 모두가 다른 날과는 달리 나름대로 옷을 빼입고 있었다. 그러나 때 절고 냄새나는 것을 면했을 뿐 옷들은 낡고 볼품이라고는 없었다. 그들은 시내 지리를 제일 잘 아는 문태복을 앞장세워 동대문까지 걸어나와 전차를 탔다. 화신 앞에서 전차를 내리고, 소공동으로 회사를 찾아가는 동안 그 누구도 입을 열지 않았다.

회사 앞에는 벌써 사람들이 많이 몰려 있었다. 그들은 기가 죽어 서로 눈치를 보았다. 사람들은 회사 안에서 지원서를 받아가지고 나오기도 하고, 끼리끼리 모여 지원서에 무엇을 쓰기도 하느라고 분주했다. 그들은 자신들 중에서 유일하게 중학교를 나온 문태복을 다시 앞세워 회사 안으로 들어갔다.

「꼭 자필로 쓰고, 거짓말로 쓰면 안 됩니다. 조사해서 사실이 아니면 합격이 취소되니까요.」

지원서를 나눠주는 사람의 말이었다.

「저어, 지원자들이 많습니까?」

문태복이 공손한 태도로 물었다.

「당연하지요. 자, 다음 분 오세요.」

양복 입은 사람들의 대꾸는 싸늘했다.

밖으로 나와 지원서를 본 그들은 부랴부랴 속성 사진관을 찾아갔다.

지원서는 당일로 내야 하고, 집에 간다고 찍어둔 사진은 없었다.

사진이 되기까지 세 시간 동안 그들은 팔자에 없는 다방에 들어가 쓴 커피 한 잔씩으로 점심을 대신하며 지원서 쓰기에 온 정성을 다 바쳤다. 아무도 필기구를 가지고 있지 않아 잉크와 펜대를 사서 문태복이 먼저 시범을 보였다. 그러나 다른 사람들은 연필은 몰라도 펜대는 처음 잡아 보는 거라서 연신 손이 떨리며 글씨가 삐뚤빼뚤 질정이 없었다. 학력란 에는 모두 국민학교라고 적혀 있었다.

면접은 이틀 뒤였다.

「기술은 아무것도 없나요?」

면접 보는 사람의 물음이었다.

「저어 머시냐, 등짐 지고 기운 쓰는 것이야 자신이 있구만요.」

천두만은 힘주어 대답했다.

「예, 알았어요. 나가보세요.」

밖으로 나오면서 천두만은 허망한 생각이 들기도 하고 억울한 기분이 기도 했다. 그 한마디를 하려고 네댓 시간이나 기다린 셈이었다. 그러나 다른 사람들도 한마디씩밖에 못한 것은 마찬가지였다.

발표는 사흘 뒤였다. 그들은 불안한 채로 술추렴 자리에서도 그 이야 기를 서로 피했다.

발표를 보러 가면서도 그들은 말을 한마디도 하지 않았다. 지원서를 내러 갔던 날의 긴장이 불안으로 바뀌어 있었다.

합격자는 문태복 하나뿐이었다.

「나가 머라고 허등감? 사람 팔자가 그리 쉽게 바꽈지간디. 참새는 참 새로 살아야제.」

천두만이 카악 가래를 돋우어 내뱉었다.

14
미국이라는 나라

　여단 사령부 본부중대 150명의 사격연습은 일상 업무에 지장이 없도
록 절반씩 나눠 이틀 동안이었다. 그런데 최주한은 이틀째 연속 보급부
에 총을 받으러 갔다.

　「야, 너 어떻게 된 거야?」

　배불뚝이 미군 하사 옆에서 M14 소총을 내주고 있던 홍 일병이 최주
한을 보고는 얼굴을 찌푸렸다. 같은 날 배속되어 와 서로 친한 홍 일병
의 그 표정은 무엇인가 알아채는 듯한 느낌이었다.

　「씨팔, 알쪼 아니냐. 제대 말년에 땅바닥에 엎드려 총질하게 생겼나
그거지, 서무계 안 병장 그 꼴통새끼가. 어쩌겠어, 인사과 쫄짜가 땜빵
해야지.」

　군복 입으면 다 개새끼더라고 최주한의 입에서도 욕이 거침없이 나
왔다.

　「그래, 좆으로 밤송이 까라면 까는 거지. 니기미 잘됐다. 나하고 하루

노는 셈 쳐라. 나도 오늘 이치 것 대신해 주기로 했다.」

홍 일병이 옆의 미군을 눈짓했다.

「아니, 이것들도 그런 요령 필지 아냐? 놀랐네.」

「이것들은 뭐 사람 아닌가? 특히 얘는 한국식 요령을 잘 아는 능구렁이야. 한국 근무가 세 번째거든.」

「몇 딸라 받았나? 사격에다 총 수입(청소)까지 하는 거니까 10딸러는 되겠는데?」

미군들은 여러 가지 부정행위를 카투사들과 돈으로 거래하려고 들었는데, 중대본부 사무실의 두 시간 야간보초는 5달러, 일요일의 네 시간 주간보초는 10달러 하는 식이었다. 그런 거래는 미군의 월급날 직후에 부쩍 심해졌다. 돈이 생긴 미군들은 한시라도 빨리 기지촌에 나가 기분을 내려고 안달이었던 것이다. 그리고, 집에서 용돈을 가져다 쓸 수 없는 가난한 카투사들에게는 그게 적잖은 수입이 되기도 했다.

「야, 난 치사하게 그따위 거래는 안 해. 이치 뒷다리 잡고 한탕씩 크게 치는 거지. 야, 그만 나가. 이치 이거 한국말 넘겨짚는 눈치가 아주 빨라.」

「너 이새끼 권 병장 없어진 써퍼라이(보급부)에서 맘놓고 타락하기 시작하는구나. 술도 안 사고.」

「홍청망청하는 부자놈들 것 좀 해먹어서 나쁠 것 있냐. 나도 파견대장에 선임하사에, 먹여살려야 될 상전이 둘이다. 야, 이제 슬슬 시작이니까 술은 좀 기다려. 내가 동기 의리 잊겠냐.」

「관둬라, 괜히 체할라.」

최주한은 총을 들고 밖으로 나왔다.

150명이 쓰는 2층짜리 긴 막사 뒤의 넓은 아스팔트 공터에는 총을 든 미군과 한국군 카투사들이 흩어져 있었다. 카투사란 '미군에 소속된 한국군'이란 말의 머리글자를 딴 것으로, 미군들은 분명 카투사로 발음하는데 한국군이나 부대 주변의 사람들은 한사코 카츄샤라고 했다.

미군들과 달리 카투사들은 총을 요리조리 살펴보고, 방아쇠를 당겨보고, 한 손으로 들고 올렸다 내렸다 하며 무게를 가늠해 보는 몸짓도 하고 있었다. 최주한은 그쪽으로 발길을 돌리며 그들이 M1 소총과 비교하느라고 그렇게 분주하다는 것을 알고 있었다.

「이거 M1보다는 훨씬 가볍고 칼빈보다는 약간 무거운 게 우리 한국 사람들한테 딱 맞는 총이네. 서른 발 연발에.」

「길이는 M1하고 같은데 어찌 이리 가볍게 만들었지? 귀신이네.」

「요런 쪼다. 눈 됐다 어디다 쓰냐. 개머리판 빼고는 모두가 플라스틱이잖아.」

「야 참 한국군 불쌍하다. 이런 총이 있는 세상에 아직도 그 무거운 여덟 방짜리 M1 가지고 낑낑대고들 있으니.」

「이봐, 그까짓 건 아무것도 아니야. 지금 월남에선 한국군은 M1 들고 싸우고 미군들은 이 M14보다 훨씬 가볍고 성능 좋은 M16으로 싸우고 있어. 그게 도대체 말이나 되냐?」

「그건 정말 말도 안 되는 소리야. 그만큼 한국군이 많이 죽게 될 건데, 미국이 원해서 파병을 했으면 총부터 미군하고 똑같아야지. 한국군은 개값 물라 그건가? 도대체 박정희는 뭘 하고 있는 거야?」

「좆이나 탱고야. 한국놈들 목숨은 목숨이 아니라 그거지. 누가 힘없으래?」

「어렌샷!」

갑자기 구령소리가 울렸다. 워터를 워러라고 발음하고 버튼을 버를이라고 하는 식으로 어텐샷(차려)은 어렌샷이 되고 있었다. 학교에서 배운 것과는 꽤나 다른 그 발음의 차이 때문에 영어를 좀 한다는 카투사들도 처음 몇 달 간은 어리둥절했다.

거구의 흑인 싸진메이저를 앞세우고 백인 중대장이 나오고 있었다. 미군과 카투사들은 아침 점호를 받을 때처럼 재빨리 4열 횡대로 열을 지었다.

「오늘 사격연습에서 여러분이 소비해야 할 총알은 개인당 300발씩이다. 어제처럼 아무 사고 없이 각자가 책임량을 완전 소비하도록. 그리고 총 수입을 깨끗하게 하기 바란다. 수입 상태는 내가 직접 점검하겠다. 이상.」

금발의 대위가 싸진메이저의 경례를 받고 돌아섰다.

「야, 뭐라고 나발부는 거야?」

최주한의 옆에 선 병장이 물었다.

「예, 300발씩 사격하고, 총 수입 깨끗하게 하라고요.」

영어가 잘 통하지 않는 사람들의 답답함을 생각해서 최주한은 얼른 대답했다. 더구나 그는 한국군의 5대 장성 중의 하나로 꼽히는 '병장'인 데다가, 본부중대 34명 카투사 중에서 깡다구가 제일 센 이길도였다.

「새끼들, 놀고 자빠졌네. 돈이 남아돌아 환장을 하나, 300발씩이나 쏴 갈기고 지랄을 하게. 한국군은 여덟 발 가지고도 벌벌 떠는데, 이새끼들 은 하여튼 물건 아까운 줄을 몰라.」

이길도가 침을 찍 뱉었다.

「오우, 갓뎀!」

옆의 미군이 대뜸 얼굴을 찡그리며 내쏘았다.

「뭐, 갓뎀? 유 원어 다이?」

이길도가 주먹을 치켜듦과 동시에 눈을 부릅뜨며 내뱉은 영어였다.

「노, 노. 쏘리.」

미군은 당황스럽게 손과 고개를 한꺼번에 내저었다.

「됐어, 오케이야.」

이길도는 만족스럽게 웃으며 미군의 어깨를 두들겼다.

최주한은 곧 터지려는 웃음을 눌러 참고 있었다. 이길도가, 유 원 어 다이? 한 것은 '너 죽고 싶냐?' 하는 기지촌 영어였고, 미군은 제때 그

괴상망측한 영어를 알아듣고 위기를 피한 것이었다. 본부중대 미군치고 이길도의 깡다구와 주먹 세기를 모르는 사람은 없었다. 농구에다 권투까지 잘한다는 흑인 존스에게 1주일 동안이나 끈질기게 덤벼 결국 이긴 것이 이길도였다. 그는 대학을 나왔다면서도 영어와는 아예 인연이 멀었는데, 큰 키에 균형 잡힌 몸은 싸움꾼으로 타고난 것 같았다.

「사격장까지 앞에총으로 행군한다. 중대 앞으로 갓!」

싸진메이저의 구령에 따라 중대원들은 발을 떼어놓았다.

차도를 따라 걷는데 5월의 햇살을 받으며 펼쳐진 잔디밭은 넓고도 넓었다. 그 넓은 잔디밭은 이 공군 기지에 있는 장교들의 골프장이었다. 최주한은 여기가 미국인가 한국인가 하는 생각을 또 언뜻 했다. 골프라는 생소한 운동도 그렇고, 골프장의 그 낯선 풍경은 전혀 한국이 아니었다. 그리고, 땅덩이는 작은데다 산만 많고 평지는 좁은 나라에서 골프장이 저렇게 넓은 땅을 차지하고 있어도 되는 건가 하는 생각이 들며 사르르 기분이 상하기도 했다.

최주한은 골프장을 보자 잊고 있었던 걱정거리가 떠올랐다. PX에서 골프공을 사야 될 일이었다. 계급 정년에 걸려 있는 파견대장은 소령으로 진급하려고 안달하면서 미제 물건 구하기에 바빴다. 위에 바치려는 그 물건들을 PX에서 사내느라고 인사과의 졸병들은 돌아가면서 시달리고 있었다. 이번에 자신에게 떨어진 명령이 골프공 한 상자였다. 그런데, 카투사는 PX에 아예 얼씬도 못하게 되어 있으니까 미군 누군가를 꼬여야 하는데 그게 영 고민이었다.

최주한은 새삼스럽게 자신을 인사과로 끌어들인 선배를 원망했다. 대학 선배는 상대 출신에게 딱 맞는 보직이라며 자신의 재정계 자리를 넘겨주었다. 그러나 재정계란 한심하기 짝이 없는 자리였다.

말이 거창해 재정계지 고작 하는 일이라고는 미국 여단에 속한 카투사 250여 명의 월급 관리일 뿐이었다. 서울 경리단에 올라와서 돈을 받아다가 예하 대대에 분배해 주고, 캐비닛에 보관하고 있는 막도장들을 찍어대 형식적인 월급수령증을 제출하는 게 매달 되풀이되는 일이었다. 상대 졸업생이 그런 일을 한다는 건 성악과를 나온 사병이 고급 장교들의 술자리에 불려다니며 유행가를 뽑아야 하는 것처럼 서글픈 일이었다.

그런데 최주한은 우연히 미군 중대장의 월급을 알고는 그만 참담해졌다. 미군 대위 한 사람의 월급이 한국군 250여 명의 월급과 맞먹었던 것이다. 물론 그 250여 명 가운데는 파견대장과 상사, 그리고 예하 대대 중사 네 명까지 포함되어 있었다. 그 끔찍스러운 차이는 미국을 절대 천국으로 선망하여 영어공부에 미쳐 있는 예닐곱 명의 행위를 역겹게 볼 수 없게 했다.

어차피 군대에서 2년 6개월을 '썩히기로' 한 것이지만 하는 일이 그 모양인데다가 파견대장 일까지 골치 아프게 하는 판이니 인사과가 더 정나미 떨어지지 않을 수 없었다. 그런데 그 문제가 속을 썩이는 것은 인사과 근무자들은 그런 일을 부탁할 만큼 친한 미군이 없다는 점이었다. 모든 부서의 카투사들이 미군과 함께 근무하는데 인사과는 카투사만 모여앉은 동떨어진 섬이었다.

그리고 미군들은 여간 친하지 않고서는 그런 부탁을 들어주지 않았다. 미국인들의 개인주의적 냉정에다가, 미제 물건 밀반출을 막는다는 이유로 상부에서 그런 행위를 금하고 있었다. 그런데 더 큰 이유는 미군 사병들이 가지고 있는 구매카드는 수량이 한정되어 있었고, 어떤 물건이든 부대 앞 기지촌에 가지고 나가기만 하면 곱빼기 장사가 되는 판이었다.

사격장은 기지의 남쪽 끝 언덕바지였다. 총알을 지급받고 30분이 못되어 연발사격으로 사격장은 난장판이 되기 시작했다. 싸진메이저가 지프를 타고 사라지자 땅에 엎드려 조준사격을 하고 있던 미군들은 「갓뎀 아미!」를 외치며 벌떡벌떡 일어나 총을 연발로 갈겨대기 시작한 것이다.

어제와 똑같은 그 모양을 보며 최주한은, 너희들도 개판 치는 건 별수 없구나 하는 생각으로 떫게 웃었다. 그래도 카투사들은 열심히 조준사격을 하고 있었다. 그러나 그건 명령에 충실해서가 아니었다. 처음 만져보는 M14라는 총이 신기했던 것이고, 푸짐한 총알을 가지고 총 쏘기 놀이를 즐기고 있었다. 그러나, 아이들이 새 장난감에 금방 싫증을 내듯 카투사들의 총 쏘기 놀이도 그리 오래가지 않았다. 그들도 책임량을 다 없애기 위해 총을 난사해 대기 시작했다.

자기 탄피를 주워모아 보급부 차량에 반납한 사람들은 풀밭에 주저앉아 담배를 빨고 잡담을 하며 시간 때우기를 하고 있었다. 햇빛만 보면 사족을 못쓰는 백인들답게 어떤 미군들은 웃통을 벗어제치고 벌렁 누워 일광욕을 즐기기도 했다.

「야 홍 일병, 부탁 하나 하자. 우리 꼰대 진급에 쓸 건데, 골프공 한 박스만 사주라.」

최주한은 홍 일병에게 담배를 권하며 망설이고 있던 말을 꺼냈다.

「골프공? 얘네들 그런 부탁 영 싫어하는데. 우리가 돈벌이하려는 줄 안다구.」

홍 일병의 얼굴이 금세 구겨졌다.

「새끼, 술 사는 대신에 이거나 도와줘. 넌 느네 부서 양코들하고 함께 바람피울 정도로 친하잖아.」

「뭐? 너 그걸 어떻게 알아?」

최주한의 예상대로 홍 일병은 민감하게 반응했다.

「너 인사과 정보망 우습게 보냐? 이런 때 협조하면 손해볼 것 없어.」

「새끼, 살살 공갈치네. 국편이라도 안 시킨다면 또 몰라.」

홍 일병이 언짢은 기색으로 혀를 찼다. '국편'이란 한국군으로 돌아가는 것을 뜻했다. 카투사 근무는 군 복무기간의 절반으로, 신병으로 바로 배속되면 나머지 절반은 한국군으로 돌아가 근무해야 했다. 그리고, 한국군에서 먼저 근무하고 카투사로 이동하기도 했는데, 그 비율은 대충 반반이었다.

그런데 신병 출신 카투사들이 가장 두려워하는 게 국편이었다. 날마다 온냉수 샤워에 하우스보이가 세탁까지 해주는 생활이 한국군에 비하면 천당과 지옥의 차이인 것은 더 말할 것도 없는데다, 한국군으로 돌아가면 보충대에서부터 '편하게 빠다 처먹고 배때기에 기름 낀 놈들'이라고 해서 괄시가 이만저만이 아니라는 건 잘 알려져 있었다.

「어쩌면 그럴지도 모르지.」

「뭐? 야, 위에서 결정 난 거냐?」

홍 일병은 눈을 빛내며 바짝 다가앉았다. 월남전으로 군인들의 이동이 잦아져 문제가 있는데다가, 카투사들의 효율성을 높이기 위해 국편제도를 없앨지도 모른다는 소문이 떠돌고 있었다.

「이건 절대 비밀인데, 확정은 아니지만 그럴 가능성이 농후해.」

「아 씨팔, 기분이다. 알았어, 골프공!」

홍 일병은 이렇게 소리치며 최주한의 등짝을 맘껏 후려쳤다.

「아이고 이새끼, 사람 죽이네.」

최주한은 풀밭으로 나둥그러지며 후련하게 외쳤다.

중대본부로 돌아오니 선임하사가 뒷짐을 진 채 버티고 서 있었다. 영어는 한마디도 알아듣지도 하지도 못한다고 해서 귀머거리·벙어리에서 따서 별명이 '귀벙이'인 김 상사를 보자 카투사들은 바짝 긴장했다. 그는 '귀벙이'인 것을 만회라도 하려는 듯 카투사들에게는 군기를 세게 잡는 위인이었다. 그러나 그는 병장들 식의 주먹다짐으로 군기를 잡는 저급한 수준이 아니었다. 파견대장을 요령 좋게 먹여살리고 있는 그는 인사권을 거의 장악하고 있었는데, 그에게 밉보이는 날에는 예하부대 산꼭대기로 쫓겨나 밤낮으로 대공포나 지켜야 한다는 걸 본부중대 카투사들은 너무나 잘 알고 있었다.

「오늘 파견대장님의 훈시가 있으시다. 저녁 먹고 7시까지 전원 휴게실에 집합하도록.」

선임하사의 이런 지시에 카투사들은 어리둥절했다. 선임하사가 막사의 휴게실에 집합시키는 것은 으레 있는 일이었지만 파견대장이 직접 온다는 것은 뜻밖이었다. 어쩌다 파견대장이 훈시를 하는 장소는 사령부 건물에 있는 교육실이었다.

카투사들은 식당으로 가며 최주한에게 무슨 일이냐고 물어댔지만 그로서는 전혀 땅띔도 할 수가 없었다.

「에에……, 여러분에게 간략하게 말하겠다. 내일은 바로 대통령 선거일이다. 여러분은 국가의 최고 최대 중대사를 맞이함에 있어서 군인으로서의 충성심을 유감없이 발휘해야 할 것이다. 그것은 첫째, 한 사람도 빠짐없이 투표하되, 기권표나 무효표가 나오게 해서는 안 된다는 점이다. 그리고 둘째, 국가의 장래를 위하여 누가 적임자인지를 확실 분명하게 알아야 한다. 우리나라는 경제개발 5개년 계획 추진으로 발전을 시작한 단계이고, 제2차 계획도 차질 없이 추진되는 것만이 우리 모두의 살길이다. 여러분도 이 점에 대해서 추호의 의심이 없으리라고 믿는다. 그리고, 민주주의의 최고 모범국인 미국도 대통령을 재임시키는 것을 국민된 예의요 도리로 알고 있다는 점을 명심하기 바란다. 내일은 특별히 전원 휴무다. 이상.」

최주한은 눈길을 떨구고 앉아서, 저 가상한 충성의 발언을 그대로 녹음해서 청와대에 보내야 한다고 생각했다. 그러면 파견대장은 소령 아니라 중령으로도 특진할 것 같았다.

다음날 일과가 시작되자 카투사들은 단체로 기지촌의 동회로 나갔다.

「선임하사님, 우리는 고무신표 안 줘요?」

「비누표는 안 줘도 맨입으로 되나요?」

제대 얼마 안 남은 병장들이 괜히 긴장해 있는 선임하사에게 실실 농담을 했다.

「알았어, 알았어. 내가 술 사지.」

선임하사는 어느 때 없이 부드러웠다.

투표는 일반인들과 함께 자유롭게 진행되었다. 최주한은 투표용지를 펼쳐들고 망설임 없이 박정희 밑에다 붓두껍을 눌렀다. 그가 꼭 마음에 드는 것은 아니었지만, 4·19를 망치고 5·16을 불러들인 책임자 중의 한 사람인 윤보선보다 나았던 것이다. 그리고, 경제발전을 외치는 그에게 진정 잘하라는 기대도 있었다.

제6대 대통령에 박정희가 당선되었다. 차점자 윤보선과는 지난번 선거의 15만 표보다 일곱 배 이상이 많은 110만 표 차이였다. 지방보다는 대도시에서 박정희를 많이 지지한 결과였다.

그런데, 한 가지 특이한 변화에 최주한의 관심은 쏠려 있었다. 지난번 선거에서 박정희 당선에 결정적 기여를 했다고 하는 전라도에서 이번에는 반대 현상이 일어난 거였다. 박정희에게 표를 찍지 않은 전라도 유권자들이 내세우는 이유는 너무나 뚜렷했다. 지난 4년 동안 경제개발을 한다면서 전라도를 외면하고 편파적으로 경상도에만 투자해 지방을 차별했다는 것이다. 고향사람들의 그런 항변이 실린 신문을 보면서 최주한은 고향을 떠나 공부하느라고 미처 느끼지 못했던 새로운 사실을 깨닫고 있었다. 그건 카투사라는 괴상하고 색다른 군인이 되어 비로소 미국과 미군에 대해 새롭게 느끼고 생각하게 된 것과 흡사했다.

며칠이 지나자 최주한은 상병 계급장을 달게 되었다.

「야아, 우리도 드디어 기합 줄 쫄병들이 생겼구나. 가자, 한시라도 빨리 계급장 바꿔 달고 한잔 빨아야지.」

보급부 홍 일병은 손아귀가 넘치도록 시가 담배를 몰아쥐고 환호성을 올렸다. 미군들은 으레 동료가 진급하면 축하 선물로 시가 한 개씩을 주는데, 그의 부서에는 미군들이 많았다.

「새끼, 되게 좋아하네. 병장 되면 아주 미치겠구나. 어서 나가자.」

최주한은 말은 이렇게 했지만 홍 일병의 기쁨을 자신도 그대로 느끼고 있었다. 일등병에서 상병으로, 그 차이는 하잘것없는데도 마음은 들뜨고 기뻤다. 그 간사하고도 얄팍한 마음에서 최주한은 도리 없이 미약하고 초라한 육군 졸병으로 변해 있는 자신을 보며 허탈하게 웃었다. 계급이라는 것이 무엇인지 미군들도 진급을 하면 선물받은 시가를 하루 종일 입에 물고 다니며 새 계급장을 자랑하기에 바빴다.

최주한과 홍 일병은 구내버스에서 내려 미공군 헌병에게 아이디카드(신분증)를 내보이고 정문을 통과했다. 공군기지라서 모든 통제는 공군 헌병들이 했다.

기지촌은 바로 부대 정문 앞에서부터 시작되고 있었다. 정문의 폭과 똑같이 1킬로미터 정도 뻗어나간 아스팔트 도로는 국도와 맞닿아 있었고, 그 양쪽으로 기지촌은 펼쳐져 있었다. 도로를 따라 빈틈없이 들어찬 크고 작은 상점들은 하나같이 미군들의 돈을 긁어들이려는 것들이었다. 아직 어스름도 내리지 않았는데 야한 화장에 선정적인 차림을 한 밤나비들이 큰길로 나서고 있었다. 그 여자들은 이 기지촌을 이끌어가는 슬픈 주역이었고, 날마다 미국돈을 생산해 내는 가엾은 노동자들이었다. 그 여자들이 제일 싫어하는 말이 양공주였고 양갈보였다. 그녀들이 스스로를 부르는 이름이 '밤나비'였다. 그녀들은 미군이나 한국군을 가리지 않았지만 먼저 카투사들에게 접근하는 일은 없었다. 카투사도 그녀들이 미군을 유혹하는 것을 못 본 척하려고 했다.

최주한은 이 기지촌을 처음 대했을 때의 생소함과 울적함이 아직도 마음 한 구석에 남아 있었다.

「아, 카츄사 신병이구나. 나하고 한번 연애하면 공짜로 해줄 수 있는데.」

신병 막사에 대기하며 집에 다녀오던 날 밤 한 여자가 불쑥 던진 말이었다. 이등병 계급장을 달고 잔뜩 긴장해 있던 최주한은 그 갑작스러움에 깜짝 놀랐다.

「뭐 그리 놀랠 것 없어요. 동생 생각이 나서 그냥 해본 농담이니까.」

화장을 짙게 한 여자는 상점의 불빛을 등진 어렴풋한 어둠 속에서 웃고 있었다.

아, 저런 여자한테도 나 같은 동생이 있구나······.

최주한은 너무 당연한 것을 새삼스럽게 깨닫고 있는 자신을 느끼며, 그 여자의 슬픈 것 같기도 하고 부끄러워하는 것 같기도 한 웃음을 되짚어 생각했다.

계급장을 바꿔 다는 가게는 뒷골목에 있었다. 최주한과 홍 일병은 곧장 그곳으로 발길을 재촉했다.

그들은 상의를 벗어 재봉틀질을 하는 가게 주인에게 맡기고, 상병 계급장을 골라 모자에 바꿔 달았다.

「어 쓰팔, 이거 하나 다느라고 아까운 내 청춘이 얼마나 썩었나 그래.」

홍 일병이 셔츠바람에 모자를 쓴 자신의 모습을 거울에 비춰보며 불만에 찬 어투로 내뱉었다. 그러나 그 얼굴에는 흐뭇한 기색이 넘치고 있었다.

최주한도 모자를 써보았다. 지난 1년 2개월의 기억들이 한꺼번에 떠올랐다. 월남에 가지 않도록 집에서 안전하게 손을 쓴 것이 카투사 생활의 시작이었다. 집에서는 편하게 지내며 영어 실력이나 좀 늘리라고 했지만 카투사 생활을 하다 보니 마음 편편찮은 것들이 너무 많았다. 1년 2개월은 어찌어찌 때웠지만 앞으로 남은 1년 4개월의 세월이 까마득하게 느껴졌다.

「이 미친년아, 정신차려. 이기지도 못할 술을 왜 이리 처먹고 이 꼴이야 그래.」

밖에서 째지는 여자의 외침이 울렸다.

「놔, 놔! 나 죽을 거야, 죽어!」

다른 여자의 외침이 더 발악적으로 터졌다.

최주한과 홍 상병이 동시에 유리창 밖을 내다보았다. 한 여자는 머리가 헝클어지고 맨발인 채 비틀거리고 있었고, 다른 여자는 그 여자를 부축하려고 애쓰고 있었다.

「이 병신아, 죽긴 왜 죽어. 다 잊어버리고 정신차려.」

「이거 놔 글쎄. 나 죽는다니까.」

두 여자는 계속 실랑이하고 있었고, 몇 여자가 그들을 바라보며 수군거리고 있었다.

「밤나비들 같은데 장사는 안 하고 왜들 저러시나?」

홍 상병이 가게 주인에게 궁금증을 드러내는 어조로 말했다.

「아이고, 말 마슈. 저 골 빈 게 글쎄 양코가 데려간다는 말 믿고 돈까지 빌려줬는데 그놈이 글쎄 며칠 전에 비행기 타버렸수. 저 병신은 한 달 뒤에 함께 가는 줄 알고 있었고. 사람이란 참 묘하지. 옆에서 당하는 걸 뻔히 보면서도 계속 저 꼴들이니. 미국이 그리도 좋은지 원.」

가게 주인은 재봉틀을 돌리며 혀를 끌끌 찼다.

「그래요, 꽁지 빨간 비행기의 승객이 되어 태평양 건너갈 욕심에 눈 멀어 나야 설마 하는 거지요.」

홍 상병이 팔말을 꺼내 최주한에게 권하고 자기도 입에 물었다. 꽁지 빨간 비행기란 미국 직항인 노스웨스트를 말하는 거였다.

「그렇지요. 욕심이 사람 잡는다고 했으니. 자아, 됐습니다요.」

가게 주인이 군복 상의를 탈탈 털어 내밀었다.

「한국 군대는 영 개판이야. 계급장을 본인들이 사 달아야 하다니 말야.」

홍 상병이 돈을 치르면서 투덜거렸다.

「아니, 그래야 나 같은 사람도 먹고 살지 않겠어요?」

가게 주인이 넉살좋게 받아넘겼다.

홍 상병은, 진급하면 보급부에서 계급장을 지급하는 것은 물론이고 계급장이 부착된 새 옷까지 주는 미군과 비교하고 있었다. 최주한은 단추를 꿰며 쓰게 웃었다. 그렇게 따지자면 미군과 다른 엉망진창이 한두 가지가 아니었다. 미군의 아이디카드에는 입대 날짜와 제대 날짜가 명기되어 있었다. 그러나 한국군은 제대할 날짜는커녕 제대할 달조차 어림짐작이었다. 미군은 폭행이란 전혀 없었고, 사병끼리는 계급차 없이 평등했다. 그런데 카투사들은 군기를 빙자해 미군들 눈을 피해가며 폭행을 밥 먹듯 했고, 사병끼리도 한 계급만 차이가 나면 장교 대하듯 경례를 해야 했다. 미군은 일과 중에도 사적인 일은 장교가 사병에게 시키는 일이 전혀 없었다. 그렇지만 카투사들은 일과 중이든 아니든 장교는 말할 것도 없고 선임하사의 종이나 다름없었다.

미국에 미쳐 있는 몇몇 카투사들은 미국 사회의 그런 합리성을 내세워가며 미국을 칭송하기에 침이 말랐다. 최주한은 그런 합리성을 인정하면서도 백인들이 가지고 있는 인종적 우월의식과, 흑인들을 포함해서 미국사람들이 수시로 표출시키는 한국사람에 대한 멸시와, 이런 것들 사이에서 혼란을 일으키고 있었다.

「어! 이게 누구야? 느네들 진급했구나? 그래, 한잔 안 뺄 수 없겠지.」

가게에서 막 나오던 최주한과 홍 상병은 사복한 남자에게 잽싸게 경례를 올려붙였다.

「예, 오늘 진급했습니다. 중사님, 요새 어떻게 지내십니까?」

홍 상병이 아부하는 기색이 역연하게 굽실거렸다. 사복한 남자는 헌병파견대 중사였다.

「뭐, 재미없어. 너 같은 애들이 좀 잘해야 되는 것 아니겠어?」

「예에, 차차…….」

홍 상병은 최주한의 눈치를 살피며 어물거렸다.

「그래, 재미들 봐. 사고 치지 말고.」

「예, 인사과에도 놀러 좀 오십시오.」

최주한은 형식적인 인사치레를 했다.

「인사과야 겨울에나 가야지 요새 가봐야 맹물밖에 더 있냐. 또 보자.」

어깨 바라진 중사는 바삐 걸어갔다.

「너 저 사람하고 어찌 그리 친하냐?」

최주한은 이상스러운 느낌이 들어 홍 상병을 빤히 쳐다보았다.

「다 그런 게 있지. 괜히 넌 알려고 하지 말고 이 형님이 사주는 술이나 고맙게 마셔.」

홍 상병이 코밑을 훔치며 묘하게 씩 웃었다.

「알 만하다. 빼돌린 것 해먹는 데 저치도 한몫 거드는구나?」

「새끼, 꼭 말을 해야 맛이냐? 세상 다 그렇고 그런 것 아니겠어. 유식한 말로 먹이사슬이란 것 있잖아.」

「조심해, 괜히 돈맛 들려 설치다가 당하는 수가 있어. 알파 중대에서 까불다 제대 말년에 영창 간 놈 있잖아.」

「얌마, 재수 없는 소리 작작 하구, 오늘은 내가 특별히 맥주를 살 테니까 술이나 마셔. 부자놈들 건 먹을수록 좋아.」

홍 상병은 최주한의 배에 원투 스트레이트 펀치를 먹이는 시늉을 했다.

부자놈들 건 먹을수록 좋아……, 어쩌면 그럴지도 모른다 싶었다. 최주한은 미국이 얼마나 엄청난 부자 나라인가를 카투사가 되어 비로소 실감했다. 아까 헌병 중사가 겨울에나 인사과에 가야지 어쩌고 한 것도 기름을 빼먹는 이야기였다. 그는 지난 겨울에 다 낡은 스리쿼터를 끌고 사흘거리로 인사과에 나타나 난로용 디젤을 빼오라고 시켰다. 그 궂은 일을 인사과의 일등병 둘이서 도맡아야 했다.

비상시에는 최신예 팬텀기 두 대가 동시에 뜨고 내릴 수 있다는 활주로를 갖춘 공군 기지는 끝 모르게 넓고 넓었다. 그곳 사령부의 수많은 퀸셋 사이사이에는 원통형의 디젤통들이 설치되어 있었다. 거기에는 난방용 디젤이 담겨 있는데 어느 사무실에서나 무제한으로 뽑아다 난로를 땔 수 있었다. 그것을 알고 있는 헌병 중사는 야전용 기름통 서너 개씩을 싣고 와 기름을 채우라는 거였다. 파견대 예산이 궁해 어쩔 수 없다는 게 그가 내세우는 당당한 이유였다. 그는 헌병 신분증을 이용해 검사가 심한 정문을 무사통과하고 있었다.

그런데 그 공군 기지는 대형 식당들, 수많은 막사들, 그리고 종합병원·극장·체육관·도서관·쇼 공연장까지 갖춘 미국의 소형도시나 마찬가지인데 기름을 얼마나 때대는지 한겨울에도 전혀 추위를 느낄 수가 없었다. 그야말로 기름을 물 쓰듯 하는 그 엄청난 소모량 때문인지 기름은 인천에서부터 송유관을 타고 와 기지 안에 퍼지고 있었다. 인천에서부터 거기까지는 수백 리였고, 어느 일요일에 기지 밖으로 멀리 나갔다가 그 송유관을 처음 본 최주한은 그만 기가 질리고 말았다. 수백 리에 걸쳐 뻗어나간 대형 송유관도 그렇고, 미국이 한국땅에 이렇게 뿌리박고 있나 하는 충격으로 머리가 띵했었다.

소대가 주둔하고 있는 몇백 미터 산꼭대기에도 수세식 변소와 온냉수 샤워 시설은 물론이고 소형 영사기가 돌아가는 극장이 있고, 세계 어느 나라에 주둔하든 미군들의 그날 메뉴는 미국 본토 군인들과 똑같다는 것은 그 다음에 차츰 알게 되었다.

「야, 오늘 밤 나하고 슝슝하자.」

홍 상병이 취해 아가씨를 끌어안았다.

「좋아요, 좋아요. 요것 많이만 줘요.」

아가씨는 손가락으로 동그라미를 그리기 바빴다.

15
답답한 여자

기차가 영등포역을 통과하고 있었다. 승객들이 서울역에 내릴 준비를 하느라고 선반의 짐을 내리고 가방을 챙기고 하면서 기차 안이 수선스러워지고 있었다.

「그 사람이 쓸 만헐께라?」

안경자의 어머니는 핸드백에서 손거울을 꺼내며 남편을 쳐다보았다. 그녀는 나이가 들었는데도 핸드백에 어울리게 투피스 양장차림에 파마머리를 하고 있었다. 서울의 젊은 여자들 못지않은 그 차림은 이미 소문나 있는 '광주 충장로 멋쟁이'의 모습이었다. 서울 명동의 유행이 제일 먼저 내려간다고 할 만큼 광주 충장로의 양장점들은 수준이 높다고 알려져 있었다.

「사람 참, 또 그 말인가?」

안 원장은 양복을 건성으로 털며 아내를 보고 빙긋이 웃음지었다.

「안 그럴람서도 맘이 어찌 그요. 딸인디다가 개혼이라 논께.」

「너무 신경 쓰지 말어. 제가 어련히 잘 알아서 골랐을라고. 경자만 믿어.」

「갸가 공부허는 것맨치로 남자 보는 눈도 야물딱져야는디, 공부만 허니라고 그 눈이 지대로 틔였을랑가 걱정이랑께요. 아무리 신식이라 해도 연애결혼이라는 것이 벨라 맘에 안 든단께요.」

「이런, 남 먼저 양장하고 나선 사람이 그 무슨 시대에 뒤떨어진 소린가. 외국 연애영화 좋아하는 건 또 누군데. 같은 의대 선배라면 더 볼 것 뭐 있나. 머리는 그만하면 된 거고, 인물이나 성격은 경자가 오래 겪으면서 좋아하게 된 거니까 더 말할 것 없고 그렇지. 우리가 골라줘도 그만하기 어려울 테니까 더 마음쓰지 말어. 부부 의사면 남들 보기도 좀 좋아.」

「그렇기사 헌디요. 인물이 당신만은 혀야 헐 것인디.」

「허허허허……」

안 원장은 자신도 모르게 웃음을 터뜨리다가 깜짝 놀라 얼른 입을 가렸다. 점점 더 시끌벅적해지고 있는 기차 안에서 안 원장의 웃음소리에 신경 거슬려 하는 사람은 아무도 없는 것 같았다.

안 원장은 어쩔 수 없이 김선오와의 일을 떠올리고 있었다. 그때 자신이 먼저 나섰던 일이 그만 낭패로 돌아가 딸에게 얼마나 면목이 없었는지 몰랐다. 딸은 충격이 컸을 텐데도 그런 내색 전혀 없이 아주 의연하게 대처했다. 그 사람이 아버지를 속이고 있는 것이니 없었던 일로 하시는 게 좋겠다고 편지에 담담하게 쓰고 있었다. 그후로 애비의 입장이 곤궁해질까 봐 그랬는지 그 일을 한 번도 입에 올린 적이 없었다. 자신은 너무 황당한 꼴을 당해 더는 사윗감을 고를 엄두를 내지 못했다. 김선오는 생각할수록 괘씸하고 못된 인간이었다. 사람이 조건 좋은 혼처를 구하는 것이야 얼마든지 있을 수 있는 일이지만, 두 여자를 놓고 동시에 저울질하는 것도 비인간적인 일인데 더구나 딸의 친구와 오래전부터 교제해 온 상태에서 딸하고 결혼하겠다고 덤비다니……. 그 야비한 속임수를 생각하면 지금도 가슴에서 뜨거운 것이 솟으려고 했다. 김선오의 약아빠진 기회주의를 용서하기 어려웠지만, 가만히 생각해 보면 자신의 잘못도 없지 않았다. 아들의 가정교사로 김선오를 대하다가 그가 검사가 되고 보니 먼저 사윗감으로 탐을 낸 것은 자신이었다. 사윗감의 직업을 줄줄이 놓고 생각해 보니 검사 사위가 가장 그럴듯하지 않았던가. 명성과 재력은 이미 남부러울 것 없이 확보해 놓았으니 권력을 덧붙이고 싶었던 마음. 김선오의 저울질이 약아빠진 것이라면 자신의 욕심도 약아빠진 것이었다. 그러나 자신은, 딸이 연애하고 있는 남자가 있는 것을 알면서도 김선오와 저울질한 것은 아니었다.

기차가 멈추기도 전에 사람들이 출입구 쪽으로 몰려나가고 있었다.

「뭐가 그리 급해.」

안 원장은 사람들 틈에 섞이려고 하는 아내의 팔을 붙들었다.

「음마, 우리가 늦게 나가면 경자가 기둘리니라고 애탈 것 아니겠소.」

그녀는 팔을 뿌리치며 남편에게 눈을 흘겼다. 안 원장은 그도 그렇다 싶어 아내를 뒤따랐다.

기차에서 내린 사람들은 폭넓은 계단을 꽉 채우며 구름다리를 타고 오르고 있었다. 안 원장은 그 사람들을 올려다보고 걸으며, 딸은 서울서 개업을 하게 하는 게 좋겠군, 하는 생각을 하고 있었다.

「잠자리는 지대로 잡았냐?」

안 원장의 아내가 딸을 보자마자 물었다.

「네, 어머니가 말한 대로 명동 사보이호텔로 정했어요.」

「뭐, 명동 사보이호텔? 그거 원, 낙원동의 백련장 정도면 족하지.」

안 원장이 얼굴을 찌푸리며 혀를 찼다.

「당신은 으째 그리 촌티 내고 그러요. 돈 몇 푼 차이 난다고. 누가 호강헐라고 호텔잠 잘라고 근다요? 거그 묵으면 사람 만내는 장소 따로 정허고, 오가고 험서 차비 들고 복잡허고 헐 것 없이 거그 커피샵에서 만나면 된게 훨씬 더 이익이단 말이오.」

「아 됐어, 됐어. 사람이 원······.」

안 원장은 더 탓하고 싶지 않다는 듯 고개를 돌려버렸다.

안경자는 그런 어머니와 아버지를 보며 소리 없이 웃었다. 어머니는 능란하게 말을 맞추었지만 속셈은 명동의 양장점들을 한바탕 구경하고 싶은 것이었고, 아버지는 어머니의 그런 속내를 짐짓 알고 있으면서도 그냥 넘기는 거였다. 그런 아버지와 어머니의 모습이 더없이 좋아 보였다. 나이 들어가면서도 멋을 잃지 않으려는 어머니의 모습이 지극히 여자다워 보였고, 그런 아내의 행위를 사치한다고 몰아대지 않고 모르는 척 접어주는 아버지의 관대함이 더없이 남자다워 보였다. 어머니의 멋부리고 영화 좋아하고 하는 것들은 강숙자 같은 데가 많았다. 그런데 자신은 아버지를 너무 많이 닮아 책과 공부가 더 좋다 보니 멋을 부리는 것이 성가셨다. 멋이라는 것도 쉽게 부릴 수 있는 것이 아니었다. 그것도 제대로 하려면 여간 신경이 쓰이고 공역이 드는 일이 아니었다. 돈만으로 되는 일이 아니고 일정한 식견을 갖추어야 하고, 늘 감각이 살아 있어야 하고, 때에 맞추어 시간을 할애해야 했다. 자신으로서는 엄두를 낼 수가 없는 일이었다. 마음속에는 아름다움에 대한 여자로서의 욕구가 있는데 그걸 실천으로 옮기는 데 게으름을 피우게 되었다. 그나마 철따라 여자다운 옷을 입고 다니고 있는 것은 강숙자의 성화 때문이었다. 강숙자가 이런저런 옷들을 미리 보아놓고 어느 날 끌려가서 하나 골라 입는 식이었다. 대학을 졸업하면서 검정 단화를 벗고 굽이 좀 낮은 멋쟁이 구두를 신게 된 것도 강숙자 덕이었다. 그놈의 전도사아줌마 구두 더 끌고 다니면 정말 절교하고 말겠다는 강숙자의 엄포에 눌려 양화점에 갈 수밖에 없었다.

새 구두에 어울리는 새 옷을 입었을 때 뜻밖의 반응을 나타낸 건 신지훈이었다.

「아니, 이게 누구야! 전혀 딴사람이네. 이렇게 세련되게 멋을 낼 줄 알면서도 그동안에 그러고 다녔어? 공부가 우선이다 하고 덤빈 그 결심이 더 대단하고 빛나 보이는데. 그리고, 할 일 일단 마치고 이렇게 차리고 나선 모습도 더욱 아름다워 보이고 멋들어지군.」

신지훈의 그런 해석에 안경자는 꽤나 당혹스러웠다. 그런데 더 예기치 못했던 것은 신지훈의 눈빛이 전하고 달라진 계기가 된 점이었다. 전에는 그저 많은 후배들 중의 하나를 대하는 눈길일 뿐이었는데 달라진 눈빛에서는 자신을 여자로 발견하는 것을 느낄 수 있었다. 그 순간 떠오른 인상적인 장면이 있었다. 총성이 울리는 가운데 부상당한 학생들을 치료하느라고 하얀 가운이 피범벅이 된 채 혼신을 다하고 있는 신지훈의 모습, 그리고 그 일을 돕고 있는 자신의 모습. 그때 그의 모습이 얼마나 믿음직스럽고 남자다웠던가. 그때의 모습이 되살아나면서 자신의 눈에도 신지훈이 남자로 다가들었다. 그건 어쩌면 김선오한테 입은 상처 때문에 더 그랬는지도 모른다. 김선오는 자신을 결혼의 조건으로만 보았을 뿐이다.

인턴생활은 여자의 감성을 풍요롭게 할 수 있는 약간의 시간적 여유를 주었다. 그리고, 공부에 눌리기도 했던 치장 욕구가 '남자'를 갖게 되자 공작이 화려한 날개를 펼치듯 분출되어 올라왔다. 강숙자는 이제야 사람이 되었다며 그 욕구에 더욱 부채질을 해댔다.

신지훈과의 사랑은 날로 깊어져갔다. 강숙자는 자신의 연애에도 부채질을 해댔다. 의사 부부, 서로 이해하고 존중하며 평생 한 길로 가는 것이 얼마나 이상적이고 아름다우냐며 사랑의 방법을 코치하기에 바빴다. 그 바람에 강숙자가 골라온 연애소설도 몇 편 읽어야 했다.

「도대체 뭘 꾸물거리고 있는 거야. 능력 다 알겠다, 성격 다 알겠다, 인간성 다 알겠다, 거기다 서로 사랑하면 그 다음 코스는 뭐야! 예식장 앞으로! 해얄 것 아냐. 답답해서 죽겠어.」

자기는 곧 결혼할 거라면서 강숙자가 닦달을 해댔다.

「얘, 그건 아는데 여자가 먼저 결혼하자고 할 수는 없잖아.」

「또, 또 우등생 모범답안 같은 소리만 하고 앉았네. 그러니까 여자가 그런 말이 나오도록 분위기를 만들어야지.」

「어떻게?」

「아휴, 넌 그럴 땐 꼭 수학시험지 받고 앉은 나 같애.」

「쿡쿡쿡쿡……」

「웃지 말어, 속 편하게. 너 연애소설까지 읽혔는데도 그렇게 모르겠니?」

「그런 대목대목들은 죄다 머리에 들어 있지. 그렇지만 현실이 그렇게 되는 건 아니잖아.」

「아이구, 아이구, 연애소설도 시험공부 하는 식으로 중요한 대목을 죄다 외웠다 그거지? 그래 가지고 뭐가 되냐. 그런 걸 대충 읽고 사랑이 더욱 자극되고 더욱 뜨거워지도록 분위기와 상황을 적절하게 만드는 데 응용을 해야지, 응용.」

「그게 글쎄 말처럼 잘 안 된다니까. 난 아무래도 어줍잖게 공부라는 걸 하느라고 어느 한쪽이 병신이 됐나 봐. 왜 그런 게 자연스럽게 안 되는지 모르겠어.」

「그럼 내가 말해 줄까? 우리 합동결혼식 하게.」

그래 놓고 강숙자는 깔깔깔 웃어댔다.

「너 결혼식장에서 김선오 만났니?」

신혼여행에서 돌아온 강숙자가 불쑥 물었다.

「아니. 그 남자 왔어?」

「왔지 그럼. 날 위해서 온 게 아니라 우리 아버지한테 찍히면 안 되니까 온 거지. 나도 축의금 명단 보고 온 줄 알았는데, 실은 안 올지도 모른다고 생각했었거든. 너나 자영이 만나게 될지도 모르니까.」

「글쎄, 그런 사람이 그런 거 신경 쓸까? 만났어도 낯 두껍게 때워 넘겼겠지.」

「근데 있잖아, 그 사람 요새 군대생활 하면서 살기 되게 힘드나 봐. 우리 아버지가 볼 줄 뻔히 알았을 텐데 축의금이 글쎄 이규백에 비해 4분의 1밖에 안 돼. 그걸 보니까 기분이 나쁜 게 아니라 쫄쫄이 고생하는 게 콧셈이다 하는 생각으로 통쾌해지더라니까.」

「그렇게 통쾌해 할 것 없어. 불원간 그런 신세 면하게 될 텐데 뭐.」

「하기야 그렇지. 지금 생쥐 찾는 고양이 꼴이 되어 있을 테니까.」

「그나저나 넌 괜찮아?」

「응, 만점!」

강숙자는 환하게 웃음꽃을 피우며 손가락으로 동그라미를 그려 보였다.

「넌 참 현명해. 근데 시부모는 어떻게 할 거야?」

「그거 아무 문제 아니야. 모시고 살게 되면 모시고 살고, 안 모시고 살아도 되면 더욱 좋고.」

「기집애, 속도 넓네.」

「속이 넓긴. 집만 크면 함께 살아서 나쁠 게 뭐가 있어. 남편의 사랑만 확실하면 북적거리면서 사는 것도 좋지. 내가 식모살이 할 것도 아닌데.」

「넌 인정이 많은 게 참 좋아. 복 받고 살거야.」

「애, 징그러워. 시집도 못 간 게 노인네들이 하는 소리를 하고 그러니.」

강숙자가 행복의 냄새를 잔뜩 풍겨놓고 가자 마음이 더 산란해졌다. 고등학교 시절의 성적순이 뒤바뀌어 강숙자가 앞서가고 있는 것이 아닌가 하는 생각을 지울 수가 없었다.

한 교수의 회갑 잔치가 벌어진 날이었다. 정릉 어느 절 언저리에 그런 잔치를 전문으로 하는 집이 있었다. 칭찬과 덕담이 홍수를 이루는 식순이 끝나자 노래하는 기생들이 들어오면서 먹고 마시는 잔치가 본격적으로 시작되었다. 노래를 몇 곡 한 기생들이 교수들의 옆에 끼어앉아 술을 따르면서 인턴과 레지던트들도 마음놓고 술을 마시기 시작했다. 술잔이 돌고 돌면서 한 시간쯤 지나자 모두 취해 낯뜨거운 농담도 예사로 해대고 거침없이 웃음을 터뜨리기도 했다.

「어이 신 형, 결혼 안 해? 뜸을 너무 들이면 밥이 탄다구.」

누군가 불쑥 던진 말이었다.

「암, 타구말구. 신부가 늙을수록 생산에 지장이 있다는 상식을 까먹었나?」

누군가가 말을 받았다.

「최고 신붓감 페어차고 누구 슬슬 약 올리는 거야, 무슨 능력이 모자라는 거야? 능력이 모자라면 다음 선수를 위해 빨리 물러나라구.」

「그거 말 되네. 후보 선수들은 줄줄이 많잖아.」

「괜히 김칫국들 마시지 말어. 안경자 씨가 일편단심인 것도 모르고.」

「그렇구나. 그걸 모르고 괜히 옷 젖게 군침을 흘렸구나.」

「잘됐네. 이런 좋은 날에 결혼 선언해 버려.」

「그거 좋은데. 신 형, 빨리 일어나.」

「자아 여러분, 박수!」

박수가 쏟아지는 속에서 신지훈은 고개를 들지 못하고 있었다. 그를 훔쳐보며 안타깝고 야속했다. 자신이 남자라면 이런 자연스러운 분위기를 이용해 결혼 선언을 해버릴 것 같았다. 그리고 한편으로는 정신이 헷갈렸다. 4·19 때 나섰던 그 남자다운 용기는 어디로 갔는가. 혹시 나를 결혼 상대로 생각하지 않는 건 아닐까.

잔치가 끝나고 흩어질 때는 어두워져 있었다. 동료들이 어디 가서 한 잔 더 하자고 그를 끌었지만 그는 마다고 했다. 둘이서만 인적 없는 길을 한참을 걸었다.

「이봐, 우리 결혼하기로 하지.」

그가 손을 덥썩 잡으며 한 말이었다.

아버지에게는 편지를 썼다. 그리고 어머니에게는 전화를 했다.

「머시? 의대 선배? 고것은 멋지게 되았다. 근디 인물은 으뗘냐? 미남이여?」

「아이고 참, 그것을 어떻게 말로 해요. 인사하러 내려갈 테니까 그때 보세요.」

「하이고 야, 니가 으쩐 일이다냐? 연애럴 다 허고. 에로운 의대공부 험시로도 그럴 새가 또 있었등갑다 이. 굼벵이 궁굴 재주 있다등마.」

「엄니 탁해서 그요.」

「음마, 염병헌다. 글먼 은제 내래올 것이여?」

「아버지하고 의논하셔서 연락 주세요.」

「알긋다. 글고 예식 올리기 전꺼정은 몸 간수 잘혀.」

「전화 끊어요.」

「알겠지야!」

이틀이 지나 아버지한테서 전화가 왔다.

「편지 잘 읽었다. 잘된 일이다. 거기 일들이 바쁠 텐데 내려올 것 없다. 서울 구경 겸해 우리가 올라갈 테니. 서울 가본 지도 벌써 몇 년 됐으니까.」

「아버님 배려가 대단하신데. 아주 합리적이시고. 겁나는데.」

신지훈이 긴장하면서도 좋아했다.

「인턴, 레지던트들의 생활을 잘 아시잖아요. 잠도 제대로 못 자고 시달리는 거.」

「그나저나 아버지가 실망하지 않으실까? 의사와 소상인, 아무리 생각해도 너무 기울어.」

「그게 무슨 상관이 있어요. 아버지는 그런 차별을 두는 분이 아니에요. 그런 걸 편지에 다 썼는데 아버지는 잘된 일이라고 축하만 해주셨지 다른 말씀은 전혀 없으셨어요. 아무것도 신경 쓰지 마세요.」

「어떻게 신경이 안 쓰여. 같은 분야니까 이해가 잘되어 좋기도 하고, 늘 테스트당하는 기분일 테니까 나쁘기도 하고 그렇지.」

「테스트당하긴요. 그런 부담 버려요. 엄연히 전공 과가 다른데.」

안경자는 아버지 어머니를 먼저 호텔로 안내했다. 그녀는 출입이 전혀 익숙하지 않은 호텔로 들어서며 강숙자의 결혼식을 생각했다. 청첩장을 받고, 별나게 호텔에서 무슨……, 하는 거부감이 생겼다. 거기에는 남다른 멋을 부리고 싶어한 강숙자의 음모가 도사리고 있었다. 그렇지 않고서야 미리 말 한마디 하지 않았을 리가 없었다. 그런데 자신의 결혼을 앞두게 되자 나도 거기서 하면 어떨까 하는 생각이 문득 떠올랐다. 내부가 호화로우면서도 품위 있게 잘 꾸며져 있었고, 특히 일반 예식장과는 다르게 식장이 하나밖에 없어서 번잡하지 않아 좋았다. 사람의 마음이란 자기 일 앞에서는 이렇게 변하는 것인가……. 안경자는 혼자 멋쩍은 웃음을 흘리며 뒤늦게 강숙자의 마음을 이해하고 있었다.

「오늘 만나기로 되어 있냐?」

방으로 들어서 의자에 앉으며 안 원장이 물었다.

「예, 그렇게 알고 있어요.」

「그래, 지금 4시로구나. 우린 내일 내려가야 하니까 이따 7시쯤 저녁을 같이하도록 하자.」

「음마, 기왕 올라온 것인디 하로 더 묵제 머시가 그리 급허다요.」

안 원장의 아내가 다급하게 끼여들었다. 안경자는 놀라며 어머니에게 곱지 않은 눈길을 쏘았다.

「의사가 병원 오래 비워서 돼? 당신 혼자 며칠이고 더 있다가 와.」

안 원장이 낮은 소리로 내쏘았다.

「많은 월급 줘감시로 밑에 의사는 멀라고 뒀가니. 멋대가리는 잔생이도 읎어.」

그녀는 눈흘김을 해대며 궁시렁거렸다.

「장소는 중국음식점 아서원으로 하자. 여기 호텔에도 식당이 있겠지만, 사위는 백년손이라는데 첫만남 아니냐. 내가 따로 방을 예약해 둘 테니 넌 지금 가서 이따가 함께 오너라.」

안 원장은 다정한 눈길로 딸을 감싸며 말했다. 안경자의 생김생김은 아버지를 많이 닮아 있었다.

「애 있잖니, 내가 우리 아버질 얼마나 싫어하고 미워했었니. 아버지도 날 사람 취급하지 않았고. 근데 글쎄 결혼식 날 내 손을 신랑한테 넘겨줄 때 보니까 아버지 눈에 눈물이 글썽글썽하잖아. 그 순간 눈물이 왈칵 쏟아지려고 하는데 참느라고 얼마나 애썼는지 몰라. 소설에서 보면 너무 슬프고 애가 타는데도 울음을 참느라고 눈물이 가슴 가득 찼다는 표현이 나오는데, 내가 바로 그랬어. 결혼식이 끝날 때까지 눈물을 삼키고 또 삼키느라고 가슴은 눈물독이 됐고, 주례가 무슨 말을 했는지 한마디도 생각이 안 나. 홍 서방은 총총히 다 기억하고 있는데 말야. 핏줄이라는 게 무엇인지 알다가도 모르겠어.」

안경자는 강숙자의 말을 생각하며 호텔을 나섰다. 벌써 자신의 가슴에도 눈물이 차오르는 것을 느끼며.

「처음 뵙겠습니다. 저는 신지훈이라고 합니다.」

평소와 달리 양복을 차려입은 신지훈은 큰 키를 절반으로 접어 공손하게 깊은 절을 올렸다.

「반갑소. 나 경자 애비요.」

안 원장이 의자에서 일어나며 손을 내밀었다.

「말씀 낮추십시요.」

안 원장의 손을 두 손으로 받쳐잡으며 신지훈은 다시 허리를 약간 굽혔다. 그런 그의 얼굴은 긴장이 되어서 그런지 평소보다 더 무게 있고 준수해 보였다. 지적인 분위기에 감싸인 이목구비는 나무랄 데 없이 잘생겼는데, 흠을 잡자면 이마가 좀 좁은 편이었다.

「그래도 되겠나. 그럼 앉게.」

안 원장이 먼저 앉으며 신지훈에게 자리를 권했다.

「그래, 우리 경자하고 결혼을 하고 싶다고?」

신지훈이 자리를 잡자 안 원장이 담배를 뽑으며 물었다.

「예, 부족한 게 많습니다만 허락해 주십시오.」

신지훈이 몸을 약간 들며 또 고개를 숙였다.

「그래, 나는 좋은데, 당신은 어떻소?」

안 원장은 고개를 끄덕이고 웃으며 옆자리의 아내를 쳐다보았다.

「아 예, 나도 좋구만요.」

그녀는 당황스럽게 대답했다.

어머니의 그런 모습에 쿡 웃음이 터지려는 것을 안경자는 간신히 참고 있었다. 어머니는 그때까지 좀 놀란 것 같기도 하고, 좀 당황스러운 것 같기도 하고, 좀 멍한 것 같기도 하고, 아주 복잡한 얼굴로 신지훈에게 눈이 팔려 있었던 것이다. 첫 번째로 인물이 어떠냐고 물었던 어머니의 물음에 만족할 만큼 대답이 된 것 같아 안경자는 어머니를 건너다보며 속으로 웃고 있었다.

「경자가 보낸 편지를 통해서 알아야 될 만한 것들은 대충 다 알고 있으니 더 물을 건 없고, 오늘은 서로 편한 마음으로 저녁을 먹으며 정담이나 나누세. 얘 경자야, 음식 들이라고 일러라.」

안경자는 가볍게 몸을 일으키며, 역시 우리 아버지 최고!라고 생각했다. 그 세련됨이 너무 고맙기까지 했다.

「암에 대한 연구를 전공으로 삼았다고?」

「예.」

「그래, 잘했군. 공부가 어렵긴 하겠지만 그게 현대의학이 풀어야 될 큰 과제 중의 하나니까 의업을 택한 남자로서 의미 있는 일이야.」

안 원장은 대화를 이런 식으로 이끌어가며 저녁을 마쳤다. 안경자는,

아버지가 그토록 세련된 사교가의 면모를 지녔다는 것을 새롭게 발견하며, 거듭 고마움을 느꼈다. 신지훈을 더 이상 편하게 해줄 수는 없었다.

「당신은 왜 한마디도 하지 않았어?」

딸을 사윗감과 함께 보내고 나서 안 원장은 아내에게 물었다.

「걱정이오. 인물이 배우 해묵어도 되게 생겼으니.」

그녀는 꾹꾹 참아오던 말을 토해냈다.

「허허, 걱정은 무슨 걱정. 당신, 인물 잘생긴 것 좋아하잖아. 자랑하기 좋게 사위 잘 얻은 거지. 나만큼은 생겨야 한다고 걱정할 때는 언제고.」

「남자가 너무 반닥해도 인물값 허는 것 몰라요?」

「어허, 별소리 다 하네. 사람에 따라 다르고, 직업에 따라 다른 거지. 아까 듣지 않았어. 저 사람은 의학 중에서도 제일 어려운 암 연구를 택한 사람이야. 그건 그냥 돈벌이만 하는 의사가 아니라 학자의 길이기도 해. 그런 심지 굳은 사람을 놓고 못하는 소리가 없어. 가자고, 지금부턴 당신 좋아하는 양장점 구경이나 해.」

「음마, 옷 사줄라는갑네!」

그녀는 손바닥을 찰싹 맞때리며 반색을 했다.

「아휴, 진땀났네. 저 맥주홀에 가서 한잔하고 가야겠어.」

신지훈이 넥타이를 느슨하게 풀며 숨을 토해냈다.

「그렇게 편하게 해줬는데도 진땀이 나요?」

「이 사람, 의학 공부 전혀 안 한 것처럼 말하는 것 보게.」

신지훈이 어이없어했다.

「예, 가요. 고생 많이 했어요.」

안경자는 다른 때와 다르게 스스럼없이 신지훈의 팔짱을 끼었다.

「자아, 내 님도 한잔하셔야지.」

신지훈은 새로운 말을 하며 맥주병을 들었다. 그 뜻밖의 말에 안경자는 얼굴이 화끈해지는 것을 느꼈다.

「전 술 못하잖아요. 남들이 흉봐요.」

안경자는 당황스레 손을 저었다.

「이런, 누가 많이 마시래? 축배를 들어야 하니까 한 모금만 해도 돼. 그리고, 남들 눈 의식할 것 뭐 있어. 길거리에서 마시는 것도 아니고, 취해서 추태 부리는 것도 아닌데.」

안경자는 분위기를 잘 맞추라는 강숙자의 말을 생각했다. 오늘의 분위기, 축배를 들 의미가 있다 싶었다.

「네, 축배를 들어요.」

안경자는 난생처음으로 남자 앞에 술잔을 내밀었다.

「아이구, 대단한 결심하셨네. 인제 좀 어른같아 보이네.」

신지훈이 술을 따르며 짓궂게 웃었다.

안경자는 거품이 넘칠 듯 말 듯하는 술잔을 조심스럽게 놓고 술병을 집어들었다.

「아니, 나한테 따라주려고? 그런 주도는 어떻게 아셨나 그래?」

신지훈은 깜짝 놀라는 시늉을 하며 입이 벙그러졌다.

「몰랐어요? 전직이 기생인 거.」

「하하하하…….」

신지훈이 웃음을 터뜨렸다.

「어머, 사람들이 봐요.」

안경자는 어깨를 움츠리며 손짓했다. 그러나 갑자기 튀어나온 농담이 신지훈을 유쾌하게 만든 것에 저으기 만족을 느끼고 있었다. 그건 바로 강숙자 식의 농담이었다.

「자아, 우리의 앞날을 위해서 축배!」

신지훈이 술잔을 들며 말했고,

「…….」

안경자는 말없이 웃으며 잔을 들었다.

그들은 잔을 부딪쳤다.

안경자는 술잔을 입술에 대며 스스로에게 신경질이 나고 있었다. 신지훈의 말에 맞추어 '우리의 사랑을 위해서 축배!' 하고 싶었다. 그런데 왜 그 말이 안 나오는지 모를 일이었다. 마음으로는 환한데 언행으로는 안 되는 것, 자신은 정말 어딘가가 병신이 아닌가 하는 생각이 또 들었다.

안경자는 술을 찔끔 마셨고 신지훈은 물을 마시듯 잔을 말끔하게 비워버렸다.

「어머, 겁나라. 술 많이 마셔요?」

「맥주 첫잔은 이렇게 마셔야 맛이야. 술? 남들한테 지지 않게 마시지. 고1때부터 마신 경력이니까.」

「어머, 그럼 깡패였잖아요.」

「호호, 그런가? 겉으로는 모범생, 뒤로는 불량학생. 어때, 멋지잖아?」

신지훈은 술잔을 내밀었다. 안경자는 다시 술을 따르며 당혹스럽고 이해가 되지 않았다. 공부는 잘하면서도 술은 고1 때부터 마시고, 그러고서도 의대에는 합격을 하고……, 남자들은 그러는 것인가. 공부에는 자신과 강숙자 같은 두 가지 스타일이 있는 줄만 알았던 것이다. 신지훈같이 하는 게 멋인지 어쩐지 알 수가 없었다.

「그러다 들키면 어쩔려고 그랬어요?」

「이런 답답. 누가 들키게 마시나. 얼마든지 안 들키게 마실 수 있고, 가끔 조금씩 마시는 거니까 표도 잘 안 나지. 근데 의대에 와서 술이 많이 늘어버렸어.」

신지훈은 또 빈 잔을 내밀었다.

「왜요?」

「거 있잖아. 비위 막 상하는 것들. 그런 실습하는 날엔 술을 안 마실 수가 없거든. 여학생들은 껌도 씹고 사탕도 먹고 한다면서?」

안경자는 고개를 끄덕였다. 여학생들 중에는 해부에 적응될 때까지 토하기도 하고, 악몽에 시달려 신경쇠약이 되기도 했다. 그러나 자신은 껌 한 번 씹은 일이 없었다. 그건 의사 집안에서 자란 덕이었다. 어렸을 때부터 간단한 종기 수술 같은 것은 숱하게 보아왔던 것이다. 그러나 그 말은 왠지 하고 싶지 않아 말머리를 돌렸다.

「결혼 준비하려면 바쁘겠어요.」

「글쎄, 뭐 그렇게 바쁠 것 있겠어? 예식장들 많겠다, 청첩장 찍는 데 많겠다, 한 이틀 날 잡아서 한꺼번에 해치우면 되겠지. 복잡하게 생각하지 말고 될 수 있는 대로 간소하게 해, 간소하게. 결혼식 요란하게 떠벌이는 것처럼 유치하고 촌스러운 것도 없으니까. 안 그래?」

「그럼요. 간소한 게 좋지요.」

안경자는 그 순간 강숙자처럼 결혼식을 하고 싶었던 꿈을 접었다.

간소하다는 게 어느 정도인지, 집 문제는 어떻게 할 것인지, 예물은 무엇으로 할 것인지, 시집의 친척들은 얼마나 되는지……, 의논할 것이 한두 가지가 아니었지만 뒤로 미루기로 했다. 남자는 간단할 수 있어도 여자는 복잡하기 이를 데 없는 것이 결혼이었다. 안경자는 갑자기 머리가 아파지는 것 같아 술잔을 들었다.

「아유, 이젠 그만 마셔요. 취했어요. 시간도 늦었구요.」

맥주가 다섯 병째 동나자 안경자는 시계를 보며 제지했다.

「취하긴, 아직 멀쩡한데. 딱 한 병만 더 할게, 한 병.」

신지훈은 검지손가락을 술기운 흥건한 눈앞에 세워 보였다.

「그럼 혼자 더 하세요. 난 가겠어요. 벌써 11시가 넘었어요.」

안경자는 몸을 발딱 일으켰다.

「이런, 멋대가리 없이 쌀쌀하기는.」

신지훈은 마지못해 술상에 받친 두 팔로 몸을 밀어올리면서 중얼거렸다.

신지훈은 몸을 비틀거릴 만큼 취해 있었다. 안경자는 그를 부축해 줄

까말까 하다가 부축하지 않기로 했다. 큰길에서 여자가 술 취한 남자를 부축한다는 것도 남부끄러웠고, 벌써부터 그런 버릇을 들이고 싶지 않기도 했다.

「너무 취했으니 빨리 택시 타고 가세요.」

안경자는 택시를 붙들려고 했다.

「그게 무슨 소리야. 내가 바래다주고 가야지. 나 안 취했으니 염려 마. 가자구, 심야의 데이트를 겸해 내가 바래다줄 테니까.」

신지훈이 안경자의 팔을 잡아끌었다.

「이 시간에 어떻게 걸어요. 서로 빨리 택시를 타고 가야지.」

안경자는 신지훈의 손을 뿌리치려고 했다.

「이 사람 참, 뭐가 그리 급해. 오늘은 우리 앞에서 시간도 정지하는 날이야. 내가 다 책임질 테니까 따라와. 사람이 어찌 그리 낭만 없이 도덕 선생님같이 굴어. 자아, 이 밤거리를 로맨틱하게 걷자구.」

신지훈이 비틀거리며 안경자를 더 세게 잡아끌었다. 도덕선생님 같다는 말과, 상황에 따라 분위기를 잘 만들어가라는 강숙자의 말이 부딪치는 것을 느끼며 안경자는 걸음을 떼어놓았다. 단둘이 술을 마신 신지훈의 모습은 학교 동료들과 술을 마셨을 때와 사뭇 달랐다. 그리고, 술을 입에 대지 않고 데이트를 할 때와는 더욱 달랐다.

큰길을 건너 샛길을 걸으며 신지훈은 무슨 노래를 흥얼거렸다. 기분이 무척 좋아보여 안경자는 자신도 모르게 팔짱을 끼며 고개로 까딱까딱 박자를 맞추었다. 얼마를 걷던 신지훈이 갑자기 골목으로 발길을 돌렸다. 영문 모르고 몇 걸음 옮기던 안경자는 주춤 발길을 멈추었다. 그때 신지훈이 안경자를 끌어안아 벽 쪽으로 밀며 입술을 덮쳐왔다. 안경자는 질겁을 해서 고개를 내두르며 신지훈을 떠밀었다.

「왜 이래요, 남들이 봐요.」

안경자는 숨 가쁘게 말했다.

「어찌 그리 말끝마다 남들이야, 남들이. 여긴 사람도 없고, 또 좀 보면 어때.」

신지훈은 더 세게 끌어안으며 다시 입맞춤을 하려고 했다. 골목은 어 둠침침했고 오가는 사람도 없었다.

「싫어요, 싫어요, 이런 데서는.」

안경자는 입술을 피하며 다시 신지훈을 떠밀었다.

「이봐, 오늘 집에 들어가지 말어.」

신지훈이 술냄새를 풍기며 빠르게 한 말이었다.

「뭐, 뭐라구요?」

안경자는 신지훈을 더 세게 떠밀었다. 그러나 신지훈은 밀려나지 않 고 더 다붙는가 싶더니 그의 한 손이 그녀의 둔부를 움켜잡았다.

「어머나! 왜 이래요.」

안경자는 소스라치며 신지훈을 또다시 떠밀었다. 그런데 그건 아무 효과도 없이 신지훈의 손이 그녀의 치마를 걷히고 들며 그 부분으로 파 고들었다.

「어머, 미쳤어요. 미쳤어요!」

「미치긴 왜 미쳐. 가자, 저기로.」

신지훈이 숨소리 거칠게 고갯짓했다. 그쪽을 쳐다본 그녀는 깜짝 놀 랐다. 골목 저쪽의 어둠 속에서 여관이라는 빨간 네온사인이 깜박이고 있었다.

숙자야, 이런 때 어떻게 해야 되니……. 그때 어머니의 말이 퍼뜩 떠 올랐다. 예식 올리기 전꺼정은 몸 간수 잘혀. 안경자는 온 힘을 다해 신 지훈을 떠밀었다. 잠깐 방심을 했던지 신지훈이 비척비척 뒤로 밀려났 다. 그 기회를 놓치지 않고 안경자는 내달리기 시작했다.

「내 원 참, 무슨 여자가 저리 답답해.」

신지훈은 멍하니 서서 허탈하게 중얼거리고 있었다.

안경자는 밤새도록 깊은 잠을 잘 수가 없었다. 자신이 잘한 것인지 잘못한 것인지 알 수가 없었다. 그가 정상인지 비정상인지 알 수가 없었다. 강숙자 같았으면 어떻게 했을지 알 수가 없었다. 설핏 잠이 들면 그에게 발가벗기는 꿈을 꾸거나, 알몸인 그가 덮쳐오는 꿈을 꾸었다.

날이 밝자마자 강숙자에게 전화를 걸고 싶었다. 그러나 아직 일어났을 것 같지 않아 세수부터 했다. 다시 전화를 걸려고 하다가 그만두었다. 자신이 잘못한 것이라는 말을 들을까 봐 겁이 났다.

안경자는 가방을 챙기며 새로운 걱정이 생겼다. 병원에 나가 신지훈을 어떻게 대해야 할지 알 수가 없었다. 그녀는 강숙자의 말마따나 쑥맥인 자신에게 짜증이 나고 있었다.

16
꿈꾸는 날개

나뭇잎들은 유록색을 감추고 윤기 나는 진초록빛으로 무성했다. 딴 나뭇잎들은 잠잠한 실바람에 미루나무 잎사귀들만 유난스레 흔들리며 6월의 햇살을 눈부시게 되쏘고 있었다. 운동장의 나무 그늘을 찾아 모여앉은 많은 사람들 중에서 그 무수한 반짝임의 현란한 아름다움에 눈길을 주는 사람은 아무도 없었다. 학교 운동장에 넘치고 있는 뜨거운 선거바람이 사람들을 휘어잡고 있었다.

「친애하는 유권자 여러분! 이 강기수는 실행하지 못할 헛공약, 거짓말 공약은 애시당초 하지 않는 것으로 유명하지 않습니까. 난 이번에 여러 가지 공약 중에서도 여러분의 귀가 번쩍 띄는 공약 한 가지를 자세하게 말씀드리고자 합니다. 그것이 뭐냐! 바로 서독에 가는 광부와 간호원의 문제올시다. 여러분도 진작에 소문 들어서 다 알고 있겠지만 서독에 광부와 간호원으로 가면 떼돈을 벌 수 있다는 게 사실입니다. 한 달에 쌀 열 가마값이 넘는 돈, 일반 공무원들의 월급 칠팔 배가 넘는 돈을 버는 것이니 그것이 떼돈이 아니고 무엇입니까. 계약기간 3년 동안에 그 돈을 벌어오면 그 사람은 바로 떼부자가 됩니다. 여러분, 여러분은 그 떼부자가 되고 싶지 않습니까!」

강기수는 힘찬 어조에 맞추어 탁자를 내리쳤다. 그리고 두 팔을 번쩍 뻗쳐올렸다.

「가고 잡소!」

「얼렁 보내줏씨요오!」

「나요, 나!」

여기저기서 사람들이 외쳐댔고, 와아 함성소리와 함께 박수가 터져나오기 시작했다. 사람들의 관심을 집중시키는 데 일단 성공한 강기수는 운동장에 넘쳐나는 박수소리를 들으며 여유만만하게 물컵을 기울였다.

「친애하는 유권자 여러분! 여러분들의 마음을 이 강기수, 자알 알았습니다. 나는 여러분들이 원하는 대로 떼부자를 만들어드릴 것을 이 자리에서 분명하고 확실하고 틀림없이 약속하는 바이올시다. 다시…….」

「와아ㅡ.」

함성과 함께 다시 박수가 터지는 바람에 말을 중단당한 강기수는 더없이 흐뭇하게 청중들을 둘러보고 있었다. 생각보다 훨씬 열렬한 반응에 딸 숙자와 사위 홍석주의 제안을 받아들이기 천만다행이라고 뒤늦게 안도하고 있었다. 자신은 그 엉뚱한 의견을 과히 탐탁잖게 여기고 있던 것이다. 딸도 그렇고, 사위는 더구나 마음에 들지 않은 탓이었다.

「친애하는 유권자 여러분! 다시 말하자면 여러분들이 서독에 광부로든 간호원으로든 가기를 원하기만 하면 이 강기수가 책임지고 한 사람도 빠짐없이 다 보내주겠다 그겁니다.」

「와아아.」

「다시 국회로 보냅시다!」

「옳소! 국회로 보냅시다아!」

다시 박수소리가 파도로 굽이쳤다. 그 뜨거운 호응을 굽어보면서 강기수는 쉽게 당선될 것을 확신하고 있었다. 선거를 수없이 치러봐서 알지만 유권자들의 입에서 '국회로 보내자'는 외침이 터져나오는 호응을 받기란 보통 어려운 일이 아니었다. 그건 선거운동원들이 목청 터지게 외쳐대는 구호일 뿐이었다. 이번 선거비용이 훨씬 적게 들겠다는 계산을 할 정도로 강기수는 마음 느긋해져 있었다.

「친애하는 유권자 여러분! 서독에 가고 싶은 사람은 내일부터 당장 우리 선거사무실로 오셔서 어떤 자격을 갖추어야 하는지 자세히 설명 들으시기 바랍니다. 여기서 내가 직접 설명하고 싶지만 유감스럽게도 강연시간이 제한되어 있는데다 다른 공약 사항들을 말씀드려야 하므로 이 점 널리 양해해 주시기 바랍니다.」

강기수의 그 희한한 공약은 다른 후보들을 강타한 채 태풍처럼 삽시간에 선거구를 휩쓰는 위력을 발휘했다. 그 소식에 누구보다도 충격적 환희를 느낀 것은 실의에 빠져 집 안에 틀어박혀 있던 김광자였다. 자살에 실패하고 집에 끌려와 암담한 나날을 보내고 있던 그녀는 한 줄기 희망의 빛이 뻗쳐오는 것을 느끼며 새 기운이 솟구쳐 올랐다. 그래, 간호원으로 서독에 가자!

김광자는 갈가리 찢어지고 산산조각으로 깨진 마음을 다시 깁고 붙이기로 했다. 첫사랑의 실패로 교사가 되고자 했던 꿈도 재가 되어버렸지만, 그 소식은 잃어버린 꿈을 되살리는 새로운 불씨였다. 죽지 못하고 살아야 될 바에는 그 길로 스스로를 구출하고 싶었다.

「여자가 시건방구지게 핵교 선상이 될라고 헌 생각이 애초에 틀려묵은 거이다. 고것은 미꾸랑지가 용 되겠다고 허는 택도 읎는 짓거린디, 여자는 그저 마땅헌 자리에 시집가서 애 잘 낳고 사는 거이 질이다. 동주헌테 얼렁 시집이나 가그라.」

어머니가 이렇게 답칠 때마다 김광자는 말없는 가운데 반발하고는 했다. 자신의 상처가 아직 아물지 않고, 송동주가 마음에 내키지 않아서만은 아니었다. 여자는 아무 꿈도 희망도 가져서는 안 된다는 것, 그것에 결코 동의할 수 없었다. 여자도 남자와 다를 바 없는 사람인데 단순히 '여자'라는 이유 때문에 사회적으로 자기 능력을 발휘할 수 없다는 것은 말이 안 되는 일이었다. 그녀는 참담한 좌절 속에서도 그 굽힐 수 없는 한 가닥 신념에 자신을 의지해 왔던 것이다.

「너 도대체 이 꼴이 뭐냐. 검사 형제간들이라는 게 꼴들 참 가관이다. 검사 체면을 살려주지는 못하더라도 망신은 시키지 말아야 할 것 아니냐. 그런데 줄줄이 망신시킬 짓들만 하고 나서니 사람 창피스러워 살 수가 없잖아. 내가 이런 꼴 당하려고 검사 된 줄 알아? 너 같은 것들이 내 형제간이라니 정말 창피해 죽겠다.」

오빠가 흥분해서 외친 말이었다. 오빠의 입장에서 보면 충분히 이해가 되는 말이었다. 다섯 동생들이 말썽 없이 잘해도 오빠에겐 큰 짐이고 부담일 것이 분명했다. 그러나 오빠의 그 말은 서운함을 넘어 또다른 상처가 되었다. 사랑을 실패해 인생을 망치고 싶은 사람이 어디 있을 것이며, 검사인 오빠를 그런 흉한 일에 끌어들이게 되리라고는 상상도 못했다. 오빠가 아무 말을 하지 않았더라도 창피스러움과 죄스러움으로 얼굴을 들 수 없는 입장이었다. 자신이 꿈꾸었던 것은 혼자 힘으로 교사가 되어 오빠 앞에 떳떳한 모습을 보이는 것이었다. 그런데 오빠의 그 냉혹한 말을 듣자 창피스러움과 죄스러움 대신 견디기 어려운 모욕감과 함께 반발심이 일어났다.

김광자는 오빠에게 새로운 자신을 보이기 위해서라도 서독에 꼭 가야 된다고 마음을 다잡았다. 그것만이 오빠에게 짓밟힌 자존심을 회복하는 길이었다.

김광자는 잠을 설치며 그 문제를 생각하고 또 생각했다. 역시 서독으로 가는 것이 여러 모로 좋다는 생각이 확실해졌다. 오빠에게 짐 지워진

동생들의 뒤치다꺼리를 나누어질 수 있는 기회이기도 했다. 그건 힘겨워하는 오빠를 위해서나, 오빠의 눈치를 보아야 하는 동생들을 위해서나 더없이 좋은 일이었다.

김광자는 아침 일찍 집을 나서 강기수 의원의 선거사무실을 찾아갔다.

「아, 그러세요? 그럼 간호원 자격증은 있지요?」

사무장이란 사람이 친절하게 물었다.

「아니, 그게……」

김광자는 얼굴이 달아오르며 그만 난감해졌다. 서독에 가서 간호원이 되는 줄 알았던 것이다.

「아니, 당장 없어도 괜찮아요. 서울 종로에 가면 1년 단기 속성 간호학원이 있어요. 수시로 등록받고 있으니깐 거기 가서 공부한 다음 자격증만 따가지고 다시 우릴 찾아오세요. 그럼 제까닥 보내드릴 테니까. 우리가 그것까지 해줄 수 없다는 건 알지요? 예에, 그럼 선거 끝나고 바로 오세요. 학원 주소를 가르쳐드릴 테니까.」

「고맙습니다. 그런데 저어……, 혹시 1년 사이에 간호원 보내는 게 끝나버리면……」

「아, 그런 걱정일랑 하지도 말아요. 앞으로 10년 동안은 계속 돼요. 그건 나라에서 세운 정책이니까요.」

김광자는 사무장의 친절이 너무나 고마웠다. 어제와는 또다른 힘이 솟구치면서 꼭 강기수 의원을 찍기로 했다.

설레는 가슴으로 읍내를 벗어나고 있던 김광자는 장터거리에서 걸음을 멈추었다. 길을 막고 웅성거리는 사람들 저쪽에서 싸움판이 벌어지고 있었다. 김광자는 무심결에 사람들 사이로 싸움판을 들여다보았다. 열댓명이 뒤엉클어진 패싸움이었다. 그런데 김광자는 그만 깜짝 놀랐다.

「이새끼덜 다 쥑여! 다시는 개나발 까고 댕기지 못허게 다 쥑여!」

싸움판 옆을 돌며 외쳐대고 있는 건 바로 송동주였다. 서로 다른 선거운동원끼리 벌이는 싸움이었다.

김광자는 혹시 송동주와 눈이 마주칠지 몰라 허둥지둥 사람들을 헤치며 도망치듯 했다. 그녀는 싸움판에서 멀어지며 저 건달을 피하기 위해서도 서독에 가야 된다고 생각했다.

「니 동주가 으째서 그냐? 송 씨 양반에 재산 실허제, 인물 번듯헌다다 어런 잘 알아보는 예절 볿제, 감투도 쓴다다가 발 널르고 알음 많제, 그라고 느그 오빠 동창에 니라면 까빡 죽고 못사는디, 요만헌 신랑감얼 워디서 또 구하겄냐. 까보나 뒤집어보나 우리보담 훨씬 나슨게 두말 말고 시집가란 말이다.」

어머니는 입만 열면 이런 사설을 늘어놓았다. 송동주의 앞뒤 가리지 않는 치근덕거림보다 어머니의 그런 성화가 더 사람을 못 견디게 했다.

「엄니, 워찌 나보고 시집가라고 허요. 여자는 행실이 발라야 헌담시로 엄니는 양심도 없으시요?」

김광자는 자신의 약점을 드러내 어머니를 역공하려고 했다.

「무신 소리여? 한강에 배 지내가기란 말 듣지도 못혔냐? 미친 개헌티 물린 것이 흠이 아니디끼 다 맘만 깨끔허면 암시랑토 안 헌 것이여.」

어머니의 천연덕스러운 대응이었다.

「아니 엄니, 엄니 메누리가 그런 여자라도 암시랑토 안 컸소?」

「힝, 니가 오기 부리니라고 애맨 소리 퍼질르고 앉었는디, 하면 워쩔 것이냐. 흘러가는 물은 앞만 보고 묵는 것이고, 오짐도 오짐인지 몰르고 부처님 전에 올려 정성 바치면 효험을 보는 것잉께.」

어떤 말로도 어머니를 이길 재간이 없었다. 어머니는 학식과 상관없이 오랜 세월에 걸쳐 이어져 내려온 지혜로운 삶의 대응법으로 완전무장을 갖추고 있었다.

그런데, 어머니의 방법에는 궁지에 몰린 사람을 구해주는 지혜로움이 있지만, 오빠의 태도는 잔인하고 야비할 뿐이었다.

"편지를 통해 송동주의 의사를 충분히 알았다. 그 사람하고 결혼해라. 너의 입장에서 그만한 사람이 나타난 것은 천만다행 아니냐. 빨리 결혼해서 우선 너 하나만이라도 신경 쓰지 않게 해주기 바란다."

송동주는 오빠한테까지 응원을 청한 것이고, 오빠는 얼씨구나 골칫거리 하나 치우자 하는 마음뿐이었다. 편지의 그 어디에서도 사람 취급한 냄새를 맡을 수가 없었다. 어쩌면 사람 취급을 바라는 것이 가당찮고 어리석은 것인지도 몰랐다.

오빠는 검사가 된 다음부터 형제들에게도 검사의 거만과 오만함을 드러냈는데 그런 추한 일까지 저질렀으니 무시당하는 건 당연한 일이기도 했다. 그런데 송동주라는 위인이 가관이었다. 촌구석에서 정치 냄새 풍기며 활개치는 그 약삭빠른 건달은 자신을 진정으로 사랑하는 것이 아니었다. 어떻게든 검사 여동생과 결혼해서 검사와 처남매제 관계를 맺으면 그만큼 힘이 생긴다는 속셈이 뻔했다.

그들이 어쨌거나 간에 문제는 자신이었다. 자신은 이제 남자라는 것 그 자체가 싫었다. 남자라는 대상이 끔찍스러운 흉물로 정나미 떨어지고 무섭고 두려웠다. 다만 한 남자가 속인 거고 배신당한 것뿐인데 그리 생각해서는 안 된다고 스스로를 일깨우고 다스리려고 애썼지만 아무 소용이 없었다.

「위자료를 받고 끝낼래, 아니면 혼인빙자간음으로 쇠고랑을 채울래? 선택은 당사자인 네가 해.」

검사다운 오빠의 냉정한 말이었다.

오래 생각하고 말고 할 것이 없었다. 빨리 덮어야 할 수치스러움이었다.

「잘 생각했다. 적은 위자료가 아니니까 깨끗하게 잊어버려. 사내새끼들이란 다 그런 거니까.」

오빠는 후련해 하는 기색이 완연했다. 만약 사건화되었더라면 검사 체면이 말이 아니었을 테니까. 그리고, 적은 위자료가 아니라는 말에는 자신의 검사 영향력이 들어 있음을 은근히 과시하고 있었다. 그건 사실일 것이다. 30만 원이면 아무리 대우가 좋은 은행원이라 하더라도 1년치가 넘는 월급이고, 쌀 60가마값이 더 되는 돈이었다.

그 남자가 검사인 오빠 앞에서 얼마나 놀라고 사색이 되었을지는 보나마나였다. 그 남자는 오빠가 검사인 것을 전혀 모르고 있었다. 오빠가 검사가 되었을 때는 파경에 이르러 있어서 그런 말을 꺼낼 계제가 아니었다.

김광자는 멀찌감치 집을 바라보고 걸으며 투표가 끝나는 다음날로 서울로 떠나리라 마음을 굳혔다. 그의 위자료가 결혼 비용으로 쓰이지 않고 그나마 이렇게 쓰이게 된 것이 다행스러웠다. 하필 오빠가 군대생활을 하느라고 월급이 형편없이 줄어 그동안 생활비와 동생들의 학비로 위자료를 헐어 써야 했다.

「참말로 시상 일 묘허고도 요상시럽다 와. 요 돈을 이리 써서는 안 되는디.」

그 남자에게 쇠고랑 채우지 못한 것을 분해 했던 어머니는 그 돈을 헐어낼 때마다 그런 말을 하고는 했다.

오빠가 제대할 때까지 넉넉잡고 1년치 생활비와 학비를 떼어놓고도 서울에서 살아갈 수 있는 돈은 충분했다.

「엄니, 나 서울 가서 간호원 자격증 따갖고 서독 가기로 혔소. 강 의원님이 광부고 간호원이고 다 보내준다고 허는 소문 엄니도 들었제라?」

김광자는 동생들이 잠든 다음에 말을 꺼냈다.

「머시여? 인자 서울로?」

월하댁은 소스라쳐 엉덩방아를 찧었다.

「음마, 엄니도 참. 멀 그리 놀래고 그런다요. 글다가 궁뎅이 깨지겠소.」

김광자는 일부러 태평스러운 척 꾸몄다.

「안 돼야, 안 돼야. 인자 서울로 가서 얼매나 더 큰 변통을 낼라고. 서울은 눈감으면 코 떠가는 디라는디.」

월하댁은 고개를 짤짤 내둘렀다.

「엄니, 엄니는 오빠가 크게 출세하기럴 바라제라? 근디 집안이 요래 갖고는 출세 못허는구만요. 엄니도 찬찬히 생각혀 봇씨요. 사람이 공직에서 출세헐라면 흠 없게 양심을 깨끔허게 지켜야는디, 검사 월급은 적제, 수발헐 동생들은 줄줄이 많제, 어쩔 수 없이 오빠가 구린 돈에 손대게 되제, 그러다가 그런 일이 말썽 나게 되면 오빠 신세가 워찌 되는지 알제라? 10년 공부 도로아미타불이란 말이오. 긍께 나가 간호원으로 서독에 가서 돈을 벌어 보내 동생들 수발을 항꾼에 허면 오빠도 힘이 피고 출세도 엄니가 바라는 대로 된다 그것이랑께요. 알아들으시겠소?」

김광자는 미리 생각해 둔 말을 차분하게 풀어냈다.

「그도 이치가 맞는 말이긴 헌디, 니가 안 벌어도 오빠가 장개만 잘 들면 그런 걱정은 깨끔허니 옳어진다. 니 봐라, 영암댁네, 장개 잘 들어 조카들꺼정 뒷수발 요렇타게 잘허는 것 소문 짜아 허덜 안 혀? 니가 나슬 일 아닝께로 공연시 또 헛바람 잡덜 말어.」

월하댁의 자신에 찬 공박이었다.

「하이고 엄니도, 귀는 둘인디 존 소문만 듣고 숭헌 소문은 안 딛깁디여? 그 규백이 오빠가 마누래허고 틈이 벌어져 울근불근허고 불화가 심허답디다.」

「머시여? 으째서야?」

월하댁이 놀라며 바짝 다가앉았다.

「뻔허제라 이. 처가덕도 하로이틀이제, 밑 빠진 독에 물 붓기로 맨날 맨날 돈 나가다 봉께 집안이 워찌 됐겄소. 처가에서는 싫어허고, 마누래는 역정 내고, 남정네는 속상허고, 그러다가 부부간에 쌈 나는 것이야 당연지사 아니겄소. 엄니도 오빠가 처가덕 많이 보기 바래덜 말어야 헌

당께요.」

「음마, 얄궂어라. 참말로 칙간 갈 적허고 나올 적 맴이 달븐게비네.」

월하댁은 실망의 한숨을 내쉬었다.

「엄니, 긍께 오빠가 당당허니 출세허고 동생들이 눈칫돈 안 받고 맘 편허니 공부허게 허는 길은 나가 서독 가는 것뿐이랑께라.」

김광자는 마지막 못을 쳤다.

「안 돼야, 시상 읊어도 고것은 안 돼야. 니넌 찍소리 말고 시집갈 생각이나 혀. 집안일언 오빠허고 나허고 다 알아서 헐 것잉께.」

월하댁은 파르르 기를 세우며 또 세차게 고개를 내저었다.

다 된 밥인 줄 알았던 김광자는 그만 맥이 빠졌다. 이야기를 길게 끄는 것이 싫어 그녀는 마음을 다잡고 입을 열었다.

「그려라, 나 시집가겠소. 근디 그전에 한 가지 꼭 혀야 헐 일이 있구만이라. 낼이라도 당장 송동주 만내 나가 겪은 과거를 싹 다 털어놓고 야 그헐라요. 그려서 그래도 좋다고 허면 혼인허겠소. 안 그러고 과거 숨겨 감서 평상 죄인으로 가심 통게통게 혀감서 살 수는 읎는 일잉께라.」

「아이고메 이년아, 니 미쳤냐 넋 나갔냐! 이 시상 으떤 남자가 헌 지집 딜고 가. 지넌 오색잡놈이라도 장개갈 적에넌 숫처녀 바래고, 쩨보 아니라 곰배팔이라도 숫처녀 아니면 장개 안 가는 것이 시상 인심인디. 니 아조 시집 안 가기로 작심허고 몽니 부리는 것이지야, 시방?」

숨이 거칠어진 월하댁은 한 손으로 가슴을 누르고 있었다.

「엄니, 나가 그간에 말을 안 허고 있다가 인자 말이 나왔응께 하는 것인디, 나 평생 시집 안 갈란지도 몰르요. 그 일 후로 남자라고 허면 오만 정이 다 떨어지고 징허고 무섭고 그렇당께라. 엄니가 요런 나 맘얼 좀 알아도란 말이오. 엄니가 몰라주면 누가 알겠소.」

「아이고메 내 팔자야. 니가 으쩌다가 이리 되았냐. 맘에 병이 들어도 크게 들었는디, 여자가 시집 안 가고 워찌 산다는 것이여, 금메.」

월하댁은 목이 메어 방바닥을 쳤다.

「긍께로 서독에 가서 나가 평생 살길얼 찾겠단 말이오. 인자 세상이 달라져서 여자가 혼자 사는 것도 숭이 아닌께라.」

「안 돼야, 안 돼야. 당장에 오빠헌티 기별혀서 오빠가 허란 대로 혀. 오빠가 니럴 잘 지키라고 혔응께 내사 더 몰르겄어.」

「엄니!」 김광자는 바락 소리치며 어머니를 응시하고는, 「오빠가 머시 간디 나가 살아가는 일에 이래라 저래라 혀. 나도 인자 투표권 있는 성인잉께 나 일은 나가 알아서 헐 권리가 있단 말이오. 나는 나고, 오빠는 오빠께 기별을 허든지 연락을 허든지 엄니 맘대로 허씨요. 나야 하늘이 무너져도 낼모레 서울로 뜰 것잉께!」 그녀의 눈에서는 불길이 일렁이고 있었다.

「아이고메 내 팔자야, 워찌 된 것이 가시네새끼들이 요리 외지로만 뻗대 나가는지 몰르겄다. 묏자리럴 잘못 썼다냐 워쩐다냐, 아이고메 내 팔자야.」

월하댁은 맥 풀린 팔을 들어 연달아 방바닥을 치고 있었다.

김광자는 평소에 별로 좋아하지 않았던 강기수 의원에게 시원스럽게 한 표를 찍어주고 다음날 집을 나섰다.

「글먼 선태허고 항꾼에 있겄다고?」

월하댁이 붉어진 눈을 훔치며 딸을 따라 사립을 나섰다.

「하먼이라. 돈도 애껴야 허고, 나가 선태 밥도 해믹이고 혀야제라.」

「그려, 선태 그것이 인자 살로 가게 얻어묵겄다. 공부헐 시간도 더 생기고. 선태보고 일러라, 정신 똑바라지게 채리고 죽기 살기로 공부허라고. 즈그 성 보기에 나가 면목이 읎다.」

결국 형이 다니던 대학에 들어가지 못하고 그 다음 대학에 다니는 작은아들을 걱정하는 월하댁의 눈에 눈물이 그렁그렁했다.

「엄니, 나가 요분에넌 실수 안 허고 잘헐랑께 아무 걱정 마시씨요. 엄니헌티 꼭 효도헐랑께라.」

김광자는 어머니의 손을 잡았다.

「그려, 그려, 효도헐라 말고 니 일이나 야물딱지게 혀. 아부지가 농사 일 허디끼.」

팔이 떨리도록 딸의 손을 움켜잡은 월하댁의 눈에서 눈물이 주르르 흘러내렸다.

야간열차로 서울에 아침 일찍 내린 김광자는 마중 나온 남동생 선태를 앞세우고 그날로 종로3가 뒷길에 있는 속성 간호학원을 찾아갔다.

「니 독일어 헐지 알지야?」

등록을 마치고 나오며 김광자는 동생에게 물었다.

「응, 고등학교 때 배웠어. 왜?」

「여학교에서는 불어를 갤차서 나는 독일어를 한 자도 몰른다. 니가 나 독일어선생 좀 해야 되겄다.」

「에이, 독어책 덮은 지가 언제라고. 독어를 배울라면 제대로 배워야 하니까 내가 학원을 알아볼게.」

「독어학원도 있을끄나?」

「그럼, 불어학원도 있는데. 라인강의 기적 붐으로 독어학원이 많이 생겼을 거야.」

「그려, 시간 끌지 말고 내일 중으로 꼭 알아봐야 혀. 질로 유명헌 디로 다가, 밤시간으로.」

「아이고, 시험 때면 꼬박 밤샘하던 우리 누나 독기 또 발동했다. 그나 저나 누나, 사투리부터 빨리 고쳐. 서울에선 괜히 무시당하고 웃음거리 되고 그러니까.」

「잉, 그런 말 들었다. 니허고 있응께 맘놓고 쓰는 것이제.」

그들 남매는 마주보고 웃었다.

김광자는 이틀 뒤부터 낮에는 간호학원, 저녁에는 독어학원을 다니기 시작했다.

간호학원은 서독 갈 꿈을 가진 처녀들로 넘치고 있었다. 그 공통점 말고도 그들에겐 두 가지 같은 점이 또 있었다. 학력이 고졸이었고, 집들이 가난했다. 그런데 학원을 졸업한다고 해서 모두가 간호원이 되는 게 아니었다. 일정한 시험을 치러야만 자격증을 딸 수 있었다. 그 규정이 김광자를 바짝 긴장시켰다. 그녀는 자격시험에서 1등을 하고 말리라고 마음을 다졌다. 1등을 하면 그만큼 서독을 가기에 유리할 것이고, 서독에 가서도 자신 있게 일할 수 있을 것이기 때문이었다.

김광자는 학원에서 나오기 바쁘게 신문팔이 소년에게 신문을 사 들었다. 불안한 기색으로 신문을 훑어나가던 그녀의 얼굴에 웃음이 피어났다. 신문에는 강기수의 작고 동그란 사진이 다른 국회의원 당선자들의 얼굴과 함께 실려 있었다.

김광자는 홀가분한 마음으로 신문을 접고 중국 호떡집으로 들어갔다. 독어학원이 끝나고 집에 가서 저녁을 먹으려면 너무 시장해 간단하게 요기를 하려는 것이었다. 호떡은 빵보다 싸고, 달고 쫄깃거리는 맛이 좋아 광주에서부터 자주 먹어온 요깃거리였다.

김광자는 호떡 두 개를 시키고 다시 신문을 펼쳐들었다. 살찐 강기수 의원을 바라보며 그녀는 다시금 안도했다. 강 의원이 당선될 줄 알았지만 그래도 마음 한편에는 불안이 서려 있었던 것이다. 그것은 자신의 일이 왠지 잘 풀리지 않는다는 불안감이기도 했다.

참 오래는 간다…….

김광자는 문득 이런 생각을 했다. 그건 강 의원을 바라보는 또다른 마음이었다. 부자간에 친일을 해서 욕을 얻어먹어 가면서도 줄기차게 국회의원에 당선되는 그 재주가 놀랍지 않을 수 없었다. 4·19로 자유당이 무너지자 사람들은 이제 강기수도 끝장이라고 입을 모았다. 그런데 어떻게 재주를 넘었는지 군사정권이 끝나자 강기수는 보란 듯이 박정희의

민주공화당으로 출마해 사람들을 놀라게 했다.

　김광자는 호떡을 꼭꼭 씹으며 여유롭게 신문을 뒤적였다. 그녀의 눈길을 끄는 건 이번 선거가 공개투표, 대리투표, 폭행 등을 자행한 부정선거였으므로 무효투쟁을 벌이겠다고 한 야당의 선언이었다. 그러나 김광자는 정치에 별 관심이 없어서 기사는 읽지 않고 그냥 지나쳤다.

　김광자는 나날의 공부에 열을 올리고 있었다. 마음 단단히 먹고 시작한 새로운 공부라 갈수록 흥미가 돋았다.

　「얘 선태야, 빨리 일어나. 웬 늦잠이냐.」

　김광자는 마음 급하게 동생을 흔들어 깨웠다.

　「누나 먼저 먹고 가. 난 방학이야.」

　「아니, 오늘이 며칠인데 벌써 방학?」

　「데모한다고 휴교령 내렸어.」

　부정선거 규탄데모를 막으려고 정부는 전국 85개의 대학과 고등학교에 휴교령을 내렸던 것이다.

17
분단 속의 젊은이들

'무장공비' 1개 소대 병력이 청와대를 기습공격하기 직전에 자하문 고개에서 막아냈다는 소식은 세상을 발칵 뒤집어놓았다. 그럴 수밖에 없는 것이, 자하문에서 청와대까지는 보통사람들이 뛰어도 15분 정도밖에 안 걸리는 거리인데 특수훈련을 받은 특공대가 돌격을 감행했을 때 어찌 되었을 것인가 하는 사실은 세상사람들을 아뜩하게 만드는 충격이었다. 사실 '무장공비'들이 청와대를 기습해 대통령을 살해하는 데 실패했다 하더라도 청와대가 적의 특공대 공격으로 난장판이 되었다면 그것만으로도 이만저만 큰 사태가 아닐 수 없었다.

그 사건의 충격은 미군부대 안에 있는 카투사들에게도 직격탄이 되어 날아왔다. 카투사들에게 당일로 외출금지령이 내려졌다. 그들은 막사에 갇혀 트랜지스터에 귀를 기울이고, 하우스보이들을 통해 신문을 구하기에 바빴다.

그 특공대는 군·경의 추격과 수색에 쫓겨 산산이 흩어진 채 북쪽으로 달아나고 있었다. 민가의 지붕을 타고 넘다가 사살되기도 하고, 포위망을 뚫으려고 저항하다가 온몸이 벌집이 되어 죽어가기도 했다.

그런 생생한 신문보도를 보면서 최주한은 까마득했던 6·25의 공포가 갑자기 현실로 밀어닥치는 것을 느꼈다. 그건 심심찮게 불거져 나오곤 하는 간첩사건이 아니었다.

「이거 이러다가 전쟁 터지는 건 아닌가?」

「글쎄 말야. 어째 영 아슬아슬하고 심상치가 않아.」

「뭐, 전쟁이야 터지겠어? 지금 한창 소탕되고 있으니까 그것으로 끝나겠지.」

「그래. 전쟁 일으켜봐야 서로 피 보고 박살날 건데 그게 그리 쉽겠어?」

다른 카투사들도 끼리끼리 모여앉아 전쟁의 불안에 사로잡혀 있었다.

이틀 사이에 25명이 넘게 사살되는 가운데 한 명이 생포되었다. 이북 말을 쓰는 그 젊은 사내의 이름은 김신조였다. 그의 입에서 31명의 무장대가 침투했음이 밝혀졌다.

그런데 사흘째 되는 날 또 하나의 큰 사건이 돌출했다. 미군 군함 푸에블로호가 원산 앞바다에서 북쪽 군대에 피납된 것이었다. 국방부에서는 마침내 당일로 비상태세령을 발동했다. 그에 발맞추어 미군부대에도 비상이 걸려 그날 밤부터 미군들의 외출 외박도 금지되었다.

「갓뎀 크레이지, 미스터 킴!」

「싹스 마이 딕! (내 × 빨아라!)」

갑작스럽게 외출을 금지당한 미군들은 온갖 욕들을 퍼부어댔다. '미스터 킴'이란 김일성이었다.

그런 미군들 속에서 카투사들은 더욱 불안해졌다. 그들은 집합 명령도 없는데 휴게실로 모여들었다.

「이거 정말 김일성이가 한판 붙어볼 작정인가?」

「에이 씨발, 이번에 한판 붙어버렸으면 좋겠다. 좆같은 새끼들 싹 쓸어서 통일이나 해버리게.」

「야, 재수 없는 소리 말어. 통일이 엿장수 맘대로 돼? 우리 같은 아까운 청춘들만 골로 가는 거지.」

「근데 이게 무슨 일이지? 좌우간 이 사태들이 예삿일은 아니잖아.」

「그야 그런데, 미군들이 있으니까 크게 걱정하지 않아도 될 거야.」

이런 말을 나누는 것은 그나마 병장들이었고, 일등병이나 상병들은 불안스럽게 눈치만 살피고 있었다.

최주한은 병장이면서도 그들의 말에 끼여들지 않았다. 그들의 말이 하나마나 한 객소리에 지나지 않은 탓도 있었지만, 그는 딴생각에 빠져 있었다. 혹시나 그런 사태들이 엉뚱하게 복무연장으로 불똥이 튀지 않을까 하는 불길한 예감이 일고 있었다.

「모두 각자의 침대로 돌아가라. 곧 불을 끈다. 모두 취침하라!」

철모에 권총까지 찬 싸진메이저가 복도를 오가며 외치기 시작했다. 평소에는 취침시간이 따로 없이 12시까지만 막사에 들어오면 되었는데 비상이라고 해서 9시에 벌써 자라는 것이고, 불까지 끈다는 거였다. 카투사들은 어쩔 수 없이 자기 침대를 찾아 흩어졌다.

비행기 수십 대가 폭격을 해대고 있었다. 비행기는 한 가지 종류만이 아니었다. 날쌘 전투기와 육중한 폭격기와 불안스러운 헬리콥터들이 뒤죽박죽되어 어지럽게 날면서 기총소사를 해대고 폭탄을 투하하고 있었다. 최주한은 바위 뒤고 구덩이고 찾아 허겁지겁 몸을 숨겨가며 이게 꿈이었으면, 이게 꿈이었으면, 하고 애가 타고 있었다. 그러다가 폭탄이 자신을 향해 떨어지자 으악 소리를 질렀다.

최주한은 잠결에 상체를 벌떡 일으키다 앞머리를 2층 침대에 그대로 부딪쳤다. 그는 그제서야 꿈에서 깨어났다.

「오우 싸진 초이, 나이트메어? (이봐 최 병장, 악몽 꿨냐?)」

건너편의 화이트가 침대에 걸터앉아 담배를 피우며 물었다. 미군들은

Choi로 표기되는 최를 '초이'라고 발음했다. 아무리 '최'라고 고쳐주어도 그들은 그 발음을 하지 못했다. 한국사람들이 영어를 미국사람들처럼 발음하지 못하는 것이 있는 것처럼.

「헤이 초이, 겁먹지 마라. 저건 공군들이 작전하는 소리일 뿐이야.」

2층 침대에서 일등병 맥퀸이 굳이 고개를 아래까지 늘여 최주한에게 말했다. 반칸막이가 된 하나의 침실은 네 명씩 사용했고, 미군이든 카투사든 고참은 아래 침대, 신참은 2층 침대를 오르내려야 했다.

최주한은 담요를 걷어내고 침대에 걸터앉으며 꿈속에서 들었던 그 요란한 비행기 소리들이 꿈이 아니었다는 걸 깨달았다. 밖에서는 여러 가지 비행기 소리들이 뒤엉켜 귀가 아플 정도로 울려대고 있었고, 그 진동으로 창문들이 떨리고 있었다.

「무슨 작전인데 저렇게 야단법석이야?」

최주한은 얼굴을 훔치며 화이트에게 물었다.

「나도 모르겠다. 비상에 대비하는 거겠지 뭐. 공군은 원래 밤을 좋아하니까.」

화이트가 담배를 내밀며 양쪽 어깨를 들먹하는 몸짓을 했다. 담배를 권하는 것은 한국식 예절을 배운 것이었다.

「너희들 만약 전쟁이 나면 어떡할래?」

최주한은 담배연기를 내뿜으며 물었다.

「아이구, 하느님 맙소사. 제발 그런 소리 하지 말어.」

맥퀸이 갑자기 2층 침대에서 뛰어내리며 두 손으로 머리를 감쌌다.

「미스터 킴이 미치지 않고서야 그런 짓 못한다. 그는 한국전쟁 때 당해봐서 우리 미국의 힘을 그 누구보다도 잘 아니까.」

화이트는 단호하게 고개를 저었다.

「그래, 그 말이 맞아. 만약 전쟁을 일으키면 원자폭탄으로 갈겨버려야 해.」

맥퀸이 주먹을 쥐며 언성을 높였다.

「그래, 나도 화이트 네 생각에 동감이다. 더 이상 전쟁은 안 돼.」

최주한은 이렇게 말하며 시계를 보았다. 12시 반이 지나고 있었다.

그는 화장실을 다녀와 다시 침대에 몸을 눕혔다. 그러나 쉽게 잠들 수가 없었다. 비행기들이 일으키는 요란한 폭음들은 줄기차게 울리고 있었다. 얼마나 많은 비행기들이 뜨고 내리는 것인지 그 진동으로 철침대까지 가끔 흔들렸다. 그렇다고 무엇을 하는지 밖으로 나가볼 수도 없었다. 12시가 넘으면 막사의 출입문 네 개는 모두 잠겨지고 말았다. 가끔 짜증스럽게 욕을 내뱉는 미군들의 소리가 들리고는 했다.

잠시도 쉬지 않고 울려대는 폭음에 시달리며 최주한은 밤새도록 잠을 설쳤다. 그러다가 언제부터인지 모르게 꼬박 잠이 들었다.

「기상! 빨리빨리 기상!」

다른 날과 달리 싸진메이저가 복도를 오가며 소리치고 있었다. 모두가 잠을 설치다가 늦잠이 든 거였다.

아침 점호를 받으려고 밖으로 나온 그들은 모두 깜짝 놀라고 말았다. 그들의 앞에 펼쳐진 드넓은 골프장에는 야전용 대형 텐트들이 수없이 쳐져 있었고, 그 사이사이로는 전투복차림의 군인들이 동작 빠르게 움직이고 있었다. 아무도 설명하지 않아도 그 군인들이 밤사이에 어디에서 이동해 왔다는 것을 그들은 금세 알아차렸다.

「야아, 애들 하는 짓 봐, 이거.」

「글쎄 말야, 괜히 미국이 아니라니까.」

「하룻밤 사이에 저 많은 병력이 어디서 다 온 거지?」

카투사들은 너나없이 감탄하기에 바빴다. 미군들은 감탄하지는 않았지만 자기네들끼리 어디서 이동해 온 병력인지를 궁금해 했다.

점호를 마치고 식당에 가서 아침 식사를 하면서 그들은 그 병력이 오키나와에서 이동해 왔다는 것을 알았다. 최주한은, 미국 본토가 아니고 오키나와에서 비행기를 타고 온 것이면 그리 놀랄 것은 없다고 생각했다. 오키나와에서 이 기지까지는 두 시간 정도면 충분히 올 수 있는 거리였다.

그러나 카투사들의 놀라움은 그 다음부터 더 커져갔다. 날이 완전히 밝자 어젯밤에 무슨 일들이 벌어졌는지 그 변화가 눈에 들어오기 시작했다. 멀리 보이는 긴 활주로 주변의 드넓은 잔디밭에서부터 그 근방의 여러 곳 빈터에는 온갖 전투장비들이 가득 차 있었다. 그것들은 모두 그물망을 씌워 위장되어 있었지만 장갑차, 다연발 기관총이 장착된 지프, 대형 포탄이 장착된 트럭, 긴 포신에 바퀴 달린 장거리포 같은 것들은 쉽게 알아볼 수 있었다. 그러나 위장이 철저해 전혀 무엇인지 알아볼 수 없는 것들이 훨씬 더 많았다. 그런데 그 전투장비들은 간밤에 헬리콥터에 매달려 왔다는 것을 말하는 듯 굵은 밧줄들을 몸에 동이고 있었다. 물론 수송기로 운반된 것인지 밧줄이 감기지 않은 물건들도 많았다. 어쨌든 넓고 넓은 잔디밭을 채우고 있는 물량은 어마어마했다.

「야아, 정말 대단한데. 완전히 졌다.」

「그러게 말야. 잠 못 자게 할 만했어.」

「야 참, 미국 센 것 실감나네.」

카투사들은 기 질린 기색으로 감탄을 숨기지 못했다.

최주한도 그 엄청난 전투장비들을 바라보면서 그들과 다름없는 심정이었다. 하룻밤 사이에 이루어진 그 신속한 기동력은 수백 리에 뻗친 대형 송유관이며, 최신식으로 꾸며진 기지 안의 시설들이며, 흥청망청하는 흔한 물자들이며, 그동안 느껴왔던 미국에 대한 여러 가지 인상들을 압도하는 충격이었다.

미국⋯⋯, 미국⋯⋯? 미국⋯⋯?

최주한은 이 물음에 끝없이 빠져들고 있었다.

외출금지가 계속되는 상태에서 기지 안에서는 새로운 일이 벌어졌다.

이동해 온 병력들이 초록색 모래주머니로 참호를 쌓기 시작하더니 그 일은 모든 막사와 건물들로 파급되었다. 모든 출입문 앞에 ㄱ자나 ㄴ자의 방어벽을 키 높이로 쌓으라는 명령이었다.

외출금지가 열흘을 넘기면서 2월로 접어든 어느 날 카투사들은 가슴 서늘한 소식을 듣게 되었다. 대통령이 250만 향군 무장을 언명하고 나섰다.

「씨팔, 이거 제대하나마나 아냐!」

「사람 미치고 팔딱 뛰겠네. 하여튼 김일성 그 새끼 땜에 우리 인생 다 조지는 거야.」

「이 꼴이니까 이거 이 나라 떠야 해. 미국으로 이민 가면 이런 꼴 안 보고 편하게 살잖아.」

카투사들은 금방 입이 험해졌다.

그런데 그들은 며칠이 못 가 정말 앞이 캄캄한 소문에 맞닥뜨렸다. 현역의 복무기간이 6개월 연장된다는 것이었다. 카투사들은 그 소문의 진위를 확인하려고 인사과 근무자들에게로 몰렸다. 최주한은 자신의 예감이 들어맞는 것을 느끼며 아무 대꾸도 하지 않았다. 국방부에서 적극 검토 중이라는데 그건 이미 결정된 것이나 다름없었다.

15일 만에 10시로 제한된 외출이 허가되었다. 미군들은 그들 특유의 환호성을 지르며 막사를 뛰쳐나가기에 바빴다.

「오늘 밤 저 새끼들이 싸지르는 좆물로 기지촌 홍수 나겠다. 우리도 나가자.」

보급부 홍 병장이 과장되게 살을 훔쳐대며 서둘렀다.

「홍수 나면 어떠냐. 그동안 우리 불쌍한 밤나비들 얼마나 배가 고팠겠냐. 고향에 보낼 돈도 마르고.」

최주한이 타령조로 읊었다.

「새끼, 꼭 밤나비 오빠처럼 궁상떠네. 야, 근데 복무연장 어떻게 되는 거야?」

「어떻게 되긴? 틀림없지.」

「뭐야? 아이구, 이런 씨팔!」

홍 병장이 철침대를 냅다 걷어찼다.

「진정하셔. 너야 돈벌이 더 잘해 본전 빼면 억울할 것도 없는데 뭘 그래.」

「얌마, 사람 약올리지 마. 군대에서 해먹은 돈 재산 안 된다는 말도 몰라? 야아, 6개월을 더 썩다니 이게 말이나 되는 소리냐. 사람 미치고 환장하겠다 이거.」

「가자, 가서 술이나 푸자. 유식한 말로 이게 다 분단의 비극이라는 거다.」

최주한은 떫게 웃으며 홍 병장의 어깨를 두들겼다. 그러나, 먼저 알아 체념했을 뿐 속감정은 홍 병장과 다를 것이 없었다.

「씨팔, 탈영을 해버릴 수도 없고, 아이구 치 떨려.」

홍 병장이 뿌드득 이를 갈았다.

군대생활 하루하루를 지겨워하고 넌덜머리 내며 9월을 손꼽아 기다리고 있던 그들에게 제대는 내년 3월로 밀려가 버린 것이다.

「야, 너무 억울하고 분해 하지 말아라. 제대 한두 달 남겨놓고 이 꼴당하게 된 사람들 심정 생각해 봐. 그에 비하면 우린 아무것도 아니야.」

「야, 야, 나 미치겠으니까 아무 말도 말어. 옘병, 어쩌다가 이런 나라에 태어났는지 모르겠다.」

싸늘하게 굳어진 홍 병장의 얼굴에는 분노가 서려 있었다.

홍 병장도 최주한도 소주를 마구 마셔댔다. 최주한은 가슴에 소줏불이 확확 이는 것이 오히려 통쾌한 것을 처음으로 느끼고 있었다. 그 뜨거운 술기운에 다 풀 길 없는 억울함과 분함을 태우고 있었다. 휴전이되고 세월이 흘러가면 어떻게 사정이 좀 나아져야 할 텐데 거꾸로 더 험악해지고 있으니 도대체 어쩌자는 것인지 모를 일이었다. 한 가지 분명한 것은, 양쪽이 서로 주먹질을 주고받는 권투시합 하듯 이런 식으로 맞서 나가서는 통일이란 영영 가망이 없다는 사실이었다.

홍 병장은 술기운이 오르면서 김일성을 향해 욕을 퍼붓기 시작했다. 최주한도 한바탕 반죽을 맞추고는 말을 돌렸다.

「야, 백날 욕해 대면 뭐 하냐. 우리 입만 아프지. 우리도 가서 밤나비나 한 마리씩 잡자. 그게 훨씬 더 실속 있고, 서러운 우리 청춘을 위로하는 것 아니겠어?」

「하 이새끼, 점점 사람 돼가네. 그래, 가자. 배고픈 밤나비 배도 채워줄 겸. 사회봉사가 뭐 따로 있냐. 흐흐흐……」

홍 병장이 비틀거리며 일어났다.

「도둑놈, 말 한번 거창하고 뻔지르르하네. 하여튼 듣기 좋아 좋다.」

최주한도 키들거리며 모자를 썼다.

"사나이로 태어나서 할 일도 많다만, 너와 나 빠구리 트는 재미로 산단다……"

술집을 나선 홍 병장이 어둠침침한 골목을 걸어가며 노래인지 아우성인지 모를 소리를 토해내고 있었다.

「헤이, 씨비씨비 오케이?」

「궁뎅이 나깃나깃 조오타.」

술 취한 미군 두 명이 밤나비들을 희롱하고 있었다. 누구나 딴 나라 말을 배울 때는 욕부터 배우더라고 그 미군들도 성에 대한 상소리를 유창하게 내뱉고 있었다.

「하우 머취? (얼마냐?)」

「파이브.」

한 아가씨가 손가락을 쫙 펴 보였다.

「비싸.」

미군이 말했고,

「안 비싸.」

아가씨가 재빨리 대꾸했다.

「쓰리 달러, 오케이?」

「꺼져, 이 먹통새끼야!」

아가씨가 소리치며 침을 내뱉었다.

두 흑인이 움찔하더니 욕을 해대며 발길을 돌렸다. 흑인들이 제일 싫
어하는 소리가 '깜둥이'였고, 그래서 '깜상'이라고 바뀌었고, 그것마저
흑인들이 알아듣게 되자 '밤중'이라고 부르더니 어느새 '먹통'으로 변해
있었다.

「카츄샤 아저씨들, 몸 풀고 가요. 싸고, 사비스 화끈하게 해드릴게.」

한 아가씨가 홍 병장을 붙들었다.

「싸게? 그럼 쓰리 달러 오케이야?」

「예, 좋아요. 쓰리 딸라.」

「웬일이야? 인종 차별인가?」

「쟤네들은 크기만 하고, 못살게 굴잖아요.」

「맞는 말씀이야. 하느님께서 정해주신 색깔끼리 노는 게 정상이구말구.」

홍 병장이 큭큭거리며 아가씨의 허리에 팔을 감았다.

「이새끼 이거 건달 다 됐네.」

최주한이 홍 병장의 엉덩이를 걷어차는 시늉을 하는데 다른 아가씨가
그의 팔짱을 끼었다.

며칠이 지나 소문 무성하던 복무연장이 확정되었다. 그날 본부중대 카
투사들은 모두 기지촌으로 뛰쳐나가 계급을 가리지 않고 폭음을 했다.

비상이 언제 풀릴지 알 수 없는 상태에서 이동해 온 병력들은 여전히
2월 추위를 견디며 텐트생활을 하고, 끼니때면 어김없이 전투용 시레이
션 깡통들을 따먹었다. 최주한네 연대에 속한 예하부대의 싸진메이저

회의가 소집된 것도 비상상황에 따른 것이었다. 최주한은 느닷없이 그 회의에 통역으로 참석하지 않을 수 없게 되었다. 싸진메이저들의 전체 회의니까 카투사 인사과의 상사도 참석하게 되는데, 그가 워낙 영어는 한마디도 듣지도 하지도 못하는 '귀벙이'니까 통역이 필요한 것은 당연했다. 그런 경우에는 으레 영어 관계 일을 맡고 있는 특명계가 나서게 되어 있었다. 그런데 그는 파견대장 일로 서울에 가고 없었다.

형편이 그리 되었으면 그 다음 차례는 서무계였다. 그러나 서무계 한 병장은 질겁을 하며 뒷걸음질을 쳤다. 그는 속칭 일류로 꼽는 대학들 중의 하나를 나와 영자신문을 별 어려움 없이 읽는 실력이면서도 말은 도무지 되지 않는 위인이었다. 소심증인지 외국인 공포증인지 그는 짧은 말 한두 마디 말고는 미군들과 이야기하는 법이 없었고, 사무적으로 어쩔 수 없이 말을 해야 할 경우에는 종이에 미리 영작을 해서 그걸 읽는 지경이었다. 파견대장은 그거 큰 병이라며, 틀려도 좋으니까 자기처럼 맘놓고 하라고 나무라고는 했다. 그렇게 말하는 파견대장의 용기는 참으로 대단했다. 비어를 삐루, 호텔을 호떼루 하는 식의 일본식 발음이면서도 그는 미군과 자주 말을 하지 못해서 안달이었다.

인사과의 형편이 이렇게 되었으니 최주한은 통역을 피할 도리가 없었다. 어차피 '귀벙이'한테 하는 통역이니까 그까짓 것 어디 한번 해보자 하며 그는 뱃심을 부리고 나섰다.

「빨리 가서 샤워하고 옷 갈아입고 와. 면도하고 양치질도 하고.」

회의는 7시에 시작인데 상사는 3시에 벌써 최주한을 불러 일렀다.

「예에…….」

최주한은 상사의 말이 너무 비위 상해 뜨악하게 대답했다. 샤워와 면도는 매일 아침 하는 것인데다, 양치질을 새로 하라는 것이 영 속을 뒤틀리게 했다. 김치 냄새, 마늘 냄새 풍기지 말라는 것은 지난날 카투사 교육대에서 첫날부터 귀가 아프게 들은 말이었고, 미군들은 그런 냄새 풍기는 카투사들을 너무 노골적으로 면박하거나 욕을 해댔다. 그러나 미군들한테서 나는 느끼한 노린내는, 특히 여름에 땀과 뒤섞인 그 냄새는 속이 뒤집힐 정도로 역하고 고약했다.

최주한이 채비를 다 하고 인사과로 나오니 상사는 머리까지 새로 깎고 와 기다리고 있었다.

「어때?」

상사가 작업모가 아닌 정모를 쓰며 가슴을 내밀었다.

「선임하사님이야 장군 폼이시죠.」

「그렇지? 내가 조금만 더 배웠더라도 말이지……, 가난이 원수야, 원수. 가자.」

상사가 한숨을 푹 쉬며 앞장섰다.

최주한은 그 순간 상사가 측은하게 여겨졌다. 그 말은 그가 오랜만에 내보인 인간적인 면모였다. 그도 장교가 되었더라면 지금쯤 대위나 소령 계급장을 달고 있을 터였다. 파견대장과 같은 또래이면서 마냥 죽어지내야 하는 그의 가슴에 쌓인 회한이 얼마나 클 것인지 짐작이 어렵지 않았다.

싸진메이저 회의장은 장교클럽이었다. 사병들은 얼씬도 할 수 없는 장교클럽에 회의장이 마련된 것은 싸진메이저들의 위상을 나타내는 것이었다. 계급은 결국 사병이면서 능력은 장교들이 무시할 수 없는 존재, 그것이 싸진메이저들이었다.

장교클럽은 치장이 호화로웠다. 아이보리 아래 푸른색 페인트를 둘렀을 뿐인 겉모양과는 전혀 다르게 모양새 요란한 등이며 무늬 섬세한 커튼이 고급이었고, 바닥에는 푹신푹신한 카펫이 깔려 있었다. 윤기 도는 암적색 탁자나 의자들도 나무로 조각되어 아주 귀족적인 냄새를 풍기고 있었다.

회의실은 그 큰 홀을 지나 따로 떨어져 있는 커다란 방이었다. 교실 크기 정도의 그 방은 더욱 호화로웠는데, 아마도 고급장교들이 사용하는 별실 같았다.

잔뜩 긴장한 채 한국인 종업원의 안내를 받아 그 방으로 들어선 최주한은 더욱 긴장하지 않을 수 없었다. 방이 더 호화로워서가 아니었다. 방 안에는 열댓 명의 싸진메이저들이 담소하고 있었는데, 그들의 유별난 정복차림으로 온 방 안에 금빛 계급장이 가득 찬 것처럼 느껴졌던 것이다. 그들의 정복에 달린 계급장은 작업복의 것보다 훨씬 커서 양쪽 소매 윗부분을 다 차지하고 있는데다, 정복의 쑥색 바탕 위에서 샛노란 계급장 색깔은 유난히 도드라져 금빛처럼 보였다. 그리고 소매 아랫부분에는 각자의 근무 연한을 표시하는 사선들이 또다른 계급장처럼 대여섯 개씩 붙어 있었고, 왼쪽 가슴에는 가지각색의 훈장들까지 촘촘하게 붙이고 있었다.

최주한은 사령부 싸진메이저의 지시에 따라 상사를 그들에게 차례로 인사시켰다. 그들과 악수를 해나가는 상사는 완전히 얼어붙어 있었다.

「오늘 우리가 첫 번째로 해야 할 일은 공군 사령관님과 우리 사령관님의 특별지시에 따라 항공레이더실을 견학하는 것입니다. 여러분이 우리의 방어체제를 직접 확인한 다음 각자의 부대로 돌아가 이 비상상황에서 병사들이 자신감을 갖도록 하는 데 그 목적이 있습니다. 잘 살펴보시고 목적달성에 만전을 기해주시기 바랍니다.」

사령부 싸진메이저의 말이었다.

그들은 모두 밖으로 나와 버스를 탔다. 버스는 이내 사령부 앞에 멈춰섰다.

사령부 건물의 복잡한 복도를 돌고 돌아 어느 지점에 이르니 '비밀통제구역'이란 빨간 글씨의 경고문과 함께 완전무장한 공군 헌병 네 명이 M16을 옆구리에 받쳐잡고 서 있었다. 거기서부터는 지하실 계단이었다. 두 개의 철문을 통과할 때마다 무장 헌병들이 네 명씩 경비하고 있었다.

항공레이더실은 교실 네댓 개의 넓이였다. 그 한쪽 벽에 70밀리 대형 영화 스크린 같은 것이 붙어 있었다. 그것이 바로 레이더 스크린이었다. 실내에서는 50여 명이 각종 기계 앞에서 소리 없이 움직이고 있었고, 그 대형 스크린에는 작은 불빛들이 반짝이며 이동하고 있었다. 그런데 그 스크린에 그려져 있는 것은 한반도 전역과 중국의 동부해안 지역을 나타내는 지도였다.

그곳에 머문 것은 미처 5분이 되지 않았다. 누가 설명 한마디 하지 않았다. 그러나 그 반짝이며 이동하는 불빛들이 비행기라는 것을 모를 사람은 없었다.

장교클럽으로 돌아오며 최주한은 또다시 미국을 생각하고 있었다. 레이더실이 있다는 말만 들었지 그런 것일 줄은 몰랐다. 손오공이 제아무리 날고 날아봤자 부처님의 손바닥 안이라는 말이 의식 저쪽에서 떠오르고 있었다.

싸진메이저 회의는 더는 별것이 없었다. 모든 최선을 다하자는 건배를 한 다음부터는 자유로운 분위기의 파티였다.

상사는 다음날 오후 카투사들을 모아놓고 미국의 철통 같은 방어태세에 대해 30분이 넘도록 열을 올렸다. 겨우 몇 분 동안 보고 그렇게 장광설을 늘어놓고 있는 선임하사의 심중을 최주한은 어느 만큼 이해하고 있었다.

며칠이 지나 인사과 사람들을 놀라게 하는 사건이 터졌다.

「선임하사님, 큰일났습니다. 써퍼라이 홍 병장이 공군 헌병한테 체포됐답니다.」

전화를 끊은 특명계의 보고였다.

「뭐, 뭐라구? 무슨 일인데?」

선임하사의 얼굴이 딱 굳어졌다.

「수령해 가지고 오던 물건을 빼돌리다 현장에서 잡혔다는 겁니다.」

최주한은 급히 담배를 빼물었다. 라이터를 켜는 손이 표나게 떨리고 있었다.

18
우리들의 모습

    평균 20센티미터 길이의 회충들이 한 마리씩 표본병에 담겨지고 있었다. 그런데 그냥 담는 것이 아니라 한쪽 끝을 실로 묶고, 실의 양쪽을 병 안의 고리에 꿰서 회충을 매다는 식이어서 아무나 할 수 있는 손쉬운 일이 아니었다.

    그러나 일의 까다로움보다 더욱 힘겨운 것은 회충을 만져야 하는 비위 상하는 역겨움과 징그러움을 참아내는 일일 것이 분명했다. 그런데 서너 명의 여자는 그런 내색 전혀 없이 무표정한 얼굴로 그 일을 해나가고 있었다.

    유일민은 속이 메슥거리는 것을 참아내며 그 여자들의 무표정에서 어머니를 보고 있었다. 어머니는 식당의 물일을 나가면서부터 가끔 희미하게 짓던 웃음마저 잃어버리고 완전히 무표정한 얼굴이 되어버렸다. 그 무표정은 가난에 찌들리고 삶의 가망조차 잃은 절망의 형체였다.

    회충이 매달린 표본병에다 소독용 알코올을 가득 채우는 것이 작업의 마지막 단계였다. 열네댓 살 먹어 보이는 소년은 얼굴을 찡그린 채 바가지로 소독용 알코올을 표본병에 붓고 있었다. 늘어져 있던 회충들은 알코올을 부으면 수영을 하는 것처럼 변했다.

「뭐 더 보실 것 있습니까. 내일까진 다 되니까 걱정 말고 가세요. 지저분한데 사무실로 가시지요.」

유일민은 사장을 따라 밖으로 나왔다. 참고 있던 구역질이 울컥 솟아 그는 입을 가렸다.

「거 보세요. 괜히 흉한 걸 보니까 그렇지요.」

사장이 얼른 담배를 내밀었다.

「괜찮아요, 전 안 피워요.」

유일민은 손을 저으며 입에 고인 묽은 침을 뱉어냈다.

작업장 옆에 붙어 있는 사무실이란 낡은 책상 하나가 놓였을 뿐인 맨 땅바닥이었다. 사장이 삐딱하게 기운 나무의자를 권했다.

「아니, 그만 가야지요. 내일까진 꼭 끝나게 해주세요.」

「예, 그러믄요. 헌데 저어……, 대금 결제를 바로 좀 해주십사고 사장님께 전해주세요. 보다시피 저 궂은일 하는 사람들 일당이나 제때제때 줘야 일손이 이어질 것 아닙니까. 저건 가난이 죄로 죽지 못해 하는 짓들인데 돈 만지는 맛이나 있어야 되지 않겠어요?」

유일민의 눈치를 보는 사장의 말이 간곡했다.

「예, 잘 말씀드리겠습니다.」

유일민은, 산다는 것은 도대체 무엇인가 하는 괴로운 감정에 사로잡혀 사무실을 나섰다.

「우리나라는 지금 새로운 시대를 시작하고 있어. 거기에 발맞추어 우리도 새로운 기업을 일으킬 꿈과 포부를 가져야 해. 우리는 젊고, 젊은 정열과 능력을 총동원해서 다 바치면 우리나라 제일의 기업을 만들어낼 수 있어. 이제 세계를 향해 우리나라는 움직이기 시작했고, 그 물결을 따라 무역에 전념하면 외화획득의 가능성은 무궁무진이야. 두고 보라구. 지금 이 나라에서 손꼽히는 몇몇 재벌들이 있지만 그 사람들은 원조 물자에나 의지해서 돈벌이한 구식이고, 머리도 잘 안 도는 구세대야. 우리가 그들보다 모자라는 건 자본뿐인데, 그건 젊은 정열과 새로운 능력으로 얼마든지 캄프라치할 수 있어. 무역은 자본의 힘만으로 하는 게 아니거든. 그게 무역의 매력이기도 하구. 난 틀림없이 그들을 능가할 자신이 있어.」

대학 선배 손진권 사장이 역설하는 말이었다. 틈만 나면 되풀이하는 그 말은 단순히 사장의 견해거나 포부가 아니었다. 그것은 사장의 확고 부동한 신념이고, 사장은 몇 안 되는 후배 직원들이 자신의 말을 신앙처럼 받들기를 원하고 있었다.

「지금 우리는 국가적 차원에서 1센트의 딸라라도 벌어들이는 데 눈을 부릅떠야 해. 외화의 경제신장 효과를 더 설명할 필요 없잖아. 그러니까 수출품목이 무엇이냐를 따지고 가릴 것이 없어. 외화획득이 되면 사람을 팔아먹는 것만 빼고는 뭐든지 팔아야 해. 똥통에서 그냥 썩어버릴 회충 한 마리에 1딸라씩, 그게 얼마나 기막힌 자원발굴이야. 창피하다? 체면이 있다? 그런 건 다 센치멘탈이야. 회충은 우리의 현실 아닌가.」

손진권 사장의 이 논리 앞에서 사원들은 아무런 반론도 제기할 수 없었다.

회충 표본병 1천 개는 미국으로 수출되는 것이었다. 그건 국민학생들 교육용이었다. 회충이 박멸되어 버린 미국의 어린이들은 그림만으로는 회충을 실감하지 못하기 때문이었다.

유일민은 더는 취직할 방법이 없어서 교수를 찾아갔었다. 교수가 소개해 준 사람이 창업을 준비하고 있던 손진권 사장이었다. 손 사장은 그 넘치는 의욕을 그대로 반영해 회사 이름을 '대진'이라고 했다. 자기의 이름 중 '나아갈 진' 자 앞에다가 '큰 대' 자를 붙인 것이다.

「그 사람 잘할 거야. 머리도 영리하고 의욕도 강한데다 집안 배경도 든든하니까. 창업 멤버의 긍지를 가지고 열심히 해봐. 성공하면 평범한 월급쟁이하고는 다른 보람을 느낄 거고, 그만한 혜택도 돌아오게 될 테니까.」

교수의 격려였다.

유일민은 보잘것없는 월급을 탓하지 않고 최선을 다해 일하고 있었다. 손진권 사장의 그 불타는 열정에 감전된 듯 갈수록 삶의 의욕이 솟아나고 있었다.

그러나 회충을 다루던 여자들의 모습이 너무 강하게 남아 있어서 유일민은 우울하게 걷고 있었다. 아침부터 저녁까지 노동시간이고 뭐고 없이 남의 식당에서 물일을 해야 하는 어머니의 비참함도 그 여자들과 별로 다를 것이 없었다.

산다는 것은 무엇인가……, 사람이 살기 위해서 어느 상태까지 비참해질 수 있는가……, 언제나 어머니를 편히 모실 수 있을까……, 유일민은 한정 없는 우울로 빠져들고 있었다.

「유 형, 유 형!」

어떤 남자가 유일민을 향해 뒤에서 뛰어오고 있었다. 그러나 유일민은 그 소리를 알아듣지 못하고 고개를 떨군 채 걸어가고 있었다.

「이봐요, 유 형!」

그 남자가 유일민의 어깨를 쳤다.

「예에?」

유일민은 소스라치게 놀라며 우뚝 멈춰섰다. 그 얼굴에 공포의 빛이 서려 있었다.

「유 형, 나요. 이경열이 기억 안 나요?」

그 남자는 반가움이 넘쳐 자신의 얼굴을 유일민 앞으로 디밀듯이 했다.

「아……, 이 형, 참 오랜만이오.」

그 남자를 알아본 유일민의 눈에서부터 공포의 빛이 가시고 있었다.

「근데 왜 그렇게 놀래요? 그동안에 또 무슨 일 있었소?」

악수를 하며 그 남자가 물었다.

「아니오. 늘 불안하다 보니……」

유일민이 어색스럽게 웃음지었다.

「하긴 그래요. 그건 우리 같은 인생들의 고질병이니까.」 그 남자는 픽 웃더니, 「택시를 타고 가다 보니까 유 형이잖아요. 어찌나 반갑던지 정신없이 뛰어내렸어요. 우리 어디 가서 차나 한잔합시다」하며 유일민의 손을 잡아끌었다.

이경열……, 5·16이 나고 잡혀 들어가 고생할 때 알게 된 대학생이었다. 자신과 똑같은 처지인 그는 학교도 더 다니고 싶지 않고, 이 나라를 떠나고 싶다고 했었다. 그런데 그는 그때보다 훨씬 활기차 보이고, 택시를 타고 다닌다는 게 유일민으로서는 신기했다.

「유 형은 어떻게 지내요? 나 이 신문사에 있어요.」

다방에 자리잡으며 이경열이 명함을 내밀었다.

「신문사는 어떻게……?」

ㅈ신문사 사회부 기자라고 찍힌 명함에서 눈을 떼며 유일민은 의아해 했다.

「예, 거기 들어가기까지 사연을 다 말하자면 얘기가 길어요. 간단하게 줄이자면, 브라질로 이민을 가려고 했는데 자격상실이었어요. 그래서 중이 될까, 죽어버릴까 고민고민 하다가 군대에 갔고, 억지로 대학을 졸업했어요. 허지만 취직이 돼야 말이지요. 그러던 중에 어머니가 우연히 아버지 친구를 만났어요. 그분이 그 신문사 높은 분인데 내 신원보증을 섰어요. 중정 쪽에도 섰구요. 그리고 나도 중정에다 서약서를 썼어요. 신문기자 한번 되기 복잡했던 거지요. 그치만 어쩌겠어요, 살아야 하는데.」

이경열이 스산하게 웃으며 커피잔을 들었다.

「참 잘됐군요. 일이 그렇게라도 풀려서.」

유일민은 진심으로 말했다.

「유 형은 지금 어떻게 지내나요?」

「예, 몇 군데 취직시험 봤다가 다 막히고, 얼마 전부터 선배가 창업한 조그만 무역회사에 나가요.」

이경열에 대한 말대접으로 유일민은 이렇게 대답했다.

「아, 그래요? 그거 잘됐군요. 유 형이 나보다 잘 알겠지만 앞으로 무역회사들이 전망이 아주 밝아요. 명함 하나 주세요.」

「뭐, 명함 같은 것도 없고…….」

「예, 그럼 전화번호 가르쳐주세요.」

유일민은 전화번호를 불러주었다.

「그럼 우리 앞으로 자주 만납시다. 난 지금 사건 하나가 터져서 경찰서에 가는 길이었어요. 오늘은 이만…….」

「예, 빨리 가보세요.」

이경열은 생기 있게 택시를 잡아타고 사라졌다.

저 친구는 그럼 거미줄에서 완전히 벗어났다는 것인가……?

유일민은 그가 사라진 쪽을 바라보며 망연히 생각하고 있었다. 자신에게는 그렇게 신원보증을 서줄 아버지 친구가 아무도 없었다. 문득 국회의원 강기수가 떠올랐다. 그는 일제 때는 순사로 친구인 아버지를 감옥에 보냈고, 해방이 되고는 경찰서장으로 산에서 잡힌 형을 끝내 총살하고 말았다. 아무리 산생활을 했어도 학생은 쌀 스무 가마 정도를 쓰면 빠져나오고, 경찰서장이 눈감아주면 풀려나는 상황이었다. 그러나 강기수는 어머니의 온갖 노력을 외면하고 말았다. 어머니의 사무친 원한은 지금까지도 풀리지 않고 있었다.

잊으려고 아무리 애써도 불쑥불쑥 떠오르는 그 생각에 진저리치며 유일민은 발길을 서둘렀다.

「왜 자본주의라고 하는가! 자본은 모든 것을 만들어내고, 모든 것을 지배하기 때문이다. 권력도 자본에서 나오고 국가도 자본이 지배한다. 그 좋은 모델이 바로 미국이다. 한국도 머지않아 그렇게 된다.」

유일민은 손진권 사장의 확신과 열기 넘치는 연설을 힘찬 행진곡처럼 듣고 있었다. 회사 규모로 볼 때 손 사장의 그런 말은 허풍이 너무 심한 것처럼 들리기는 하지만 그 인식은 정확하게 핵심을 찌르고 있었다.

회사가 커가면서 거대자본을 형성하게 되면 그 위력으로 나도 보호받을 수 있지 않을까……. 언제부턴가 갖게 된 이런 기대가 이경열을 만나고 나자 유일민의 의식 속에서는 더 구체화되고 있었다. 혼자의 힘으로 그런 보호막을 만들 만큼 돈을 벌기는 어렵고 회사가 어서 잘되도록 최선을 다할 수밖에 없다고 그는 다시 마음을 다졌다. 그런 기대는 삶에 대한 새로운 희망을 싹트게 했고 일할 의욕을 돋우어주었다.

유일민은 다른 직원 한 명과 함께 며칠을 뛰어다니며 인천항에서 배에 화물을 싣는 것으로 회충 수출을 마무리 지었다. 표본병의 파손을 막기 위한 포장에 많은 시간과 공을 들여야 했다. 비록 그것이 회충이라 하더라도 맡은 업무를 무사히 끝낸 충족감을 느끼며 유일민은 사무실로 돌아왔다.

「아 참 수고 많이 했소. 그럼 다른 사람들은 다 퇴근하고, 미스터 유는 나 좀 볼까.」

인상 부드러운 손진권 사장은 웃음 띤 얼굴로 앞서 사무실을 나갔다.

일본 가는 일이겠거니 생각하며 유일민은 사장을 뒤따랐다.

「미스터 유는 일본 못 가게 생겼더군.」

커피를 시키고 나서 손 사장이 꺼낸 말이었다.

「예에?」

놀라는 그 순간에 유일민은 '신원조회'라는 충격에 부딪혔다.

「미스터 유는 모르고 있었던 모양인데 집안 식구들 중에 사상적으로 문제가 있으면 신원조회에 걸려 여권이 안 나와. 특히 일본은 조총련이 있어서 위험시하거든.」

사실 유일민은 그 문제가 단순 여행의 여권에까지 영향을 미치는 줄 몰랐다.

「죄송합니다. 그 문제에까지 저촉될 줄은 몰랐습니다.」

「아니, 괜찮아. 일본은 딴사람들과 동행하면 되는데…….」손진권 사장은 무거운 얼굴로 담배에 불을 붙여 두어 번 빨고는, 「문제는 말이야, 무역회사 특성상 앞으로 회사가 잘될수록 해외여행을 자유롭게 할 수 있는 신분이어야 하는데 말이야……, 미스터 유는 어떻게 생각해?」그는 난처함을 피하려는 것인지 눈길을 딴 데 두고 말했다.

「예, 심려를 끼쳐 죄송합니다. 사표를 내도록 하겠습니다.」

또 발밑이 와르르 무너지는 절망감과 현기증에 휘말리며 유일민은 사장이 원하는 대답을 빨리 했다.

「음, 내 입장을 이해해 주니 고맙군. 실력 좋고 영어도 잘하고 성실해서 함께 큰일 한번 해보려고 했었는데. 힘내게. 자아, 그럼…….」

손 사장은 몸을 일으키며 손을 내밀었다.

유일민은 또 사정없이 떠다미는 세상의 비정을 느끼며 상대방의 손을 잡았다. 회사에서는 칼라 인쇄기 다섯 대와 봉제용 고속 재봉틀 40대를 일본에서 수입하기로 되어 있었다. 사장은 수입시장 개척과 실습을 위해 동행자로 자신을 뽑았었다.

아아, 차라리 죽을 수가 있다면…….

유일민은 온몸에서 기운이 다 빠져버린 상태로 부르짖었다. 더는 살고 싶지 않았고, 살아갈 자신도 없었다. 자신은 왕거미의 튼튼한 거미줄에 걸린 한 마리 곤충만이 아니었다. 커다란 돌 밑에 깔린 한 마리 개미였고, 이 세상 사람들에게 따돌림당하는 악성 전염병 환자나 다름없었다.

도대체 이 땅에 나 같은 신세의 사람들이 얼마나 될까…….

해가 저물어가는 번잡한 거리를 터벅터벅 걸으며 유일민은 자신과 함께 잡혀 들어갔었던 그 많은 사람들을 생각하고 있었다. 그러나 그들은 서울에 사는 일부에 지나지 않았다. 전국적으로 수없이 많은 사람들이 감시당하고 따돌림당하고 버림받으면서 뿔뿔이 흩어져 음지의 삶을 살아가고 있을 것이다. 그들에게 이 땅은 사막이고 감옥이고 유형지인 것이다.

유일민은 어머니에게 또 뭐라고 해야 할 것인지 막막했다. 자신이 손사장의 의욕적 열기에 휩싸여 미래에 대해 터무니없는 기대와 착각을 했던 것처럼 어머니도 취직한 것을 얼마나 다행으로 여기고 소중하게 생각했던 것인가.

유일민은 문득 서동철이가 현명하다고 생각했다. 그는 일찌감치 정상적인 사회의 삶을 포기하고 자기자신의 힘에만 의존함으로써 사회적 좌절이나 절망 같은 것을 하지 않고 마음의 상처도 입지 않고 제 나름의 삶을 헤쳐가고 있었다. 그러나 자신에게는 서동철 같은 완력도 없었고 담력이나 결기도 없어 그저 공부가 인생의 길을 열어줄 것이라고 믿었던 것이다. 그건 어리석기 그지없는 엄청난 착오였고, 이제 아무데도 길이 없었다.

「참말로 워찌 살끄나 와. 산속으로 화전을 일구로 들어갈 수도 읇고.」

어머니의 이 통탄 앞에서 유일민은 아무 할말이 없었다.

「형, 더 이상 세상에 미련을 갖지 말고 깨끗하게 포기해. 요런 드런 놈의 세상에 미련을 가지니까 자꾸 비참해지잖아. 학벌이고 실력이고 다 불 싸질러 버리고 속 편하게 밑바닥부터 시작해. 넝마주이 재건대 같은 것 말야. 그게 보기에는 구질구질하고 천해 보여도 여러 가지로 의미 있는 사업이거든. 도시 깨끗하게 만들지, 재생상품 재료 제공하지, 거기다가 불쌍한 애들한테 살길 열어주지. 그리고 돈벌이도 짭짤한 사업이라구. 동철이 형한테 부탁하면 그런 자리는 쉽게 구할 거야.」

어느덧 병장 계급장을 달고 주말 외출을 나온 유일표의 말이었다.

유일민은 동생의 말에 아무 대꾸도 하지 않고 표정 없이 앉아 있었다.

「편지요. 유일민 씨 도장 주세요.」

유일민이 받아든 등기편지 뒷면에는 임채옥의 이름이 적혀 있었다.

"사랑하는 오빠! 아니, 나의 영원한 사랑 일민 씨!

부르고 부르고 또 부르고 수수천만 번 불러도 싫증나지 않는 이름, 일민 씨. 아니, 부르면 부를수록 새롭고 그리움이 사무쳐 이 몸을 병들게 하는 이름, 일민 씨. 그러나 저는 그 그리움의 병을 달게 앓으며 오늘 밤도 소리 없는 외침으로 일민 씨를 목놓아 부르고 있습니다.

소리가 없기에 메아리도 없는 저의 외침을 듣고 계십니까? 저는 듣고 있습니다. 제가 외쳐 부르는 소리에 일민 씨가 화답하는 것을. 우리를 아무리 갈라놓아도 영혼과 영혼이 교류하는 우리의 사랑을 그 누구도 막을 수는 없습니다. 일민 씨는 제가 이 세상에 와서 최초로 사랑한 남자이며 최후까지 사랑할 남자입니다.

나의 영원한 사랑 일민 씨!

견딜 수 없는 괴로움으로 저의 가슴은 갈기갈기 찢어지고, 찢어진 상처마다 피가 흐르고 있습니다. 그 피를 찍어 이 편지를 쓰고 있습니다.

일민 씨, 앞으로 5일 후에 저는 결혼을 하게 됩니다. 그동안 어머니 아버지가 강권하는 남자들을 이 트집, 저 트집 잡아가며 네댓이나 물리쳤지만 이제 더 이상 어찌할 도리가 없게 되었습니다. 마음은 두고 몸만 갈 수밖에 없습니다. 그런 억지 결혼을 하느니 차라리 죽어버리는 게 낫지 않을까, 그동안 수없이 번민했습니다. 그러나 그건 아버지 어머니의 무경우에 굴복하고 패배하는 것이었습니다. 거기에 맞서 싸워 이기는 길은 어떤 방법으로든 우리의 사랑을 끝끝내 지키는 것이라는 사실을 깨닫게 되었습니다. 그래서 아버지 어머니가 원하는 결혼을 해주기로 한 것입니다.

내 영원한 생명의 빛 일민 씨!

한 가지 고백할 것이 있습니다. 그때 그린파크에서 하려고 마음먹었었지만 일민 씨의 괴로워할 모습을 차마 볼 수가 없어서 그만 덮고 말았던 것입니다. 이 편지를 쓰기 전에도 끝까지 비밀로 할까 어쩔까 수없이 망설이다가 그 일은 저 혼자만의 일이 아니기에 알리기로 마음을 작정했습니다.

일민 씨, 저는 아버지한테 머리만 깎인 것이 아닙니다. 대청마루에서 마당으로 굴러떨어진 충격으로 유산을 했었습니다. 일민 씨의 아이를 잃어버린 것입니다. 저는 그때 이미 임신인 것을 알고 있었고, 그 이름 없는 아이가 어머니 아버지에게 우리의 사랑을 인정하지 않을 수 없게 하는 위력을 발휘하게 될 거라고 믿고 있었습니다. 그러나 그 아이는 태어나지 못한 채 사라졌습니다. 그리고 어머니 아버지는 저를 철저하게 감시하게 되었습니다.

일민 씨, 조금도 괴로워하지 마세요. 이 이야기를 하는 건 일민 씨를 괴롭히려는 것이 아니라 우리는 우리의 사랑을 완벽하게 완성시켰다는 사실을 말씀드리려고 하는 것입니다. 우리는 자식까지 가졌던 완전한 부부입니다. 이 엄연한 사실 앞에서 법적인 부부가 못 된다는 것은 별로 큰 불행은 아니라고 생각합니다.

내 영원한 목숨이며 길인 일민 씨!

어디로 도망가서도 살 수 없는 이 나라의 현실이 저주스럽습니다. 저는 감금상태에서도 어디론가 도망가서 살 꿈을 꾸며 그 준비를 하기 시작했습니다. 지난번 그린파크에서 그 구체적인 계획을 세우려고 했었습니다. 그러나 그것이 불가능하다는 것을 알고는 얼마나 낙망했는지 모릅니다. 아무런 방법이 없는 것을 알고 저는 새로운 준비를 하기 시작했습니다. 도망가려고 장만했던 돈에다가 돈을 더 보태는 것이었습니다.

아버지 어머니의 줄기찬 강압에도 소개하는 남자들의 트집을 잡아가며 지금까지 시일을 끌어왔던 것은 돈을 더 수중에 넣기 위해서였습니다.

일민 씨, 아무 죄도 잘못도 없는 일민 씨를 배척하는 이 사회를 또한 저주합니다. 취직하려다가 자꾸 상처 입지 마시고 여기 보내는 돈으로 마땅한 사업을 시작하세요. 그래서 당당하고 떳떳하고 행복하게 사세요. 만약 이 돈을 받기를 거부한다면 그건 우리의 사랑에 대한 배신입니다. 이건 돈이 아니라 저의 순금의 사랑입니다.

부르다가 내가 죽을 이름, 일민 씨!

한 하늘 아래서 숨쉬며 일민 씨가 행복하게 사는 것을 바라보는 것, 그것이 저의 행복인 것을 알아주시기 바랍니다. 어느덧 날이 밝아오고 있습니다. 운 것을 어머니한테 들키지 않기 위해서 이만 써야 되겠습니다. 가슴에 담긴 말에 비해 편지가 너무 짧습니다. 그러나 이 편지가 마지막이 아닌 것을 위안으로 삼습니다. 늘, 늘 건강하시고 힘내세요.

당신을 향해 홀로 우는 채옥이가."

편지 아래 송금환이 붙어 있었다. 동그라미가 많이 붙은 그 액수를 알아본 유일민은 깜짝 놀랐다. 그 돈은 50만 원이나 되었다. 유일민은 믿을 수가 없어서 눈을 훔치고 다시 확인해 보았다. 돈은 틀림없이 50만 원이었다.

유일민은 편지를 손에서 떨어뜨리며 벽에 몸을 부렸다. 그날 그린파크에서 몸부림쳐 울던 임채옥의 모습과 함께 가슴속에서는 눈물이 쏟아지고 있었다. 임신에, 유산까지 시키고……, 왜 그리도 서럽게 울었는지 이제야 비로소 깨달으며 유일민은 자신이 무책임하게 지은 죄에 신음하고 있었다.

그리고, 어디로 도망가서 살자는 말이 감상적이거나 즉흥적인 말인 줄 알았었다. 한두 달의 짧은 기간이 아니기는 하지만 그처럼 큰돈을 어떻게 모았는지 알 수가 없었다. 부모 몰래 돈을 빼냈을 텐데 그 큰돈이 모아지기까지 얼마나 조마조마하며 애가 탔을지, 유일민은 너무 가슴 저려 연달아 신음했다.

밤에는 잠을 이루지 못하고, 낮에는 정릉 뒷산에 오르고 하며 유일민은 꼬박 이틀을 생각했다. 결국 임채옥의 뜻에 따르기로 했다. 그것이 임채옥의 사랑을 고이 간직하는 길이고, 자신이 이 세상을 살아갈 수 있는 길이었다.

그러나 무슨 일을 시작해야 할지 알 수가 없었다. 임채옥은 계속 지켜 보고 있을 텐데, 절대 실패하지 않고 돈을 벌 수 있는 일, 그것이 무엇인지 알 도리가 없었다. 그 현실 앞에서 상대의 공부는 무용지물이었고, 상대 졸업생은 허수아비였다.

유일민은 너무 답답해서 서동철을 만나보려고 집을 나섰다. 그에게 무슨 기대를 거는 것은 아니었지만 극장과 큰 시장을 끼고 살아가는 그는 장삿속에 대해서 잡다하게 아는 소리를 꽤나 해왔었다.

「허, 그래도 친구라고 맴이 통허능가 보시. 글 안 혀도 나가 연락 취헐라고 있든 챔이여. 일표 야그 들어봉께 니 또 똥물 뒤집어썼담서야? 긍께 나가 진작에 머라다냐? 니 존 머리에다 나 주먹 보태갖고 이 판에서 한판 크게 혀보자고 안 혔어?」

서동철이 빙글거리며 담배연기를 기분 좋게 내뿜었다.

「미친놈!」

유일민도 웃으며 그때처럼 퉁을 놓았다.

「근디, 일표 말대로 니가 넝마주이 재건대를 해볼 맘이 있는겨?」

서동철이 커피잔을 들며 정색했다.

「아니, 그게 아니고……」 유일민은 몇 년 만에 담배를 빼들어 불을 붙이고는, 「그러니까 말야, 한 50만 원 가지고 절대 망하지 않고 계속 돈벌이가 될 수 있는 일이 뭐 없을까?」 그는 더듬거리듯 어렵게 말을 꺼냈다.

「50만 원? 누가 동업허잔 것이여?」

「아니, 그런 건 알 거 없고.」

「짜석, 참 비밀도 많네. 동업은 부자지간에도 허지 말라고 혔응께 묻는 거이다. 동업이면 말도 꺼내덜 말어라. 니 성질에 또 엉뚱허니 똥물 뒤집어쓸 것잉께.」

「동업 아니니까 염려 말어.」

「머시여? 글면 빚돈이여?」

「아니.」

「어허, 요런 땁땁헌 놈 있능가. 무신 돈인지 탁 터놓고 말얼 혀야제 무신 장사든 사업이든 골라보고 맞춰보고 헐 것 아니겄능감? 한푼이라도 빚돈 씀서 돈벌이허겄다는 놈들은 다 미친놈들잉께로.」

서동철이 하는 말마다 옳은 말이어서 유일민은 그 이야기를 털어놓기로 했다. 그게 창피스러운 이야기도 아니다 싶었다.

「와따메, 고것 참 기맥힌 연애담이고 가심 찌르르헌 순애보시. 그것을 영화로 맹글면 으쩌겄냐? 개봉혔다 허면 전국 여성팬들 눈물깨나 짜게 허겄다.」

이야기를 다 듣고 난 서동철이 눈을 빛내며 나타낸 반응이었다.

「미친놈, 서당개 3년이라더니 별소리 다 하네. 쓸데없는 소리 말고 어서 뭐가 적당한지나 생각해 봐.」

유일민은 옛맛이 살아나지 않는 담배를 끄며 퉁을 놓았다.

「야가 시방 사람을 멀로 보고 이런다냐? 나가 씨나리오는 못 쓰고, 감독은 못혀도 어떤 영화가 손님을 끌지는 귀신맹키로 알아맞힌다 그것이여. 우리 사장님이 주먹만 잘 쓴다고 나럴 귀허니 생각는지 아냐? 나가 점찍은 영화가 백발백중잉께 그런 것이여. 글고 말이여, 니 야그럴 영화로 잘 맹글면 우리 겉은 사람들이 얼매나 억울허고 분허고 서럽게 사는지 이 세상 사람들이 다 알게 될 것 아니겄어?」

서동철은 진지해져 있었다.

「그래, 네 말도 일리는 있는데, 그런다고 뭐가 달라질 게 있겠냐? 어차피 세상은 우리 같은 사람들 편이 아니야.」

「허기사 그려. 우리 겉은 인종들이야 똥 묻은 개고, 고름 흘르는 문딩이들잉께로, 씨부랄!」

서동철이 카악 가래를 돋우었다.

똥 묻은 개고, 고름 흘르는 문둥이……, 유일민은 서동철의 말을 되씹으며 천천히 커피잔을 들었다. 그 한마디에 모든 것이 응축되어 있었다.

「근디 말이여, 절대로 안 망험서 돈벌이 잘되는 것으로 얼렁 생각나는 것이 딸라장사허고 일수변놀이가 있는디, 니 양심으로는 못허겠다고 허겠지야?」

서동철은 앉음새를 고치며 유일민을 빤히 쳐다보았다.

「글쎄, 잘은 모르지만 그게 인정사정없는 돈놀이일 텐데, 그런 것 말고 정당하게 일해서 돈 버는 것이 좋지 않겠어? 발전성도 있고 떳떳한 걸로 말야.」

「니 그럴지 알았다. 근디 말이여, 가난헌 사람헌티 50만 원이면 무지막지허게 큰돈인디, 번듯허게 가게 채려놓고 무신 장사고 사업이고 허자는 판에는 고것이 푼돈이다마다. 나가 메칠 생각혀 보고 알아보고 헐 것잉께 한 사날 기둘려야 쓰겄다.」

「알았어. 급할 것 없으니까.」

「그려, 귀헌 돈잉께 안전빵 아니면 손대덜 말아야제. 니 기분도 안 좋고 그럴 것인디 기왕 나온 짐에 나허고 점심 묵고 영화나 한 편 보고 들어가그라.」

「아니야, 너 바쁠 텐데.」

「바쁘기넌. 가자, 요것이 얼매만이냐.」

서동철이 유일민의 손을 잡으며 일어났다.

신인 여배우 남정임이 나오는 슬픈 애정영화를 보고 집으로 돌아오며 유일민은 내내 임채옥을 생각하고 있었다. 결혼식은 언제쯤 치렀는지……, 무엇을 하는 남자인지……, 속울음으로 유일민의 온몸은 젖고 있었다.

사흘이 지나 유일민은 서동철을 만났다.

「니 술장사 혀라.」

서동철이 의자에 앉으며 불쑥 말했다.

「뭐, 술장사?」

「그리 놀랠 것 읎어. 니보고 술집 허라는 것이 아닝께. 나가 잘 아는 여자가 아조 근사헌 요정을 저그 약수동에 낸 지 을매 안 되았는디, 거기다가 술을 대주는 도매상이여. 니 자본으로 그 집 한나 상대허기 딱 좋고, 비싼 고급 술만 폰께 딴 시시헌 술집 수십 개 상대허는 것보담 단출혀서 좋제. 술값이야 착착 나오게 나가 뒤에서 다 알아 헐 것이고, 거그서 돈 모타지고 경험이 생기면 차차로 사업을 키우는 것이여. 글고 쌩돈 깨지는디 가게도 따로 얻을 것 읎이 극장 뒤에다가 창고 얽어놨응께 그것 쓰고. 술 받는 것은 나가 다 줄 대났응께 걱정 말고. 요 술장사 시퍼보덜 말어라. 무신 장사고 사업이고 크든 작든 돈 놓고 돈 묵긴디, 요것이 재미가 짭짤혀서 누구든지 욕심낸다. 담에 큰 회사 채리면 된께, 으쩌냐?」

「나가 머시럴 알간디. 허라면 혀야제.」

유일민은 가슴 먹먹해져 고향말로 대꾸했다.

19
선망과 환상

「게랍 에브리버디, 게랍, 게랍! (전원 기상, 기상, 기상!)」

고함소리와 함께 침실벽 역할을 하는 풀락카(군용 캐비닛)들을 두들
기는 소리가 쿵쾅쿵쾅 요란하게 막사를 울렸다. 굵은 막대기로 연달아
두들겨대는 그 소리는 100미터 가까운 막사의 긴 복도에 공명을 일으키
며 사병들이 잠을 깨지 않고는 못 견디게 만들고 있었다. 침실들은 복도
를 가운데 두고 서로 마주보고 있었다. 침실은 옆으로만 반칸막이가 되
어 있었고, 복도 쪽은 그냥 터진 상태였다. 그 자리에 네 개의 풀락카를
양쪽으로 두 개씩 붙여 세우고 가운데를 출입구로 비워둔 것이 하나의
침실 모양이었다. 네 개의 풀락카는 침실을 사용하는 네 사람의 사물함
이었다. 그러니까 복도에서 보면 안에 있는 침대들은 보이지 않고 키 높
은 풀락카들만 일직선으로 도열해 있었다. 그 복도를 걸으면서 막대기
를 휘둘러대면 줄북을 치는 것처럼 연달아 소리가 날 수밖에 없었다.

「오우, 갓뎀!」

「이새끼들, 몇 신데 이래!」

「빠끈 크레이지! (미친 새끼들!)」

「왜 이 지랄들이야, 갑자기.」

이 침실 저 침실에서 잠 덜 깬 욕설들이 뒤엉키고 있었다.

「다들 들어라. 비상이다. 바지와 군화만 신고 1분 이내로 연병장에 집합하라. 월락카와 풀락카는 완전히 열어둬라. 이 점을 옆의 카투사들에게 빨리 설명해 줘라. 다시 한번 알린다……」

풀락카는 여러 벌의 군복을 걸어두는 사물함이었고, 월락카는 침실 안에 놓고 상하내의들과 양말 등속을 넣는 직사각형의 나무상자였다.

그 느닷없는 기상 사태는 1층과 2층에서 동시에 벌어지고 있었다. 한 층을 둘로 나눠 싸진급(하사 이상 직업군인)들이 동원되어 있었다.

「카츄샤들 들어라. 월락카와 풀락카는 완전히 열어두고, 바지와 군화만 신고 1분 이내로 연병장에 집합이다. 빨리빨리 해!」

최주한은 복도로 나서서 목청껏 외쳤다. 그건 그에게 주어진 임무였다. 침실은 대충 근무부서별로 분류되어 있었다. 그러나 영어를 알아듣지 못하는 카투사들을 위해서 막사를 4등분해 통역할 사람을 한둘씩 배치해 두고 있었다.

「이거 왜 한 시간 전부터 깨우고 이 난리야?」

「김신조 같은 놈들이 또 내려온 것도 아니고 왜 이러지?」

「야, 그따위 재수 없는 소리 말어. 또 제대 6개월 연기되라고?」

카투사들은 미군들과 섞여 막사 뒤의 연병장으로 뛰면서 떠들어댔다. 최주한은, 또 도난사건이 생긴 거라고 생각하고 있었다. 그러지 않고서야 월락카 풀락카를 다 열어놓고 갑자기 집합시킬 리 없었다. 도난사건이 생겨 전에도 두어 번 이런 식으로 한 적이 있었다. 부대 검열이 있을 때는 반드시 며칠 전에 통고하고 준비를 시켰다.

「대단히 유감스러운 일이 발생했다. 카네기 상병이 어제 받은 월급 전

액을 분실했다. 그는 어제 외출도 하지 않았다. 그러니까 범행은 어제 오후 3시부터 밤 사이에 발생했다. 그러므로 유감스럽지만 여러분은 모두 혐의대상이다. 범인이 지금이라도 자수하지 않는 한 여러분의 소지품들을 전부 조사하지 않을 수가 없다. 단, 1분의 여유를 주겠다. 범인은 자수하라. 그리고, 박 병장! 카투사들에게 정확하게 통역해 줘라.」

새로 바뀐 빨간 머리의 중대장이 성깔 돋은 목소리로 한 말이었다. 매일 아침 점호에도 나오지 않는 중대장이 이렇게 일찍 나왔다는 것은 사태의 심각성을 말해 주고 있었다.

인사과의 특명계를 제치고 작전과에 근무하는 박 병장이 나서서 중대장의 말을 통역했다. 그는 영어를 잘하는 편이었다. 그러나 인사과의 특명계를 비롯해서 그만큼 영어를 하는 사람들은 서넛이 더 있었다. 그런데 그는 유난히 미군들과 친하면서 신임을 받고 있었다. 박 병장이 통역을 다 마쳤지만 범인으로 나서는 사람은 아무도 없었다. 최주한은 씁쓰레한 기분으로 제자리로 돌아오는 박 병장을 곁눈길로 쏘아보고 있었다. 전에도 이런 경우에 범인이 잡힌 일은 없었다. 다만 그 후유증으로 막사 분위기만 껄끄러워졌다.

「좋다. 지금부터 여러분의 바지 주머니를 조사하겠다. 전체 움직이지 마라. 중사, 실시하라.」

중대장이 옆에 서 있는 중사에게 명령했다.

「예쓰 써얼.」

중사가 경례를 붙이고 힘차게 걸음을 떼어놓았다.

재수 없게 왜 하필 저 새끼야.

무슨 대단한 명령이라도 받은 것처럼 기세등등하게 걸어오는 브라운을 보며 최주한은 속이 꼬이고 있었다. 브라운은 키가 크고 얼굴이 멀쑥하게 잘생긴 금발의 백인이었다. 그러나 카투사들에게는 욕을 제일 많이 먹는 미군이었다. 그는 늘 거만하고 누구나 느낄 수 있도록 카투사들을 깔보고 업신여겼다.

저 새긴 제놈 손으로 범인을 색출하기를 바라겠지. 카츄샤들 중에 범인이 있다고 단정해 놓고. 그래야 진급에 도움이 될 테니까.

지금쯤 막사에서는 싸진급들이 사물함을 뒤지고 있을 거라고 생각하며 최주한은 약간 불안하기도 했다. 혹시 카투사들 중에서 그 짓을 했으면 어쩌나 싶었다. 그럴 리 없다고 생각하면서도 고향이 시골인 몇몇은 돈이 몹시 궁해 머리 깎기도 어려운 형편인 것이 마음에 걸렸다. 그런 그들의 공통점은 세 가지였다. 빽이라고는 쓴 일 없이 어쩌다 재수 좋아 카투사로 뽑혀 왔고, 학벌이 낮아 몇 마디 욕 외에는 영어를 알아듣지 못했고, 하나같이 궂은일 하는 부서에서 지지리 고생들을 하고 있었다.

브라운은 열중쉬어 자세를 취하고 있는 중대원들의 바지 주머니에 거침없이 손을 찔러넣기 시작했다. 중대장은 지휘봉으로 장딴지를 느리게 치며 대열을 감시하고 있었다. 최주한은 줄곧 브라운의 손놀림을 지켜보고 있었다. 그는 백인을 조사할 때는 손놀림을 건성으로 했고, 흑인을 조사할 때는 손이 좀더 깊이 들어갔고, 카투사를 조사할 때는 주머니에 든 것을 다 꺼냈다. 최주한은 이미 제대한 이길도 병장을 생각하고 있었다. 만약 그가 이런 일을 당한다면 어떻게 할까…… 싸움 잘하는 그가 미군들과 싸움을 벌일 때는 주먹이 근지러워서 그러는 것이 아니었다. 그는 미군들이 카투사들을 무시하는 것을 그냥 지나치지 못했다. 존스와 1주일 동안 끈질기게 싸워 이겼던 것도 존스가 같은 침실을 쓰는 카투사에게 '갓뎀 스레끼 보이(도둑놈)'라고 욕을 해댔기 때문이었다. 존스는 혁대의 버클 닦는 약을 잃어버리고 그 카투사를 의심했던 것이다. 그러나 그 약은 다 쓰고 나면 빈 깡통을 보급부에 가져가서 새것을 받을 수 있기 때문에 훔치고 말고 할 것이 없었다. 「깜둥이새끼들까지 건방지게!」 존스의 항복을 받고 나서 이길도가 내뱉은 말이었다. 그는 흑인들까지 한국사람과 카투사들을 무시하는 것을 더 분해 했다. 그건 흑인을 백인하고 차별하거나 얕잡아보아서 그러는 것이 아니었다. 저희들도 옛날에 천대받고 괄시당하고 살았으면서 왜 또 그 짓을 하느냐는 것이었다. 그런 이 병장이 흑인들보다 더 싫어하는 카투사들이 있었다. 미국병에 걸려 영어공부를 하겠다고 혈안이 되어 있는 축들이었다. 그런 부류들은 본부중대 34명 카투사 정원 중에서 언제나 대여섯 명씩 되었다. 서너 명 제대를 하고 나가면 또 생겨나고, 생겨나고 했다.

그들은 이 병장이 제대를 할 때까지 여러 가지로 시달림을 당해야 했다. 그런 부류들은 일등병이나 상병 때까지는 별로 표를 못 내다가 병장이 되면 마음놓고 표를 내며 영어 잘하는 것을 과시하려고 들었다. 특히 그들은 회화가 늘지 않는다고 같은 카투사들하고는 말을 피하는 대신 어떻게 해서든 미군들하고 말을 많이 하려고 발싸심을 했다. 이 병장은 그들의 그런 꼴을 너무 역겨워하고 메스꺼워했다. 그래서 그는 일삼아 그들의 공부를 방해하고 다녔다. 술을 마시고 술주정을 해댔고, 술 마시자고 기지촌으로 끌고 나갔고, 얼굴을 마주치기만 하면 '양강아지새끼들'이라고 욕을 해댔다. 그런데도 그들이 참을 수밖에 없는 것은 이 병장의 주먹 때문이었다. 한두 명이 화를 내거나 대들었다가 무참하게 얻어맞았던 것이다.

「야 이 얼빠진 새끼들아, 미국이 뭐가 그리 좋으냐. 미국이 별거냐. 여기 이 기지를 뺑튀기 해놓은 것 아니겠어. 그리고 말야, 같은 군인으로 살면서도 깜둥이들까지 우릴 노란둥이라고 우습게 보고 덤비는 꼴 당하면서도 아직도 모르겠냐. 미국 본토에 가면 우릴 좆으로 아는 게 훨씬 더 심해질 것 아니냔 말야. 그래도 미국이 좋아? 에라이 개만도 못한 새끼들아, 양놈들 좆이나 실컷 빨다가 뒈져라.」

이 병장이 술취해 토해내는 공박이었다.

그런데 그들은, 제놈이 영어를 할 줄 모르니까 괜히 분풀이를 하는 거라고 뒤에서 욕을 하는가 하면, 저따위 깡패새끼가 어떻게 대학을 나왔는지 모르겠다고 험담을 했다.

최주한은 브라운이 자신에게로 다가오자 눈을 감으며 숨을 들이켰다. 자신도 손을 써서 카투사로 빠질 때 미국에 대한 막연한 선망을 가지고 있었다.

주머니에 가득 차는 것 같은 느낌의 큰 손이 오른쪽 주머니로 쑥 들어왔다.

한국사람이면 누구나 그렇듯 자신도 백인에게는 이유 없는 열등감을, 흑인에게는 이유 없는 우월감을 가지고 있었다.

오른쪽 주머니에서 손이 빠져나가면서 왼쪽 주머니로 또 손이 들어왔다.

흑인에 대한 우월감이 턱없는 오해고 착각이었다는 것을 그들과의 생활 속에서 차츰 깨달을 수 있었다. 흑인들은 미국 건설에 막대한 공을 세워 자기들 지위를 확보한 미국 국민이었다.

왼쪽 주머니에서 손이 빠져나가면서 오른쪽 뒷주머니로 손이 들어왔다.

흑인들이 황인종보다 열등하지 않듯 인디언들도 그렇게 야만인이거나 악독하지 않다는 것도 알게 되었다. 인디언들을 그렇게 생각했던 것은 수많은 서부영화를 보면서 용감한 백인 주인공들이 바로 '우리 편'이라고 착각했기 때문이었다.

오른쪽 뒷주머니에서 손이 빠져나가면서 왼쪽 뒷주머니로 손이 들어왔다.

그런 오해와 착각들에서 깨어나기 시작하면서 미군부대에서 영어를 좀더 숙달시키려던 욕구가 차츰 식어갔다.

왼쪽 뒷주머니에서 손이 빠져나갔다.

크고 작은 도난사건이 생길 때마다 백인이든 흑인이든 카투사와 하우스보이들을 의심하고 들었다. 그런 차별은 일상의 모든 일에 도사리고 있었다. 자존심이 상해가면서 미국에 대한 환상도 선망도 점점 깨어져 나가고 있었다.

150여 명에 대한 조사는 한 시간 가까이 걸렸다. 그러나 중대장과 브라운이 기대했던 성과는 나타나지 않았다. 막사에서도 싸진급들이 하나 둘씩 나오며 두 팔을 들어 어깨를 으쓱하는 그들 특유의 제스처를 썼다. 네 명이 다 똑같은 몸짓을 하자 중대장의 얼굴이 일그러졌다.

「우리 막사에서 도난사건이 발생했다는 것은 아주 불미스러운 일이다. 그러나 조사결과대로 나는 여러분들의 결백을 믿기로 하겠다. 이건 참 다행한 일이며, 조사받느라고 수고들 많았다. 다시는 이런 일이 벌어지지 않도록 각자가 소지품을 철저히 관리하기 바란다. 지금 이 시간에 범인은 우리를 비웃고 있다는 사실을 여러분은 잊어서는 안 된다. 나는 계속 그 범인색출에 주력할 것이며, 여러분도 지속적인 관심을 갖고 필요한 정보를 제공하기 바란다. 이상.」

중대장의 말을 다시 박 병장이 통역했다. 매일 아침 싸진메이저가 하는 점호에서는 없는 일이었다.

「갓뎀 하우스보이!」

「유 라잇. (맞아.)」

미군들이 막사로 뛰어가며 거침없이 외치고 있었다. 자기들과 함께 카투사들이 조사를 받았으니 이제 마음놓고 하우스보이들을 도둑으로 지목하고 있었다.

「개새끼들, 하우스보이 아저씨들이 즈네 밥이야?」

「참 드러워서 못살겠다. 아까 중대장이 말하는 꼴을 보면 하우스보이 아저씨들을 족치겠다 그거지?」

「당연하지.」

「족치면 뭘 해. 지놈 헛김만 빠지지. 지놈이 몽둥이질을 할 거야, 전기고문을 할 거야. 노라고 하면 그만이지.」

「만약에 말야, 만약에 그 아저씨들 중에서 누가 꿀떡했다고 해도 돈은 어제 퇴근하면서 가지고 나갔을 테니까 잡을 재간이 없잖아. 그 아저씨들이 부대물 한두 해 먹은 것도 아닌데.」

「중대장이 한국에 아직 풋내기라 저렇게 혈기왕성한 거야. 이번 일로 철 좀 들겠지. 내버려둬.」

「그나저나 하우스보이 아저씨들도 불쌍하다. 도난사건만 생기면 도둑놈 취급을 당하니.」

「우리 다음으로 불쌍하지. 양키들 빤스 양말 빨아주고 처자식 먹여살리는 것도 서러운데.」

카투사들의 고까운 감정이 섞인 말들을 들으며 최주한은 막사로 들어갔다. 막사 안에서는 미군들의 욕지거리가 난무하고 있었다. 돈을 찾아내려고 월락카와 풀락카가 온통 뒤집어져 있었던 것이다. 그 종류 많은 사물들을 다시 준검열 상태로 정리하려면 꽤나 귀찮은 일이었다.

일과가 시작되어 한 시간쯤 지났을 무렵이었다.

「선임하사님, 중대장이 좀 만나자는데요.」

특명계가 전화를 끊으며 말했다.

「중대장이? 왜?」

선임하사가 신문을 보다 말고 눈을 크게 떴다. 지난번 선임하사처럼 영어를 알아듣지도 말하지도 못해 '귀벙이' 별명을 그대로 이어받은 상사는 미군이 만나자고 하기만 하면 겁부터 먹고 놀랐다. 그가 그럴 때마다 인사과 사병들은 속웃음을 웃어야 했다. 그런 그가 딱해 최주한은 속웃음마저 웃을 수가 없었다. 그가 굳이 손써서 미군부대로 온 사연이 너무 안쓰럽기도 해서였다. 나이는 들어가지, 제대는 다가오지, 자식들은 커나지, 모아둔 돈은 없지, 나이 10년만 젊었어도 월남으로 날라 한탕 잡을 텐데 그럴 수도 없지, 마지막 기회라 생각하고 빠다를 먹기로 했다고 그가 술이 얼큰해서 털어놓은 말이었다. 그는 자기가 한탕 할 수 있게 떠받쳐줄 발판이 특명계와 재정계라고 생각했던지 부임해 오자마자 둘을 불러내 술을 사며 자신의 처지를 솔직하게 이야기했다. 전임 선임하사가 그랬고, 네 개의 예하부대에 지금 근무하고 있는 중사들이 그렇듯이 한탕 할 기회를 찾아서 미군부대에 왔다는 것은 전혀 새로울 것이 없었다. 그러나 그는 딴사람들과는 달리 그런 속내를 솔직하게 털어놓은 것이 남달랐다. 그 솔직함은 사람의 감상을 자극해 인간적인 동정을 느끼게 했다.

그러나, 그가 특명계에 술을 산 것은 제대로 짚은 것이지만 재정계까지 불러낸 것은 헛짚은 일이었다. 특명계는 신병을 받아다가 부대배치를 할 때 노른자위라고 하는 이곳 사령부의 보직을 팔아 파견대장과 선임하사를 먹여살리고 있었다. 카투사로 빠지는 자들의 80퍼센트 이상이 빽을 썼듯 중대본부에 자리잡은 34명 중에서 일이 힘든 부서 예닐곱을 빼고는 모두 특명계와 거래를 한 입장이었다. 신병 막사에서 2박 3일의 외출을 내보내 주는 것은 순전히 그 자금을 마련해 올 시간이었다. 그러나 재정계란 병아리 눈물 같은 월급을 수령해다가 분배해 주는 것이 고작이었다. 파견대장이나 선임하사를 위해 무슨 재주를 부릴래야 부릴 건덕지가 없었다.

「보나마나 도난사건 때문일 겁니다. 오늘 아침에 한바탕 난리가 났거든요.」

특명계가 타자기를 두들기기 시작하며 시큰둥하게 대답했다.

「도난사건? 우리 카츄샤가 뭘 훔친 모양이지?」

선임하사가 신문을 밀쳐내며 눈이 더 커졌다.

「아뇨. 전부 조사를 했는데 범인 색출에는 실패했어요.」

「아, 답답하게 그러지 말고 전모를 말해 봐, 전모를.」

선임하사의 목청이 높아졌다.

「뭐, 전모랄 것도 없어요. 미군 상병이 어제 받은 월급을 몽땅 잃어버린 겁니다.」

「월급을 몽땅? 상병 월급이 얼마지? 그거 큰돈 아닌가.」

선임하사의 관심은 금방 돈으로 쏠리고 있었다.

「그만 가보시죠. 중대장이 기다린다고 했으니까요.」

특명계가 마땅찮은 기색으로 몸을 일으켰다. 이럴 때마다 통역을 해야 하는 것이 귀찮은 것인지, 상사가 돈에 관심 쓰는 것이 못마땅한 것인지 그의 기색은 모호했다.

「그것 참, 어느 놈이 그 큰돈을 난짝 해먹었나 그래. 흑인인가, 하우스보이인가?」

선임하사가 모자를 쓰며 특명계를 따라 사무실을 나갔다.

「헤, 그래도 카츄샤는 쏙 빼시네.」

무슨 서류를 작성하는 척하고 있던 서무계 한 병장이 쿡쿡거리며 웃었다.

「당연하지, 저 양반도 한국사람이니까. 백인이야 그런 짓 할 리 없다고 믿고, 카츄샤야 자기 편이니까 빼고, 남는 건 흑인하고 하우스보이밖에 더 있어.」

최주한이 담배를 빼물며 쓰게 웃었다.

「저 양반이 그전에 그 윌리암스 못 봐서 그러는 거지. 백인 중에도 얼마나 고약한 사고뭉치가 있는지.」 한 병장이 기지개를 켜며 일어나더니, 「거 좋은 담배 혼자만 피우지 말고 권할 줄 좀 알아봐. 사람이 의리 없이.」 그는 최주한 책상으로 걸어오며 팔을 내밀었다.

「그래, 윌리암스 그놈 참 괴물이었지. 그렇게 여러 가지로 사고 치기도 어려울 거야, 아마. 그런 놈이 제대를 하고 지금쯤 뭘 하고 사는지.」

최주한이 회상에 잠기는 얼굴로 빙그레 웃으며 담뱃갑을 내밀었다.

「잘 풀렸으면 깽단 하나 근사하게 만들었을 거고, 잘못 풀렸으면 건달로 좀도둑질이나 하고 살겠지 뭐.」

「그놈 한국에 11개월 근무하는 동안에 막사에 페인트칠하고, 잔디 깎고 한 게 6개월은 넘을걸?」

「아마 그럴 거야. 근데 말야, 그놈이 카메라 훔쳐다 팔아먹었을 때 중대장은 1계급 강등에다 2개월 잔디 깎기 처벌을 내렸는데, 그게 백인이 아니고 흑인이나 카츄샤였어도 그랬을까? 난 영창행일 줄 알았는데.」

「글쎄, 그때 너무 봐주는 거라는 말이 있었지. 어쩔 수 없지 뭐. 저희들끼리 봐주고 싶으면 봐주는 거니까.」

최주한이 담배연기를 길게 내뿜으며 씁쓰름하게 웃었다.

윌리암스 일병은 벙글벙글 잘 웃는 인상 좋은 백인이었다. 그런데 그는 인상과는 달리 걸핏하면 사고를 쳤다. 월급을 받았다 하면 득달같이 기지촌으로 나가서는 외박을 해버렸다. 12시까지는 막사로 돌아와야 하는데 그만 여자 품에서 녹아버리는 것이다. 그러면 닷새든 1주일이든 외출 정지에 잔디 깎기 처벌이 내려졌다. 그러나 다음달이면 그는 또 불법 외박이었다. 그뿐만 아니라 여자와 잘 돈이 없을 때는 술이 취해 싸움을 벌이고, 유리창을 깨고, 남의 침대에 오줌을 깔기고, 그 말썽은 가지가지였다. 그때마다 처벌이 내려져 그가 일과 후에 혼자 잔디를 깎고 있는 모습은 하나의 고정된 풍경처럼 되어버렸다. 그런데 그는 함께 일하는 수송부의 카투사들에게 아주 인기였다. 그는 그들과 어울려 소주는 물론이고 막걸리까지 마시며 김치도 거침없이 먹기 때문이었다. 그는 본부중대 미군 120여 명 중에서 김치 냄새, 마늘 냄새에 코를 싸쥐며 질색을 하지 않는 유일한 미군이었다. 그러나 그건 한국 문화를 이해하려는 노력이거나, 같은 부서의 카투사들과 우정이 깊어서 우러나온 자연스러움이 아니었다. 주책없이 여자들에게 돈을 마구 써버려 빈털터리 신세지, 술은 마시고 싶어 죽겠지, 누가 돈을 빌려주지 않지, 그는 궁여지책으로 카투사들에게 술을 얻어마실 수밖에 없었던 것이다. 그러다가 그는 어떤 여자한테 넋이 나갔던 것인지 어느 중사의 카메라를 훔쳐다

팔아먹기에 이르렀다.

「한 병장님, 이 공문 좀 보세요. 아주 괴상한 지시가 내려왔어요.」

우편물 봉투를 뜯어 공문들을 정리하고 있던 서무계 조수 민 일병이 놀란 기색으로 몸을 일으켰다.

「얌마, 뭔데 그래. 적당히 꾸며서 보고해 버려.」

6개월 근무연장이 된 다음부터 매사에 짜증을 내는 한 병장이 얼굴을 찌푸리며 내쏘았다.

「저어……, 이건 제가 혼자서 적당히 처리할 문건이 아닌 것 같은데요. 전군에 하달하는 특별훈련 지시와 그 보고에 관한 건이라서요.」

민 일병이 일병답게 주눅들어 말했다.

「뭐야? 특별훈련? 빨리 가져와 봐.」

한 병장이 담배연기를 확 내뿜으며 팔을 뒤로 돌렸다. 민 일병이 기민하게 그 손에 공문을 들려주었다.

「제대연장도 열받아 죽을 지경인데 무슨 또 특별훈련이냐? 참 대한민국 국민 되기 어렵다.」

새로 새겨온 신입자들의 막도장을 분류하던 최주한은 한 병장에게 눈길을 돌렸다. 한 병장에 비해 입대가 한 달 늦은 그도 복무연장에 속깨나 상해 있었다.

「허! 자알 논다. 어, 어……, 참 웃기고 앉았네. 옳지, 허 참……, 이거 왜들 이러나…….」

한 병장은 공문을 넘길 때마다 이런 소리를 하며 얼굴이 점점 일그러지고 있었다. 그 얼굴을 쳐다보고 있는 최주한의 얼굴도 차츰 불안해지고 있었다.

「아이구, 어디로 이민을 가버리든지 해야지. 이것도 나라라구!」

얼굴이 잔뜩 구겨진 한 병장이 공문을 팽개치며 내뱉었다.

「뭔데 그래? 우리도 무슨 기동훈련 하라는 거야?」

최주한이 공문을 집으려고 팔을 뻗쳤다.

「그따위 것 볼 것도 없어. 김신조 부대처럼 우리도 전부 모래주머니 차고 훈련하랜다. 훈련 현황을 사진 찍어서 보고하고. 참 사람 여러 가지로 죽인다.」

「옳지, 전군의 124군부대화로구나. 그거 좋네. 김일성을 때려잡고 공산당에 필승하려면 당연히 그래야지. 그거 아주 굿 아이디어로군.」

최주한은 공문을 집으려다 말고 비식비식 웃으며 새 담배에 불을 붙였다.

청와대를 '까부스러 왔다'는 김신조 일당이 속한 것이 124군부대였고, 그 부대원들은 두 다리에 모래주머니를 매달고 산악 주행훈련을 했기 때문에 모래주머니를 떼고는 남쪽에서 예상보다 두 배 이상 빠르게 행동해 군경을 쉽게 따돌렸다는 사실이 생포된 김신조의 입에서 나와 세상을 놀라게 했었다.

「연속적으로 폭격을 당하는구나. 복무연장도 모자라 이젠 모래주머니 훈련까지. 아주 다 잡아먹어 버려라.」

한 병장이 자기 의자에 주저앉으며 한숨을 토해냈다.

「한 병장님, 계산착오올시다. 폭격은 두 번째가 아니라 이번으로 세 번째이옵니다. 충격이 너무 커서 깜빡 잊으신 모양이온데, 향토예비군 창설을 빼먹으셨사옵니다.」

최주한이 느물느물 웃었다.

「아이고 빌어먹을, 그게 있었지 참. 제대해 봐야 그게 또 기다리고 있으니, 아이구우우 이놈의 팔자야.」

한 병장이 두 손으로 머리를 마구 긁어댔다.

점심시간에 인사과의 서무계를 통해서 카투사 전원 외출중지와 동시에 막사 휴게실에 집합이 전달되었다. 선임하사의 정신교육이 실시된다는 것이 덧붙여져.

「에에……, 오전에 본부중대 중대장님으로부터 도난사건에 대해서 자세하게 들었다. 다행하게 우리 카츄샤들이 도둑놈으로 잡히지 않아 천만다행으로 생각한다. 그동안 실시한 정신교육을 통해서 여러분이 그런 치사한 짓을 절대로 하지 않을 것이란 것을 이 선임하사는 믿는 바이다. 그러나 그런 도둑질이 생겼다는 것은 유감적이 아닐 수 없다. 또 아직 도둑놈이 잡히지 않았으니 더 문제다 그것이다. 도둑놈은 이 막사 안에 틀림없이 있다 그런 말씀이야. 그럼 그게 누구야. 미군일 수도 있고, 우리 카츄샤일 수도 있고, 하우스보이일 수도 있다 그거야. 나는 우리 카츄샤들 중에 범인이 있을 수도 있다는 생각에 지금 기분이 찜찜하고 더럽다. 여러분은 이번 사건을 계기로 가일층 정신무장을 철통같이 단단하게 하기 바란다. 우리는 누구냐! 한국군을 대표하는 한국군이다. 우리한테는 한미 혈맹관계를 가일층 돈독하게 하고 막강하게 하는 임무가 주어져 있다. 우리가 잘못하면 한국군 전체가 욕먹고 웃기게 된다. 한국군 중에서 막말로 너희들처럼 편하고 날라리로 군대생활 하는 놈들이 있으면 어디 대봐. 너무 편하다 보니까 이것들이 정신상태가 헬렐레해져서 제멋대로 놀아나려고 했다간 아주 국물도 없어. 그런 놈들이 걸리기만 하면 가차없이 그날로 비행기 태워줄 테니까 각오해. 나는…….」

말이 길어지면서 초반의 점잖음을 잃고 점점 상스럽게 변해가는 선임하사의 훈시는 30분이 넘게 계속되었다. '비행기 태워준다'는 말은 산꼭대기에 있는 예하부대의 대공포 진지로 보낸다는 뜻이었다. 그건 선임하사들이 휘두르는 가장 무서운 무기였다. 선임하사들은 자리가 바뀌면서 업무만 인계인수하는 것이 아니라 졸병들을 다루는 그런 요령까지 인계인수하는 모양이었다.

최주한은 선임하사의 말이 길어질수록 또 마음이 조마조마 아슬아슬해지고 있었다. 고졸인 그가 대졸이 스무 명 가까운 대상을 상대로 정신교육을 한다는 것은 무리였다.

「아저씨, 왜 아직 퇴근 안 하세요?」

「말도 말어. 오전 내내 당했으니 일 다 끝내려면 아직 멀었어.」

「당하다니요?」

「몰라서 물어? 아 참, 신삥 일등병이라 잘 모르겠군. 오늘 아침 일로 중대장에게 끌려가 호되게 당했지.」

「어떻게요?」

「아, 도둑질한 걸 불라고 조져대는 거지.」

「조져요? 때렸어요?」

「어디 주먹으로 꼭 때려야만 때리는 건가. 사람 무시하고 공갈치고 도둑놈 취급하고 하는 것도 때리는 거나 마찬가지. 지렁이도 밟으면 꿈틀하더라고 우린 뭐 자존심도 배알도 없나. 이 짓도 참 드러워서 못해 먹겠어. 무엇이든 없어지기만 하면 우릴 도둑놈 취급이니.」

「그래요, 참 억울하고 분해 죽을 일이에요. 다른 일 뭐 없을까요?」

「말도 말어. 배운 게 있나, 무슨 기술이 있나, 이 나이에 어쩌겠어. 아니꼽고 더럽다고 이 짓 때려치우면 당장 처자식들은 어찌 되겠어. 죽으나 사나 간 쓸개 다 떼버리고 이 짓밖에 더 하겠어. 좌우간 어느 놈이고 도둑질 좀 안 했으면 좋겠어.」

최주한은 군화도 벗지 않고 침대에 누워 저쪽에서 들려오는 말에 귀를 팔고 있었다. 막사를 4등분해서 날마다 궂은일을 하고 있는 네 명의 하우스보이, 그들은 얼마 안 되는 미국돈 달러에 매달려 있는 딱한 '남자 식모'들이었다. 그들은 날마다 자기 구역을 청소하고, 군인들의 군복과 내의·양말을 세탁하고, 군복을 다리미질하고, 다 마른 내의와 양말을 개켜 각자의 침대에 올려놓고, 구두를 반짝거리게 닦고, 이틀 간격으로 침대시트들을 갈아끼우고 세탁해야 했다. 청소기와 세탁기가 있다 해도 그들은 잠시도 쉴틈없이 하루 종일 일을 하지 않으면 그 많은 일거리를 다 처리할 수 없게 되어 있었다.

날마다 그들의 일거리가 그렇게 많은 것은 미군의 군복 착용 규정 때문이었다. 군복이 구겨져 있거나 다리미질 선이 풀어져 있으면 아침 점호에서 지적을 당하니까 누구나 매일 새것으로 갈아입어야 했다. 군복에 맞추어 두 개의 구두도 바꿔 신어야 하고, 매일 아침 샤워하고 면도하는 것은 미국인들의 철칙이니까 내의도 날마다 갈아입었다. 월급받는 것 한 가지만 제외하고는 모든 근무 규정을 미군에 따라야 하는 카투사들도 미군들과 똑같은 복장 단정과 청결을 유지해야 했다. 그러다 보니 카투사들이 하우스보이들의 일거리를 좀 줄여주고 싶어도 줄여줄 방법이 없었다. 처음에 카투사들은 '보이'가 아니라 나이 중년인 그들에게 미안해 하다가 날이 지날수록 차츰 둔감해져 갔다. 그런데, 이 기지 안에는 같은 규모의 막사들이 몇 개인지 모르게 수없이 많았다. 그 막사들보다 네 배나 많은 하우스보이들이 날마다 고달픈 몸을 이끌며 기지촌에서 부대 안으로 출퇴근을 하고 있었다.

「이봐 서무계, 대장님 결재 났으니까 이거 빨리 휴게실에 갖다 붙이고, 여기에 지시된 크기대로 전원 사흘 이내로 모래주머니를 만들도록 해. 사진 찍어 보고해야 할 기한이 바쁘니까.」

다음날 선임하사가 공문을 한 병장에게 넘겨주며 지시했다.

「그런데……, 이걸 각자가 만들어야 하는 건가요?」

한 병장이 마땅찮은 기색으로 중얼거리듯 말했다.

「각자가 만들지 그럼 단체로 만들어? 한 병장, 빠다 먹더니 미군식에 물들었어?」

선임하사가 여지없이 쏘아질렀다.

「아니 뭐…….」

한 병장은 어이없는 얼굴로 어물거렸다.

「이봐, 우린 어디까지나 한국군이야. 군대는 무에서 유를 창조한다는 것 잊어버렸어! 잔말 말고 기한 내에 완료시켜.」

최주한은 일을 하는 척하고 앉아 쓰게 웃고 있었다. 선임하사는 특명계와 자신에게 술을 사며 신세타령을 할 때와는 딴판으로 전형적인 '한국군 상사'로 돌변해 있었다. 훈련소에서 너무 많이 들은 '군대는 무에서 유를 창조한다'는 말에 그는 몸서리를 쳤다. 그 말도 안 되는 억지 때문에 훈련 과정이 얼마나 힘겹고 고달팠던 것인가.

「예, 알았습니다.」

한 병장은 턱없이 큰소리로 대답했다. 그러나 그건 복종이 아니라 반항의 기미라는 것을 최주한은 느끼고 있었다.

「야 민 일병, 오늘 저녁 식사 끝나고 전원 휴게실에 집합시켜.」

한 병장이 조수에게 내질렀다.

「예, 알겠습니다. 오늘도 외출중지로 합니까?」

조수가 물었다.

「새끼, 왜 그렇게 눈치가 없냐. 오늘 지시해서 하루라도 빨리 모래주머니를 만들어야 하는데 외출을 중지시키면 어떡해.」

한 병장은 조수에게 신경질을 부렸다.

점심시간이 되자 식당으로 가는 구내버스를 타며 한 병장이 최주한에게 말했다.

「식당에서 나하고 얘기 좀 해.」

「무슨……?」

「글쎄 이따가.」

한 병장은 지금 이야기를 피하려는 듯 딴 자리로 가서 앉았다.

막사에서 사무실까지, 사무실에서 식당까지, 막사에서 정문까지, 어디를 가나 구내버스를 타지 않으면 안 되게 넓은 기지 안의 풍경을 최주한은 달리는 버스 창밖으로 아무 느낌 없이 바라보고 있었다. 한국이면서 한국이 아닌 땅, 미 공군기지임을 알리듯 팬텀기가 쇳소리 맞갈리고, 쇳덩어리들을 마구 굴려대는 것 같은 폭음을 내며 떠오르고 있었다. 여기서 보낸 세월이 2년을 넘고, 다시 3개월이 지나가고 있었다. 입대할 때대로 2년 6개월 근무라면 석 달만 더 있으면 제대였다. 그러나 6개월이 연장되어 버렸으니 제대는 까마득하게만 느껴졌다. 유일표와 이상재도 얼마나 속이 상할 것인가. 그래도 난 그들보다 훨씬 낫지 않은가. 고기를 지겨워하며 세 끼 양식을 먹고, 하우스보이가 모든 걸 다 해주는 내무반 생활을 하고……. 그들은 손수 빨래를 하고 구두를 닦고 하며 얼마나 고생이 심할까. 혼자서 카투사로 빠져나온 게 면목없고 미안하기도 했다. 그러나, 그런 생각들이 제대연장에 대한 불만을 해소시켜 주지는 않았다.

「오늘은 뭐냐?」

배식대로 트레이(음식 접시들을 놓는 사각 쟁반)를 밀고 가며 한 병장이 고기 접시를 집어들었다.

「벌건 게 말고기 같다.」

입맛 떨어진다는 듯 최주한이 말끝에 혀를 찼다.

「맞다, 말고기. 이거 푸석푸석하고 버실버실한 게 더럽게 맛없잖아.」

「오늘 점심은 글렀어. 감자 으깬 것이나 먹을 수밖에. 나, 사람이 말고기 먹는 건 양키 부대에 와서 첨 알았다.」

「나는 뭐 안 그런가? 즈네 놈들은 말고기도 먹으면서 우리가 개고기 먹는다고 펄쩍 뛰고 야만인 취급이야. 웃기는 새끼들이.」

「그게 뻔뻔스러운 인간이란 동물 아니겠어? 거기에 딱 맞는 우리나라 속담이 있잖아. 제 똥 쿠린 줄 모른다.」

「맞았어, 맞았어. 한마디로 딱 그거야.」

한 병장이 마지막으로 유리컵을 집으며 키들키들 웃었다.

식당의 넓은 홀에는 공군들이 거의 자리를 차지하고 앉아 있었다.

「우리 카츄샤 없는 자리로 가자.」

한 병장이 미군 혼자 앉아 있는 식탁을 찾아갔다.

「무슨 얘긴데 그래? 찬밥인 서무계가 무슨 그럴듯한 건수가 있는 것도 아닐 거고.」

최주한은 각설탕 같은 얼음을 채운 주스를 한 모금 마시고 한 병장을 쳐다보았다.

「아까 그거 있잖아, 모래주머니. 그걸 단체로 만드는 방법을 의논하려고.」

한 병장이 얼굴을 구기며 포크를 들었다.

「단체로? 그만한 돈이 있어야지.」

「그러니까 재정계 나리께 의논하는 거지. 그걸 각자가 따로따로 만들면 규격도 안 맞고, 기간 맞추기도 어렵고, 골치 아픈 게 한두 가지가 아니잖아. 돈은 어차피 다 들면서 말야. 그러니까 이번 달 월급으로 한꺼번에 만들자 그거지. 월급날도 얼마 안 남았으니까.」

「글쎄, 그것도 괜찮은 생각이긴 한데, 그게 월급 가지고 만들어질까? 월급이 몇 푼 된다고.」

「그건 걱정 마. 네가 일단 동의만 하면 이따가 내 조수 내보내 알아보도록 할게. 단체주문이니까 값을 깎을 수도 있어. 그리고, 일등병 월급으로 모자라면 병장 월급으로 채워넣는 방법도 있고. 어차피 한 달 월급 전체를 놓고 계산하는 식으로 몰아가면 되니까.」

「아이고, 군대 서무계 해먹느라고 좋은 머리 잔꾀 굴리며 다 망치고 있구나. 알았어, 그게 효과적이겠어.」

「고마워. 이따가 집합할 때 단체로 만들자고 발언할 놈은 정해놓을 테니까 그때 넌 원호사격을 하면 돼. 재정계의 권한을 발휘해서.」

「그래, 애국하느라고 애쓴다. 그만 말고기나 먹어라.」

최주한이 스산하게 웃으며 감자 으깬 것을 포크로 떴다. 감자 으깬 것이 앞으로 오도록 접시를 돌린 것으로 보아 그는 말고기를 먹지 않기로 작정한 것 같았다.

「천은 모래가 새지 않으면 되니까 아무것이든 좋고, 값은 일등병 월급에 맞춰 철저하게 깎고, 한 군데만 알아보지 말고 최소한 세 군데는 알아보고, 기일을 맞출 수 있는지 확인해. 알겠어!」

한 병장은 사무실에 들어오자마자 조수에게 지시했다.

서무계 조수는 두 시간쯤 지나 시무룩해서 돌아왔다.

「네 군데나 알아봤는데 일병 월급 가지고는 도저히 안 되겠는데요. 아무리 깎아도 병장 월급은 돼야 되겠어요.」

그는 양쪽 어깨가 올라가도록 몸을 움츠린 채 종이 한 장을 한 병장 앞으로 내밀었다.

「이건 뭐야?」

「네 가게 가격표입니다.」

그때 최주한과 한 병장의 눈길이 마주쳤다.

「별수없지 뭐. 모자라는 건 각자가 보태게 해야지.」

최주한은 한 병장을 위로하듯 말했다.

「미쳤어? 한 달 월급 처넣는 것도 뭔데. 이건 돈이 문제가 아니라 기분이 문제라구.」 한 병장은 고개를 내젓고, 「이봐 특명계, 모자라는 건 거기서 책임져. 알지!」 그는 특명계 김 병장을 빤히 건너다보았다.

「또 서무계 시비시라. 알았어, 내가 논을 팔아다가라도 대야지. 다같이 애국전선에 서 있는데.」

설명을 들어 그 내용을 이미 알고 있는 특명계는 한 병장의 눈길이 품고 있는 의미를 안다는 듯 쉽게 동의하며 씩 웃었다.

모래주머니 만드는 것은 서무계의 계획대로 결정되었다. 카투사들은 개개인이 만드는 귀찮음을 피하게 되어 잘되었다는 듯 다같이 박수를 쳤다. 그런데 그들은 모래주머니 훈련이라는 돌출사태에 불만을 터뜨리기 시작했다. 그러나, 모래주머니 훈련을 하라는 명령이 팬텀기의 폭음 같다면 그들의 소리는 모깃소리보다 더 작고, 하루살이 날갯짓소리처럼 없는 것이나 마찬가지의 소리에 지나지 않았다.

모래주머니는 선임하사가 정한 날짜까지 완료되었다.

「쭈아. 이게 바로 한국군의 정신이야. 이 정도 정신이면 124군부대 같은 건 초전박살이야.」 선임하사는 모래주머니들을 살피면서 아주 흡족하게 웃고는, 「이봐 특명계, 우리 카츄샤 교육시간을 내일 오후로 앞당기도록 조종하고, 사령부 싸진메이저한테 연락해서 그 시간에 사진사 보내달라고 해. 모래주머니 교육 잘 설명하고.」 그는 서무계 일인데도 영어가 능통한 특명계에게 지시하고 있었다.

다음날 오후 2시 본부중대 카투사 전원은 체육관 옆에 모였다. 그들은 모래가 빵빵하게 든 모래주머니를 양쪽 종아리에 찬 것만이 아니었다. 1년에 한 번 사격연습할 때나 쓰는 철모를 꺼내 썼고, 보급부에서 M14까지 지급받았다. 그건 사진을 폼 나게 찍어야 한다는 선임하사의 아이디어였다.

선임하사의 지시에 따라 카투사들은 절반씩 나누어 길 양쪽으로 섰다. 선임하사는 총을 들고 길 중앙에 서며 외쳤다.

「우리가 저 앞쪽 막사 있는 데까지 구보를 할 테니까 사진 근사하게 찍으라고 해.」

저 앞에 있던 특명계가 미군 사진사에게 통역했다.

「예, 됐습니다. 출발하십시요.」

특명계가 손을 흔들었다.

「자아, 지금부터 구보를 실시한다. 총 똑바로 들고, 줄 잘 맞추고, 씩씩하게 뛰어라. 부대, 차려우왓! 출발과 동시에 구보를 한다. 앞으로 이 갓!」

선임하사의 구령은 터무니없이 컸다. 저쪽으로 지나가던 미군 둘이 놀라 이쪽을 쳐다보더니 웃으면서 손을 흔들었다.

카투사들은 100여 미터 전방을 향해 뛰기 시작했다 사진사는 이리저리 옮겨다니며 셔터를 눌러댔다.

「오우, 베리 나이스, 비우리풀! (좋아, 아주 좋아!)」

카투사들이 목표지점에 도달하자 사진사가 손가락으로 동그라미를 그리며 돌아섰다.

카투사들은 숨을 몰아쉬며 총에 의지해 허리를 굽히기도 하고 주저앉기도 했다. 최주한은 심호흡을 하며 이게 장난이 아니라고 생각했다. 뛸수록 무겁게 다리를 잡아당기는 모래주머니가 허벅지를 꽉꽉하게 만들었다.

「이새끼들 이거 노는 것 보게. 뱃대지에 빠다 기름이 쩔어 다 이 모양이지. 이 꼴로 어떻게 김일성을 때려잡겠어. 기왕 시작한 김에 내가 오늘 시범을 보이겠다. 앞으로 30분 동안 구보를 실시한다. 차량 통행에 방해가 되지 않도록 2열로 간격 좁혀 집합!」

선임하사의 폭탄선언이었다.

카투사들은 어리둥절하고 긴장하며 다시 2열로 정돈했다.

「저 큰길을 따라 행군한다. 부대, 뛰어 앞으로이 갓!」

카투사들은 얼굴이 찡그려지고 일그러지며 큰길을 향해 다시 뛰기 시작했다.

「행군 간에 군가를 실시한다. 힘차게 하지 않으면 연속적으로 반복시킨다. 군가는 〈진짜 사나이〉. 하나, 둘, 셋, 넷!」

큰길로 나서자 선임하사가 느닷없이 내린 명령이었다.

"사나이로 태어나서 할 일도 많다만……."

카투사들은 뛰면서 노래를 하기 시작했다. 노랫소리는 앞에서보다 뒤에서 훨씬 크게 울리고 있었다. 그쪽이 일등병들이었다. 저쪽 막사에서 지난밤에 야근을 했을 미군들이 내다보며 손을 흔들고 휘파람을 불어댔고, 지나가는 구내버스에서 사람들이 구경을 하고 있었다.

최주한은 노래와 함께 떠오르는 훈련소를 생각하고 있었다. 그 노래를 훈련소에서 신물나게 부른 탓이었다. 평생 논산을 향해서는 오줌도 안 누겠다는 말이 실감나도록 훈련소 생활은 지긋지긋했었다. 훈련보다 더 견디기 어렵게 고통스러웠던 것은 이유 없는 기합과 구타였다. 하사 계급장을 단 스물한 살짜리 소대 선임하사의 횡포는 어느 순간 살의까지 품게 만들었다. 무조건 두들겨 패면 군기가 선다고 생각하는 한국 군대. 그 야만적 행위는 일제시대 일본군의 악습을 그대로 답습하는 것이었다. 그때의 일들이 지금도 꿈에 나타나고 있었다. 미군은 일절 구타가 없었다. 잘못을 하면 규정에 따라 처벌을 했다. 그러면서도 질서는 잘 잡혀가고 있었다. 그 차이는 어디서 오는 것인지 아직까지도 선명하게 규명할 수가 없었다.

30분 구보는 생각보다 훨씬 먼 거리를 뛸 수 있었다. 평소에는 걸을 엄두를 내지 않았던 정문까지 가고, 거기서 돌아 사령부 건물 앞까지 이르렀다. 최주한은 뛰는 것이 고통스러워 언제부턴가 아무 생각도 못하게 되었다.

카투사들은 사령부 건물 앞의 넓은 아스팔트 위에 모두 숨을 헉헉대며 허물어졌다. 선임하사도 얼굴이 창백해져 숨을 거칠게 몰아쉬었다. 그러나 그는 주저앉지 않았다. 카투사들보다 훨씬 나이 많은 그를 버티게 하는 것은 상사라는 계급의 힘일 거라고 최주한은 생각했다.

「빨리 정돈하라!」

선임하사의 명령이었다. 카투사들은 죽는 소리들을 흘리며 다시 줄을 섰다.

「어떠냐. 할 만하지? 서무계, 내일부터 서무계가 책임지고 일과 후에 오늘처럼 30분씩 훈련을 실시한다. 모두 철저히 따르도록. 알겠나!」

「옛!」

카투사들은 목청 드높게 대답했다.

「쭈아. 모두 수고들 했다. 해산!」

다음날 아침 카투사들은 점호를 나가면서 모두 다리를 절름거리고 앓는 소리를 했다. 모두 다리에 알이 밴 것이다.

선임하사가 없는 구보는 적당히 시간 때우기가 되었다. 다음날 선임하사는 훈련을 했느냐고 물었다. 서무계는 기운차게 대답했다. 그 다음날도 구보는 어물어물 시간만 채우고 끝났다. 선임하사가 또 확인을 했다. 서무계의 대답은 여전히 기운찼다. 그 다음날 구보는 더 시늉만 했다. 그런데 선임하사는 새로 온 신병들에게 정신이 팔린 것인지 어쩐지 더 확인하지 않았다. 그 다음날부터 서무계보다 군번이 빠른 병장들이 구보에 나오지 않았다. 구보에 별뜻이 없는 서무계는 그들을 탓하지 않았다. 그렇게 허물어지기 시작한 구보는 열흘을 넘기지 못하고 흐지부지 되고 말았다.

「어이 최 병장, 빨리 전화 좀 받아봐. 중대장이야.」

미군하고 이야기하는 걸 자신 없어 하는 서무계 한 병장이 다급하게 손짓했다.

「왜 그래?」

월급 수령 보고서에 막도장들을 찾아 찍고 있던 최주한이 귀찮은 기색을 드러냈다.

「무슨 사고 났나 봐.」

「아이구, 그저 사고, 사고야.」 최주한은 혀를 차며 송수화기를 들자마자, 「굿모닝 써. 디스 이스 카투사 퍼서널 싸진 최. 스피킹 프리스. (안녕하십니까. 저는 카투사 인사과 최 병장입니다. 말씀하시지요.)」 한달음에 쏟아놓았다.

「아 최 병장, 한 가지 문제가 생겼으니까 빨리 중대본부로 와야겠어. 통역이 필요해.」

「예, 곧 가겠습니다.」

전화를 끊은 최주한은 문 닫혀 있는 파견대장실을 눈짓하고 자리가 비어 있는 선임하사와 특명계 책상을 손가락질하며 두 사람이 어디 갔느냐고 서무계에게 물었다. 서무계가 밖으로 나가자고 손짓하며 앞장 섰다.

「또 육본에 행차하셨어.」

한 병장이 화장실로 들어가며 최주한에게 담배를 권했다.

「진급 땜에?」

「그렇지 뭐.」

두 사람은 담배를 빨며 소변기 앞에 섰다.

「그렇게 뻔질나게 올라다닌다고 진급은 되는 거야?」

「모르지. 본인은 저렇게 죽치고 앉아서 쫄병들만 올려보내고 있으니 한심해.」

「그거 괜히 미제 선물들만 사다 바치고 날 새는 것 아니야? 너무 질질 끄는데.」

「어쩌면 우리 제대 전에 옷 벗을지도 몰라. 특명계 동기가 육본에 있다는데, 소령 진급에 병장 빽이 동원되고 있으니 한심하잖아?」

「병장이야 위에 다리를 놓는 것일 테지만, 왠지 서글픈데. 소령 계급장이 그렇게 달기 어려우니 원.」

「안 될 일이면 파견대장도 빨리 실속 차려야 해. 괜히 우리 못살게 굴면서 아까운 돈 없애지 말고.」

「다 자기가 알아서 하겠지. 나 중대본부에 갔다 올게.」

「무슨 일이래?」

「모르겠어. 통역이 필요하대.」

「그래, 영어실력 좀 늘려봐.」

「슬슬 발뺌하면서 누구 약올려?」

「높은 자리에 있을 때 좀 봐줘. 난 여기 와서부터 왜 그렇게 미국사람들이 싫어지지? 카츄샤로 빠질 때는 영어 좀 잘해볼 욕심도 없지 않았는데. 내 마음을 나도 모르겠어. 미국이면 무조건 환장하는 애들이 부러워.」

한 병장이 소변기에서 물러나며 가벼운 한숨을 쉬었다.

「나도 비슷한 감정이니까 외로워 말어. 환장하는 놈들은 환장하는 놈들이고.」

중대본부에는 수송부 운전병 강 상병이 잔뜩 화가 난 얼굴로 서 있었다.

「아 최 병장, 이 강 상병이 매일 밤 김치 냄새와 마늘 냄새를 풍겨대서 견딜 수가 없다고 같은 침실을 쓰는 병사들한테서 항의가 들어왔어. 그건 카투사 교육대에서 이미 교육받은 사항 아닌가. 그 점 유의해서 앞으로는 냄새 풍기지 말라고 해.」

중대장이 난처하다는 듯 웃으며 말했다.

「야 강 상병, 너 교육대에서 교육받았잖아. 밖에서 김치고 뭐고 먹고 들어왔으면 이런 말썽 안 생기게 빨리빨리 양치질을 해얄 것 아냐. 너 이런 말썽 일어나는 것 파견대장님이나 선임하사님이 제일 싫어하는 것 잘 알잖아.」

최주한이 강 상병에게 말했다.

「아, 이빨을 닦지요. 그런데도 그 새끼들이 이렇게 고자질을 했다니까요. 즈네놈에 새끼들한테서는 빠다 노린내에 고기 노린내가 안 납니까? 오전엔 그래도 좀 괜찮은데 땀이 차는 오후가 돼보십시오. 느끼하고 시금털털하고 골키한 노린내가 진동하는데, 사람 속 뒤집어져 미칠 일이라구요. 최 병장님은 잘 모르시겠지만 땀 많이 나는 우리 수송부에 한 번 와보세요. 그 노린내가 얼마나 지독한지. 우리가 김치 냄새 풍기는 거나 즈네가 노린내 풍기는 거나 피장파장 아니겠어요?」

강 상병은 작은 듯하면서 다부지게 생긴 체구처럼 그 말도 야무졌다. 최주한은 할말이 없어서 헛웃음을 쳤다.

「뭐라는 건가?」

중대장이 눈치가 이상하다는 듯 담배를 끄며 물었다.

「예, 김치를 먹으면 교육받은 대로 양치질을 했는데도 미군들이 그러는 건 너무 지나치다는 불만입니다. 강 상병 말로는 자기한테서 김치 냄새가 나는 것처럼 미군들한테서는 고기 냄새나 버터 냄새가 나는데, 자기는 참고 지낸다는 겁니다. 음식에 따라 서로 특이한 냄새가 나는 건 어쩔 수 없는 일인데 왜 자기만 문제삼느냐는 겁니다.」

최주한은 통역을 잘하려고 애를 썼지만 더 이상은 해볼 재주가 없었다. 영어로 '노린내'가 무엇인지 생각나지 않았고, 더구나 '느끼하고' '시금털털하고' '골키하다'는 말은 전혀 짐작조차 할 수가 없었다.

중대장은 강 상병을 물끄러미 바라보고 있다가 짧게 깎은 붉은 머리에 손가락 빗질을 한 번 하며 픽 웃었다.

「강 상병 말에 일리가 있다. 내가 세 미군들을 이해시킬 테니까 강 상병은 김치를 너무 많이 먹지 않도록 노력하고, 양치질을 더 열심히 하도록.」

강 상병은 바짝 부동자세를 취하며 중대장에게 거수경례를 하고는 돌아섰다.

「얌마 강 상병, 너도 곧 병장 달 텐데 이런 말썽 일어나지 않게 요령껏 좀 해.」

중대본부를 나온 최주한은 강 상병에게 눈총을 쏘았다.

「이거 죄송합니다. 근데 이 양코새끼들 웃기지 않습니까? 더러워서 못살겠어요.」

강 상병은 최주한의 눈길을 피하며 투덜거렸다.

「잔소리 말고, 여긴 미군부대니까 자꾸 외식할려고 하지 말고 양식을 좀 익히도록 해. 군대에서 제 입맛대로 살 수는 없는 거잖아.」

「예, 알겠습니다.」

최주한은 그만 가보라고 손짓하며 돌아섰다.

「하 좆같은 새끼들, 웃기고 자빠졌네. 즈네놈들이 뭔데 한국에 와서 한국놈들보고 김치를 못 먹게 해. 나 참 기가 막혀서.」

강 상병은 큰소리로 푸념을 하며 걸어가고 있었다.

최주한은 그를 돌아보며 웃고 있었다. 언뜻 그가 이길도 병장 같은 일면이 있다는 생각이 들었다.

강 상병은 서너 달 전에 한국군에서 이쪽으로 배속되어 올 때 다른 신병들과는 달랐다. 선임하사가 유난히 표나게 그에게 관심을 쓰더니 첫번째로 사령부 근무자로 뽑았다. 그는 운전기술이 뛰어나 장군을 모셨는데, 그 장군이 예편 선물로 그를 카투사로 보내주었다는 거였다. 그런데 그 장군은 예편해서 찬밥이 된 게 아니라 어느 요직으로 간 눈치였다. 어쨌거나 강 상병의 운전 솜씨는 대단한 모양이었다. 수송부에 가서 지프고 스리쿼터고 트럭이고 다 몰아댔는데 그곳 책임자 매스터싸진(중사)이 원더풀을 연발했다는 말이 막사 안에 퍼졌다. 그래서 그는 지프로 파견대장을 출퇴근시키다가, 트럭을 몰고 장거리 물품 수령을 가다가 정신없이 바빴다. 그런데 한 달쯤 근무한 그는 카투사들 중에서 유난히 음식에 적응을 못하는 사람들 축에 들게 되었다. 그는 아침과 점심은 억지로 식당에서 때우고 저녁 한 끼는 꼭 밖에 나가 한식을 사먹어야 된다고 했다. 그런데 걸작인 것은, 그 돈을 휘발유를 빼팔아 충당한다고 내놓고 말을 해버렸다. 그가 그동안 저녁마다 한식을 먹고 들어와 김치 냄새며 마늘 냄새를 풍겨댄 것을 생각하면 침실을 함께 쓰는 미군들이 참지 않았다고 할 수도 없었다.

수세식 변기에 걸터앉지 않고 그 위에 올라가 쪼그리고 앉는 것은 남에게 전혀 피해를 주지 않는 그저 흥거리고 웃음거리일 뿐이었다. 그러나 냄새는 남에게 피해가 될 수 있으니 문제였다. 카투사 신병교육대에서 누누이 강조하는 것이 수세식 변기 위에 올라앉지 말라는 것과 김치나 마늘을 먹으면 곧바로 양치질을 하고, 그럴 형편이 못 되면 껌이라도

씹으라고 했다. 평생 수세식 변기를 쓴 일이 없는 사람들이 갑자기 이상
스럽게 생긴 변기에 걸터앉으니 똥이 나올 리가 없고, 그래서 위험을 무
릅쓰고 변기 위에 올라가 재래식으로 쪼그리고 앉는 일이 벌어졌다. 미
군들이 기절초풍을 하고, 망신을 당하고 해서 어찌하는 수 없이 변기에
앉지만 며칠씩 그게 나오지 않아 변비로 고생하는 사람이 적지 않았다.
그런 고비를 지나 변소 문제는 차츰 해결이 되지만, 음식이 입에 맞지
않는 것은 갈수록 심해질 수밖에 없었다. 아예 한식을 먹을 수 없는 외
국이라면 죽지 못해 적응을 해나가겠지만, 바로 기지촌에 나가 한식을
먹고먹고 하면 양식은 점점 더 싫어지고, 냄새 시비는 해결될 도리가 없
었다.

밤늦게 막사 안이 시끌벅적해졌다. 또 어떤 놈들이 술 취해 들어와 떠
들어대는구나 싶어 최주한은 보고 있던 회화책을 덮으며 시계를 보았
다. 11시 30분이 되고 있었다.

「최 병장님, 최 병장님, 저쪽 수송부 강 상병이 미군들하고 싸우고 있
습니다.」

일등병 하나가 다급하게 최주한의 침실로 뛰어들었다.

「뭐라고?」

최주한은 침대에서 벌떡 상체를 일으켰다. 같은 1층에 있는 인사과
병장이니까 보고를 하는 것이었다.

「치고 박고 하나?」

최주한은 황급히 바지를 꿰입으며 물었다.

「그렇지는 않습니다. 술 취한 강 상병이 미군들의 코앞에다 대고 훅훅
입김을 내뿜고, 미군들은 강 상병을 떠밀며 욕을 해대고 그럽니다. 그러
다가 서로 치고 박고 할지도 모릅니다.」

최주한은 어이가 없었다. 강 상병이 주의를 하는 것이 아니라 오히려
오기를 부리며 복수전을 펼치는 것이 분명했다. 골치 아프기도 했고 웃

음이 나오기도 했다.

최주한은 일병을 따라 뛰듯이 했다. 저쪽 복도의 강 상병 침실께에는 맨몸에 팬티만 걸친 사내, 내의바람인 사내, 군복을 입은 사내들이 뒤섞여 진을 치고 있었다.

「야 이 개새끼야, 똑똑히 들어. 김치 냄새 마늘 냄새가 싫으면 말야, 유 고, 카츄샤 컴 히어, 또 유 고, 카츄샤 컴 히어, 너도 유 고, 카츄샤 컴 히어, 체인지, 체인지, 오케이? 내 말 알아들어?」

최주한은 몇 겹을 이루고 있는 사람들 사이로 이렇게 외치고 있는 강 상병을 쳐다보았다. 강 상병은 '유 고'에 맞추어 미군보고 이 침실에서 떠나라는 손짓을 했고, '카츄샤 컴 히어'에 맞추어 카투사가 이 침실로 오는 손짓을 했다.

「뎃스 굿 아이디어!」

미군 하나가 무슨 말인지 알아들었다는 듯 손바닥을 맞때렸고,

「바로 그거야. 내일 아침에 당장 중대장한테 그렇게 바꿔달라고 요청하겠어. 그거 아주 좋은 해결 방법이야.」

다른 미군이 제 이마를 치며 만족스럽게 웃었다. 그리고, 그런 아이디어를 주어 고맙다는 듯 강 상병에게 악수를 청했다.

최주한은 얼른 돌아섰다. 다른 사람들도 흩어지기 시작했다. 최주한은 침실로 돌아가며 자꾸 웃음이 나오고 있었다. 강 상병의 그 영어 아닌 영어가 틀림없이 의사전달을 한 것이 신통하고도 우스웠다. 미군들도 날마다 카투사들을 대하고 기지촌에 나가고 하면서 그런 식의 손짓발짓이 동원된 해괴한 영어에 익숙해지고 있었다. 말이란 다급하면 통한다는 것을 다시금 느끼고 있었다.

그러나, 침실을 완전히 카투사들로 바꾼다는 것이 가능할지 의문스러웠다. 한 침실에 꼭 미군과 카투사를 섞어 배치하는 것은 카투사들의 언어능력을 향상시키기 위한 조처였다. 중대장이 그 문제를 어떻게 해결

할지 궁금했다.

다음날 점심시간에 식당 앞에 줄을 서 있는데 점심을 먹고 가던 강 상병이 뛰어왔다.

「최 병장님, 제가 결국 이겼습니다. 이따가 일과 끝나고 침실 옮기기로 했어요. 이젠 카츄샤만 넷이 오붓해졌으니까 냄새에 신경 안 써도 돼요.」

강 상병이 득의만만하게 말했다.

「잘됐군. 그렇다고 이빨을 영 안 닦진 말어. 충치로 고생하게 되니까.」

최주한은 고개를 끄덕이며 웃어주었다.

「에이, 최 병장님도. 저 이래 뵈도 하루에 두 번씩은 꼭 닦습니다.」

강 상병이 손가락 두 개를 세우며 신바람 나게 걸어갔다.

며칠이 지나 서무계가 최주한의 침실로 찾아들었다.

「박 병장 소식 들었어?」

한 병장은 월락카 위에 주저앉으며 불쑥 물었다.

「박 병장이 뭐……?」

「이런 제길, 그 친구 소원 이뤘어. 제대하자마자 미국 유학 가게 됐대.」

「어떻게? 집안 형편이 안 좋다면서.」

「그러니까 여기서 요령 좋게 큰 줄을 하나 물었지. 방금 식당에서 들었는데 우리 부대 군속이 보증 서서 장학금을 받게 됐다는 거야.」

「군속……?」

최주한은 앉음새를 고치고 고개를 갸웃했다.

「거 제도실에 드나드느라고 우리 사무실 지나갈 때는 우리말로 인사하고 하는 뚱뚱한 사람 있잖아.」

「아아, 그 한국에 오래 있었다고 하는 사람? 그 사람이 그렇게 인정 있나?」

「모르겠어. 의형제를 맺었대나 어쨌대나. 좌우간 우리하고는 말도 잘 안 하면서 양키라면 사족을 못쓰는 그 약아빠진 박 병장 새끼가 얼마나 살살이로 굴었겠어.」

「근데 그 사람은 뭐 하는 사람이야? 사복 입고 빙글빙글 웃으며 다니는 게 인상은 괜찮던데.」

「모르겠어. 말로는 대공포 기술자라고 하니까.」

「그나저나 영어공부에 열올리는 친구들 심정이 복잡하겠는데. 얼마나 들 부럽고 배아프겠어.」

「그러게 말야. 나도 배가 살살 아프려고 하는데.」

「그래? 그 말 듣고 보니 나도 배가 아프려고 하는데?」

「그렇지? 이 묘한 기분 그대로 두면 소화 안 될 것 같은데, 한잔 빨 물 주 없을까? 거 최 병장 동창을 끌어당기면 어때? 써퍼라이에 있는 친구.」

「그거 나쁠 것 없지. 그놈 술이라면 둘째 가라면 서러워하니까.」

최주한은 벗어놓았던 상의를 꿰입었다. 그는 침실을 나서며 사람 마음이란 참 이상야릇한 것이라고 생각했다. 자신은 미국 유학이란, 더구나 미국사람을 잘 사귀어 그 덕을 보려고는 꿈에도 생각하지 않았으면서 박 병장의 말을 듣자 왜 속이 꼬이면서 샘이 나려고 하는지 알 수가 없었다. 자신은 아직도 미국에 대해 어떤 선망을 가지고 있는 것인지, 아니면 괜히 남 잘되는 일에 배아픈 것인지 스스로의 마음을 확실하게 알 수가 없었다. 어쩌면 그게 반반일지도 모른다 싶었다.

「야 병욱아, 뭐 하냐? 연애편지냐?」

최주한은 중학교 동창인 곽병욱의 침실로 들어서며 2층 침대 기둥을 툭 쳤다.

「응? 어, 너 왔냐. 말도 마라, 오라는 연애편지는 안 오고 골치 아픈 편지만 온다.」 곽병욱은 읽고 있던 편지를 침대에 던지다가. 「어, 서무계까지 오셨네. 이 죄인 잡으러 오셨나?」 그는 뒤따라 들어서는 한 병장을 보고 씩 웃었다.

「응, 군복 한 트럭 해먹었다는 정보 가지고 왔지.」

한 병장이 월락카에 주저앉으며 농담을 받았다.

「무슨 편진데 골치 아프냐?」

최주한이 곽병욱의 맞은편 침대에 걸터앉으며 편지를 눈짓했다.

「아이고 말 마. 누나 하나 있는 게 왜 그리 속을 썩이는지 모르겠다. 말없이 그냥 그대로 살면 될 텐데 이게 이민을 간다고 설쳐대잖아. 그러니까 어머니는 못 가게 말리다가 혼자 힘으로 안 되니까 나한테 응원을 청하는 거야. 무슨 일이 있어도 못 가게 하라고. 이게 벌써 서너 번째 편진데, 아유 골치 아퍼.」

곽병욱은 여자에게나 어울릴 흰 피부의 얼굴을 찡그리며 고개를 저었다.

「어디로 가려는데?」

최주한이 담배를 꺼내며 물었다.

「어디긴 어디야. 그 잘난 미국이지.」

그때 샤워를 하고 들어오던 미군이 주춤했다.

「이거 네 침대냐? 잠깐 실례했어.」

최주한이 얼른 몸을 일으켰고,

「괜찮아, 괜찮아. 나 지금 외출할 거야.」

살이 붙지 않아 키가 더욱 커 보이는 흑인이 친근감 넘치는 웃음을 피워냈다.

최주한은 곽병욱의 침대로 옮겨 앉으려다가 한 병장 옆의 월락카에 앉았다. 한 침대에 두 사람이 앉는 것은, 카투사들로서는 쉽게 익숙해지지 않는 금기 사항이었다. 셔츠와 팬티만 입은 채 둘이 침대에서 장난을 치거나, 샤워장에서 서로 등을 밀어주다가 동성연애자로 지목되어 중대본부로 끌려가는 카투사들이 종종 있었다. 동성연애를 철저하게 금하고 있는 미군에서는 그런 행위들이 모두 동성애로 오해되었다.

「이민은 왜 가려고 하는데?」

「너 그거 몰라서 묻냐, 지금? 김신조 넘어온 다음부터 전쟁 일어날 거라고 이민바람 불기 시작했잖아. 우리 매형이나 누나도 그 바람을 타고 있는 거야. 이 세상에서 제일 안전한 미국으로 가자고.」

「그렇다면 그거 막기 어렵지 않겠어?」

「그래 글쎄. 내가 보기로는 안 될 일인데도 어머니는 마음을 정리하지 못하고 계셔. 그런데 어머니 입장에서 보면 또 그럴 수도 없어. 아버지만 계셨어도 안 그러실 텐데, 누나가 떠나면 자식은 나 하나밖에 안 남잖아. 그러니 어머니는 어떻게 해서든 누나를 붙들려는 거구. 난 중간에서 이럴 수도 없고 저럴 수도 없으니 참 미칠 일이야.」

「참, 김신조 바람 가지가지로 부네.」

한 병장이 뚱하게 말했다.

「아이고 모르겠어. 가자, 술이나 한잔하게.」

곽병욱이 벗어놓았던 군화를 끌어당겼다.

「야, 너 그 주특기 있잖아. 한 방에 걷어차서 느이 매형을 주저앉혀.」

최주한이 몸을 일으키며 말했고,

「새끼, 싱겁긴. 걷어차는 건 어렵지 않은데 누나한테 내가 죽는 건 누가 책임지고.」

곽병욱의 말에 최주한과 한 병장은 함께 웃음을 터뜨렸다.

헌병대에 근무했던 곽병욱이 이유 없이 구타하는 하사의 뭇매를 견디다 못해 합기도 1단의 실력으로 하사의 부자지를 걷어차 반죽게 만들어 놓고 카투사로 줄행랑을 쳐온 것은 인사과 내의 웃음거리였다. 사단에 든든한 빽이 있었던 그는 많은 치료비를 물어주고 영창행을 모면한 다음 그 부대를 떠날 수밖에 없었다. 그 빽이 피신처로 선택해 준 것이 카투사였고, 계속 이어진 줄이 선임하사였다. 그 사단에서 온 선임하사는 곽병욱을 전에 데리고 있었던 부하처럼 감싸면서 대뜸 써퍼라이에 자리

를 마련해 주었다. 새로 와서 불안해 있던 선임하사는 노른자위 자리에
자기 심복을 심은 셈이었다.

신병 대기막사에서 중학교 동창을 맞닥뜨렸을 때 최주한과 곽병욱은
서로 어리둥절했었다. 중학교를 졸업하면서 헤어진 이후 군대에서 느
닷없이 만난 그들 사이에는 너무나 긴 세월이 가로놓여 있었다. 그러나
그 세월의 간격은 서로가 서로를 알아본 순간 흔적도 없이 사라지고 말
았다.

「병욱아, 너 그 자리에서 조심해. 내 군대 동기였던 홍 병장이 그 자리
에서 당했다. 트럭에 보급품을 싣고 오다가 위장 창고로 감쪽같이 들어
갔다고 생각했는데 미공군 헌병들이 덮친 거야. 헬리콥터 감시에 걸린
것을 몰랐거든. 그런데 걸리고 나니 외톨이가 되고 말았어. 봐주리라고
생각했던 선들이 다 외면을 해버렸거든. 그는 운전병과 함께 국편을 당
했는데, 그 뒤로 어떻게 됐는지 알 수가 없어. 세상 인심 고약하니까 잘
알아서 해.」

곽병욱이 써퍼라이에 자리잡자 최주한은 굳이 이 말을 해주었다.

그들 셋이 막사에서 나와 길을 건너는데 20여 미터 앞에서 공군 대령
이 걸어오고 있었다. 그 대령은 양쪽 손에 상자 하나씩을 들고 입에는
시가를 물고 있었다. 그런데 갑자기 오른손에 든 상자를 왼쪽 팔에 끼
고, 또 시가를 입에서 떼서 왼쪽 손가락에 끼우느라고 분주했다. 그 모
습을 본 최주한이 동료들에게 낮고 빠르게 말했다.

「야, 경례할 준비해.」

대령과 간격이 10미터 정도로 가까워졌을 때 그들은 함께 경례를 했다.

「굿애푸터눈 써.」

「댕큐, 굿애푸터눈.」

대령은 활짝 웃으며 절도 있고 힘찬 몸짓으로 경례를 받았다. 그리고,
그들을 지나친 대령은 다시 시가를 입에 물고, 옆구리에 낀 상자를 오른

손에 들었다.

「느네들은 저걸 보고 뭘 느끼냐?」

최주한이 두 사람을 쳐다보았다.

「뭘 새삼스럽게 그래?」

저런 모습 한두 번 보았냐는 듯 한 병장이 심드렁하게 반응했다.

「난 아무리 생각해도 우리나라와 비교해서 미국을 이해할 수가 없어. 엉성한 것 같으면서도 저렇게 철저한 데가 있고, 마구 개판 치는 것 같으면서도 질서가 있고, 참 복잡해. 우리나라 대령이 저 대령 같았으면 어떻게 했겠어?」

「그야 뻔하지. 짐을 안 든 맨손이었어도 사병새끼들 경례쯤 고개 까딱하고 지나갔겠지.」

곽병욱이 불퉁스럽게 말했다.

「그렇다니까. 나도 여기서 몇 번 당했는데, 계급이 높을수록 심하더라니까. 그 점을 이해할 수가 없어.」

「그게 한국과 미국의 차이잖아. 백날 따져봐야 골치만 아프니까 관두셔. 그런 차이는 한두 가지가 아니니까. 저기 버스 온다.」

한 병장이 버스정류장에 줄을 서 있는 사람들 끝에 섰다. 줄을 선 열댓 명 중에 절반 이상이 사복의 하우스보이들이었다. 카투사들이 이 기지에 와서 줄 서는 것을 몸에 익히는 데도 서너 달이 걸렸다. 남들을 밀치고 만원버스를 빨리 타는 데 길들여진 그들은 구내버스도 그런 식으로 타다가 비웃음거리가 되기 일쑤였다.

미국 유학을 가게 되었다는 소문이 퍼진 다음부터 박 병장은 더 도도해진 것처럼 보였다. 일과가 끝나도 카투사들하고는 거의 말을 하지 않은 채 침대에 엎드려 책을 보거나 학벌 좋다고 알려진 미군들만 골라 이야기를 나누고는 했다. 최주한이 자신도 모르게 그에게 신경이 쏠리는 것은 그가 같은 상대 출신이기 때문이었다. 물론 대학이 같지는 않지만,

상대를 나와서 왜 그렇게 미국을 가려고 기를 쓰는지 알 수가 없었다. 교수라도 되겠다는 것인가……, 그러나 그것을 물어볼 수도 없고, 가능하면 그를 의식하지 않으려고 노력했다.

군대의 일상은 평온할수록 지루했다. 최주한은 싫지도 않고 좋지도 않은 양식을 끼니에 따라 먹어가며 하루하루를 지겨움 속에서 떠밀어 보내고 있었다. 유일한 즐거움이 있다면 보름에 한 번씩 어머니 앞으로 편지를 쓰는 일이었다. 그 즐거움은 효자 노릇을 하는 보람으로 생기는 것이 아니었다. 편지는 쓸수록 쓸 말이 없어져 억지로 길이를 늘이느라고 끙끙매는 시간이 자꾸 길어지고 있었다. 노트 종이 한 면씩을 채우기가 그리도 고역스러운데 장편소설이라는 것을 길게 써대는 사람들은 어찌 그럴 수 있는지 부럽고도 신기할 뿐이었다. 그러나 그 편지는 꼭 돈을 물고 오기 때문에 안 쓸 수가 없었다. 어머니가 용돈을 보내주는 조건으로 내세운 것이 편지였다. 그것도 한 달에 한 번은 너무 적으니 두 번 보내라고 했고, 용돈도 절반씩으로 나눴다. 편지를 보내면 어김없이 1주일 이내로 어머니의 구구절절한 아들 사랑의 편지 속에 송금환이 들어 있었다. 그 돈이 지루하고 답답한 군대생활을 이끌어가는 낙이고 힘이었다.

어느 날 점심을 먹고 사무실로 돌아가느라고 미군과 카투사들이 버스 정류장에 줄을 서 있는데 누군가가 갑자기 놀란 음성으로 물었다.

「아니, 저, 저게 뭐지요? 기차 같은데 왜 저렇게 하얗게 서리가 덮여 있지요?」

고참 카투사들이 고개를 돌린 곳에 새로 배속된 일등병이 눈을 휘둥그레 뜨고 있었다.

「얌마, 창피하게. 목소리 낮춰. 저건 식료품들이 들어 있는 냉동 화차야. 저 화차들 자체가 대형 냉장고인 셈이지.」

카투사 상병이 나직한 소리로 설명하고 있었다. 그리고, 그런 것에 아무 감각 없이 둔감해져 버린 병장들은 무표정하게 고개를 돌려버렸다. 최주한도 자기 신병 때를 얼핏 떠올렸다가 무심하게 눈길을 아래로 떨구었다.

이 기지에는 새로 온 신병들의 호기심을 자극하고 놀라게 하지 않을 수 없는 것들이 꽤나 많았다. 그중에서도 단연 눈길을 끄는 것은 광폭한 폭음을 일으키는 최신예 전투기 팬텀기와 몸 전체에 하얗게 서리를 뒤집어쓴 냉동 화차들이었다. 거대하게 큰 이 기지의 상주인구를 먹여살리기 위해서 식료품을 실은 냉동 화차들은 사흘거리로 전용 레일을 타고 기지 안으로 들어왔다.

그 희한하게 생긴 냉동 화차들을 보고 놀란 신병들은 그 안에 든 식료품들이 전부 바다를 건너온 일제라는 사실을 알고는 또다시 놀라고는 했다. 미군들은 그 어떤 식료품도 한국 것은 먹지 않았다. 거름으로 똥을 쓰기 때문에 모든 채소는 먹을 수 없고, 사람이 뱉은 가래를 닭이 찍어먹기 때문에 달걀도 먹어서는 안 된다는 식이었다. 그래서 미국 본토에서보다 수송비가 싸게 먹히는 일본에서 식료품을 사들이고 있었다. 일본은 6·25 때만 떼돈을 벌어들인 것이 아니라 그 뒤로도 줄기차게 한국을 이용해 돈벌이를 해오고 있었다.

한국 운수회사의 마크가 붙은 구내버스가 와서 멎었다. 위생에 상관없고 인건비가 싸니까 버스는 한국 회사를 이용하고 있었다. 머지않아 저 신병도 이런 사실까지 다 알게 될 거라고 생각하며 최주한은 버스에 올랐다.

며칠이 지나 곽병욱이 인사과에 나타났다. 오전 중인데다 그가 외출복차림이라 최주한은 놀랐다. 최주한은 무슨 일이냐고 눈으로 물었다. 조금 있다 말하자고 곽병욱이 눈짓했다.

「이거 특별히 끊어주는 거니까 귀대 날짜 틀림없이 지켜야 해. 1박 2일이야.」

선임하사가 위엄을 부리며 타자기로 찍은 영문 외출증을 내밀었다.

「옛, 틀림없이 지키겠습니다.」

곽병욱은 거수경례를 올려붙였다.

곽병욱이 나가고 한 걸음 늦게 최주한은 사무실을 나갔다.

「씨팔, 엉망진창이다.」

사령부 건물 현관을 나가며 곽병욱이 내뱉었다.

「무슨 일이야?」

「결국 오늘 밤비행기로 이민을 떠난다. 난 정말 가기 싫은데 어머니가 자꾸 공항에 배웅을 나가야 된다는 거야. 이민을 그렇게 못 가게 한 것은 뭐고, 배웅을 꼭 하려는 것은 또 뭐냐.」

「그게 어머니의 마음 아니겠어.」

밖으로 나서며 최주한이 말했다. 언제나 자신이 쓴 것보다 서너 배씩 긴 어머니의 편지를 받으며 헤아리게 된 어머니의 마음이었다.

「어쩌면 그럴지도 모르지. 하여튼 매형이라는 사람을 이해할 수가 없어. 조그만 사업도 잘되고, 돈도 꽤 있어서 여기서도 얼마든지 잘살 수 있는데 왜 이민을 가려고 그 야단인지 몰라. 그 재산 다 싸짊어지고 말야.」

「어쩌겠냐. 전쟁 피해가고 싶은 사람들은 가야지. 저기 버스 온다.」

「그래, 갔다 올게.」

「응, 오면 내가 위로주 살게.」

〈5권에 계속〉